Victoria Connelly

# Die Rosenschwestern



amazon crossing

## Das Buch

Mit dreißig Jahren findet sich Celeste Hamilton an einem Scheideweg wieder: Gerade hat sie den Schlussstrich unter eine katastrophale Ehe gezogen, und ihre Mutter, mit der sie eine schwierige Beziehung hatte, ist vor Kurzem gestorben, wodurch das Familiengeschäft, eine Rosengärtnerei, kurz vor dem Ruin steht.

Widerstrebend kehrt Celeste in das Herrenhaus der Familie, ein Wasserschloss in Suffolk, zurück, um ihren beiden jüngeren Schwestern dabei zu helfen, die Angelegenheiten zu ordnen und der Rosenzucht wieder zum Erfolg zu verhelfen. Seit ihrer schwierigen Jugend unter der Fuchtel ihrer narzisstischen Mutter leidet Celeste unter lähmenden Selbstzweifeln und Unsicherheiten. Doch jetzt muss sie die Kraft und den Mut finden, Verantwortung zu übernehmen und schwierige Entscheidungen zu treffen, um das alte Herrenhaus zu retten …

»Die Rosenschwestern« ist ein bewegendes, zärtliches und romantisches Buch über Mut, Ausdauer und die heilende Kraft der Familie.

## Die Autorin

Victoria Connelly hat englische Literatur an der Universität von Worcester studiert, in einem mittelalterlichen Schloss in North Yorkshire geheiratet und lebt jetzt mit ihrem Ehemann und ihrer Familie aus geretteten Tieren auf dem Land in Suffolk.

Sie hat zehn romantische Komödien veröffentlicht sowie Bücher in anderen Genres, Romane, Novellen, Anthologien und Abenteuergeschichten für Kinder. Ihr erster Roman »Unter deinem Stern« wurde im Jahr 2008 von Ziegler Film in Deutschland verfilmt. Ihre Geschichte »The Runaway Actress« wurde für den RNA Romantic Comedy Award nominiert.

Ms Connelly liebt Bücher, Filme, Gartenarbeit, Wandern, historische Gebäude und Tiere – vor allem aus Legebatterien gerettete Hühner. Sie begeistert sich auch für Rosen, und rund um ihr Haus wachsen mehr als dreißig verschiedene Rosensorten.

Ihre Website findet sich unter www.victoriaconnelly.com.

VR '23 ©

VICTORIA
CONNELLY

# Die Rosenschwestern

Aus dem Englischen von Christina Rodriguez

amazon crossing

Die Originalausgabe erschien 2015 unter dem Titel »The Rose Girls« bei
Lake Union Publishing, Seattle.

Deutsche Erstveröffentlichung bei
AmazonCrossing, Amazon Media E.U. Sàrl
5 Rue Plaetis, L-2338, Luxembourg
Februar 2016


Umschlaggestaltung: semper smile, München, www.sempersmile.de
Umschlagmotiv: © Josie Elias/Getty; © Jason Salmon/Shutterstock; © vilax/
Shutterstock
Lektorat: Agentur Libelli
Printed in Germany
by Amazon Distribution GmbH
Amazonstraße 1
04347 Leipzig, Germany

ISBN: 978-1-4778-1768-1

www.amazon.com/crossing

*Für Roy, in Liebe*

Einige Leute murren immer, dass Rosen Dornen haben;
ich hingegen bin dankbar, dass Dornen Rosen haben.

– Alphonse Karr

# 1. Kapitel

Manche Menschen machen den Sommeranfang am Ruf des ersten Kuckucks oder an der Ankunft der ersten Schwalbe fest, doch für Celeste Hamilton begann der Sommer mit dem Erblühen der ersten Rose. Das war wirklich nicht überraschend, da sie in einer Familie von Rosenzüchtern aufgewachsen war und ihr ganzes Leben lang Rosen kultiviert hatte. Ihr erstes Wort war »Rose« gewesen, und in der Familie kursierte der Scherz, dass ihnen allen die Rosen im Blut lagen.

Doch als Celeste ihr Zuhause verlassen und Liam O'Grady geheiratet hatte, hatte sie die Rosen gegen einen Wertstoffhof eingetauscht und sich mit der Begeisterung eines Menschen, der begnadigt worden war, in die Geschäfte ihres Mannes gestürzt. Rosen waren ihre Vergangenheit, hatte sie geglaubt. Nur dass die Vergangenheit irgendwie die komische Angewohnheit hatte, einen einzuholen.

Und nun kehre ich heim, dachte sie bei sich, als sie sich in dem alten Morris-Minor-Transporter auf den Weg über die verwilderten Straßen des Stour Valley machte. Nie hätte sie geglaubt, dass sie nach Hause zurückkehren würde, doch der Tod ihrer Mutter und die unbedeutende kleine Tatsache, dass ihre Ehe vorüber war, ließen ihr wirklich keine andere Wahl.

Beim Gedanken an die Wochen, die vor ihr lagen, seufzte sie und hoffte inständig, dass sie alles würde klären können, bevor diese Wochen zu Monaten wurden, denn sie würde ganz sicher nicht noch länger bleiben. Ganz sicher nicht.

»Rein und raus«, sagte sie sich, während sie an ihr Elternhaus dachte und ihr zahlreiche Erinnerungen in den Sinn kamen, die sie lieber früher als später vergessen wollte. »Rein und *raus.*« Es gab keinen Grund, emotional zu werden. Dies war eine rein geschäftliche Angelegenheit.

Sie kurbelte ihr Fenster runter, und der melodische Gesang einer Amsel drang in den Wagen. Die Hecken waren voll von weißem Leimkraut und Malven mit gestreiften Blütenblättern, und im Schatten eines Wäldchens erspähte sie ein ganzes Feld mit Fingerhut.

Als sie in die Ortschaft Eleigh Tye kam, erblickte sie die vertrauten Cottagegärten voller Edelwicken, Heckenkirschen und Lupinen. Doch trotz ihres Dufts und ihrer dargebotenen Pracht wusste Celeste, dass diese Blumen nur die Ouvertüre einer brillanten Sommersinfonie darstellten, und schon bald entdeckte sie, wonach sie suchte.

An einer Biegung bremste sie ab und lächelte, als Mrs Keatings Garten in Sichtweite kam und sie das leuchtende Gelb der *Maigold*-Rose erspähte, die an der Frontfassade des strohgedeckten Cottages wie Hunderte kleiner Sonnenstrahlen emporkletterte und dabei eines der winzigen Erdgeschossfenster beinah vollständig überwucherte. Für Celeste kündete Mrs Keatings *Maigold* vom Beginn der Rosensaison, und sie hielt jedes Jahr danach Ausschau.

Ihre Mutter Penelope Hamilton hatte ihren drei Töchtern beigebracht, dass die Rose die »Königin des Sommers« sei. In der Tat trug eine ihrer berühmtesten Züchtungen genau diesen Namen und hatte ihnen viele Jahre lang gute Einkünfte beschert, doch in letzter Zeit liefen die Geschäfte nicht besonders gut. Der schlechte Gesundheitszustand ihrer Mutter in den letzten Monaten hatte zu sinkenden Absatzzahlen geführt, und das alte Herrenhaus, das sich seit drei Generationen in Familienbesitz befand, verfiel zusehends. Die Umsätze litten außerdem seit ein paar Jahren unter der Rezession, da die Leute an den kleinen Luxusgütern im Leben sparten. Auch wurde es zunehmend schwerer, mit der großen Anzahl neuer Gartencenter zu konkurrieren, die überall wie Pilze aus dem Boden schossen und Rosen verkauften, die nicht annähernd so schön, wohlriechend und farbenprächtig waren wie die der Hamiltons, dafür aber sehr viel günstiger.

Celeste atmete tief durch, als sie an die Herausforderungen dachte, die vor ihr lagen. War es wirklich klug, zurückzukehren? Sie hatte geglaubt, sie hätte Little Eleigh für immer hinter sich gelassen, doch was für eine große Schwester wäre sie für Gertie und Evie, wenn sie ihnen jetzt nicht half?

»Was werden wir tun?«, sagte sie und richtete die Frage an das Spiegelbild des kleinen Drahthaar-Foxterriers auf dem Rücksitz. Er war schon die ganze Fahrt über wach und aufmerksam. Sie hatte ihr gemietetes Haus an der Nordküste Norfolks am frühen Nachmittag verlassen, und es war ihr gelungen, die Bücherkisten und Koffer voller Kleidung, die ihre gesamten Besitztümer ausmachten, in den winzigen Wagen zu quetschen, wobei sie auf dem Rücksitz gerade genug Platz für den Hund frei gelassen hatte. Da war noch ein großer weicher Sessel gewesen, den sie zusammen mit Liam gekauft hatte, doch sie hätte ihn nicht in dem Morris unterbringen können, selbst wenn sie es gewollt hätte, daher hatte sie ihn dagelassen. Es erschien ihr verrückt, dass sie all ihre Sachen zusammenpacken und in ihr Elternhaus zurückbringen musste, wo sie doch vorhatte, in ein paar Wochen wieder auszuziehen, doch sie konnte es nicht mit sich vereinbaren, Miete für ein Haus zu zahlen, in dem sie nicht wohnte. Und wenn man Gertie Glauben schenken konnte, brauchten sie jeden Penny, den sie zusammenkratzen konnten, wenn sie den Schlamassel im Herrenhaus bereinigen wollten.

»Bald sind wir da, Frinton«, sagte Celeste zu dem Terrier und verfolgte, wie er die Schnauze so weit aus dem Fenster reckte, wie sein Hundegurt es ihm gestattete. Frinton war vor zwei Jahren ein Geburtstagsgeschenk von Liam gewesen, und sie liebte ihn sehr. Sie hatte ihn nach dem Badeort benannt, in dem Liam ihr einen Heiratsantrag gemacht hatte. Schon damals hätte sie davonlaufen sollen. Frinton war ein kleines Energiebündel, ein ständiger Quell der Freude, und schaffte es jedes Mal, ihr ein Lächeln aufs Gesicht zu zaubern, selbst wenn es in ihrem Leben düster aussah.

»Du bist das Beste, was mir meine Ehe beschert hat, weißt du das?«, sagte sie zu dem kleinen Hund. Wie dankbar sie gewesen war, in den Nächten nach dem Zusammenbruch ihrer Ehe vor einem Jahr seinen warmen Hundekörper am Fußende ihres Bettes zu spüren. Doch daran würde sie jetzt nicht denken, ermahnte sie sich. Es gab Dringenderes, das ihrer Aufmerksamkeit bedurfte.

Sie fuhren an der langen, schiefen Kirchenmauer vorbei, und dann führte die Straße hinab ins Tal, wo sich die frühsommerlichen Felder leuchtend grün vor ihr erstreckten. Sie kam an der Zufahrt zu einem Bauernhof vorbei und lächelte, als sie sich daran erinnerte, wie sie dort mit ihren Schwestern in den Sommerferien hingeradelt war, um Ferkel zu streicheln und frisch gebackene Scones und Brötchen aus dem AGA-Ofen von Mrs Blythe zu essen. Es war immer ein großes Vergnügen gewesen, hausgemachte Leckereien zu erhalten. Ihre Mutter hatte nie gebacken und nur selten selbst etwas gekocht. Sie hatte den Kopf zu voll mit Rosen gehabt, um ans Essen zu denken.

Als sie an einem Zauntritt vorbeikam, an dem sie mit dreizehn ihren ersten Kuss bekommen hatte, machte die Straße eine Biegung nach rechts. Nach dem letzten Regen wuchsen die Hecken erschreckend schnell himmelwärts. Alles wirkte so üppig. Sie fuhr langsamer und bog einen Moment später links in eine von Kastanien gesäumte Privatstraße ein. Die hohen Bäume spendeten im Sommer Schatten, tauchten im Winter den Weg in Dunkelheit und übersäten im Herbst alles mit glänzenden fetten Rosskastanien.

Auf einer alten Schiefertafel stand »Little Eleigh Manor«, und daneben befand sich ein furchtbares selbst gemachtes Holzschild, das Evie vor Jahren gebastelt hatte, mit der Aufschrift »Hamilton Roses«. Es zeigte das verblasste Bild einer *Rosa Mundi*, und die Buchstaben wirkten ausgeblichen und rissig. Celeste machte sich in Gedanken eine Notiz, dass es sofort ersetzt werden musste.

Das schmiedeeiserne Tor war für sie offen gelassen worden, und sie überquerte den Wassergraben und umrundete das Rosenbeet vor dem Haus, das bald in den Dutzenden Pinkschattierungen der Bourbon- und Portlandrosen erstrahlen würde. Ihre Mutter hatte es mit einigen ihrer Lieblingssorten wie der üppigen *La Reine Victoria* und der anmutigen *Comte de Chambord* bepflanzt. Celeste konnte erkennen, dass einige der Knospen sich demnächst öffnen würden, und trotz ihrer Bedenken, weil sie wieder zurück war, konnte sie nicht anders, als sich darauf zu freuen, ihre Nase zwischen die weichen Blütenblätter zu stecken und tief einzuatmen. In Sachen Duft gab es nichts, was an eine alte Rose heranreichte.

Nachdem sie den Morris neben dem betagten Volvo geparkt hatte, den sich ihre Schwestern teilten und der inzwischen mehr Rost als Lack aufwies, blieb sie für einen Moment sitzen und blickte an dem großen Haus empor. Little Eleigh

Manor stammte aus dem vierzehnten Jahrhundert, wenn im Laufe der Jahre auch hier ein Flügel im Tudor- und dort einer im jakobinischen Stil angebaut worden war. Hauptsächlich bestand das Gebäude aus rotem Backstein, der mit der Zeit ausgebleicht und hell geworden war, doch bestanden weite Teile auch aus Fachwerk, das sich bedenklich über den Wassergraben neigte. Dutzende Fenster in allen Formen und Größen glänzten im frühsommerlichen Sonnenschein, und wegen der großen, mit Beschlägen verzierten Holztür wirkte das Haus wie eine Festung.

Das Torhaus mit den beiden vierstöckigen Türmen, die in den Himmel von Suffolk ragten, war wohl der imposanteste Teil des Gebäudes. Besucher waren stets vom Innenhof beeindruckt, der sie beim Eintreten empfing, und bestaunten die mittelalterliche Pracht. Nun, irgendwann einmal hatte es mittelalterliche Pracht gegeben, doch dann hatte der Verfall eingesetzt.

Celestes Großeltern Arthur und Esme Hamilton hatten das Anwesen in den Sechzigerjahren des vergangenen Jahrhunderts gekauft, und es war in einem desolaten Zustand gewesen. Sie hatten alles getan, um es zu restaurieren und für die Familie bewohnbar zu machen, doch trotz des einträglichen Rosengeschäfts blieb nie genug Geld fürs Haus, und ganze Teile davon waren noch immer einsturzgefährdet.

Celestes Mutter Penelope hatte das Problem einfach ignoriert.

»Es steht hier schon seit sechshundert Jahren. Ich bezweifle, dass es ausgerechnet zu *meinen* Lebzeiten in sich zusammenfällt«, war ihre Philosophie gewesen. Also waren Türen verschlossen und Flügel vollständig aufgegeben worden. Eine ganze Armee aus Geistern könnte in manchen Teilen des alten Gebäudes hausen, ohne dass sie es überhaupt wüssten.

Bevor Celeste wegen des Zustands des Hauses noch tiefer in Depressionen versinken konnte, überquerte eine junge blonde Frau die Einfahrt. Frinton entdeckte sie sofort und brach in lautes Gebell aus.

»Du bist hier!«, rief sie und umarmte Celeste sofort, nachdem diese aus dem Wagen gestiegen war. »Du bist *wirklich* hier! Und Frinton auch!«

»Evie! Du bist blond geworden«, sagte Celeste und berührte das golden schimmernde Haar ihrer kleinen Schwester. »*Ziemlich* blond!«

»Ich hatte es satt, brünett zu sein«, erwiderte Evie. »Das war so *langweilig.*« Ihre Augen wurden plötzlich groß. »Ich meine, an dir sieht es natürlich nicht langweilig aus. *Dir* steht es.«

Celeste lächelte schief. Sie würde jederzeit zugeben, dass sie nie allzu abenteuerlustig gewesen war, was ihr Aussehen betraf, da sie es praktisch und schlicht mochte. Wenn sie es sich genau überlegte, dann trug sie ihr Haar schon seit ihrer Teenagerzeit glatt und schulterlang.

Evie öffnete die hintere Beifahrertür und befreite Frinton aus seinem Gurt. Er stürmte aus dem Wagen und rannte ein Dutzend Mal um Evie herum, bevor er an ihr hochsprang und um Aufmerksamkeit bettelte.

Gerade als Evie nachgab und den aufgekratzten Terrier hochhob, kam Gertrude aus dem Torhaus. Ihr langes dunkles Haar war zu einem Pferdeschwanz gebunden, und an einem Gürtel um ihre Hüften hing eine Rosenschere. Gertie war die mittlere Schwester, und wenn sie nicht gerade Rosen stutzte, sah man sie normalerweise mit der Nase in einem Buch in einer ruhigen Ecke des Hauses, wo sie in bester Jane-Eyre-Manier auf einer Fensterbank saß und sich wünschte, dass ihr Leben mehr einem Tennyson-Gedicht gliche oder dass sie in einer Villa in den sonnenüberfluteten Hügeln der Toskana lebte, anstatt in einem klammen Herrenhaus in Suffolk. Sie war genauso groß und besaß den gleichen schlanken Körperbau wie Celeste, doch ihre Gesichtszüge waren weicher und feiner, und in ihrem Ausdruck lag eine gewisse Wehmut. Vielleicht, weil all ihre romantischen Vorstellungen von der Welt noch immer intakt waren und man sie ihr anders als Celeste noch nicht ausgetrieben hatte.

Celeste sah, wie Gertie sich ihr mit leicht hochgezogenen Schultern angespannt und unbehaglich näherte.

»Hi«, sagte Gertie.

»Hi«, erwiderte Celeste. »Alles okay mit dir?«

Gertie nickte. »Ist schon komisch, oder?«

»Ja«, sagte sie.

»Ich fürchte, hier herrscht totales Chaos«, fuhr Gertie fort. »Ich bin nicht dazu gekommen, aufzuräumen, weil der Boiler schon wieder kaputt ist. Außerdem mussten wir ein paar Bücher aus der Bibliothek räumen, weil die feuchte Stelle mittlerweile die Größe von Sudbury erreicht hat.«

Celeste seufzte. »Meine Güte, umarme mich wenigstens, bevor du mir die To-do-Liste in die Hand drückst«, sagte sie, schloss Gertie in die Arme und bemerkte, dass eine verirrte Hühnerfeder in ihrem Haar steckte.

»Ich bin so froh, dass du wieder zu Hause bist«, fuhr Gertie fort. »Wir haben dich vermisst. Und es war so schrecklich, sich daran zu gewöhnen, dass Mum nicht mehr hier ist.« Ihr Gesicht wirkte blass und bekümmert, und Celeste wurde klar, dass ihre beiden Schwestern noch immer um ihre Mutter trauerten. Immerhin waren seit ihrem Tod erst wenige Wochen vergangen.

»Ich hab euch auch vermisst«, sagte Celeste und wünschte sich, dass sie etwas empfinden könnte, *irgend*etwas, das im weitesten Sinne normal war, wenn es um ihre Mutter ging.

»Können wir dir mit deinen Sachen helfen?«, fragte Evie, und Celeste nickte.

»Willst du sie in deinem alten Zimmer haben?«, erkundigte sich Gertie.

»Wo denn sonst?«, erwiderte Celeste.

»Na ja, wir dachten, dass du vielleicht gerne Mums hättest. Es hat einen sehr viel schöneren Ausblick als deins, und außerdem hättest du mehr Platz«, schlug Gertie vor. »Evie und ich haben uns darüber unterhalten, nicht wahr?«

Evie nickte. »Wir finden, dass es zu schade wäre, es leer stehen zu lassen.«

»Ich will Mums Zimmer aber nicht«, entgegnete Celeste scharf.

Gertie und Evie starrten sie an, und Celeste biss sich auf die Unterlippe.

»Ich würde mich in meinem eigenen wohler fühlen«, erklärte sie in sanfterem Tonfall.

»Bist du sicher?«, fragte Gertie.

»Ich bin sicher.«

»Na schön«, erwiderte Gertie.

Jede von ihnen nahm eine Bücherkiste, und gemeinsam gingen sie durch die Einfahrt und das Torhaus in den Hof. Celeste schluckte schwer bei dem Anblick, und ihr Herz raste unnatürlich, als wollte es sie in eine Art Panikattacke stürzen. Es schien ihr, als wäre es kaum eine Minute her, dass sie alles hinter sich gelassen hatte, und doch waren drei volle Jahre vergangen, seit sie von hier fort war, um Liam zu heiraten. Alles kam ihr jetzt so anders vor. Sie fühlte sich nicht unbedingt, als wäre sie erwachsen geworden, doch sie war definitiv ihrem alten Zuhause entwachsen. Sie konnte sich nicht gegen das Gefühl wehren, dass sie durch ihre Heimkehr in den Rückwärtsgang geraten war und ihr Leben auf gefährliche Weise in die falsche Richtung taumelte.

*Dieses Mal wird es nicht dasselbe sein*, sagte sie sich und versuchte, ihre Gefühle im Zaum zu halten. Ihre Mutter war fort. Sie war nicht länger hier, um sie zu kritisieren oder herabzusetzen. Sie war tot.

Celeste hoffte nur, dass Penelope Hamilton nicht zu der Sorte Mensch gehörte, die zurückkehrte und die Lebenden heimsuchte.

# 2. Kapitel

Frinton raste vor den drei Frauen die Treppe hinauf und schlitterte oben über die blanken Dielen, bevor er davonflitzte. Er war noch nie zuvor im Herrenhaus gewesen, und Celeste wusste, dass es ihm großen Spaß bereiten würde, jeden einzelnen Winkel zu erforschen, in den man eine kalte feuchte Nase stecken konnte.

»Du wirst ihn von meinen Hühnern fernhalten müssen«, sagte Gertie, die die Mätzchen des Terriers beobachtete.

»Ich weiß«, erwiderte Celeste.

»Das meine ich ernst. Von allen Hunderassen sind Terrier für Hühner die schlimmste.«

»Ich werde ihn im Auge behalten. Keine Sorge«, versicherte Celeste und fühlte sich wie eine Fremde hier, wo sie früher zu Hause gewesen war.

Sie liefen einen langen Korridor entlang, der von alten Ölgemälden und sepiafarbenen Familienfotos gesäumt war, und gelangten am Ende zu einem Zimmer. Gertie stieß die Tür mit dem Fuß auf, alle drei traten ein und stellten die Kisten auf dem Boden ab.

»Ich hab gleich heute Morgen das Fenster aufgemacht, aber es ist leider immer noch etwas muffig«, bemerkte Gertie.

»In diesem alten Haus riecht es immer muffig«, entgegnete Evie. »Ich hab mal ein paar Räucherstäbchen gekauft und sie überall angezündet, aber Mum ist ausgeflippt.«

»Ach, diese Dinger waren *furchtbar*, Evie«, sagte Gertie. »Wegen dir hat das ganze Haus wie eine Hippie-Kommune gestunken.«

»Na, dann muss eine von uns eben einen wirklich tollen Rosen-Raumduft kreieren«, erwiderte Evie. »Du weißt schon – so was wie einen Lufterfrischer.«

»Muffiger Geruch ist nichts Schlimmes«, entgegnete Celeste. »Es ist der Geruch vergangener Jahrhunderte, der Duft nach Holz, Stuck und alten Büchern. Ich mag ihn.«

Gertie und Evie starrten sie an, als sei sie verrückt geworden.

»Eigentlich glaube ich, dass es bloß die Feuchtigkeit ist, die man riechen kann«, meinte Evie und rümpfte die Nase.

Zweimal mussten sie noch zum Auto zurück, bis sie fertig waren. Celeste setzte sich ans Fußende ihres alten Bettes, strich über die Tagesdecke aus rosafarbenen und grünen Flicken. Frinton lag auf dem Teppich in der Mitte des Zimmers und leckte sich die Vorderpfoten. Das war, so glaubte sie, das erste Mal seit Monaten, dass sie einfach nur ruhig dasaß, und sie ließ ihre Gedanken schweifen. Ihr Blick wanderte durch den Raum, als würde sie ihn zum ersten Mal sehen.

Es war ein schönes Zimmer. Die Holzvertäfelung ringsum war zwar wunderhübsch, ließ aber alles so dunkel wirken. Andere Teile des Hauses waren genauso. Winzige Fenster und Faltwerk-Wandtäfelung konnten vielleicht Historiker begeistern, kosteten aber ein wahres Vermögen an Strom, weil man tagsüber häufig das Licht anmachen musste, nur um zu sehen, was man tat.

Celeste war gerührt, als sie sah, dass Gertie auf dem Nachttisch eine kleine Vase mit Blumen sowie die neueste Ausgabe des »Your Rose«-Magazins hinterlassen hatte. Sie war sich sicher, dass Gertie und nicht etwa Evie die Gegenstände dort platziert hatte, denn Evie hätte ganz sicher Wasser aus der Vase verschüttet – wahrscheinlich über das Magazin. Sie lächelte beim Gedanken daran, wie verschieden ihre beiden Schwestern waren und wie wenig sich anscheinend geändert hatte, seit sie weggegangen war.

Seitdem sie sich in ihr neues Leben weit weg vom Herrenhaus gestürzt hatte, hatte sie ihre Schwestern nur noch selten gesehen. Mit kurzen Anrufen hatte sie den Kontakt aufrechterhalten, und Gertie und Evie hatten sie in ihrem neuen Haus draußen an der Küste von Norfolk besucht, kurz nachdem sie und Liam eingezogen waren, doch abgesehen davon und von der Beerdigung im Mai hatte sie die beiden nicht gesehen, und erst jetzt wurde ihr bewusst, wie sehr sie sie vermisst hatte. Gertie rannte noch immer wie verrückt umher und sorgte sich um alles, und Evie war noch immer von dem Gedanken besessen, die richtige Haarfarbe zu finden.

Und Celeste? Wo war nun ihr Platz hier? Als sie diesen Raum zuletzt gesehen hatte, hatte sie sich im Stillen von ihm verabschiedet und gehofft, dass sie ihn nie wiedersehen würde. Nie hätte sie geglaubt, dass sie zurückkehren würde, schon gar nicht in ihrer alten Rolle als große Schwester, die sich um alles kümmerte. Sie war sich nicht sicher, ob sie bereit war, diese spezielle Aufgabe erneut zu übernehmen. Und sie glaubte auch nicht, dass sie das konnte. Sie schloss die Augen und bereute es sogleich, weil sich in diesem Augenblick eine Stimme aus der Vergangenheit in ihrem Geist breitmachte.

*Warum kannst du nie etwas richtig machen? Du glaubst einfach, dass ich hinter dir aufräume, oder? Du solltest mir helfen. Warum bist du so nutzlos?*

Celeste öffnete die Augen, erhob sich und verbannte die Stimme aus ihrem Kopf. Gleichgültig, wie schön es hier war, dieses Haus tat ihr nicht gut, und je eher sie alles klärte und wieder ging, desto besser.

Sie trat an das winzige, vergitterte Fenster, das auf den Wassergraben und in Richtung des ummauerten Gartens hinausging, der Gerties ganzer Stolz war. Von den drei Schwestern war sie diejenige mit dem grünen Daumen. Alles, was sie pflanzte, schien zu gedeihen, und der ummauerte Garten war voll von alten Apfelbäumen, am Spalier gezogenen Birnen, Pflaumen, Feigen und Quitten, gigantischen Artischocken, grünem Blattgemüse und Kräutern. Natürlich gab es dort auch ein paar Rosenstauden, um Insekten zum Bestäuben anzulocken, doch Gertie hatte sich durchgesetzt, als Celeste vorgeschlagen hatte, den Garten gänzlich den Rosen zu überlassen. Mit seiner geschützten, sonnigen Lage wäre er dafür perfekt gewesen.

»In einen Garten gehört mehr als nur Rosen«, hatte Gertie gesagt. »Wir müssen schließlich auch etwas essen, und so können wir langfristig Geld sparen. Unser Obst und Gemüse können wir sogar verkaufen. Es gibt hier unendlich viel Flächen, die wir für die Rosen verwenden können, also nimm mir bitte nicht meinen ummauerten Garten weg.«

Celeste hatte nachgegeben, und Rosen wurden tatsächlich überall außer dort angebaut.

Sie verließ ihr Zimmer, ging den Korridor entlang und blieb vor dem Schlafzimmer ihrer Mutter stehen. Die Tür war angelehnt, und obwohl sie wusste, dass niemand drinnen war, zögerte sie, sie zu öffnen.

Sie schluckte schwer. Zu viele Erinnerungen lauerten hinter dieser Tür, und sie war sich nicht sicher, ob sie schon bereit war, sich ihnen zu stellen.

* * *

Die alte Standuhr in der Eingangshalle war vorn angeschlagen und hatte ein verbeultes Gehäuse, doch sie schlug noch immer pünktlich zu jeder vollen Stunde. Sie war gleichsam Herzschlag und Stimme des Herrenhauses. Gemächlich drehte sich das Leben um sie, wenn sich mehrmals am Tag Augen auf sie richteten, auch wenn man dabei vielleicht nicht immer ihre stattliche Schönheit sah.

An diesem Abend hatte es gerade sieben geschlagen – die Uhrzeit, für die Gertie das Abendessen anberaumt hatte.

»Im Esszimmer«, hatte sie ihren verblüfften Schwestern mitgeteilt.

Es war komisch, dort zu sitzen, doch Gertie hatte sich beim Decken des Tischs Mühe gegeben, und Celeste musste zugeben, dass alles schön aussah. Normalerweise begnügten sie sich damit, am großen Tisch in der alten Küche im Erdgeschoss zu essen. Dort war es stets warm, da der AGA-Ofen behagliche Hitze verströmte. Im Gegensatz dazu wirkte das Esszimmer förmlich und kalt, und das große Porträt von Großvater Arthur über dem Kamin gab Celeste immer das Gefühl, sie säße im Büro eines Schulrektors und wartete auf eine Standpauke. Großvater Arthur war einer der umgänglichsten Menschen in der ganzen Grafschaft gewesen, doch das Porträt wirkte streng und besaß nichts von seiner Warmherzigkeit und seinem Sinn für Humor. Jeder Fremde, der das Zimmer betrat, musste glauben, dass er ein Tyrann gewesen war, und die Anwesenheit des Gemäldes sorgte stets für eine gedrückte Stimmung bei den Mahlzeiten.

Der Tisch war lang, aus Eichenholz, und darauf lag eine Decke aus weißem Leinen. Bis zu zwölf Personen konnten daran Platz nehmen, doch heute Abend waren es nur die drei Schwestern, die an dem Ende neben dem Fenster beieinandersaßen. Celeste hatte den Platz am Kopfende, Evie zu ihrer Linken, Gertie zu ihrer Rechten.

»Hast du dich schon eingerichtet?«, wollte Gertie wissen.

Celeste nickte. »So gut ich konnte.«

»Wo willst du deine ganzen Bücher unterbringen?«, erkundigte Gertie sich.

Für einen Moment wirkte Celeste verwirrt. »Ich werde sie nicht auspacken.«

»Was heißt das?«, fragte Gertie.

»Na, ich werde ja wohl kaum bleiben, oder?«

»Nicht?«

»Also bestimmt nicht länger, als ich muss«, ergänzte Celeste. »Ich dachte, das hätte ich klargestellt.«

»Nein«, erwiderte Gertie. »Das hast du nicht.«

»Wir dachten, dass du für immer bleibst«, sagte Evie.

»Ich meine, schließlich kannst du doch nirgendwo sonst hin, oder?«, stellte Gertie fest.

Celeste runzelte die Stirn. »Aber das heißt doch nicht, dass ich hierher zurückkommen will«, antwortete sie, schätzte die Reaktionen ihrer Schwestern ein und begriff, dass sie nicht glücklich waren. »Hört mal, ich will euch wirklich helfen, aber ich habe nie vorgehabt, länger hierzubleiben als nötig, um die Sache zu erledigen.«

»Und welche Sache soll das sein?«, fragte Gertie. »Unseren Schlamassel zu bereinigen? Den Schlamassel, vor dem du praktischerweise weggelaufen bist?«

»Gertie!«, rief Evie mit einem warnenden Ton in der Stimme.

»Na ja, es stimmt doch, oder? Du hast es selbst gesagt«, entgegnete Gertie.

»Was hast du gesagt?«, fragte Celeste und wandte sich an Evie.

»Ich hab *gar* nichts gesagt«, widersprach Evie und warf Gertie einen bösen Blick zu.

»Doch, hast du«, beharrte Gertie. »Du hast gesagt, dass Celeste schon immer gut darin gewesen ist, vor Dingen wegzulaufen.«

Eine unangenehme Stille senkte sich über den Esstisch, während die drei Schwestern einander ansahen.

»Hast du das wirklich gesagt, Evie?«, erkundigte Celeste sich schließlich.

»Ich hab es nicht so …«, begann Evie betreten, unterbrach sich jedoch. »Ich hab damit gemeint, dass wir deine Hilfe eher gebraucht hätten, als Mum krank war.«

»Damals konnte ich nicht kommen«, erwiderte Celeste. »Du weißt, dass das nicht ging.«

»Nein, das weiß ich *nicht*«, entgegnete Evie mit einem plötzlichen Gefühlsausbruch. »Erklär mir mal genau, *warum* du nicht hier sein konntest, als wir dich am meisten gebraucht hätten? Als *sie* dich am meisten gebraucht hätte?«

Die beiden starrten sich an, die dunklen Augen aufeinander fixiert.

Celeste schluckte schwer. »Stell mir nicht diese Frage«, antwortete sie mit leiser Stimme.

»Wieso? Warum sollte ich meine Schwester nicht fragen, weshalb sie nicht hier sein konnte, als Mum im Sterben lag? Du hättest vorbeikommen sollen, Celeste. Du hättest sie besuchen sollen. Was ist denn nur dein Problem?«

»Evie!«, rief Gertie. »Nicht!«

Evies Augen waren voller Tränen, und Gerties Gesicht wirkte blass und gezeichnet.

»Du weißt, wie die Dinge zwischen uns waren«, sagte Celeste langsam. »Sie hätte mich ohnehin nicht hierhaben wollen.«

Evie wollte etwas sagen, doch Gertie warf ihr einen warnenden Blick zu.

Celeste seufzte. »Was zählt, ist, dass ich jetzt hier bin, okay?«

»Natürlich«, erwiderte Gertie.

»Aber ich bin nicht zurückgekommen, um mich mit euch beiden zu streiten«, fuhr Celeste fort. »Wir müssen Ordnung schaffen, das weiß ich, und mir ist klar, dass ich früher hätte kommen sollen, aber wir werden nichts erledigt kriegen, wenn wir so anfangen.«

Evie starrte auf ihren Teller, und Celeste wurde klar, wie jung sie noch immer war und wie viel sie durchgemacht hatte.

»Evie?«, fragte sie sanft. »Es tut mir leid, wenn du denkst, dass ich meinen Anteil hier nicht geleistet habe. Wirklich. Ich wollte dir nie so viel aufbürden. Aber jetzt bin ich hier, okay?« Sie streckte die Hand über den Tisch aus und ergriff die ihrer Schwester. »Okay?«, wiederholte sie.

Evie nickte und hob den Kopf, ihre Augen glänzten noch immer vor Tränen. »Okay«, sagte sie.

»Also, wollen wir jetzt essen?«, fragte Gertie, und die drei Schwestern lächelten einander an.

»Du hast noch gar nicht den neuesten Tratsch aus dem Dorf gehört«, sagte Evie und versuchte offensichtlich, das Gesprächsthema auf etwas Neutrales zu lenken, während sie Celeste den silbernen Salzstreuer reichte. Gertie hatte Lasagne gemacht, und Celeste freute sich sehr darauf, obwohl sie nach ihrem Streit inzwischen wohl kalt geworden war. Sie hatte vergessen, wann sie zuletzt etwas selbst gekocht hatte. Die winzige Küche in ihrem Haus war dem Zubereiten richtiger Mahlzeiten nicht gerade zuträglich gewesen, und in den meisten Fällen hatte sie sich dabei erwischt, wie sie etwas in die Mikrowelle stellte.

»Zum Glück hab ich schon lange keine Ahnung mehr, was hier getratscht wird«, sagte Celeste. Sie war erleichtert, dass Evie das Thema Mutter fallen gelassen hatte, denn Celeste wusste, dass es für sie unmöglich wäre, sich zu verteidigen, ohne dass es dabei ziemlich hässlich zugehen würde, und darauf war sie wirklich nicht vorbereitet.

»Keine Sorge, ich werde dich auf den neuesten Stand bringen, ob du willst oder nicht«, fuhr Evie fort.

»Daran habe ich keinerlei Zweifel«, erwiderte Celeste mit einem leichten Lächeln.

»Jodie und Ken Hammond lassen sich scheiden. Sie hat die Nase voll von seiner Untreue. Über Weihnachten sind sie zusammen in Urlaub gefahren und haben versucht, alles wieder ins Lot zu bringen, aber Gerüchten zufolge hat sie ihm mit seiner Gitarre eins über den Schädel gehauen und ihn als einen verlogenen Hu...«

»Woher um Himmels willen weißt du das alles?«, unterbrach Celeste sie.

»Das ganze Dorf weiß es«, sagte Evie, unbeeindruckt vom Argwohn ihrer Schwester.

»Ja, und ich wette, dass jeder, der es weitererzählt, eine neue Beleidigung oder einen weiteren Gegenstand dazuerfindet, mit dem der arme Ken eins auf den Kopf bekommt«, sagte Celeste amüsiert und sah Gertie an, die ihr Lächeln erwiderte.

»Na schön, wenn du das nicht glauben willst, dann musst du aber die nächste Geschichte glauben, denn ich hab' sie mit eigenen Augen gesehen«, behauptete Evie.

»Na dann, schieß los«, sagte Celeste.

»Letzten Sonntag hab ich eine Abkürzung über den Kirchhof genommen. Der Gottesdienst war gerade vorbei, alle kamen raus, und ich hab ein furchtbares Geschrei mitbekommen. Ehrlich, so etwas Lautes habt ihr in eurem ganzen Leben noch nicht gehört. Ich war mir sicher, dass jemand ermordet worden war!« Evie machte eine dramatische Pause.

»Und? Sag schon, was passiert ist!«, drängte Gertie.

»Ja. Wer war es?«, wollte Celeste wissen.

Evie lächelte zufrieden und fuhr fort: »Es war James Stanton, und er klang stinksauer. Also, ich musste natürlich mehr herausfinden, daher hab ich mich hinter diesem riesigen Grab mit dem Engel versteckt und darauf gewartet, dass er rauskommt, und da hat er gebrüllt und geflucht und – also ich bin ja nicht gläubig oder so, aber das gehört sich in einer Kirche einfach nicht, oder?«

»Wen hat er denn angeschrien?«, fragte Celeste.

»Seine Frau natürlich! Er hat ihren Rollstuhl aus dem Eingang geschoben, und sie war total rot im Gesicht.«

»Die arme Samantha. Sie tut mir wirklich leid, weil sie an ihren Rollstuhl gefesselt ist«, sagte Celeste.

»Selbst schuld, wenn sie auf halbwilden Pferden quer durch die Grafschaft galoppiert, ohne sie vorher anständig zuzureiten«, entgegnete Gertie und handelte sich einen bösen Blick von Celeste ein.

»Und was ist dann passiert?«, fragte Celeste.

»Er hat sie weiter angeschrien. Er hat irgendwas darüber gesagt, dass sie die grausamste Frau sei, der er je begegnet wäre, und dass er sie mit ihrem Rollstuhl am liebsten vom Clacton Pier stoßen würde!«

»O mein Gott«, meinte Celeste. »Die arme Samantha!«

»Nur weil sie im Rollstuhl sitzt, ist sie noch lange keine Heilige«, entgegnete Gertie.

»Das hab ich auch nie behauptet«, erwiderte Celeste. »Aber du musst zugeben, dass das ganz schön peinlich ist.«

»Du kannst nicht so tun, als wüsstest du, was in der Ehe eines fremden Menschen passiert«, fuhr Gertie fort. »Jede Geschichte hat zwei Seiten. So was gehört sich nicht, und ich wünschte, du würdest das Tratschen sein lassen, Evie.«

»Ich tratsche doch gar nicht. Ich erzähle bloß, was ich gesehen und gehört hab.«

»Und was ist mit Jodie und Ken?«, fragte Gertie.

»Ach, über die redet doch schon das ganze Dorf«, erwiderte Evie und schüttelte genervt den Kopf.

»Das heißt nicht, dass du mitmachen musst«, sagte Gertie. »Das hast du nicht mit angesehen.«

»Dabei hab ich euch noch nicht mal den richtig pikanten Teil erzählt«, entgegnete Evie.

»Wir wollen es nicht hören«, erklärte Gertie.

Celeste biss sich auf die Unterlippe. »Doch, *ich* schon«, sagte sie, und Gertie warf ihr einen Blick zu, mit dem sie sie davor warnte, Evie weiter zu ermutigen. Celeste zuckte die Achseln. »Ich muss doch wissen, was hier passiert ist, während ich weg war.«

Evie holte tief Luft, sah ihren beiden Schwestern einen Moment lang in die Augen, bevor sie loslegte, und genoss dabei das Gefühl von Macht, das noch nicht erzähltem Tratsch innewohnt.

»Also«, begann sie, »Gerüchten zufolge hat James Stanton eine Affäre.«

Celestes dunkle Augen wurden groß, und Gerties Messer fiel klirrend auf ihren Teller.

»Mit wem?«, wollte Celeste wissen.

»Das ist es ja – keiner weiß es!«, sagte Evie.

»Woher weißt du dann, dass er eine hat?«, wollte Gertie wissen.

»Weil einfach *jeder* davon redet«, antwortete Evie, verzweifelt wegen Gerties Mangel an gesundem Menschenverstand.

»Das ist doch lächerlich«, meinte Gertie.

»Nein, ist es nicht«, widersprach Evie. »Das meiste ist anfangs ein Gerücht. Jemand sieht oder hört irgendwas und erzählt es weiter …«

»Wie Stille Post – alles wird falsch weitererzählt!«, unterbrach Gertie sie.

»Na ja, er wirkt wie einer, der eine Affäre hat«, sagte Evie.

»Und wie kommst du zu dieser Schlussfolgerung?«, fragte Gertie.

Evie zuckte die Achseln. »Ist einfach so.«

»Ich bewundere deine Logik«, erwiderte Gertie und verdrehte die Augen.

»Gut«, schaltete sich Celeste ein, die spürte, dass es nötig war, erneut das Thema zu wechseln, »was müssen wir eurer Meinung nach als Erstes in Angriff nehmen?«

»Ich hätte nicht gedacht, dass du übers Geschäft reden willst«, meinte Gertie. »Zumindest nicht heute Abend.«

»Es wäre schön, es nicht zu tun«, erwiderte Celeste, »aber ich glaube, Zeit ist ein Luxus, den wir uns nicht leisten können, wenn man den Zustand des Studierzimmers berücksichtigt.«

»Ah«, sagte Gertie. »Du warst also drin?«

Celeste nickte. »Ich hab mal reingeschaut, bevor ich zum Essen gekommen bin. Allerdings hab ich es mir nicht genau angesehen, und ich muss zugeben, dass ich mich nicht darauf freue.«

Gerties Gesicht schien mit jeder verstreichenden Sekunde länger zu werden. »Das ist nicht das einzige Problem«, sagte sie.

»Was soll das heißen?«, fragte Celeste. »Was gibt es noch, das ich wissen sollte?«

»Ich glaube, es ist das Beste, wenn wir es dir zeigen«, antwortete Gertie, und Celeste erhob sich, machte sich innerlich auf das Schlimmste gefasst und folgte ihren Schwestern aus dem Esszimmer.

# 3. Kapitel

Sie durchquerten die Eingangshalle, wobei ihre Schritte auf dem grauen Steinboden hallten.

»Wir wollten das wirklich nicht an deinem ersten Abend hier machen«, sagte Gertie, »aber es brennt uns schon seit Monaten unter den Nägeln, und wir dachten, wir sollten dich ins Bild setzen.«

»Wohin gehen wir?«, fragte Celeste. Es war die Art von Haus, die eine solche Frage rechtfertigte, weil es so groß war.

»In den Nordflügel«, antwortete Evie. »Wanderstiefel und Sauerstoffmasken sind unverzichtbar.«

Celeste seufzte. Der gefürchtete Nordflügel machte nichts als Ärger. Es war die Seite des Hauses, die am wenigsten Sonnenlicht abbekam, und Feuchtigkeit war dort schon immer ein Problem gewesen. Auch das Dach war nie ganz dicht gewesen, sodass eine ganze Armee von Eimern in den Zimmern stand, in dem Versuch, das Regenwasser aufzufangen.

Sie folgten einem langen Korridor, der mit einer Eichenholztäfelung im Faltwerkstil des sechzehnten Jahrhunderts ausgekleidet war. Einmal hatte ihnen ein Architekt gesagt, dass das alte Herrenhaus einige der großartigsten Faltwerktäfelungen im ganzen Land besaß. Sie waren außergewöhnlich schön, das war nicht zu leugnen, doch sie machten diesen Teil des Hauses so dunkel, dass es einem eher so vorkam, als liefe man durch einen Tunnel.

Gertie, die vorausging, blieb plötzlich vor dem Zimmer stehen, das allgemein als »das Zimmer des Verderbens« bezeichnet wurde. Celeste hatte bereits vermutet, dass dies ihr Ziel war.

»Mach dich auf was gefasst«, warnte Evie und benutzte damit einen Lieblingsausdruck ihres Grandpas.

»Macht euch auf was gefasst – die Westmauer ist in den Graben gestürzt«, pflegte er zu verkünden, oder: »Macht euch auf was gefasst – der Boiler hat wieder den Geist aufgegeben.«

In ihrem alten Haus musste man sich anscheinend ständig auf neue Überraschungen gefasst machen.

Gertie öffnete die große Holztür, die laut quietschte. Alle drei traten ein und warteten, bis ihre Augen sich an das Dämmerlicht gewöhnt hatten. Der Raum war vollkommen unmöbliert, und ein feuchter Geruch lag in der Luft, der eher an eine leere Kirche erinnerte. Die Dielen waren staubig, und an den Fenstern hingen Spinnweben. Es war ein trauriges, ungeliebtes Zimmer, das völlig vergessen und einem langsamen Tod überlassen worden war.

»Also, da ist es«, sagte Gertie, und Celeste wandte ihren Blick vom Fenster ab und starrte entsetzt auf die Stelle an der Wand, auf die Gertie deutete.

»Was ist *das* denn?«, fragte sie. »Das sieht wie ein großes schwarzes Loch aus.« Ihre Augen weiteten sich, während sie versuchte, es zu erfassen.

»Das ist so 'ne Art Schimmel«, antwortete Evie. »Ekelhaft, oder? Ich versuche, es zu verdrängen.«

»Das macht es auch nicht besser«, entgegnete Celeste, die entsetzt die schwarze Masse vor ihr beäugte. »Ist das nicht genau das, was auch Mum getan hat? Ihre Idee, einfach Zimmertüren abzuschließen, war nicht gerade gut. Dadurch verschwindet ein Problem nicht.« Sie machte ein paar vorsichtige Schritte in Richtung der schwarzen Wand, als fürchtete sie, dass sie sie jeden Moment mit Haut und Haar verschlucken könnte.

»Wir haben einen Kostenvoranschlag für die Reparatur eingeholt«, sagte Gertie.

»Wie hoch ist er?«, wagte Celeste zu fragen.

»Sechsstellig«, antwortete Gertie. »Ich weiß es nicht mehr genau. Er liegt irgendwo auf dem Schreibtisch.«

Celeste nahm einen tiefen Atemzug, erinnerte sich dann daran, wo sie sich befand, und hoffte, dass sie jetzt keine Schimmelsporen in der Lunge hatte.

»Wir könnten einfach eine neue Wand davor hochziehen oder einen Vorhang davorhängen oder so«, schlug Evie vor.

»Wir können solche Dinge nicht länger ignorieren«, widersprach Celeste. »Wir müssen das Haus sicher machen, sonst wird es komplett verfallen und schließlich in den Wassergraben stürzen.«

»Das ganze Haus benötigt Aufmerksamkeit – nicht nur dieses Zimmer«, warf Gertie ein. »Es gibt jede Menge Furchtbares, wenn man sich die Zeit nimmt und lange genug danach sucht. Nur dass wir nicht dazu gekommen sind und ganz sicher nicht das Geld haben, um alle Probleme zu beheben, selbst wenn wir genug Zeit hätten, sie alle ausfindig zu machen.«

»Ich weiß nicht, warum Grandma und Grandpa so ein riesiges Haus gekauft haben«, sagte Celeste.

»Aber es ist ein *schönes* Haus«, entgegnete Gertie.

»Und du bist eine hoffnungslose Romantikerin, genau wie die beiden«, erwiderte Celeste.

»Das ist nichts Schlimmes«, meinte Gertie.

»Doch, wenn du nicht genug auf dem Konto hast, um es dir leisten zu können«, widersprach Celeste.

»Wir müssen sparen«, sagte Evie.

»Ich glaube nicht, dass das reichen wird«, entgegnete Celeste. »Wir haben schon alles gespart, was wir konnten, aber das ist nur ein Tropfen auf den heißen Stein. Das Geld muss von anderswo kommen. Nach dem zu urteilen, was ihr mir erzählt habt, deckt das Rosengeschäft gerade einmal seine eigenen Kosten. Am Monatsende bleibt nichts übrig, außerdem haben wir schon drei überzogene Konten und eine Hypothek, richtig?«

Gertie nickte. »Also, was schlägst du vor?«

»Nun, zuerst einmal glaube ich, dass wir etwas verkaufen müssen«, sagte Celeste.

Evie schluckte schwer. »Du meinst das Gemälde, nicht wahr?«

»Ja«, bestätigte Celeste. »Ich bin sicher, dass du es dir sowieso so gut wie nie anschaust, oder?«

»Gibt es nicht etwas anderes? *Irgendwas?*«, fragte Evie.

»Zum Verkaufen?«, erwiderte Celeste. »Na ja, wenn wir nicht anfangen, Kamine rauszureißen und Möbelstücke zu verscherbeln …«

Gertie seufzte. »Ich glaube, Celeste hat recht. Wir müssen das Gemälde verkaufen. Mum hat das Gleiche gesagt, kurz bevor sie gestorben ist.«

»Was hat sie denn *genau* gesagt?«, wollte Celeste wissen.

»Sie hat gesagt: ›Verkauft den Fantin-Latour.‹«

»Okay, also das ist dann ziemlich eindeutig«, erwiderte Celeste.

Gertie näherte sich der Wand und berührte sie vorsichtig mit einem Finger.

»Oh, fass das nicht an!«, rief Evie. »Du wirst dir was Schlimmes einfangen und einen langsamen, qualvollen Tod sterben.«

»Es ist einfach so, wie es aussieht: kalt und feucht«, meinte Gertie.

Evie war aus dem Zimmer gewichen, und Gertie und Celeste folgten ihr.

»Irgendwo auf Mums Schreibtisch liegt eine Visitenkarte«, sagte Gertie. »Sie stammt von einem Auktionshaus in London, das sich auf Kunst spezialisiert hat.«

»Ich will das Gemälde wirklich nicht verkaufen«, gab Celeste zu, »aber ich glaube nicht, dass wir eine andere Wahl haben. Grandpa hat es Grandma mal zum Hochzeitstag geschenkt. Erinnert ihr euch an die Geschichte?«

Die Schwestern schüttelten die Köpfe.

»Es gab einen Landsitz im Norden von Norfolk, der veräußert werden sollte. Alles musste raus. Es war so traurig. Die Auktion dauerte drei Tage, und Leute kamen aus aller Welt, um ein kleines Stück englischer Geschichte zu ergattern«, erzählte Celeste.

»Und da hat Grandpa den Fantin-Latour ersteigert?«, fragte Evie.

Celeste nickte. »Zu einem lächerlich niedrigen Preis.«

»Hat er da auch die anderen Gemälde her?«, wollte Gertie wissen.

»Nein, ich glaube, die kamen später. Mum hat mir mal erzählt, dass Grandpa immer dann ein Gemälde erworben hat, wenn sich eine neue Hamilton-Rose gut verkauft hat. Ein Rosengemälde. Das war seine Art, den Augenblick im Gedächtnis zu bewahren. Eine schöne Rose für immer einzufangen«, erklärte Celeste.

»Na, wer klingt denn jetzt romantisch?«, bemerkte Evie mit einem Lächeln.

»Ich bin nicht romantisch. Ich erzähle bloß, was er gemacht hat«, entgegnete Celeste. »Aber vielleicht sollten wir *alle* Gemälde schätzen lassen. Die neuen und die alten. Möglicherweise sitzen wir auf einem kleinen Vermögen.«

Sie waren wieder in der Eingangshalle angelangt und verharrten neben der Standuhr. Neben der riesigen Eingangstür hing ein Barometer an der Wand. Solange Celeste sich erinnern konnte, war es da gewesen, und seine schöne, altmodische Skala zeigte immer dasselbe an: »Wetterwechsel«. Gleichgültig, wie das Wetter war, gleichgültig, ob von morgens bis abends die Sonne schien oder ein Schneesturm tobte, der kleine Zeiger stand immer auf dem Wort »Wetterwechsel«. Was wahrscheinlich auf das englische Klima so in etwa immer zutraf.

»Ich finde wirklich, dass wir sie alle schätzen lassen sollten«, wiederholte Celeste und sah Evie an. »Was ist denn?«

»Ich kann mir unser Haus einfach nicht ohne diese Gemälde vorstellen«, sagte sie. »Sie sind praktisch schon ewig hier.«

Gertie nickte. »Geht mir genauso. Sie gehören einfach in dieses Haus.«

»Ich weiß«, erwiderte Celeste und runzelte die Stirn.

»Was ist los?«, fragte Gertie.

»Ich frage mich schon die ganze Zeit, ob eigentlich ein Gemälde fehlt.«

»Welches?«, wollte Evie wissen.

»Das ist es ja – ich kann mich einfach nicht erinnern«, antwortete Celeste. »Aber ich hätte schwören können, dass irgendwo noch ein anderes ist.« Sie schnalzte mit der Zunge. »Wahrscheinlich bilde ich es mir ein. In meinem Kopf herrscht gerade ziemliches Chaos.«

»Aber könnten wir über diese Verkäufe nicht erst noch ein wenig nachdenken?«, fragte Gertie.

Celeste seufzte. »Na schön, aber nicht zu lange, sonst stürzt uns das ganze Haus über den Köpfen ein.«

* * *

Celeste wusste, dass sie es sich erlauben sollte, ihren ersten Abend daheim zu genießen. Zum Beispiel, indem sie sich irgendein Buch aus den Regalen in der Bibliothek holte und sich einen gemütlichen alten Sessel suchte, in den sie sich kuscheln konnte, oder indem sie in den Gärten spazieren ging und die abendliche Wärme genoss. Doch es lag nicht in ihrer Natur, sich hinzusetzen und sich zu entspannen, erst recht nicht, wenn sie wusste, dass es so viel zu tun gab – einschließlich des Versuchs, ihre Schwestern davon zu überzeugen, das Anwesen zu verkaufen. Erst jetzt wurde ihr langsam klar, wie sehr sie an dem alten Haus hingen und wie schwierig es werden würde, sie dazu zu bringen, die Dinge rational zu sehen. Es kam ihr vor, als sei sie in eine unmögliche Situation geraten: Gertie und Evie hatten sie um Hilfe und Rat gebeten, aber wollten sie das wirklich? Würden sie ernsthaft auf ihre Vorschläge hören, oder war sie in dieser Sache auf sich gestellt?

*Bist du dir überhaupt sicher, dass du dieses Haus verkaufen kannst, selbst wenn sie zustimmen?*, fragte eine kleine Stimme in ihr, und sie musste zugeben, dass sie darauf keine Antwort wusste. Sie liebte das Anwesen ebenso sehr wie die beiden – da war sie sich ziemlich sicher –, doch für sie war dieses Gefühl mit so vielen anderen komplizierten Problemen verbunden, sodass es ihr möglich war, die Dinge mit weit weniger Leidenschaft zu betrachten, als ihre Schwestern es konnten.

Sie schüttelte den Kopf. Schon jetzt machte sie sich verrückt, dabei war sie gerade erst angekommen. Sie musste all diese Fragen noch nicht gleich beantworten. Sie musste einfach einen Tag nach dem anderen, eine Aufgabe nach der anderen in Angriff nehmen. Mit diesem Gedanken im Kopf machte sie sich auf den Weg ins Studierzimmer.

Das Studierzimmer befand sich auf der Vorderseite des Hauses. Es wurde immer als Studierzimmer und niemals als Büro bezeichnet, da das Wort *Büro* für ihre Mutter zu steif und konventionell geklungen hatte. Sie hatte gewollt, dass man ihren Arbeitsplatz mit Inspiration und Freude assoziierte. Es war kein großes Zimmer. Zwei Doppelflügelfenster mit alten Damastvorhängen zu beiden Seiten, die schon vor langer Zeit ihre Farbe und die meisten ihrer Fäden eingebüßt hatten, nahmen zwei der vier Wände ein. Die anderen beiden zierten Bücherregale, die vom Boden bis zur Decke reichten. Die verstaubten alten Schinken waren größtenteils Werke über Blumen und die Geschichte der Gartenbaukunst. Celeste betrachtete sie und bemerkte den Staub und einige Spinnweben, die sich dort angesammelt hatten. Ihr war gesagt worden, dass ihre Putzfrau Mrs Cartwright vor ein paar Monaten hatte entlassen werden müssen, und ihre Abwesenheit machte sich in jedem Zimmer bemerkbar. Es war ein großes Haus – viel zu groß für nur zwei oder drei Personen –, und es war ein Vollzeitjob, alles sauber zu halten.

Ein wuchtiger viktorianischer Partnerschreibtisch aus Walnussholz befand sich in der Mitte des Raumes, und die beiden identischen Bürostühle standen einander wie zwei gegnerische Generäle gegenüber. Celeste konnte sich noch an die Zeit erinnern, als sie selbst eine Hälfte des sogenannten Partnerschreibtisches eingenommen hatte, doch beinah unmerklich hatte sich der Papierkram ihrer Mutter über die lederne Schreiboberfläche ausgebreitet, sodass er sich wie eine entschlossene Armee bis auf Celestes Platz ausdehnte. Trotzdem war von ihr erwartet worden, die Hälfte der Arbeit zu erledigen – mehr als die Hälfte, um ehrlich zu sein –, aber ihre Mutter hatte anscheinend nicht geglaubt, dass sie genauso viel Platz brauchte, um dies zu tun.

Celeste betrachtete den Schreibtisch. Sie hatte gewusst, was sie dort finden würde: aufgetürmte Stapel aus Briefen und unbezahlten Rechnungen. Ihre Schwestern waren zwei der fleißigsten Menschen, die Celeste jemals gekannt hatte, aber wenn es um Papierkram ging, waren die beiden absolut hoffnungslos. Ihre Talente lagen im Garten und im Gewächshaus, doch alles, was im Entferntesten mit Verwaltungsarbeit zu tun hatte, wurde aufeinandergestapelt und vergessen – frustrierend für jemanden wie Celeste, die Ordnung und Organisation sehr schätzte.

Sie konnte sich nicht dazu überwinden, sich an den Schreibtisch zu setzen – das wäre zu förmlich. Stattdessen blieb sie daneben stehen, überflog die Papiere und Umschläge und streckte die Hand aus, als sie ein einzelnes Blatt Papier mit der Handschrift ihrer Mutter entdeckte. Ihre Finger zitterten, als sie es nahm und las. Es war eine ihrer berüchtigten To-do-Listen. Die übliche Aufzählung von Aufgaben, die es in Haus und Garten zu erledigen galt, aufgeteilt zwischen Gertie und Evie. Celeste überflog das Blatt, ihre Augen kamen jedoch zu einem abrupten Halt, als sie den letzten Punkt auf der Liste las.

*Celeste anrufen?*

Sie starrte auf die Worte vor ihr. *Celeste anrufen?* Der Gedanke war ihrer Mutter also gekommen, dachte sie, doch das vielsagende Fragezeichen verriet einiges, und der Anruf hatte nie stattgefunden. Hatte der Krebs sie so schnell dahingerafft, dass sie keine Chance mehr gehabt hatte, sich zu melden? Celeste wusste, dass die letzten Wochen der Krankheit ihrer Mutter ziemlich schlimm gewesen waren. Ihre Schwestern hatten ihr erzählt, dass Penelope sie ganz in ihrem Zimmer verbracht hatte. Wann also hatte sie diese Notiz geschrieben?

»Wollte sie denn jemals wirklich anrufen?«, fragte Celeste in den leeren Raum hinein. Sie konnte nicht anders, als sich zu wundern, was ihre Mutter zu ihr gesagt hätte, wenn sie zum Telefon gegriffen hätte, und empfand eine große Traurigkeit darüber, dass sie es nun niemals erfahren würde.

Sie schluckte schwer, ließ das Blatt Papier auf den Tisch fallen, und in diesem Moment entdeckte sie die kleine creme-farbene Visitenkarte, die Gertrude ihr gegenüber erwähnt hatte.

*Julian Faraday – Auktionator.*

Eine Londoner Adresse war angegeben, an irgendeinem Platz, der ziemlich eindrucksvoll klang, außerdem Telefonnummer und E-Mail-Adresse. Das war also der Mann, in dessen Macht es lag, sie zu retten? Der Mann, der ein viel geliebtes Gemälde aus dem Zuhause einer Familie entführen und es an den Meistbietenden verkaufen würde, gleichgültig, ob derjenige es verdiente oder nicht.

Celeste verfluchte still den gesichtslosen Julian Faraday und legte die Visitenkarte neben dem Telefon auf den Schreibtisch. Im tiefsten Inneren wusste sie, was sie zu tun hatte, doch noch war sie nicht dazu bereit, den Anruf zu tätigen.

# 4. Kapitel

Gerties Schritte waren schnell und lang und trugen sie über die Brücke über den Wassergraben und um den Garten herum zu einem kleinen Pfad durch eine Wiese. Zu dieser Jahreszeit blühten hier leuchtende Butterblumen und rotes Leimkraut in Hülle und Fülle. Gertie liebte die Wildblumen, doch heute Abend hatte sie keine Zeit, stehen zu bleiben, um sie zu bewundern, weil sie mit jemandem verabredet war.

Sie folgte dem Fluss Stour, der sich sanft durch die Landschaft schlängelte, und gerade als sie sich der umgestürzten Weide näherte, sah sie Mrs Forbes. Gertie seufzte, denn an dieser Stelle des Pfades konnte sie ihr nicht ausweichen.

*Geh weiter, geh weiter*, sagte sie sich, als auch schon das Unvermeidliche geschah und sie praktisch zusammenstießen.

Mrs Forbes war eine große, aufrechte Frau, die im Gemeindesaal einen Aerobic-Kurs für Leute ab fünfzig anbot. Sie selbst war Ende fünfzig und hatte eine Stimme wie ein Militärmajor. Jeden Mittwochmorgen brüllte sie die Teilnehmer so laut an, dass man sie bis zum anderen Ende des Dorfs hören konnte.

»Guten Abend, Gertrude«, sagte Mrs Forbes mit dröhnender Stimme. »Machst du einen Spaziergang?«, erkundigte sie sich und meinte: *Wo willst du hin?*

»Ja«, antwortete Gertie und beging nicht den fatalen Fehler, beim Reden stehen zu bleiben. »Guten Abend«, sagte sie, während sie weiterlief.

Mrs Forbes wirkte verwundert, doch sie war kein Mensch, der schnell beleidigt war, also ging Gertie weiter, aus Angst, verfolgt zu werden. Sie konnte sich nicht vorstellen, dass Mrs Forbes so etwas tun würde, aber trotzdem warf sie immer wieder einen Blick über die Schulter, bis der massige Körper der älteren Frau nichts weiter als ein Punkt in der Ferne war.

Sie war überrascht, wie sehr ihr Herz aufgrund der unerwarteten Begegnung raste, und sie sagte sich immer wieder, dass sie sich grundlos verrückt machte. Mrs Forbes war keine Klatschtante, und wahrscheinlich interessierte es sie nicht einmal, wohin Gertie unterwegs war. Nichtsdestoweniger konnte sie ihre Besorgnis noch immer nicht unterdrücken, und einen Augenblick später wurde ihr klar, dass dies alles ein wesentlicher Bestandteil der Sache war, in die sie sich hineinmanövriert hatte.

Sie entfernte sich vom Flussufer, stieg über einen Zauntritt und passte auf, dass sie sich dabei nicht ihr Kleid zerriss. Sie hatte sich für ein einfaches Jeanskleid, das vorn mit kleinen Perlmuttknöpfen geschlossen wurde, entschieden. Es war die Art von Kleid, die hübsch war, ohne unnötig Aufmerksamkeit zu erregen. Wenn Evie oder Celeste sie beim Verlassen des Anwesens gesehen hätten, hätten sie nicht geahnt, dass sie irgendetwas Besonderes vorhatte. Die Tatsache, dass sie ihr langes Haar gewaschen und geföhnt hatte und es offen trug und außerdem jede Menge Mascara und Lipgloss aufgelegt hatte, war nebensächlich. Was war falsch daran, bei einem Abendspaziergang hübsch aussehen zu wollen?

Während sie das nächste Feld überquerte, tauchte ein schwarz-weißer Windhund mit glänzendem, glattem Fell auf. Es war ein schönes Tier, doch es hatte seine besten Tage bereits hinter sich und bewegte sich wie ein älterer Gentleman. Gertie wusste, dass dies die Art von Hund war, die kaum Auslauf brauchte. Tatsächlich wäre er völlig damit zufrieden gewesen, den ganzen Tag zusammengerollt auf seinem Lieblingssessel zu Hause zu liegen, doch sein Besitzer brauchte eine Ausrede, um das Haus zu verlassen, und der Hund kam ihm als Vorwand gerade recht.

»Hey, Clyde«, sagte Gertie, als der alte Hund sich ihr näherte und ihr seine feuchte Schnauze in die Hand drückte. »Wo ist denn dein Herrchen?« Doch die Antwort kannte sie bereits.

Direkt hinter den Bäumen befand sich eine alte, verfallene Kapelle, und an einer der rauen Feuersteinwände lehnte ein hochgewachsener Mann mit dunkelblondem Haar. Er hörte Gertie nicht kommen, und sie hatte die Gelegenheit, ihn für einen Moment heimlich zu beobachten. Er trug blaue Jeans und ein braun-weiß kariertes Baumwollhemd. Sein Gesicht wirkte verhärmt und seine blauen Augen müde, als hätte er eine Woche lang nicht geschlafen – was vielleicht sogar stimmte.

»James?«, sagte sie, während sie näher kam.

»Gertie«, erwiderte er und schenkte ihr ein kleines Lächeln. »Ich dachte schon, du kommst nicht.«

»Natürlich bin ich gekommen. Ich hab noch nie eines unserer Treffen versäumt, oder?«

Er näherte sich ihr, umfasste ihr Gesicht mit seinen großen Händen und küsste sie sanft auf den Mund.

»Du trägst das Parfum, das ich dir gekauft hab«, bemerkte er und streichelte ihr sanft den Hals.

Gertie nickte. Es war »Penhaligon's Gardenia«, das herrlich leicht und süß duftete.

»Ich hab dir noch etwas mitgebracht«, sagte er, griff in seine Jeanstasche und holte eine kleine Schachtel heraus.

»James – du darfst mir nicht ständig Sachen kaufen!«

»Will ich aber«, erwiderte er. »Jetzt hör auf zu protestieren, und mach es auf.«

Er überreichte ihr die kleine blaue Schachtel. Sie öffnete sie und schnappte nach Luft. Es war ein herzförmiges Medaillon aus Silber.

»Ich wollte schon *immer* ein Medaillon haben«, sagte sie, und ihre dunklen Augen leuchteten vor Freude.

»Ich weiß«, erwiderte er. »Ich habe mich aber nicht getraut, ein Foto hineinzustecken. Oder zumindest keins von mir.«

Gertie blickte zu ihm auf. »Da ist etwas drin?«

»Ich glaube, das solltest du lieber herausfinden.«

Vorsichtig öffnete Gertie das Schmuckstück und lächelte, als sie sah, was sich darin verbarg. »Es ist Clyde!«, lachte sie.

»Ich hab das Foto am Computer verkleinert. Sieht er nicht klasse aus?«

»Er sieht wirklich toll aus«, erwiderte Gertie, gerade als Clyde kam, um sie mit der Nase anzustupsen, so als ob er wüsste, dass er gerade bewundert wurde. »Danke.«

James nickte und lächelte. »Ich wünschte nur, es gäbe mehr, was ich für dich tun könnte.«

Gertie schüttelte den Kopf. »Nicht.«

Er nahm ihre Hände und drückte sie. »Weißt du, wie sehr ich mir wünsche, mit dir zusammen zu sein?«

»Nicht, James!«, sagte sie.

»Ich will einfach, dass wir ein normales Paar sind. Ich will dich in ein schickes Restaurant ausführen …«

»Das kannst du dir doch gar nicht leisten!«, neckte Gertie.

»Okay – einen netten Pub«, fuhr er fort, »und es mir mit dir in einer Ecke gemütlich machen und dich unterm Tisch kitzeln, wenn keiner hinschaut.«

Gertie kicherte, als er das jetzt tat, doch dann seufzte sie. »Aber du kannst mich nicht in der Öffentlichkeit kitzeln, ganz egal, ob uns jemand sieht, weil du ein verheirateter Mann bist.«

James stöhnte und legte den Kopf in den Nacken. »Du brauchst mich nicht immer wieder daran zu erinnern. Mit dieser Tatsache lebe ich täglich!«

»Na ja, auch ich lebe mit dieser Tatsache«, erwiderte Gertie. »Du hast keine Ahnung, wie es für mich ist, oder? Celeste ist wieder zu Hause, und Evie hat endlos über diesen Vorfall in der Kirche geredet.«

»Ah«, seufzte er.

»Es war schrecklich, das mit anhören zu müssen, wo sie doch gar nicht weiß, was wirklich los war. Das ist so unfair – Samantha kriegt das ganze Mitgefühl, und niemand denkt auch nur eine Sekunde darüber nach, was du alles ertragen musst.«

»Hey«, sagte James sanft, »mach dir keinen Kopf. Du weißt doch, wie die Dinge sind.«

»Ja, das weiß ich«, erwiderte Gertie, »und sie sind grausam und unfair.«

»Ich weiß«, sagte er.

Sie umarmten sich sanft und schmiegten die Köpfe aneinander.

»Was ist passiert, als du nach Hause gekommen bist?«, fragte Gertie.

»Nach der Kirche?«

»War sie böse?«

»Natürlich«, antwortete James. »Aber zugleich hat sie jede Minute genossen. Sie liebt nichts mehr, als das Opfer zu spielen, und ich musste mich den ganzen Abend lang immer wieder entschuldigen, obwohl es mir überhaupt nicht leidgetan hat.«

»Hast du wirklich gesagt, du würdest sie vom Clacton Pier stoßen?«

James lachte. »Hab ich das gesagt?«

»Evie hat es zumindest behauptet.«

»Nun, ich schätze, dann muss es wohl stimmen.« Er fuhr sich mit der Hand durchs Haar, und erneut bemerkte Gertie, wie müde er wirkte.

»Alles okay?«

Er nickte. »Ich schlafe bloß schlecht.«

»Bist du schon aus dem Schlafzimmer ausgezogen?«

»Nein«, erwiderte er. »Samantha lässt mich nicht. Jedes Mal, wenn ich es wage, es anzusprechen, macht sie eine Riesenszene. Sie sagt, sie wird nachts aufwachen und einen Unfall haben, dabei wacht sie nachts nie auf. Wenn sie schläft, schläft sie. Sie braucht mich dort nicht.«

»Du musst ausziehen – und zwar nicht nur aus dem Schlafzimmer«, meinte Gertie. »Du musst ganz ausziehen.«

»Wie kann ich das tun, wenn sie so hilflos ist?«

»Aber sie hat doch Geld. Sie muss einfach einen Pfleger einstellen. Du kannst nicht länger ihr Sklave sein. Nicht, wenn es zwischen euch so läuft.«

»Was werden die Leute von mir denken, wenn ich das tue?«, fragte er.

»Lass sie denken, was sie wollen«, entgegnete Gertie. »Sie haben keine Ahnung, was du durchmachst. Sag ihnen, dass *sie* doch selbst bei ihr einziehen sollen, wenn sie sich solche Sorgen machen, dann werden sie schon sehen, wie sie ist.«

James seufzte. »Warum haben wir uns nicht schon vor Jahren kennengelernt?«

»Weil ich da noch zur Schule gegangen bin«, neckte Gertie, und James musste lächeln.

»*So* viel älter als du bin ich gar nicht«, bemerkte er.

»Du bist achtunddreißig. Praktisch ein alter Mann!«

Er wirkte über diese Bemerkung einigermaßen empört. »Na schön, wenn du so über mich denkst, gehe ich sofort zu meiner Frau zurück!«

Gertie lachte, und danach schwiegen sie für einen Augenblick.

»Evie hat noch etwas erzählt«, sagte sie schließlich.

»Was?«, fragte James.

»Sie hat gesagt, sie glaubt, dass du eine Affäre hast.«

»O Gott. Wirklich?«

»Natürlich kann sie es nicht beweisen. Sie hat bloß behauptet, sie hätte ein Gerücht gehört.«

»Von wem denn?«, erkundigte James sich besorgt.

»Keine Ahnung!«

»Wir waren doch so vorsichtig«, erklärte er. »Ich erzähle niemandem, wohin ich gehe, und ich begegne nie irgendjemandem. Du vielleicht?«

»Nein«, erwiderte Gertie und schüttelte den Kopf. »Heute Abend habe ich Mrs Forbes gesehen, aber wir haben nicht mehr als Hallo zueinander gesagt, und ich glaube sowieso nicht, dass sie es weitertratschen würde, selbst wenn sie irgendeinen Verdacht hätte.«

»Bist du dir da sicher? Ich vertraue niemandem in diesem Dorf. Der Hauch eines Gerüchts genügt ihnen, und sie sind nicht mehr zu halten.«

»Wie kannst du das sagen!«, rief Gertie, und in ihrem Gesicht zeichnete sich Empörung ab. »Nur weil du aus London kommst, wo kein Mensch mit dem anderen spricht und es den Leuten egal ist, was die anderen treiben.«

»Das ist nicht fair!«, widersprach James. »In den fünf Jahren, in denen ich in meiner alten Wohnung gelebt habe, habe ich mindestens zwei Mal mit meinem Nachbarn geredet.«

Gertie lächelte, dann verblasste es langsam. »Was werden wir tun?«

James beugte sich vor und küsste sie auf die Stirn. »Ich weiß es nicht«, sagte er, »aber wir müssen uns etwas einfallen lassen. Ich sehne mich so sehr danach, mit dir zusammen zu sein.«

»Dann müssen wir anfangen, Pläne zu schmieden«, erwiderte sie ernst.

Er fuhr fort, sie zu küssen, und widmete sich der empfindlichen Haut an ihrem Hals. »Pläne«, murmelte er.

»Ja!«, beharrte Gertie. »James?«

»Was?«

»Hörst du mir überhaupt zu?«

»Müssen wir uns denn jetzt darüber unterhalten?«

»Na ja, wenn nicht jetzt, wann dann?«

»Wir haben doch so wenig Zeit miteinander«, murmelte er. »Ich will sie nicht mit Reden verschwenden.«

Gertie versuchte, bei seiner Benutzung des Wortes *verschwenden* nicht zusammenzuzucken, weil sie den Augenblick nicht ruinieren wollte, doch sie wurde immer frustrierter, weil sie keine Pläne machen konnten.

»Sag mir einfach, dass wir bald zusammen sein werden«, sagte sie.

»Natürlich«, erwiderte er. »Sehr bald schon.« Und mit einem weiteren Kuss brachte er alle weiteren Fragen zum Verstummen.

* * *

Das Getöse in der Nacht weckte alle auf, Frinton eingeschlossen, der sofort von seinem Platz auf dem Boden auf- und in das Bett seines Frauchens sprang und anfing, ängstlich zu knurren. Im einen Moment war Celeste tief in einen Traum versunken gewesen, in dem es darum ging, dass sie versuchte, einen Berg von Papierkram zu kompostieren …

»Es wird die Rosen düngen. Es wird die Rosen düngen«, hatte sie immer wieder in Gerties und Evies Gegenwart wiederholt, und die beiden hatten sie völlig verzweifelt beobachtet.

Im nächsten Moment saß sie aufrecht im Bett, und ihr Herz raste wie das eines wilden Tieres.

»Ruhig, Frinton«, befahl sie dem Hund, während sie versuchte, zu begreifen, was gerade geschehen war.

Sofort war Gertie in ihrem Zimmer. »Was zum Teufel war das?«

»Ich dachte, ich hätte es geträumt«, sagte Celeste, knipste ihre Nachttischlampe an und zog sich einen Pullover über.

»Du hast es nicht geträumt. Es kam von unten. Oder oben. Ich bin mir nicht ganz sicher«, erwiderte Gertie.

»Gertie?«, rief Evies Stimme unten aus der Halle.

»Ich bin in Celestes Schlafzimmer«, rief Gertie zurück.

»Habt ihr das gehört?« Evie kam hinzu, und ihr hübsches Gesicht wirkte im Licht der Lampe blass.

»Es war nicht zu überhören«, erwiderte Gertie.

»Was war das? Es klang, als sei ein ganzes Zimmer eingestürzt«, sagte Evie.

»Sag das nicht. *Bitte*, sag das nicht!«, flehte Celeste und schlüpfte in ihre Hausschuhe. Dass ein ganzes Zimmer einstürzte, lag an einem Ort wie dem Herrenhaus allerdings durchaus im Bereich des Möglichen.

»Was sollen wir tun?«, fragte Evie und wandte sich an ihre ältere Schwester, als hätte die darauf eine Antwort.

»In allen Räumen nachsehen«, antwortete Celeste.

Einen Augenblick später verließen alle drei mit Frinton im Schlepptau das Schlafzimmer und fingen an, überall die Türen zu öffnen und Licht zu machen.

»Seid bloß vorsichtig!«, rief Celeste. »Ich will nicht, dass jemand von euch durch die Holzdielen kracht oder so.«

»Ich glaube nicht, dass es von oben kam«, meinte Evie einen Moment später.

»Sucht einfach weiter«, erwiderte Celeste. »Wir müssen ganz sicher sein.«

Ein paar Minuten später trafen sich die drei Schwestern draußen am Treppenabsatz.

»Nichts«, sagte Gertie.

»Nicht mal ein Spinnennetz ist verrutscht«, ergänzte Evie.

»Dann muss es von unten gekommen sein«, schloss Celeste.

»Oh, müssen wir da runtergehen?«, fragte Evie und zog den Kragen ihres Nachthemds enger. »In diesem Haus gruselt es mich nachts ganz furchtbar.«

»Keine Sorge«, sagte Gertie. »Zu mehreren ist man sicherer.«

»Genau. Wenn sich also ein verrückter Axtmörder im Dunkeln versteckt, ist das nicht weiter schlimm, weil statt einer gleich drei schreiende Frauen im Nachthemd dastehen«, erwiderte Evie.

»Ich gehe zuerst«, erklärte Celeste und führte ihre beiden Schwestern die Treppe hinunter. Frinton, der von diesem nächtlichen Abenteuer absolut begeistert war, stürmte voran und kam einen Augenblick später schlitternd in der Eingangshalle zum Stehen, wobei seine Vorderpfoten unter einem alten, fadenscheinigen Teppich verschwanden.

»Wie spät ist es überhaupt?«, wollte Evie wissen.

Genau in diesem Moment schlug die Standuhr wie zur Antwort drei Uhr.

»Wo sollen wir anfangen?«, fragte Gertie.

»Wir teilen uns keinesfalls auf«, warf Evie ein, »also wagt es ja nicht, das vorzuschlagen!«

Celeste seufzte. »Na schön, lasst uns im Esszimmer anfangen«, sagte sie, öffnete tapfer die Tür und schaltete das Hauptlicht ein. Dies war wahrscheinlich das Zimmer, das am wenigsten einsturzgefährdet war, und auch die Ritterrüstung in der entfernten Ecke stand noch immer aufrecht. Wenn sie umgekippt wäre, hätte sie jedenfalls einen ganz anderen Lärm produziert als den, der sie alle aufgeweckt hatte.

Sie gingen weiter durchs Haus, sahen im Studierzimmer nach und arbeiteten sich durch die Räume, die am wenigsten genutzt wurden, bis sie den langen, dunklen Korridor erreichten.

»Es ist das Zimmer des Verderbens, oder?«, fragte Evie.

»Höchstwahrscheinlich«, antwortete Celeste. »Es verfällt schon seit Jahren.«

»Können wir das nicht auf morgen früh verschieben? Ein paar Stunden mehr machen keinen Unterschied, oder?«, sagte Evie.

Doch Celeste und Gertie marschierten bereits durch den Korridor, und wenn sie nicht allein gelassen werden wollte, blieb Evie keine andere Wahl, als ihnen zu folgen. Glücklicherweise hatte Gertie daran gedacht, eine Taschenlampe mit nach unten zu bringen, da in diesem Teil des Hauses auf die Stromleitungen kein Verlass war. Doch als sie auf dem Weg jede einzelne Tür im Flur öffneten und mit der Taschenlampe in jede Ecke und jeden Spalt leuchteten, entdeckten sie, dass alle Zimmer leer und unberührt waren.

»Also, dann bleibt nur ein Zimmer übrig«, sagte Celeste, und mit schwerem Herzen und schwerem Schritt, wagten sie sich in das Zimmer des Verderbens.

Sobald die Tür offen war, fing Frinton an zu bellen, und das Geräusch hallte im leeren Raum wider.

»Frinton. *Ruhig!*«, rief Celeste.

Er blickte bang zu seinem Frauchen hoch, als wollte er fragen, warum sie einen solchen Ort aufsuchte, wenn sie stattdessen gemeinsam in einem warmen Bett liegen und von Hasen träumen könnten.

Gertie leuchtete mit der Taschenlampe umher. »Was ist *das* denn?«, fragte sie entsetzt, als sie den großen Haufen Schutt in der Mitte des Zimmers entdeckte.

»Es ist die Decke. Die Decke ist eingestürzt«, stellte Evie fest.

»O mein Gott!«, sagte Celeste und schloss die Augen, doch das Grauen war noch immer da, als sie sie eine Sekunde später wieder öffnete, und als Gertie mit der Taschenlampe nach oben leuchtete, sahen sie, dass Evie recht hatte: Die Decke war tatsächlich eingestürzt.

Stillschweigend verharrten sie. Sogar Frinton fehlten die Worte.

Schließlich sprach Gertie. »Du musst diesen Mann vom Auktionshaus anrufen«, sagte sie.

Celeste, die ganz blass und still war, nickte langsam. »Gleich morgen früh.«

# 5. Kapitel

Celeste wärmte sich gerade ihre Hände an einer Tasse süßen Tees, als Gertie in die Küche kam. Es war der Morgen nach dem Vorfall mit der eingestürzten Zimmerdecke, und keine der Schwestern hatte nach dieser Entdeckung gut geschlafen.

»Alles in Ordnung?«, fragte Gertie, als sie sich einen Apfelsaft einschenkte und sich ihrer Schwester gegenüber an den riesigen Tisch aus Kiefernholz setzte.

»Mir geht's gut«, log Celeste.

»Also, du siehst furchtbar aus, wenn ich das sagen darf«, entgegnete Gertie.

»Danke. Ich hatte vergessen, wie ehrlich du früh am Morgen sein kannst.«

Gertie lächelte. »Ich hab nicht besonders gut geschlafen. Und du?«

Celeste schüttelte den Kopf. »Ich konnte nicht aufhören, nachzudenken.«

»Worüber?«

»Über alles«, erwiderte Celeste.

»Ah«, sagte Gertie, »kein Wunder, dass du eine unruhige Nacht hattest.«

Celeste nahm einen weiteren Schluck Tee, und Gertie sprach erneut.

»Hast du in letzter Zeit etwas von Liam gehört?«

Celeste schüttelte den Kopf. »Ehrlich gesagt rechne ich nicht mehr damit.«

»Ich kann nicht glauben, dass es ein Jahr her ist, dass ihr beide Schluss gemacht habt«, meinte Gertie.

»Ich weiß«, antwortete Celeste. »Ich kann immer noch nicht fassen, dass das alles passiert ist.«

»Weiß er, dass du hier bist?«

»Er wird es sich wohl denken können«, erwiderte Celeste. »Er hat gewusst, dass ich das Haus an der Küste nur vorübergehend gemietet hatte, und ich habe ihm Bescheid gesagt, als Mum gestorben ist.«

»Ich fand, es war eine Schande, dass er nicht zur Beerdigung gekommen ist«, bemerkte Gertie.

»Ich hatte ihn gebeten, nicht zu kommen«, erklärte Celeste. »Er hat sich nie mit Mum verstanden, und sie konnte seinen Anblick nicht ausstehen.«

Gertie beobachtete ihre Schwester für einen Augenblick, bevor sie erneut ansetzte, etwas zu sagen.

»Tut mir wirklich leid, dass die Dinge sich so entwickelt haben«, meinte sie schließlich.

»Das war alles meine Schuld«, bemerkte Celeste.

»Sag das nicht.«

»Aber es stimmt«, beharrte Celeste. »Wenn ich es nicht so eilig gehabt hätte, von zu Hause wegzukommen und ein neues Leben anzufangen, hätte ich Liam vielleicht besser kennengelernt und niemals den Fehler begangen, ihn zu heiraten.«

»War es zum Schluss wirklich so schlimm?«, fragte Gertie mitfühlend, und um ihre Augen bildeten sich kleine Fältchen.

»Es war von Anfang an schlimm«, sagte Celeste mit einem angedeuteten Lächeln. »Nein, eigentlich stimmt das nicht. Wir hatten auch viel Spaß. Er war«, sie unterbrach sich, »er konnte mich auf andere Gedanken bringen, verstehst du?«

Gertie lächelte. »Erzähl es mir«, bat sie.

»Nun ja«, fuhr Celeste fort und dachte an die ersten Tage ihrer kurzen Ehe zurück, »er hat immer alberne Sachen gemacht, ist mit mir zum Beispiel Gokart gefahren, hat mich zum Windsurfen mitgenommen oder mit mir Drachen am Strand steigen lassen. Wir haben immer etwas *unternommen* – Dinge, die ich zuvor noch nie gemacht hatte.«

»Klingt spaßig.«

»Das war es auch«, sagte Celeste, »aber man kann nicht immer nur Spaß haben, und sobald die Unternehmungen aufgehört haben und uns der Alltag eingeholt hat, ist uns klar geworden, dass wir absolut nichts gemeinsam haben.« Sie schüttelte den Kopf, als sie sich daran erinnerte. »Eines Tages sind wir von der Arbeit nach Hause gekommen, haben in der Küche ein Abendessen zubereitet, und zwischen uns lag ein furchtbares Schweigen. Kein schönes, vertrautes Schweigen, wie man es vielleicht von manchen Paaren kennt, sondern ein richtig unangenehmes, als wären wir einander völlig fremd. Es gab rein gar nichts, worüber wir uns unterhalten wollten.« Sie zuckte die Achseln.

»Trotzdem tut es mir leid, dass ich nicht zu deiner Hochzeit kommen konnte«, sagte Gertie.

»Ich konnte euch leider nicht dazu einladen«, erwiderte Celeste. »Es ging alles so schnell.«

»Warum hattest du es so eilig?«, fragte Gertie.

Celeste überlegte einen Augenblick lang. »Ich glaube, ich hatte Angst davor, dass Mum versuchen könnte, mich daran zu hindern.«

»Wirklich?«

Celeste nickte. »Sie hat mir immer gesagt, dass ich dieses Haus niemals verlassen würde und dass ich dafür verantwortlich sei, alles am Laufen zu halten.«

»Sie hätte nicht so viel Druck auf dich ausüben sollen«, meinte Gertie.

»Ich glaube, darum habe ich mit Liam einen derartigen Fehler begangen. Er bot mir die Chance, dem hier zu entfliehen, und damals war das wirklich wichtig.«

Gertie nickte. »Ich wünschte, du hättest uns erzählt, wie unglücklich du hier warst. Wir hatten keine Ahnung – wirklich nicht. Du hättest es uns sagen sollen – wir hätten dir helfen können.«

»Es gibt nichts, was ihr hättet tun können.«

»Wir hätten dir *zuhören* können«, entgegnete Gertie.

»Ich wollte keinen Ärger zwischen euch und Mum verursachen – euer Verhältnis zu ihr war schließlich gut, und Evie hat sie immer vergöttert. Das alles konnte ich unmöglich mit meinen Problemen verderben. Ich habe es einfach nicht übers Herz gebracht.«

Gertie streckte ihre Hände über den Tisch, und Celeste ergriff sie und spürte ihren tröstenden Druck. »Also hast du eine hoffnungslose Situation gegen eine andere eingetauscht?«

»Das trifft es ziemlich genau, fürchte ich«, erwiderte Celeste, und die beiden Schwestern sahen einander an.

»Trotzdem bin ich froh, dass du jetzt zu Hause bist«, sagte Gertie. »Ich meine, ich weiß, dass das egoistisch klingt, und ich weiß, du denkst, dass wir dich nur hierhaben wollten, damit du dich um den ganzen Papierkram kümmerst, aber wir haben dich wirklich vermisst. Dieses alte Haus war einfach nicht dasselbe, nachdem du weg warst.«

»Du musst mir nicht schmeicheln«, erklärte Celeste mit einem neckischen Lächeln.

»Tue ich auch nicht«, erwiderte Gertie. »Ich sage dir die Wahrheit. Irgendwas hat gefehlt, als du gegangen bist. Sogar Mum hat es bemerkt.«

»Aber klar doch!«

»*Wirklich*«, beharrte Gertie. »Vielleicht hat sie es niemandem gegenüber zugegeben, aber ich konnte es ihr ansehen. Sie wirkte ...« Gertie verstummte.

»Wie?«, fragte Celeste.

»Verloren«, sagte Gertie schließlich, und Celeste lachte. »Nein, *ernsthaft.*«

»Gertie, du redest ganz schönen Unsinn. Mum hat mich gehasst.«

»Sag das nicht«, widersprach Gertie, und in ihrem Gesicht spiegelte sich Kummer wider.

»Aber es ist wahr. Sie konnte es nicht ertragen, wenn ich im selben Zimmer war wie sie, obwohl sie immer gemeckert hat, wenn ich nicht da war, um ihr zu helfen. Ich konnte es ihr nie recht machen. Ich konnte sie nie glücklich machen.«

Erneut drückte Gertie die Hände ihrer Schwester, und Celeste wusste, dass Gertie noch immer hin- und hergerissen war, sie wollte einerseits ihrer Schwester glauben und andererseits ihrer Mutter ein gutes Andenken bewahren. »Aber *uns* hast du glücklich gemacht«, sagte sie, »und wir haben dich vermisst.«

»Habt ihr? Wirklich?«

»Aber *natürlich*! Wir *alle.*«

»Ich habe euch auch vermisst«, erwiderte Celeste. »O Gott, ich kann nicht glauben, dass ich dreißig und geschieden bin.«

Gertie musste lachen. »Wenigstens hattest du einen Versuch und bist keine alte Jungfer, so wie ich.«

»Du bist nicht alt!«, widersprach Celeste.

»Ich bin sechsundzwanzig und immer noch zu haben«, erwiderte Gertie mit einem melodramatischen Seufzen.

»Was ist aus Tim geworden?«, fragte Celeste, die sich an den gewissenhaften Vertreter erinnerte, der eines Tages hereingeschneit war und versucht hatte, ihnen Doppelverglasung zu verkaufen.

»Ach, das ist schon seit Ewigkeiten vorbei.«

»Und sonst ist keiner in Sicht?«, wollte Celeste wissen.

Gertie sah ihre Schwester an und fragte sich, ob sie es ihr sagen sollte und ob sie es verstehen würde.

»Da *gibt* es jemanden, nicht wahr?«, beharrte Celeste und beugte sich ein wenig vor, als könnte sie dadurch einem Geständnis ihrer Schwester näher kommen.

»Na ja …«

In diesem Moment kam Evie schwungvoll herein. Ihr platinblondes Haar hatte sie sich achtlos hochgesteckt, was ganz natürlich und irgendwie charmant wirkte.

»Guten Morgen!«, flötete sie. »Gut geschlafen?«

»Nein«, sagten Celeste und Gertie wie aus einem Mund.

»Du meine Güte! Nach der ganzen Aufregung mit der eingestürzten Decke war ich wie erschlagen.«

»Ich habe kein Auge zugemacht«, erwiderte Celeste gähnend.

»Und ich bin erst eingenickt, kurz bevor mein Wecker geklingelt hat«, sagte Gertie.

»Rufen wir wieder diesen Mann an?«, fragte Evie, während sie einen Schrank öffnete und nach einer großen Tasse griff, die mit pinkfarbenen Rosenblüten bemalt war.

»Welchen Mann?«, wollte Celeste wissen.

»Den, den wir anrufen, wenn irgendwas kaputtgeht oder runterfällt. Er kommt immer in einem komischen kleinen Transporter, schickt uns per Post einen unverschämten Kostenvoranschlag, und dann melden wir uns nicht mehr bei ihm.«

»Ich denke, das sollten wir tun«, meinte Gertie, »und ich finde, dieses Mal sollten wir versuchen, ihn zu bezahlen, damit er die Arbeit macht – oder, Celly?«

Sie nickte. »Ja«, sagte sie. »Wir müssen das Haus in den bestmöglichen Zustand versetzen, wenn wir es verkaufen wollen.«

»Was?«, platzte es aus Evie heraus. »Warte mal 'ne Sekunde, ich glaube, ich hab dich nicht richtig verstanden.«

»Wovon redest du da, Celly?«, fragte Gertie.

»Ach, kommt schon!«, antwortete Celeste. »Tut nicht so, als hättet ihr noch nie übers Verkaufen nachgedacht. Ihr *müsst* euch darüber schon Gedanken gemacht haben. Ich meine, es ist die naheliegendste Lösung.«

Ein Ausdruck huschte über Gerties Gesicht, den Celeste nicht ganz deuten konnte. »Na ja, ich habe es mir überlegt, aber nicht ernsthaft.«

»Was?«, rief Evie erneut. »Ich kann nicht glauben, was ich da höre. Das kann nicht dein Ernst sein, Celeste.«

»Ich meine es *tod*ernst«, sagte sie. »Genau genommen war es mir noch nie zuvor in meinem Leben mit irgendetwas so ernst wie hiermit.«

Evie sank auf die Sitzbank. »Aber das ist Wahnsinn.«

»Warum?«, fragte Celeste. »Denk doch mal für einen Moment darüber nach. Überleg mal, was dieses Haus an Instandhaltungskosten verursacht und wie viel Geld dafür in Zukunft noch aufgebracht werden muss. Im Moment sind nur wir drei hier. Ich habe nicht vor, hierzubleiben, und in meinen Augen ist es eine riesige Verschwendung, alles in Schuss zu halten, wenn wir es nicht nutzen. Wenn wir das Herrenhaus verkaufen würden, hätten wir genug Kapital, um ein wirklich schönes Grundstück und Häuser für uns alle zu kaufen. Denk darüber nach, Evie. Mit dem Verkauf von Little Eleigh Manor wären wir alle frei, zu tun, was immer wir wollen!«

»Ich will aber nichts anderes tun, als hier zu leben und zu arbeiten«, protestierte Evie.

»Wirklich?«, fragte Celeste.

»Ja, wirklich! Warum fällt es dir so schwer, das zu glauben?«

»Hör mal!«, sagte Gertie und hob die Hände. »Ich finde, wir sollten Celeste ausreden lassen.«

»Ich kann nicht glauben, dass du dich in dieser Angelegenheit auf ihre Seite stellst«, meinte Evie.

»Ich stelle mich auf niemandes Seite«, entgegnete Gertie, »aber es gibt definitiv Aspekte, die wir bedenken sollten.«

»Zum Beispiel?«, wollte Evie wissen.

»Zum Beispiel, was jede von uns vom Leben erwartet«, erklärte Gertie. »Ich meine, das war für uns bisher noch nie eine Option, oder? Wir waren in gewisser Weise immer an diesen Ort gebunden, weil er unser Zuhause war und darüber hinaus der Sitz unseres Geschäfts. Aber das ändert sich gerade, oder?«

»Ach ja?«, fragte Evie.

»Wenn wir es so wollen«, warf Celeste ein.

»Ich kann nicht glauben, dass ihr zwei überhaupt darüber nachdenkt«, sagte Evie. »Bedeutet euch dieses Haus denn gar nichts?«

»Natürlich tut es das«, erwiderte Celeste, »aber ich weiß wirklich nicht, wie wir hier weiterhin leben sollen. Es ist einfach nicht machbar.«

»Wie wäre es, wenn wir Dad um Hilfe bitten würden? Er hat etwas Geld auf der hohen Kante, oder?«, fragte Evie.

»Ja, aber kannst du dir vorstellen, dass Simone ihm erlaubt, etwas davon abzuheben, um uns zu helfen?«, entgegnete Celeste. »Sie hasst uns!«

»Wir könnten Onkel Portland oder Tante Leda fragen«, schlug Gertie vor. »Sie haben dieses Haus immer geliebt.«

»Aber sie haben noch weniger Geld als wir und waren immer der Meinung, Mum wäre übergeschnappt, weil sie darauf bestanden hat, das Haus zu behalten«, sagte Celeste. »Sie wären nicht fähig, uns zu helfen.«

Evie schüttelte den Kopf, ihre dunklen Augen waren groß und angsterfüllt. »Können wir nicht wenigstens erst mal abwarten und sehen, was mit den Gemälden passiert?«, fragte sie. »Wer weiß – vielleicht sind sie Millionen wert und lösen all unsere Probleme!«

»Das bezweifle ich«, erwiderte Celeste.

»Aber wir können abwarten und schauen, bevor wir irgendwelche drastischen Entscheidungen treffen, oder?«

Celeste blickte über den Tisch zu Gertie, die zustimmend nickte, und erhob sich mit einem müden Seufzen.

»Wohin gehst du?«, fragte Evie, und Panik schwang in ihrer Stimme mit.

»Ich werde einen Mann bezüglich eines Gemäldes anrufen.«

* * *

Celeste hätte direkt ins Studierzimmer gehen und Julian Faraday anrufen sollen, doch das tat sie nicht. Stattdessen durchquerte sie die Eingangshalle und betrat den Salon, in dem das Gemälde hing. Der Salon war eines der schönsten Zimmer des Hauses. Zwei riesige rote Sofas befanden sich darin, auf denen sich haufenweise bestickte Kissen türmten. Außerdem war es eines der wenigen Zimmer, in denen man es im Winter warm hatte, da ihr Vater kurz vor der Scheidung auf dem Einbau eines Holzofens bestanden hatte.

»Ich werde nicht noch einen kalten Winter in diesem verfluchten Haus verbringen«, hatte er zu ihrer Mutter gesagt. Der Ofen wirkte winzig in dem riesigen Kamin, doch die Wärme, die er produzierte, war wirklich bemerkenswert, und die drei Mädchen hatten viele schöne Abende damit verbracht, sich auf die Sofas zu kuscheln, Kakao zu trinken und gemeinsam Filme zu schauen. Ihre Mutter war nur selten dabei gewesen. Wenn sie nicht gerade ausging, was sie an den meisten Wochenenden tat, dann lebte sie förmlich im Studierzimmer, in dem sie nur durch einen elektrischen Heizstrahler vor dem Erfrieren bewahrt wurde. Dort blieb sie normalerweise bis in die frühen Morgenstunden, in ihren Wintermantel und einen Schal gewickelt, weil es immer so viel zu tun gab, und sie weigerte sich strikt, eine Hilfskraft einzustellen, weil sie ein totaler Kontrollfreak war.

»Das hier ist ein Familienunternehmen«, sagte sie zu jedem, der sie auf das Thema ansprach, »und ich bezahle keinen Haufen Geld für einen Außenseiter, der sich in unsere Angelegenheiten einmischt.«

Doch Celeste war nicht gekommen, um in Erinnerungen zu schwelgen – sie war hier, um das Gemälde zu betrachten. An einer Wand über einem Mahagonitisch, auf dem sich zahllose silberne Bilderrahmen tummelten, hing der Henri Fantin-Latour. Es war kein großes Gemälde, und doch zog es die Blicke eines jeden auf sich, der das Zimmer betrat. Celeste studierte es jetzt und begriff, dass Jahre vergangen waren, seitdem sie es sich zuletzt genau angesehen hatte. Tatsächlich konnte sie sich nicht erinnern, wann sie es zum letzten Mal *richtig* betrachtet hatte. Es war, so dachte sie, ausgenutzt worden und so sehr mit dem Haus verschmolzen, dass niemand es mehr richtig wahrnahm, was eine große Schande war, denn es war sehr schön. Aber vielleicht lag darin der wahre Wert eines Gegenstands – man musste nicht täglich ein Hohelied darauf singen, doch wenn er plötzlich verloren war, genügte seine Abwesenheit, um auch das härteste aller Herzen zu brechen.

Während sie nun vor dem Gemälde stand, schwelgte sie in seiner ganzen Schönheit. Es war ein Stillleben, das eine einfache Tonvase voller Rosen darstellte; der Hintergrund war dunkel und unauffällig, so als solle nichts den Betrachter von der Schönheit der Blumen ablenken.

Celeste liebte die Art, wie die Rosen in all ihrer Üppigkeit aufgehäuft waren, dabei nur wenig Raum für Grün und keinerlei Platz für andere Blumen ließen. Größtenteils waren es blassrosa Blüten, doch es gab auch weiße, helle apricotfarbene und eine einzelne purpurne, die aus der blassen Farbpalette hervorstach. Jede Rose stand in voller Blüte, mit vollständig entfalteten Blütenblättern, und Celeste konnte sich den himmlischen Duft der Blumen vorstellen, als der Künstler sie gemalt hatte. Sie wünschte, sie wüsste die Namen der einzelnen Rosen, doch sie vermutete aufgrund der vielblättrigen Blüten, dass es sich um Centifolias und Bourbonrosen handelte. Vielleicht waren es Sorten, die nicht mehr existierten und für die Welt für immer verloren waren. Vielleicht gab es sie jetzt nur noch in diesem Gemälde.

Ihr Großvater hatte über diese Frage häufig spekuliert.

»Siehst du die?«, hatte er oft gefragt und auf eine der cremeweißen Rosen im Vordergrund gedeutet.

»Ja?«, hatte Celeste geantwortet.

»Damaszenerrose. *Madame Hardy*. Ich würde Geld darauf verwetten.«

»Bist du sicher?«, hatte Celeste erwidert und hatte unbedingt die wahre Identität jeder einzelnen Rose wissen wollen.

»Nein«, hatte er jedes Mal gesagt. »Verdammt frustrierend. Wünschte, ich könnte es mit Sicherheit rausfinden.«

Und so hatten die Hamiltons über Jahre hinweg nichts anderes getan, als über die Identität jeder einzelnen Rose zu spekulieren.

»Ich glaube, *die* da ist eine *Souvenir de la Malmaison*«, vermutete jemand, nur um im nächsten Moment heftigen Widerspruch von jemand anderem zu ernten.

»Du musst wohl mal zum Augenarzt. Die Farbe stimmt überhaupt nicht!«

»Was haltet ihr von *Charles de Mills* bei der roten Rose?«, schlug jemand vor.

»Die Blüten sind ganz unterschiedlich«, bemerkte jemand anders. »Sie ist flacher. Ich dachte, das wüsstest du.«

Celeste lächelte, als sie sich an die freundschaftlichen Streitgespräche erinnerte, und verspürte dann eine tiefe Traurigkeit darüber, dass diese Unterhaltungen ein Ende hätten, wenn sie das Gemälde verkaufen würden. Doch welche Wahl blieb ihnen? Wenn ein Gemälde das Haus davor bewahren konnte, über ihnen einzustürzen, dann konnten sie es sich nicht leisten, es nicht zu verkaufen. Es war nur vernünftig. Und doch, als sie die gemalten Rosen betrachtete, konnte sie nicht anders, als zu denken, dass sie lieber mit dem Gemälde in einem kleinen Reihenhaus leben würde als ohne in dem großen, zugigen Herrenhaus.

Celeste verließ den Salon, ging ins Studierzimmer und fand die Visitenkarte, die sie auf dem Schreibtisch hatte liegen lassen. Ein einfacher Anruf – mehr brauchte es nicht. Alles, was sie zu tun hatte, war, das Telefon zu nehmen und die Nummer auf der Karte zu wählen. Das war nicht so schwer, oder?

Sie atmete tief durch, zwang sich dazu, nicht mehr der Schönheit des Gemäldes nachzutrauern und stattdessen an den praktischen Nutzen von kaltem, hartem Geld zu denken. Das Haus brauchte das Gemälde nicht, doch es brauchte ein neues Dach, eine neue Verkabelung und eine Lösung für das Feuchtigkeitsproblem. Das Gemälde musste gehen, und daher griff sie zum Telefon und wählte.

»Faraday's«, antwortete eine fröhliche Stimme einen Augenblick später. »Wie kann ich Ihnen helfen?«

»Ich würde gerne mit Julian Faraday sprechen«, sagte Celeste.

»Ich werde nachsehen, ob er zu sprechen ist«, flötete die fröhliche Stimme, Celeste wurde in die Warteschleife geschoben und ihr Ohr mit Beethoven beschallt. Sie wartete, trommelte mit den Fingern im Takt zur Musik auf dem Schreibtisch und fragte sich, ob sie auflegen sollte. Offensichtlich waren sie nicht an dem Gemälde interessiert. Dass man sie in der Warteschleife hängen ließ, war ein Zeichen, oder? Sie sollte die Gelegenheit nutzen und davonlaufen, solange sie noch konnte.

»Guten Tag. Julian Faraday am Apparat.«

Celeste blinzelte. »Mr Faraday?«

»Ja. Kann ich Ihnen helfen?«

Es war eine angenehme Stimme – freundlich und geduldig, dachte Celeste, während sie sich räusperte. »Ich habe ein Gemälde«, begann sie. »Einen Fantin-Latour.«

»Verstehe«, sagte er einen Moment später. »Und Sie würden ihn gerne schätzen lassen?«

»Ja. Ja, bitte«, erwiderte Celeste. »Und noch ein paar andere Gemälde. Vielleicht. Ich bin mir noch nicht sicher.«

»Können Sie die Gemälde in die Stadt bringen?«

»Sie meinen, nach London?«, fragte Celeste entsetzt. »Du meine Güte.«

»Sie können nicht nach London fahren?«

»Also, ehrlich gesagt lieber nicht, wenn es sich vermeiden ließe«, gab sie zu.

»Wo wohnen Sie?«, fragte die geduldige Stimme.

»Suffolk – im Stour Valley. Kennen Sie es?«

»Ob ich es kenne? Ich fahre dieses Wochenende hin«, sagte Mr Faraday.

»Wirklich?«, erwiderte Celeste. Vielleicht war er nur neugierig darauf, die Gemälde zu sehen, und würde sich von einer Kleinigkeit wie einem Ausflug aufs Land nicht davon abhalten lassen.

»Ich komme einfach bei Ihnen vorbei, wenn ich in der Gegend bin. Wann würde es Ihnen passen?«

Celeste schluckte schwer. Ganz plötzlich erschien ihr alles viel zu real. Jemand kam vorbei. Jemand, der ihre Gemälde vielleicht für immer fortbrachte.

»Hallo?«, fragte er. »Sind Sie noch dran?«

»Ja«, erwiderte Celeste und riss sich zusammen. »Samstag früh wäre gut«, schlug sie vor und dachte, dass es wahrscheinlich am besten wäre, die Sache so schnell wie möglich hinter sich zu bringen.

»Okay«, sagte Mr Faraday. »Würde Ihnen zehn Uhr passen?«

»Ja«, antwortete sie.

»Und Ihre Adresse?«

»Wir wohnen in Little Eleigh Manor. Genau südlich von …«

»Sudbury – ja, ich kenne es«, erwiderte er. »Ein sehr schönes Haus.«

»Und es hat viele Reparaturen nötig«, ergänzte Celeste.

»Ich verstehe«, sagte er. »Nun, vielleicht kann Ihnen Faraday's dabei behilflich sein.«

»Ja«, antwortete Celeste.

»Dann sehe ich Sie also am Samstag.«

»Zehn Uhr«, wiederholte sie, und als sie auflegte, wurde ihr klar, dass sie Tränen in den Augen hatte.

# 6. Kapitel

Evie Hamilton blickte in den zerbrochenen Spiegel, der im Gartenschuppen hing, und verzog das Gesicht. Sie war sich nicht sicher, ob sie sich als Blondine gefiel. Vielleicht würde sie sich am Monatsende die Haare wieder rot färben.

Wenigstens war ihre Haarfarbe etwas, das sie kontrollieren konnte, dachte sie, im Gegensatz zu allem anderen, was um sie herum geschah. Sie unterbrach ihre Arbeit, und ihr Blick verschleierte sich, als sie über die letzten Monate nachdachte und darüber, wie viel sich geändert hatte, seit bei ihrer Mutter Krebs diagnostiziert worden war. Es war schnell und grausam gewesen, nur ein paar kurze Wochen von dem anfänglich vagen Gefühl, dass etwas nicht stimmte, bis zum letzten Abschied.

Evie blinzelte die Tränen fort. Sie war noch immer anfällig dafür, in unpassenden Momenten zu weinen, wenn ihre Gefühle sie ohne Vorwarnung übermannten. Ihre wunderschöne Mutter, die sie verwöhnt und ihr jeden Tag aufs Neue gesagt hatte, wie wundervoll sie war. Sie vermisste sie so sehr. Niemand würde sie je so lieben, wie ihre Mutter es getan hatte, oder? Vom Schminken bis zum Laufen in High Heels, Penelope Hamilton hatte ihrer Tochter alles beigebracht und war immer für sie da gewesen. Zugegeben, manchmal auf etwas erdrückende Art und Weise, aber war das denn kein Zeichen ihrer tiefen Zuneigung?

»Du erinnerst mich *so* sehr an mich selbst in deinem Alter«, erzählte sie Evie ständig. »Nur dass du natürlich nicht *ganz* so hübsch bist, wie ich es damals gewesen bin.«

Evie hatte es nie seltsam gefunden, dass ihre Mutter so etwas sagte, denn sie hatte gewusst, dass es stimmte. Von den zahllosen Bildern, die ihre Mutter ihr über die Jahre hinweg gezeigt hatte, wusste Evie, dass Penelope eine außergewöhnliche Schönheit gewesen war, und es war für sie schwer gewesen, etwas von dieser Schönheit zu verlieren, als sie krank wurde. Es hatte sie grausam gemacht, sie dazu gebracht, Dinge zu sagen, die sie nicht meinte, und sich unmöglich zu benehmen. Diese Seite hatte Evie noch nie zuvor an ihr gesehen, doch es war die Krankheit, die ihr das angetan hatte, oder? Sie wusste, dass Celeste das Gegenteil behauptet hätte, aber sie war zum Schluss nicht dabei gewesen, also konnte sie es unmöglich wissen.

Evie runzelte die Stirn. Aber jetzt war Celeste zurück und glaubte, ihre Schwestern zu Entscheidungen drängen zu können, die sie nicht treffen wollten. Wer gab ihr das Recht, das zu tun? Nur weil sie die Älteste war, hieß das nicht, dass sie das Sagen hatte. Ja, sie brauchten ihre Hilfe, doch Evie war fest entschlossen, dass sie sich nicht zu etwas zwingen lassen würde, womit sie nicht vollkommen einverstanden war. Auf keinen Fall würde sie auch nur daran denken, das Haus zu verkaufen. Das Herrenhaus war ihr Zuhause – es war das Zuhause von ihnen *allen* und noch viel mehr. Es war das Haus, in das sich ihre Großeltern verliebt hatten, doch sie wusste, dass Celeste schlechte Erinnerungen damit verband, also musste sie ihre Schwester einfach dazu bringen, sich erneut in das Haus zu verlieben.

Evie wischte sich die Hände an ihren blauen Jeans ab und schnappte sich die Schlüssel des Transporters. Allzu gerne hätte sie mehr Zeit mit ihren geliebten Pflanzen verbracht, doch sie hatte einen Termin mit Gloria Temple und konnte es sich nicht leisten, zu spät zu kommen. Wenn sie es schaffte, sie als Kundin zu gewinnen, wäre dies ein Plus für die Familienkasse und würde Celeste beweisen, dass der Verkauf des Herrenhauses nicht ihre einzige Möglichkeit war.

Evie folgte dem Pfad außen um den ummauerten Garten und lief zur Vorderseite des Hauses. Der weiße Transporter hätte wirklich eine Wäsche vertragen können, doch dafür war nun keine Zeit. Er war ein furchtbarer Wagen, und Gertrude sagte ständig, dass sie ihn ersetzen mussten, doch das hatte einfach keine Priorität. Evie betrachtete den verblichenen Lack des Schriftzugs »Hamilton Roses« – obwohl er nun eher wie »Hamil ose« aussah. Die Hintertüren schlossen schon seit Jahren nicht mehr richtig, und überall war Rost. Es war wirklich keine gute Werbung für ihre Firma, und trotzdem triumphierte der Ruf ihrer Rosen anscheinend über solche Kleinigkeiten wie den Zustand des Geschäftswagens. Und das war auch gut so.

Als sie einstieg, sah Evie nach, ob ihr Rosenalbum auf dem Beifahrersitz lag, und lächelte, als sie es entdeckte. Es war das wertvollste aller Bücher und zeigte das Allerbeste, was ihr Geschäft zu bieten hatte. Manchmal kuschelte Evie sich auf eines der Sofas im Wohnzimmer und vergaß die Zeit beim Betrachten des viel geliebten Albums. Jedes Foto weckte Erinnerungen an besondere Gelegenheiten, bei denen Hamilton Roses eine wichtige Rolle gespielt hatte. Es hatte Taufen, Hochzeiten, Geburtstagspartys und Pensionierungsfeiern gegeben – jegliche Art von Feierlichkeit, die man sich nur vorstellen konnte –, und jede war durch die Rosen umso schöner geworden.

»Und es gibt keine schöneren Rosen als unsere«, sagte Evie zu sich selbst, als sie den Wagen anließ, über den Wassergraben und bis auf die Straße fuhr, die sie nach Lavenham bringen würde.

Es war immer ein wenig seltsam, von hier wegzufahren. Evie war so daran gewöhnt, ihre Tage im Herrenhaus zu verleben, dass ganze Wochen vergehen konnten, ohne dass sie ihr Zuhause verließ. Doch es war stets wundervoll, den Wassergraben zu überqueren und sich hinaus ins Stour Valley und noch weiter zu wagen, und auf den kleinen Ausflug heute freute sie sich ganz besonders.

Gloria Temple war so etwas wie eine lokale Berühmtheit. Sie war Ende fünfzig und stand kurz vor ihrer vierten Hochzeit. In ihrer Jugend war sie Schauspielerin auf den Bühnen in London gewesen und hatte das Publikum mit ihrer Schönheit und ihrem Talent begeistert. Doch ihren ganz großen Durchbruch hatte sie in den Achtzigerjahren mit der Hauptrolle in einer TV-Sitcom geschafft, als die exzentrische Mutter einer Problemfamilie, die in einem Wohnwagen lebte. Evie war viel zu jung, um irgendetwas über »Caravandals« zu wissen, doch sie hatte Ausschnitte gesehen und war von der glanzvollen Vergangenheit ihrer Kundin ziemlich beeindruckt.

Ebenso beeindruckt war sie von deren Haus. Obwohl nicht so groß wie ihr eigener Familiensitz, war Blacketts Hall ein imposantes mittelalterliches Herrenhaus in dem typischen schwarzweißen Fachwerkstil, der die Touristen in Scharen nach Suffolk lockte. Auf einem Stück Land ganz in der Nähe des hübschen Städtchens Lavenham erbaut, bot es eine weite Aussicht, und doch lag es sehr abgeschieden, geschützt hinter hohen Mauern und Toren, die ausschließlich für geladene Gäste geöffnet wurden.

Evie fuhr nun auf eines davon zu, kurbelte ihr Fenster herunter und drückte auf den Knopf der Gegensprechanlage.

»Evelyn Hamilton für Miss Temple«, verkündete sie, und vor ihr schwang das Tor auf.

Sie fuhr durch die Einfahrt, die von hohen, perfekt getrimmten Eibenhecken gesäumt war und die sich zu einem runden Kiesvorplatz hin öffnete.

Evie schaltete den Motor ab, griff nach dem Rosenalbum, stieg aus dem Wagen und keuchte, als ihr klar wurde, dass sie noch immer ihre Jeans trug. Rasch klopfte sie sie ab, da an den Knien noch immer Reste der Blumenerde klebten. Immerhin trug sie eine hübsche rosafarbene Bluse – die, die sie immer an eine ihrer Lieblingsrosen erinnerte, *Madame Pierre Oger*, eine herrliche, hellrosa Bourbonrose.

Gerade lief sie zur Vordertür, als diese geöffnet wurde und zwei kleine weiße Bichon-Frisé-Hunde hinaus in die Einfahrt stürmten. Sie sprangen an Evies Beinen hoch, bevor ihre Besitzerin kam, um sie davon abzuhalten.

»Olivia! Viola!«, rief Gloria. »Lasst unsere arme Besucherin in Ruhe.«

»Guten Tag, Miss Temple«, grüßte Evie lächelnd und hoffte, dass die kleinen Hunde nicht die Aufmerksamkeit auf ihre etwas zu lässigen Jeans lenkten.

»Evelyn?«, fragte Miss Temple. »Sind Sie das?«

»Ja, Miss Temple.«

»Ich habe Sie nicht wiedererkannt. Sie sehen anders aus.«

»Das liegt an meinen Haaren.«

»Ja«, erwiderte sie, »das steht Ihnen nicht.« Bei Gloria Temple konnte man immer damit rechnen, dass sie offen ihre Meinung sagte. »Kommen Sie herein.«

Evie berührte unsicher ihr Haar und folgte ihrer Kundin ins Haus. Sie konnte nicht anders, als zu bemerken, dass Glorias eigenes Haar so blond war wie das von Doris Day und ihr in einem sexy Bob auf die Schultern fiel, der zu einer halb so alten Frau gepasst hätte. Sie war eine hochgewachsene, stattliche Frau und hatte Schultern, die wahrscheinlich die Schulterpolster-Revolution der Achtzigerjahre inspiriert hatten. Heute trug sie ein scharlachrotes Kleid, das einen fast blendete, und rote High Heels, was bedeutete, dass sie stets den Kopf einziehen musste, um sich nicht an den niedrigen Deckenbalken des Hauses zu stoßen.

»Tut mir leid, dass ich mich letztes Mal nicht entscheiden konnte«, sagte sie und führte Evie in den Salon. Blacketts Hall mochte aus dem Mittelalter stammen, doch seine Einrichtung war modern. Wo man Antikes und schwere Möbel aus Ebenholz erwartet hätte, gab es stattdessen Tische und Stühle aus Chrom und Glas, einen hellen Holztisch, Ledersofas, und die Fachwerkwände zierte moderne Kunst in grellen Farben. Evie musste zugeben, dass diese Kombination – wenn auch auf seltsame Art und Weise – funktionierte, obwohl es ihr unbegreiflich war, weshalb jemand, der alles Moderne liebte, ein Haus aus dem fünfzehnten Jahrhundert kaufte.

Evie ließ sich auf einem der Ledersofas nieder, wartete auf Anweisungen und beobachtete, wie eine junge Frau eintrat, die ein weißes Tablett trug, auf dem eine weiße Teekanne, zwei weiße Tassen, ein weißes Milchkännchen und eine weiße Zuckerdose standen.

»Ich habe Weiß immer geliebt«, sagte Gloria mit einer Handbewegung zum Teeservice und begann einzuschenken, »und ich wollte stets nur weiße Blumen im Haus haben. Aber ich glaube, weiße Rosen sind etwas zu jungfräulich für jemanden in meinem fortgeschrittenen Alter, finden Sie nicht?«

Evie schluckte. Das war genau die Art von Frage, auf die man nicht direkt antworten sollte. »Sie können jede Farbe wählen, die Sie möchten«, erwiderte sie diplomatisch.

»Und das werde ich. Nur die Entscheidung fällt mir schwer. Wissen Sie, bei meiner letzten Hochzeit habe ich es mit Lilien völlig übertrieben. Wir haben in London ein Hotelzimmer gemietet, und ich habe es mit Lilien vollstopfen lassen. Ich schwöre, die ganze Londoner Innenstadt ist daran fast erstickt. So penetrant haben sie gerochen. Diesen Fehler will ich nicht noch einmal machen. Aber Rosen …« Für einen Augenblick schienen ihre Gedanken abzuschweifen, und ein verträumter Ausdruck trat auf ihr Gesicht. »Rosen sind gewissermaßen die Essenz der Romantik.«

»Davon sind wir überzeugt«, sagte Evie. »In dieser Hinsicht sind sie unschlagbar.«

»Aber das ist nur die Hälfte der Lösung. Ich mag mich auf eine Blume festgelegt haben, aber welche *Farbe* soll ich wählen? Rot ist – nun ja, zu rot, nicht wahr? Und Rosa ist sehr mädchenhaft.«

»Aber sehr romantisch«, wagte Evie einzuwerfen.

»Und Apricot habe ich noch nie besonders gemocht. Zu fade.«

»Da wären noch Orange und Gelb«, schlug Evie vor und blätterte in den Seiten des Rosenalbums, um Gloria einige ihrer erfolgreichsten Arrangements in diesen Farben zu zeigen. Erwartungsvoll beobachtete sie, wie Glorias Finger über einer Seite schwebten, die eine wunderbare Kaskade aus gelben und cremefarbenen Rosen zeigte.

»Jaaa«, sagte sie langsam, und ihre Augen verengten sich, als sie die Bilder in Gelb auf sich wirken ließ.

»Gelb wird ziemlich unterschätzt«, erklärte Evie, »dabei ist es so charmant und schick.«

Gloria nickte. »Langsam kann ich mich mit Gelb anfreunden.«

»Es ist so eine fröhliche Farbe, finden Sie nicht? Und ich weiß, dass Sie die Rosen lieben werden, die wir in unserer Kollektion haben«, fuhr Evie fort. »Wir haben eine wunderschöne, leuchtend gelbe Rose mit dem Namen *Gainsborough*. Ihr Duft ist die pure Perfektion – wie eine gute, altmodische Damaszenerrose. Dann gibt es noch *Suffolk Dawn* – einer unserer Bestseller und sehr beliebt auf Hochzeiten. Ihr Duft ist nicht so stark wie der der *Gainsborough*, doch sie hat ein wundervolles cremiges Gelb – wie eine Schlüsselblume – und ist sowohl als Knospe als auch im erblühten Zustand perfekt.«

»Das klingt absolut göttlich!«

»Ich habe unseren neuesten Katalog mitgebracht«, sagte Evie, grub in ihrer riesigen Handtasche danach und durchblätterte die Seiten, um die gelben Rosen in ihrer Kollektion zu finden. »Aber es geht wirklich nichts über eine persönliche Begegnung«, ergänzte sie und sprach von den Rosen wie von menschlichen Wesen, denen man vorgestellt werden musste.

»Das würde mir sehr gefallen. Wollen wir einen Termin vereinbaren?«

Evie nickte begeistert und zückte ihren Kalender.

* * *

Zehn Minuten später war Evie auf dem Rückweg nach Little Eleigh. Sie kurbelte das Fenster herunter, um die süße Sommerluft zu schnuppern. Sie konnte es gar nicht erwarten, Celeste und Gertie die Neuigkeit über Gloria Temples Hochzeit zu berichten. Von ihrem ersten Termin mit der Schauspielerin hatte sie ihnen nichts erzählt, sondern das wunderbare Geheimnis bewahrt, bis sie sich absolut sicher war, dass Hamilton Roses den Auftrag bekam. Sie fragte sich, was Celeste dazu sagen würde und ob es dazu beitragen würde, ihre Meinung zum Verkauf des Hauses zu ändern.

Etwas anderes machte Evie Sorgen, doch als sie die Furt durchquerte und am anderen Ufer den Hügel hinauffuhr, fragte sie sich, ob sie Celeste ihr anderes kleines Geheimnis offenbaren konnte.

Sie schüttelte den Kopf. »Nein, nein«, sagte sie in den leeren Wagen hinein. Jetzt war auf keinen Fall der richtige Zeitpunkt, oder? Jedenfalls war sie sich nicht sicher, ob sie überhaupt bereit war, irgendjemandem von ihrer kleinen Neuigkeit zu erzählen. Jetzt noch nicht.

# 7. Kapitel

Gertrude hatte zum Abendessen Spaghetti bolognese gekocht, und die drei Schwestern teilten sich dazu ein knuspriges Weißbrot.

»Wie bist du heute im Büro vorangekommen?«, wagte Gertie zu fragen, als sie den Salzstreuer über den Esstisch reichte. Es war der zweite Abend, an dem sie im Esszimmer saßen, und es fühlte sich nicht mehr ganz so förmlich an wie am Abend zuvor.

»Also, ich habe einen Anfang gemacht, aber ich werde mehr als einen Tag brauchen, um alles durchzugehen«, antwortete Celeste.

»Natürlich«, erwiderte Gertie. »Und, hast du noch mal über das Gemälde nachgedacht?«

Schweigen breitete sich am Tisch aus, und Gertie und Evie warteten auf Celestes Reaktion. Sie schob die Spaghetti über ihren Teller, formte komische kleine Nudelknäuel, und schließlich sah sie auf und nickte.

»Er kommt morgen«, sagte sie.

»Wer kommt morgen?«, wollte Evie wissen.

»Mr Faraday vom Auktionshaus.«

»Wirklich?«, fragte Gertie, und ihre Augen weiteten sich überrascht.

»Er wird um zehn Uhr hier sein.«

Gertie verschluckte sich fast an ihren Spaghetti.

»Was ist denn?«, wollte Celeste wissen. »Du hast doch zugestimmt, dass wir das Gemälde verkaufen sollen.«

»Ich weiß. Ich hatte nur nicht erwartet, dass du damit so schnell bist.«

»Na ja, bei dem Zustand, in dem sich das Haus befindet, können wir es uns nicht leisten, zu trödeln, und ich schlage vor, dass du mit diesem Handwerker, der schon öfter hier war, einen Termin vereinbarst, um einen Kostenvoranschlag für die notwendigen Reparaturarbeiten zu erhalten.«

»Ludkin & Son«, erwiderte Gertie. »Ich werde ihn anrufen.«

»Wahrscheinlich fällt er in Ohnmacht, wenn wir ihm sagen, dass er wirklich mit der Arbeit anfangen soll«, bemerkte Evie. »Aber ich habe bald auch ein paar Einnahmen zu verzeichnen. Hamilton Roses wird für die Blumenarrangements auf der bevorstehenden Hochzeit von Gloria Temple sorgen!«, verkündete sie mit einem breiten Lächeln.

»Oh, Evie! Gut gemacht!«, sagte Gertie.

»Ich dachte, die wäre tot«, erwiderte Celeste.

»Nein, sie ist ziemlich lebendig und brennt darauf, Ehemann Nummer vier zu heiraten«, entgegnete Evie, »umgeben von gelben Rosen. Du siehst also, Celly, ich kann für uns alle sorgen und das Haus in Schuss halten.«

Celeste sah ihre Schwester an. »Das sind tolle Neuigkeiten, Evie, aber dieses Geld wird nicht lange reichen, oder? Und selbst wenn unser Gemälde etwas wert ist und für einen enormen Betrag verkauft wird, werden wir das Geld nicht sofort kriegen, und es wird auch schnell weg sein – bei all der Arbeit, die am Haus notwendig sein wird. Wir müssen uns etwas anderes einfallen lassen, eine andere Möglichkeit, damit Geld reinkommt.«

»Okay«, sagte Gertie, »aber was?«

»Ich habe über das Gästehaus nachgedacht«, erwiderte Celeste.

»Du denkst doch wohl nicht auch noch daran, das Gästehaus zu verkaufen, oder?«, fragte Evie entsetzt.

»Nicht verkaufen«, antwortete Celeste. »Jedenfalls noch nicht. Hört mal, ich weiß nicht, in welchem Zustand es ist, aber könnten wir es nicht herrichten und vermieten?«

Gertie sah Celeste kritisch an. »Na ja, das könnten wir, wenn nicht schon jemand darin wohnen würde.«

»Wer wohnt denn darin?« Celeste runzelte die Stirn.

»Esther Martin«, erwiderte Gertie und sprach den Namen langsam aus, als warte sie darauf, dass bei Celeste der Groschen fiel. »Na komm, Celeste! Du warst doch bloß drei Jahre weg. Vielleicht hast *du* dich verändert, aber hier hat sich überhaupt nichts geändert.«

»Sie wohnt *immer noch* dort?«, rief Celeste.

»Natürlich«, antwortete Gertie. »Wo denn sonst?«

Celeste verdrehte die Augen. Das Gästehaus war die perfekte Lösung für ein solides, stetiges Einkommen. Es hatte zwei Zimmer, einen Privatgarten und würde eine hübsche Summe von einem zahlenden Mieter einbringen.

»Und wir können sie nicht einfach rausschmeißen«, ergänzte Gertie.

»Doch, wenn sie anderswo wohnen könnte«, entgegnete Celeste.

Evie aß noch immer ihre Spaghetti, doch Gertie hatte damit aufgehört. Sie starrte Celeste an.

»Es erscheint mir absurd, dass wir hier all diese leer stehenden Zimmer haben und Esther ein Haus bewohnt, das uns sofort gutes Geld einbringen könnte«, erklärte Celeste.

»Was willst du damit sagen?«, fragte Gertie.

»Ich will damit sagen, dass es sinnvoller wäre, wenn Esther hier bei uns einziehen würde, damit wir das Gästehaus vermieten können.«

»Oh, du machst wohl Witze!«, rief Evie.

»Warum sollte ich? In finanzieller Hinsicht ergibt es absolut Sinn. Schließlich wollen wir doch eigentlich keine fremden Untermieter bei uns zu Hause, oder?«

»Und als was würdest du dann Esther bezeichnen?«, fragte Gertie.

»Als eine Freundin der Familie«, antwortete Celeste.

»Freundin?«, erwiderte Evie und lachte schrill. »Vielleicht war sie mit unseren Großeltern befreundet, aber vergiss nicht, dass sie ein großes Zerwürfnis mit Mum hatte.«

»Ja«, stimmte Gertie zu. »Du musst dich doch daran erinnern, die Geschichte gehört zu haben, Celly? Esthers einzige Tochter war in Dad verliebt, doch als er Mum heiratete, ist sie als Missionarin nach Südamerika gegangen und dort an einem Fieber gestorben.«

Celeste nickte und erinnerte sich tatsächlich an das Schicksal der armen Sally Martin.

»Aber Esther hegt keinen Groll gegen uns, oder? Ich meine, das ist Jahre her, und es hatte überhaupt nichts mit *uns* zu tun«, sagte Celeste. »Und wenn sie uns alle so sehr hasst, warum hat sie dann weiterhin im Gästehaus gewohnt?«

»Sie konnte sonst nirgendwo hin«, erwiderte Gertie. »Sie hatte ihr ganzes Geld in eine dubiose Rente investiert, und da hatte Grandpa Arthur Mitleid und hat ihr gesagt, dass sie im Gästehaus bleiben kann, solange sie möchte.«

»Und sie hat ihn beim Wort genommen«, ergänzte Celeste.

»Ich weiß nicht, was wir jetzt daran ändern könnten«, meinte Gertie. »Es wäre nicht richtig, sie rauszuwerfen.«

»Aber wir haben all diese Zimmer hier«, entgegnete Celeste. »Da ist das Gästezimmer mit dem zugehörigen Bad. Es ist absolut riesig. Das würde ihr doch sicher reichen?«

»Aber was ist mit den Mahlzeiten? Sie würde unsere Küche nutzen, oder?«, fragte Evie, und auf ihrem jungen Gesicht bildeten sich Sorgenfalten.

»Die Küche ist groß genug, Evie«, entgegnete Celeste, »und ich bin mir sicher, dass wir sie nicht alle gleichzeitig nutzen würden.«

»Ach, ich finde, das hört sich gar nicht gut an«, sagte Evie.

Gertie wandte sich an Celeste. »Sie hat Evie mal einen Schrecken eingejagt, als sie klein war. Wir haben neben dem Gästehaus gespielt, und Esther kam mit einem Besen in der Hand den Weg runtergestürmt, um uns zu verjagen. Hat behauptet, wir seien zu laut. Evie hat gedacht, sie sei eine verrückte alte Hexe.«

»Hab ich *nicht*!«, widersprach Evie schmollend.

»Nein, natürlich nicht. Deswegen hast du danach zwei Stunden lang ununterbrochen geweint!«

»Hört mal«, sagte Celeste und unterbrach die beiden rasch, »noch ist nichts endgültig entschieden …«

»*Wirklich?*«, fragte Evie skeptisch.

»Ich muss mit Esther reden und herausfinden, wie sie darüber denkt, aber ich bin davon überzeugt, dass es die beste Lösung ist. Das Gästehaus ist ein perfektes kleines Heim, und ich denke, dass es uns wirklich gute Einnahmen bringen könnte«, erklärte Celeste. »Wir sind kein Wohltätigkeitsverein, und wir sind auch nicht Grandpa Arthur. Man kann nicht von uns erwarten, dass wir uns an sein Versprechen halten.«

Gertie und Evie starrten Celeste an.

»Seht mich nicht so an. Ich weiß, was ihr denkt – dass ich ein kaltherziges Miststück bin«, sagte sie. »Aber das bin ich nicht. Ich versuche nur, eine Lösung zu finden.«

»Aber es muss einen besseren Weg geben, das zu tun – einen *netteren* Weg?«, fragte Evie.

»Wenn dir einer einfällt, lass es mich wissen«, erwiderte Celeste, schob ihren Stuhl zurück und verließ das Zimmer, dicht gefolgt von Frinton.

* * *

Celeste erwachte mitten in der Nacht, und ihr Herz raste beim Gedanken an das, was am nächsten Tag geschehen würde. Sie knipste ihre Nachttischlampe an, und sofort war Frinton wach und hob seinen Kopf vom Teppich. Für einen Augenblick blieb sie vollkommen reglos liegen, während sie die gewellte Decke des alten Schlafzimmers betrachtete. Doch Frinton wollte wissen, was los war, war mit einem leichtfüßigen Sprung im Bett und drückte ihr seine feuchtkalte Nase ins Gesicht.

»Oh, Frinton!«, beschwerte sie sich, war aber insgeheim froh, den kleinen Hund bei sich zu haben. Seufzend schwang sie die Beine aus dem Bett und griff nach einem Pullover.

Das Herrenhaus war kein Gebäude, in dem man mitten in der Nacht herumlaufen sollte, wenn man sich leicht gruselte. Die dunklen Möbel ragten bedrohlich aus den Schatten wie bösartige Kreaturen, doch Celeste beunruhigten solche Dinge nicht.

Eine Tischlampe brannte stets im Korridor, und Celeste schlich lautlos am dunklen Treppenabsatz entlang, um ihre Schwestern nicht zu stören. Frintons Krallen kratzten auf den hölzernen Dielen, als sie zur Treppe und schließlich hinab in die Eingangshalle gingen. Das beruhigende Ticken der Standuhr begrüßte sie, und sie öffnete die Tür zum Wohnzimmer und knipste die Lampe an – die, die auf dem Tisch neben dem Fantin-Latour-Gemälde stand. Sofort wurden die Farben lebendig. Als sie tief in die warmen Schattierungen starrte, hatte sie wieder einmal das eigenartige Gefühl, die Blumen beinahe riechen zu können.

Konnte sie es wirklich ertragen, sich von diesem Gemälde zu trennen? Wäre es nicht die weitaus bessere Alternative, einfach weiter in einem Haus zu leben, in dem die Hälfte der Zimmerdecken eingestürzt war?

Sie dachte darüber nach, wie sehr ihre Großeltern das alte Haus geliebt hatten. Sie hatten Gemälde ausgesucht, um die Wände zu schmücken, und Möbelstücke aus Antiquitätenläden und auf Flohmärkten in der Nähe gekauft, um die Schönheit der Räume zu betonen. Sie hatten das Haus in ein perfektes Zuhause für die Familie verwandelt, auch wenn sie nicht immer die finanziellen Mittel besessen hatten, um jede noch so kleine notwendige Reparatur durchzuführen.

Penelope hingegen hatte das Haus schlicht als den Ort behandelt, von dem aus sie ihr Geschäft führte. Jeglicher Gewinn war entweder ins Geschäft zurückgeflossen oder für unnütze Dinge wie Kleidung ausgegeben worden. Das Haus war nie für wichtig genug erachtet worden, um darin zu investieren, und die Konsequenzen hatten nun Celeste und ihre Schwestern auszubaden.

Celeste spürte plötzlich die freundliche Feuchtigkeit von Frintons Nase an ihrem nackten Bein und erbarmte sich des armen Hundes.

»Lass uns wieder ins Bett gehen«, sagte sie, und er flitzte in den Flur und die Treppe hinauf. Celeste warf einen letzten Blick auf den Fantin-Latour, fühlte sich wie eine Verräterin, knipste die Lampe aus und tauchte das Gemälde erneut in Dunkelheit.

# 8. Kapitel

Evie ließ gerade ein Rührei anbrennen, als Frinton oben anfing zu bellen.

»Ist er da?«, rief sie, nahm die qualmende Pfanne vom Herd, lief aus der Küche und die Treppe hinauf.

Celeste, die im Studierzimmer gewesen war, betrat die Eingangshalle. Gertrude kam hinzu, und zu dritt gingen sie ans Fenster und blickten zu ihrem Besucher hinaus.

»Seht euch seinen Wagen an!«, sagte Evie, und Bewunderung klang in ihren Worten mit.

»Das ist ein alter MG«, bemerkte Gertie und konnte den Blick gar nicht abwenden. Das Auto war jägergrün und das helle Verdeck zurückgerollt. Sie beobachteten alle, wie der Fahrer parkte und ausstieg.

Der Mann war groß und hatte dunkelrotes Haar, das von seiner Fahrt über die Straßen von Suffolk leicht zerzaust war. Er trug einen marineblauen Anzug, dazu ein weißes Hemd, dessen Knöpfe am Kragen offen standen, und wirkte etwa wie Mitte dreißig.

»Ist er nicht etwas jung?«, fragte Evie. »Ich hatte erwartet, dass er älter ist.«

»Solange er weiß, was er tut«, erwiderte Celeste.

»Ich wünschte, wir müssten ihn nicht hierhaben«, meinte Evie.

Celeste wandte sich an ihre Schwester. »Wir haben das doch alles schon besprochen, Evie. Es ist die einzige Möglichkeit.«

»Fangt ihr beiden nicht schon wieder damit an«, mischte sich Gertie ein.

»Ich fange ja gar nicht an«, entgegnete Evie. »Aber ihr wisst, was ich von alldem halte.«

»Ja«, sagte Celeste. »Das weiß ich.«

Die drei Schwestern beobachteten, wie der Mann einen Ordner und eine Leinentasche aus dem Wagen holte und zum Haus hinaufsah.

»Habt ihr beiden denn nichts zu tun?«, fragte Celeste.

»Nein«, antworteten sie wie aus einem Mund.

»Ihr macht mich nervös«, erwiderte sie.

»Das Gemälde gehört uns genauso wie dir«, sagte Evie.

Gertie seufzte und erbarmte sich ihrer älteren Schwester. »Keine Sorge. Wir lassen dich allein. Komm schon, Evie.«

»Aber ich finde, wir sollten ihn wenigstens kennenlernen«, beharrte Evie.

»Na schön, wir sagen ganz kurz Hallo, und dann überlassen wir alles Weitere Celeste.«

Der Türklopfer ertönte und erschreckte alle drei Schwestern, obwohl sie damit gerechnet hatten. Celeste atmete tief durch und ging zur Tür.

»Miss Hamilton? Celeste Hamilton?«

»Ja«, antwortete Celeste.

»Mein Name ist Julian Faraday. Wir haben telefoniert – bezüglich des Fantin-Latour-Gemäldes.« Ein Paar hellblauer Augen blickte in ihre braunen.

»Ja, natürlich«, sagte sie endlich. »Kommen Sie herein.« Sie wandte sich von ihm ab, gerade, als er ihr seine Hand anbot. »Das sind meine Schwestern, Gertrude und Evelyn.«

Mr Faraday lächelte und nickte höflich.

»Was für schöne Namen Sie alle haben«, bemerkte er. »Celeste ist besonders außergewöhnlich, nicht wahr?«

»Unsere Mutter hat uns alle nach Rosen benannt«, erklärte Evie. »Celeste, Gertrude und Evelyn. Celeste ist die Älteste und nach einer rosafarbenen Alba benannt worden, wir hingegen nach modernen Rosen, die in den Jahren unserer Geburt gezüchtet worden sind. Unsere Großeltern haben diese Tradition der Namensgebung begründet. Unsere Mutter hieß wie die Rose Penelope – eine wirklich schöne Moschus-Hybride –, und wir haben eine Tante Louise, wie *Louise Odier*, und dann sind da noch Tante Leda und Onkel Portland.«

»Wie wundervoll«, erwiderte Mr Faraday mit einem Lächeln, das sein ganzes Gesicht erstrahlen ließ. »Mir war nicht bewusst, dass Rosen so schöne Namen haben.«

»Oh, bei Weitem nicht alle«, fuhr Evie fort, »und wir sind nur heilfroh, dass Mum uns nicht *Raubritter*, *Complicata* und *Bullata* getauft hat!«

Mr Faraday lachte leise. »Wie außergewöhnlich«, sagte er.

Celeste hob die Hände. »Evie, ich glaube, Mr Faraday hat schon verstanden.«

»Komm schon. Ich glaube, ich rieche dein Frühstück in der Küche anbrennen«, bemerkte Gertie.

»Warum nimmst du *immer* an, dass angebranntes Essen irgendwas mit mir zu tun hat?«, erkundigte sich Evie empört.

»Nur ein Schuss ins Blaue«, erwiderte Gertie, während sie Evie aus der Eingangshalle führte.

»Entschuldigen Sie«, meinte Celeste, sobald sie außer Hörweite waren. »Evie redet immer zu viel, wenn sie nervös ist.«

»Ich fühle mich, als hätte ich eine kleine Lektion erhalten«, bemerkte er gutmütig. »Ich muss zugeben, mir war nicht bewusst, dass Sie hier eine Rosenzucht betreiben«, gestand er. »Von dem Haus wusste ich natürlich.«

»Wieso *natürlich*?«, fragte Celeste.

»Ich kenne die Gegend ziemlich gut. Ich habe hier eine Zweitwohnung – in Nayland.«

»Oh, ich verstehe«, erwiderte Celeste, und Mr Faraday neigte den Kopf.

»Sie klingen missbilligend.«

»Tue ich das?«, fragte Celeste. »Vielleicht bin ich das auch. Hier gibt es so viele schöne Dörfer, doch leider verbringt die Hälfte der Bevölkerung die meiste Zeit in London. Die Orte wirken wie ausgestorben, und die Immobilienpreise werden nach oben gedrückt, was bedeutet, dass es den Einheimischen unmöglich ist, etwas zu kaufen.«

Mr Faraday räusperte sich, als wäre er ein wenig nervös. »Nun, falls es ein kleiner Trost ist, ich habe meinen Besitz von meiner Großmutter geerbt. Sie hat ihr ganzes Leben in Nayland verbracht, also bin ich vielleicht kein Einheimischer, aber so gut wie«, erwiderte er ruhig.

»Aber wie viel Zeit verbringen Sie dort?«, erkundigte sie sich und strich sich das dunkle Haar hinter die Ohren, wozu sie immer dann neigte, wenn sie verärgert war.

Mr Faraday wirkte angesichts ihrer Frage überrascht. »Ich versuche, an den meisten Wochenenden hier zu sein, aber leider ist es mir nicht immer möglich. Gerne würde ich mehr Zeit hier verbringen, weil es so schön ist und ich süchtig nach den Antiquitätenläden bin, aber manchmal hält mich die Arbeit in London fest.«

Für einen Moment starrten sie sich gegenseitig an, als versuchten sie, einander zu begreifen.

»Sie wirken sehr jung für einen Kunstexperten«, fuhr Celeste fort und dachte sich, dass Evie recht hatte. »Ich habe mit jemand Älterem gerechnet.«

»Wahrscheinlich haben Sie meinen Vater erwartet. Er hieß ebenfalls Julian. Ich bin der Junior und habe das Geschäft übernommen, als er in den Ruhestand gegangen ist, aber ich weiß, was ich tue, Miss Hamilton. Ich bin Spezialist für europäische Gemälde des neunzehnten Jahrhunderts, und ich glaube, solche wollen Sie mir heute zeigen.«

Celeste nickte. »Tut mir leid, wenn ich unhöflich geklungen habe«, sagte sie. »Wir stecken momentan in einer seltsamen Situation und finden gerade alles ein wenig überwältigend.«

»Kein Problem«, erwiderte er. »Das verstehe ich vollkommen.«

»Gut, wollen wir anfangen?« Sie lächelte unsicher und führte ihn in den Salon.

Dort sah sie, dass er den Fantin-Latour sofort entdeckte, und beobachtete, wie er sich ihm näherte.

»Das ist ein gutes Exemplar«, bemerkte er.

»Gibt es denn auch schlechte?«, fragte Celeste.

»Natürlich. Nun, im Bezug auf den Marktwert«, erläuterte er. »Das Bild könnte in schlechtem Zustand sein, zu klein, um eine gute Summe zu erzielen, oder lediglich eine Skizze sein, aber dieses ist ein Ölgemälde in voller Größe und in sehr gutem Zustand. Das Motiv ist zeitlos populär, und die Komposition ist gut – etwas freier als sein üblicher Stil, aber sehr gefällig. Stört es Sie, wenn ich es abhänge?«

Celeste signalisierte mit einer kurzen Geste ihr Einverständnis.

»Die Rückseite kann ebenso aufschlussreich sein«, erklärte Mr Faraday.

»Ich habe sie mir noch nie angesehen«, gab Celeste zu und näherte sich langsam, um einen Blick darauf zu werfen.

»Das geheime Leben der Gemälde«, sagte Mr Faraday, während er es umdrehte.

»Und was sagt es uns?«, fragte sie und betrachtete das eher langweilige braune Rechteck.

»Nun, die Leinwand ist noch immer im ursprünglichen Zustand, also ist sie nicht doubliert worden.«

»Und das ist gut?«

»Die meisten ernsthaften Sammler bevorzugen Gemälde im Originalzustand, und das Doublieren kann sich auch nachteilig auf die Taxation auswirken«, erklärte er. »Und sehen Sie die schöne dunkle Patina? Das sagt uns, dass alles daran original ist. Auch der Keilrahmen«, sagte er und deutete auf den hölzernen Rahmen. Dann griff er in seine Leinentasche, die er auf den Boden gelegt hatte, und holte ein seltsames flaches, schwarzes Instrument heraus.

»Was ist das?«, fragte Celeste.

»Eine UV-Lampe, und sie wird alle Areale sichtbar machen, die Mängel aufweisen oder retuschiert wurden«, antwortete er, schaltete sie ein, und sie offenbarte ein unheimliches blaugrünes Licht.

»Wird sie das Gemälde auch nicht beschädigen?«

»Nein, nein«, versicherte er. »Es liegt nicht in unserem Interesse, herumzulaufen und große Kunstwerke zu zerstören.«

Sie errötete angesichts ihrer eigenen Naivität und beobachtete, wie er mit der Lampe über die Leinwand leuchtete.

»Also, hier im Hintergrund wurde ein klein wenig retuschiert, aber das ist nichts, was den Wert des Gemäldes in hohem Maße schmälern würde. Sind Sie sich sicher, dass Sie es verkaufen müssen?«

»Ziemlich sicher.«

Er nickte. »Es ist nämlich eine echte Investition. Im Laufe der Zeit wird sich sein Wert nur steigern.«

»Nun, Zeit ist etwas, das wir nicht haben, Mr Faraday.«

»Bitte, nennen Sie mich Julian.«

Sie sah ihn an und nickte leicht. »Es gibt auch noch ein paar andere Gemälde, aber ich bin mir nicht sicher, ob sie besonders viel wert sind. Doch ich vermute, dass ich die Einschätzung Ihnen überlassen sollte.«

»Möchten Sie, dass ich sie mir gleich ansehe?«

»Bitte«, erwiderte sie. »Sie hängen im Studierzimmer.«

Sie ging mit ihm zurück in die Eingangshalle und anschließend den Korridor entlang, der zum Studierzimmer führte.

»Was für ein herrliches Zimmer«, bemerkte er, als er eintrat. »Sehen Sie sich nur die Vertäfelung an.« Er streckte die Hand aus, um sie zu berühren. »Und dieses Fenster ist wunderschön. Wann wurde das Haus erbaut?«

»Zum Teil im Mittelalter. Ein wenig Tudorstil hier und jakobinisch dort, und auch eine Prise Georgianisch.«

»Jede Generation trägt ihren eigenen Teil zur Schönheit bei«, sagte Julian.

»Und unsere Generation muss alles instand halten«, erwiderte sie und bemerkte, wie sein Blick an ihrem Schreibtisch hängen blieb. »Entschuldigen Sie die Unordnung. Meine Mutter ist kürzlich gestorben und … na ja, es gibt viel zu klären.«

»Oh«, meinte er. »Tut mir sehr leid, das zu hören.«

Sie nickte, und ihre Blicke trafen sich kurz.

»Hören Sie, ich kann ein andermal wiederkommen, wenn Ihnen das lieber wäre«, schlug er vor.

»Nein, nein!«, protestierte Celeste. »Ist schon gut.« Sie verstummte einen Moment und trat dann zu den Gemälden. »So, hier sind sie. Ich weiß wirklich nicht, ob irgendetwas davon genug wert ist, um es zu verkaufen. Unser Großvater hat sie im Laufe der Jahre gesammelt, aber ich glaube nicht, dass er viel für sie bezahlt hat.«

Es waren ungefähr ein halbes Dutzend Bilder, jedes davon zeigte Rosen. Keines war besonders groß, doch jedes einzelne besaß seinen ganz eigenen herzlichen Charme, und die Farben leuchteten im Zimmer.

Julian Faraday sagte zunächst nichts, sondern betrachtete nacheinander alle Gemälde. Celeste fragte sich, was in seinem Kopf vorging. Suchte er nach den richtigen Worten, um ihr mitzuteilen, dass dies nichts weiter als hübsche Flohmarktkäufe waren und sie sich glücklich schätzen konnte, wenn sie für jedes einen Zehner bekam?

»Was wissen Sie über diese Werke?«, fragte er schließlich, und sein Blick war noch immer auf die Gemälde gerichtet.

»Eigentlich nicht viel«, erwiderte Celeste. »Großvater hat immer eins gekauft, wenn die Geschäfte gut liefen – normalerweise nach der Einführung einer erfolgreichen neuen Hamilton-Rose. Es war seine Art, mit einer Rose, die Generationen überdauern würde, den Augenblick in der Erinnerung zu bewahren. Jedes Bild hat er stets Großmutter geschenkt, und es gefiel ihr, sie hier in ihr Studierzimmer zu hängen. Tatsächlich glauben wir, dass eines fehlt, aber wir sind nicht ganz sicher.«

»Das ist eine schöne Geschichte«, erwiderte Julian lächelnd. »Aber Sie haben keine Ahnung, woher sie stammen?«

»Ich glaube, dieses hier wurde irgendeinem Generalmajor abgekauft, der es von der Familie seiner Frau geerbt hatte, in Clevely House draußen an der Küste.«

»Das ist genau die Art von Geschichte, die Käufer liebend gerne hören. Die Herkunft ist äußerst wichtig beim Kauf eines Gemäldes – ganz besonders, wenn es sich um ein altes handelt.«

»Also glauben Sie, dass sie etwas wert sein könnten?«, wagte Celeste zu fragen.

Julian Faradays Brauen hoben sich ein wenig, und auf seinem Gesicht zeigte sich wieder sein herzliches Lächeln. »Sie sind sicherlich etwas wert. Dieses hier – das aus dem herrschaftlichen Anwesen – ist ein Frans Mortelmans«, erklärte er. »Spätes neunzehntes Jahrhundert.«

Celeste betrachtete die blassrosa und purpurfarbenen Rosen, die aus dem Korb heraus zu explodieren schienen. Es war das Lieblingsgemälde ihrer Großmutter gewesen. Sie hatte immer gesagt, es erinnerte sie an die Üppigkeit des Sommers.

»Das Gemälde eines Rosenkorbs – diesem hier sehr ähnlich – wurde vor ein paar Jahren für über dreißigtausend Pfund verkauft«, erzählte Julian.

Die Farbe wich aus Celestes ohnehin blassem Gesicht. »Dreißigtausend?«, wiederholte sie heiser. »Ich glaube nicht, dass unser Grandpa so viel dafür bezahlt hat.«

»Und das ist ein recht guter Ferdinand Georg Waldmüller. Etwas früher als der Frans Mortelmans.«

Celeste betrachtete den Strauß kirschroter Rosen, die in ihrer silbernen Vase so fröhlich wirkten.

»Mir gefällt die unverhohlene Dunkelheit des Hintergrundes hier und wie sich die Blüten davon abheben«, erklärte Julian, und sein Gesicht war von jungenhaftem Enthusiasmus erfüllt. »So wundervoll.«

Celeste nickte.

»Und ich bin mir sicher, dass dies hier ein Pierre-Joseph Redouté ist. Frühes neunzehntes Jahrhundert. Er war als der ›Raffael der Blumen‹ bekannt und wurde beauftragt, die Rosen von Kaiserin Josephine zu malen, glaube ich.«

»Verstehe«, sagte Celeste und fühlte sich schrecklich ungebildet.

»Ich glaube, man nennt sie hundertblättrige Rosen, oder?«

»*Rosa centifolia*«, bestätigte Celeste und war froh, dass sie endlich einmal etwas Interessantes wusste.

»Einfach wunderschön. Und äußerst sammelwürdig«, ergänzte er, und erneut erhellte ein Lächeln sein Gesicht. »Die anderen stammen definitiv auch aus dem neunzehnten Jahrhundert. Ich muss die Künstler recherchieren, obwohl ich stark vermute, dass dieses hier von Jean-Louis Cassell stammt. Er fiel in der Gunst, und sein Stil kam sehr aus der Mode – in etwa so, wie es die Präraffaeliten eine Zeit lang waren. Es ist schwer zu glauben, oder? Wie etwas Schönes so lange von der Öffentlichkeit ignoriert werden kann.«

Celeste nickte und betrachtete das herrliche Gemälde weißer Rosen. Es war einer ihrer persönlichen Lieblinge, und sie konnte sich nicht vorstellen, dass es jemals aus der Mode kommen würde.

»Es sollte eigentlich in der National Gallery hängen, wo jeder sich daran erfreuen kann«, meinte er.

»Ist es wirklich so gut?«

»Sie sind *allesamt* so gut«, erwiderte Julian. »Das ist in der Tat eine beeindruckende Sammlung, die Sie hier haben. Ihr Großvater war offenbar ein Mann mit gutem Geschmack und ausgezeichnetem Urteilsvermögen.«

»Ich glaube, er hat sie einfach nur gekauft, weil er sie gemocht hat. Ich denke nicht, dass er dabei an eine Investition gedacht hat.«

»Das ist der beste Weg«, sagte Julian. »Etwas zu kaufen, weil man es liebt.« Schließlich wandte er den Blick von den Gemälden ab und sah Celeste an. »Es geht allein darum, sich in etwas zu verlieben und seinen Anblick zu genießen.«

Celeste konnte nicht anders, als über diese Bemerkung zu lächeln, und er lächelte zurück, was sie aus irgendeinem Grund verunsicherte. Sie schaute weg.

»Und, was, glauben Sie, sind die Gemälde wert?«, fragte sie, betrachtete sie erneut, verweilte bei den weißen Rosen des Jean-Louis Cassell.

»Nun, ich kann Ihnen natürlich gleich einen Schätzwert nennen, aber Sie müssen bedenken, dass die Welt der Kunst voller Überraschungen ist, und am Auktionstag ist hinsichtlich des finalen Preises viel Glück im Spiel. Wir müssen außerdem einen Mindestpreis vereinbaren – also den niedrigsten Betrag, mit dem Sie einverstanden wären. Wenn wir diesen am Auktionstag nicht erzielen, dann bleibt das Gemälde in Ihrem Besitz.«

»Ein Mindestpreis, ja«, wiederholte Celeste und nickte.

»Also, bei dieser Sammlung hier können wir mit Preisen zwischen zehn- und vierzigtausend Pfund pro Gemälde rechnen, wobei der Frans Mortelmans wahrscheinlich am oberen Ende anzusiedeln ist.«

Celestes Augen weiteten sich überrascht. »Vierzigtausend?«

»Am oberen Ende.«

Sie schluckte schwer und überschlug alles im Kopf. Es gab sechs Gemälde, und er veranschlagte einen Gesamtwert zwischen sechzig- und zweihundertvierzigtausend Pfund.

»Der Fantin-Latour hingegen«, fuhr er fort, »könnte sich für zweihunderttausend oder mehr verkaufen.«

Celeste blieb der Mund offen stehen. Für einen Augenblick hatte sie den Fantin-Latour tatsächlich vergessen.

»Bedenken Sie aber, dass davon natürlich Vermittlungsprovisionen und Steuern abgehen«, mahnte er.

»Natürlich«, wiederholte sie. »Ich werde mit meinen Schwestern sprechen müssen.«

Julian nickte. »Aber gern.« Er schwieg kurz. »Gibt es noch etwas, das ich mir ansehen soll, während ich hier bin?«

Celeste schüttelte den Kopf, der ihr noch immer von dem Gedanken an Hunderttausende Pfund schwirrte. Das würde bedeuten, dass sie eine beträchtliche Menge an Reparaturen am Haus vornehmen und es für den Verkauf vorbereiten konnten. So würde sie dieses Kapitel abschließen und endlich das Leben beginnen können, das sie sich selbst seit der Scheidung von Liam versprochen hatte.

Sie fasste sich, führte Julian aus dem Studierzimmer und zurück in die Eingangshalle.

»Gut, sobald Sie mit Ihren Schwestern gesprochen und entschieden haben, was Sie gerne verkaufen würden, kann ich wieder vorbeikommen, um die Gemälde abzuholen.«

»Ich muss sie also nicht nach London bringen?«

»Nein, nein. Ich kann herkommen, wenn ich das nächste Mal in Nayland bin.«

»Vielen Dank«, sagte Celeste. »Auf Wiedersehen, Mr Faraday.«

»Julian«, beharrte er. »Hier ist meine Karte«, ergänzte er und nahm eine aus seiner Jackentasche.

»Ich habe schon eine«, erwiderte sie.

»Das ist die neueste – mit meiner Privatnummer.«

Sie nahm sie entgegen und sah, wie er sich zum Gehen wandte.

»Es war sehr schön, Sie kennenzulernen – Sie alle.«

Celeste nickte. »Danke fürs Kommen.«

»Ich hoffe, dass ich Sie bald wiedersehe«, sagte er. »Passen Sie auf sich auf.«

»Das werde ich«, erwiderte sie und war überrascht, wie intim sein einfacher Befehl geklungen hatte.

Sie sah, wie er die Einfahrt überquerte und in seinen alten MG stieg. Er winkte ihr kurz zu, bevor er den Motor anließ, über die Brücke über den Wassergraben und in Richtung Straße fuhr.

# 9. Kapitel

Celeste fand Gertrude im Rosengarten, was im Juni nicht überraschend war, da die Rosen gerade anfingen, sich zu öffnen. Es war die Jahreszeit, auf die sich jeder Rosenzüchter freute – das glorreiche Erblühen ihrer Lieblingsblume. Die frühen Morgenstunden wurden damit verbracht, an den Beeten entlangzulaufen, und die Augen waren begierig darauf, neue Knospen und sich entfaltende Blütenblätter zu erspähen. Es gab keinen prächtigeren Anblick als den einer Rose, die zum ersten Mal ihre Farbe der Welt offenbarte. Es war eine Freude, die auch mit den Jahren nicht geringer wurde, und Gertrude wollte natürlich keinen einzigen Moment davon verpassen.

»Sieh nur!«, rief Gertie, sobald sie Celeste sah. »Die erste *Gertrude Jekyll* erblüht gerade.«

Celeste lächelte. Es war die Rose, nach der Gertie benannt worden war, daher lag sie ihr besonders am Herzen. Sie verließ den Pfad, ihre Leinenschuhe versanken in der weichen, umgehackten Erde, während sie sich vorbeugte, um an der ersten *Gertrude Jekyll* des Sommers zu riechen. Es war ein schwerer, berauschender Duft, typisch für alte Rosen, der zu den leuchtend rosafarbenen Blütenblättern passte. Daneben waren mehrere fest verschlossene Knospen, die sich noch bedeckt hielten, bis die Zeit reif war. Celeste kannte den Kreislauf. Wenn es so weit war, würden sie die vollkommensten Blüten offenbaren, die man sich nur vorstellen konnte.

»Herrlich«, sagte sie.

»Besser als unsere eigene *Queen of Summer*?«, fragte Gertie lächelnd.

»Natürlich nicht!«, erwiderte Celeste. »David Austins Rosen sind gut, aber unsere sind unschlagbar.«

Sie lächelten einander an, und ihre Augen glänzten vor Stolz.

»Und, wie bist du mit dem Kunst-Typen klargekommen?«, fragte Gertie schließlich.

»Er ist wieder weg«, antwortete Celeste und kehrte vom Planeten Rose auf den Boden der Tatsachen zurück.

»Und?« Gertie lief durchs Rosenbeet und kehrte auf den Steinpfad zurück.

»Sie sind sehr viel mehr wert, als ich gedacht hatte. Allein der Fantin-Latour könnte uns eine Viertelmillion einbringen.«

Gertrude stand der Mund offen, wie auch Celestes Mund es vor ein paar Minuten getan hatte. »O mein Gott!«

Celeste nickte. »Das heißt natürlich, dass wir sie verkaufen müssen.«

»Ich glaube schon.«

»Wir hatten sie nie richtig versichert, und ich bezweifle, dass wir es uns leisten könnten, jetzt, da wir wissen, wie viel sie wert sind. Hinzu kommen die Reparaturen, die wir am Haus vornehmen müssen, und die Rechnungen, die noch fällig sind …« Celestes Stimme verstummte allmählich.

»Du willst sie nicht verkaufen, nicht wahr?«, fragte Gertie.

Celeste atmete tief ein. »Es wird so sein, als würde man gute Freunde verlieren, aber ich sehe keine andere Möglichkeit, aus diesem Loch herauszukommen, in dem wir sitzen.« Sie schüttelte den Kopf. »Es war komisch, aber als ich Mr Faraday davon erzählt habe, wie Grandpa dazu gekommen ist, die Gemälde zu kaufen, habe ich mich zum ersten Mal seit Jahren an alles erinnert, und plötzlich kam es mir so vor, als würde ich das Falsche tun. Ich weiß, dass ich für Evie nun der Staatsfeind Nummer eins bin und sie mir das alles nie verzeihen wird, aber welche Wahl haben wir?«

»Gibt es sonst nichts, was wir verkaufen können?«

»Nichts, was so wertvoll wäre«, antwortete Celeste.

»Mum hat ein paar Ringe hinterlassen«, schlug Gertie vor.

»Behalte sie. Die sind überhaupt nichts wert«, erwiderte Celeste und dachte an den halbedlen Verlobungsring, in den ein einzelner Granat eingefasst war, und an den goldenen Siegelring. Ihre Mutter hatte bei der Arbeit kaum Schmuck getragen und bevorzugte Hände, die in der Erde graben konnten, ohne dabei etwas Wertvolles zu beschädigen. Doch sie hatte zum Ausgehen eine recht große Sammlung an Modeschmuck besessen. Celeste erinnerte sich an die langen, glitzernden Halsketten und die übergroßen Strassohrringe, die wie Requisiten aus einer Hollywood-Soap-Opera wirkten. Sie würden allerdings kaum etwas wert sein.

»Ich hätte nicht gedacht, dass es Evie so viel ausmachen würde, die Gemälde zu verkaufen«, gab Celeste zu.

»Ich weiß«, erwiderte Gertie. »Sie war noch so jung, als unsere Großeltern gestorben sind, und ich glaube nicht, dass sie sich daran erinnert, wie sehr sie die Gemälde geliebt oder welche Geschichten sie darüber erzählt haben.«

»Warum nimmt sie es dann so schwer?«

»Willst du das tatsächlich wissen?«

»Ja, *natürlich*«, antwortete Celeste. »Warum sollte ich es nicht wissen wollen?«

Sie zuckte die Achseln. »Weil ihr euch momentan in unterschiedliche Richtungen zu bewegen scheint und ich nicht sicher bin, ob es dich wirklich kümmert, was Evie empfindet.«

»Wie kannst du das behaupten? Evie bedeutet mir unglaublich viel!« Celestes Gesicht nahm einen schmerzlichen Ausdruck an. »Verrate es mir, Gertie«, flehte sie. »Bitte!«

»Also, ich glaube nicht, dass sie momentan irgendwelche Veränderungen wünscht. Seit Mums Tod ist sie sehr verletzlich«, erklärte Gertie.

Celeste nickte. »Sie stand ihr sehr nah, nicht wahr? Nun, so nah, wie man Mum eben sein konnte.«

»Und dann bist du wie ein Wirbelwind der Veränderung nach Hause gekommen, und ich glaube, sie ist in der Defensive.« Gerties Mund bildete eine feste, harte Linie.

»Hör mal«, begann Celeste, »in den nächsten Tagen und Wochen stehen ein paar schwierige Entscheidungen an. Entscheidungen, die wir alle wahrscheinlich lieber nicht treffen würden, aber wir müssen da durch, okay?«

»Ich weiß«, sagte Gertie. »Aber du musst aufhören, uns wie Kinder zu behandeln.«

»Das tue ich doch gar nicht, oder?«, fragte Celeste stirnrunzelnd.

»Du warst immer eine tolle Anführerin, Celly, und wir haben immer zu dir aufgeschaut, aber du kannst auch ziemlich bestimmend sein, und na ja, auch wir sind erwachsen.«

»Tut mir leid«, erwiderte Celeste nach einer Pause, und Gertie nickte.

Die Schwestern liefen nun den Pfad entlang und blieben hin und wieder stehen, um eine neue Rose zu bewundern oder um Blätter auf Sternrußtau zu untersuchen.

»Ich meine, es muss dir doch auch schon in den Sinn gekommen sein, Gertie«, nahm Celeste nach einer Weile den Faden wieder auf.

»Was?«

»Alles zu verkaufen.«

Gertie blickte über eine Wiese, schien die Szenerie vor sich jedoch nicht wahrzunehmen.

»Gertie?«, hakte Celeste nach. »Hast du darüber nachgedacht?«

Sie atmete tief durch. »Evie würde mich *umbringen*, wenn sie davon wüsste, aber ich habe es mir tatsächlich schon überlegt.«

Celeste nickte. »Das habe ich mir gedacht. Erinnerst du dich an all die Träume, die du früher gehabt hast? Davon, zu den großartigsten Gärten der Welt zu reisen und all die wunderschönen Paläste und Schlösser zu sehen?«

Gertie lächelte leicht. »Davon träume ich immer noch.«

»Aber es müssen keine Träume bleiben«, erwiderte Celeste. »Wenn wir das Anwesen verkaufen würden, wären wir alle frei, genau das zu tun, was wir wollen. Ich weiß, dass du bis jetzt an die Arbeit und an Mum gebunden warst, aber das muss nicht länger so sein.«

»Ich kann aber nicht einfach gehen«, widersprach Gertie. »Selbst wenn wir alle damit einverstanden wären, das Anwesen zu verkaufen – und ich bin noch nicht ganz davon überzeugt, dass das die richtige Entscheidung ist –, müssten wir trotzdem das Geschäft am Laufen halten, oder? Du schlägst doch wohl nicht vor, dass wir auch das verkaufen, oder?« Gerties Gesicht war blass geworden.

»Nein, natürlich nicht«, versicherte Celeste. »Aber es wäre doch schön, wenn wir mehrere Alternativen hätten, oder? Wenn wir das Haus verkaufen würden, könnten wir auf ein sehr viel kleineres Grundstück ziehen, und wir hätten Geld übrig, um mehr Personal einzustellen, damit wir nicht so ans Geschäft gebunden wären. Denk mal für einen Moment darüber nach.« Celeste erkannte am Gesichtsausdruck ihrer Schwester, dass sie tatsächlich überlegte. Auch sie selbst hatte das getan. Als sie nach Hause zurückgekehrt war, war sie ursprünglich fest entschlossen gewesen, ihre Aufgabe hier so schnell wie möglich zu erledigen und danach alles hinter sich zu lassen. Doch langsam spürte sie, dass sie wieder in ihre alte Rolle fiel – eine Rolle, die sich zunehmend weiter entwickelte und gegenüber der sie mittlerweile Zweifel hegte. Konnte sie sie wirklich wieder ablegen? Sie war sich keinesfalls sicher.

»Evie wäre niemals damit einverstanden«, sagte Gertie und holte Celeste zurück in die Gegenwart.

»Sie wäre dazu gezwungen, wenn es auf zwei gegen eine hinausläuft«, erwiderte Celeste und sah, wie bei diesem Vorschlag Gerties Augen groß wurden.

»Bitte bring mich nicht in diese Lage«, flehte sie. »Ich will nicht die mit der entscheidenden Stimme sein. Auf keinen Fall.«

Celeste strich sich das Haar hinters Ohr. »Ich werde heute keine Entscheidung treffen, okay? Ich will nur, dass du über all das nachdenkst. Versprichst du mir, dass du das tust?«

Gertie sah sie an, als würde sie ihr nicht ganz trauen. »Ich kenne dich, Celly. Ich weiß, wie du bist, wenn du eine Entscheidung triffst.«

»Was soll das heißen?«, fragte Celeste und war sofort in der Defensive.

»Das heißt, dass du direkt losstürmst, sobald du dir etwas in den Kopf gesetzt hast, genau wie damals, als du von zu Hause weggegangen bist, um Liam zu heiraten.«

»Ach, komm schon«, entgegnete Celeste und stemmte sich die Hände in die Hüften. »Das war *lange* absehbar. Keiner kann behaupten, dass ich gleich bei der ersten Schwierigkeit von zu Hause weggelaufen wäre.«

»Ich weiß, dass du das nicht getan hast«, erwiderte Gertie, »und niemand macht dir Vorwürfe. Was ich damit nur sagen will, ist, dass du gerade genau diesen Gesichtsausdruck hast – diesen entschlossenen Blick, der uns, glaube ich, alle beiseitestoßen wird, wenn wir versuchen, uns dir in den Weg zu stellen.«

Celeste schüttelte den Kopf. »Denkst du wirklich so von mir? Denkst du ernsthaft, dass ich nicht auf dich oder Evie hören werde?«

»Ich weiß es nicht«, antwortete Gertie ehrlich, »aber ich weiß, was du von diesem Anwesen hier hältst. Er bedeutet dir nicht so viel wie Evie und mir. Für dich verkörpert es etwas anderes, nicht wahr? Und ich wünschte, es wäre nicht so.«

Celeste schloss für einen Moment die Augen, als würde dadurch alles in Vergessenheit geraten. Und dann kam ihr ein Bild in den Sinn, und ein winziges Lächeln stahl sich in ihre Miene.

»Was ist?«, fragte Gertie.

»Erinnerst du dich an den Tag, als Grandpa mit dem Jean-Louis Cassell nach Hause gekommen ist?«

Gertie nickte. »Er hatte das Gemälde in rosafarbenes Seidenpapier gepackt. Es war unzählige Male umwickelt, nicht wahr?«

»Es war wie Weihnachten, oder?«

»Und ich habe es immer geliebt, wenn er uns von dieser Auktion erzählt hat, auf der er den Fantin-Latour ersteigert hat«, ergänzte Gertie.

»Wo er gegen einen alten Exzentriker geboten hat, der ganz hinten gesessen und einen riesigen Hut getragen hat?«

»Ja!«, lachte Gertie. »Und die Versteigerung ging über Stunden, hat Grandpa gesagt.«

»Er hat uns immer erzählt, dass sie mitten in der Versteigerung eine Mittagspause einlegen mussten, um bei Kräften zu bleiben, und anschließend haben sie weitergemacht«, sagte Celeste und lachte ebenfalls.

»Er war ein echter Geschichtenerzähler«, meinte Gertie und blieb stehen, um eine Blüte an einer leuchtend rosafarbenen *Madame Isaac Pereire* zu untersuchen.

»Du musst diese Stängel abstützen«, sagte Celeste, und Gertie nickte.

Sie hielten inne und blickten über den Rasen in Richtung der Rosenbeete. Überall waren winzige Farbkleckse, vom reinsten Weiß bis hin zum dunkelsten Rot, voller Versprechen für den bevorstehenden Sommer.

»Glaubst du, dass es Grandpa verletzt hätte, dass wir die Gemälde verkaufen?«, fragte Gertie.

Das war eine Frage, die Celeste nicht hatte stellen wollen. »Er hätte nicht gewollt, dass wir in einem Haus ohne Dach leben«, erwiderte sie und wich der Frage geschickt aus.

»Vermutlich nicht«, antwortete Gertie.

»Ich bin mir sicher, dass er es verstanden hätte«, meinte Celeste.

»Aber er hätte bestimmt nicht so verständnisvoll reagiert, wenn er gewusst hätte, dass du das Haus verkaufen willst.«

Celeste nahm sich einen Moment Zeit, um sich vorzubeugen und die wundervoll gestreifte Knospe der *Honorine de Brabant* zu betrachten. Sie erstrahlte in fuchsiafarbenen und hellrosa Streifen – warm und kühl zugleich. Sie war eine ihrer Lieblingsrosen, und sie liebte den Namen *Honorine de Brabant*. So wunderschön. So romantisch. Sie fragte sich, ob Grandma oder Mum versucht gewesen waren, eine ihrer Töchter Honorine zu nennen. Sie hätte Honorine Hamilton heißen können, dachte Celeste. Aber vielleicht würde sie sich den Namen aufheben, bis sie eines Tages eine eigene Tochter hatte.

Alle Gedanken ans Finanzielle waren vergessen, als sie diese perfekte Knospe bewunderte. Das war die Wirkung, die Rosen auf einen hatten – sie erfüllten den Kopf mit Schönheit, sodass nur wenig Raum für anderes blieb –, doch die träumerische Versunkenheit schwand bald.

»Nichts wird einfach sein«, sagte Celeste, als sie die schöne Bourbonrose verließen und ihren Weg zum Haus fortsetzten. »Ich werde deine Unterstützung brauchen, Gertie.«

»Ich weiß«, erwiderte Gertie, »und ich werde tun, was ich kann, um zu helfen, aber zieh mich nicht in den Konflikt zwischen dir und Evie rein, okay? Du musst wirklich aufpassen, wie du das alles handhabst.«

»Ich weiß«, versicherte Celeste.

»Denn ich bin mir nicht sicher, wie viele Verluste Evie zugleich verkraften kann«, fuhr Gertie fort. »Also, wirst du mit Esther Martin reden?«

»Ich werde es heute Nachmittag tun«, sagte sie. »Besser, ich erledige alle schlimmen Dinge an einem Tag, damit ich sie hinter mir habe.«

»Willst du, dass ich mitkomme?«, fragte Gertie.

Celeste schüttelte den Kopf. »Ich glaube, es ist wohl das Beste, wenn sie sich nur mit einer von uns herumschlagen muss.«

»Und du bist dir sicher, dass du die Richtige dafür bist?«

»Was meinst du damit?«, fragte Celeste stirnrunzelnd.

»Na ja, sie hat in dir immer das Kind gesehen, das ihre Tochter niemals hatte.«

»Ach, das ist doch lächerlich!«, entgegnete Celeste. »Unser Vater war an Sally nicht interessiert. Das ist das, was Mum uns erzählt hat.«

»Aber trotzdem hegt Esther noch immer einen Groll«, beharrte Gertie. »Sie gibt noch immer uns *allen* die Schuld am Tod ihrer Tochter.«

»Dann wird es Zeit, dass wir das ein für alle Mal klären«, sagte Celeste.

Gertie holte tief Luft. »Lieber du als ich«, erwiderte sie.

* * *

Das Gästehaus war ein niedliches kleines Gebäude am Rande des Grundstücks, beinah vollkommen rund, bestehend aus Backstein und Kieselstein, mit kleinen Fenstern, die in der Nachmittagssonne glänzten. Nach vorne hin gab es einen kleinen Garten voller Rosen, die Esther aus der Kollektion der Hamiltons geschenkt bekommen hatte, und Celeste entdeckte ein paar, die kurz vor der Blüte standen. Es gab drei ältere *Constable*-Stauden, die innerhalb der nächsten zwei Wochen in fantastischem Purpur erstrahlen würden. Mehrere *Summer Blush*-Stauden, deren pinkfarbene Knospen kurz vorm Erblühen waren, säumten den Pfad zur Vordertür. Doch Celeste versuchte, sich nicht von den Rosen ablenken zu lassen. Sie hatte einen Auftrag, den sie erfüllen musste, daher trat sie vor die schwarze Holztür und klopfte.

»Wer ist da?«, fragte eine Stimme einen Augenblick später.

»Esther? Hier ist Celeste. Celeste Hamilton.«

»Wer?«, krächzte die alte Stimme auf der anderen Seite der Tür.

»Penelopes Tochter.«

»Penelope ist tot.«

»Ich weiß, aber ich bin ihre Tochter, ziemlich lebendig und würde wirklich gerne mit Ihnen sprechen. Kann ich bitte reinkommen?«

Celeste hörte eine Kette rasseln, und endlich ging die Tür auf, und sie erblickte die kleine, zierliche Gestalt von Esther Martin. Sie hatte weißes, schulterlanges Haar, und ihre Augen waren blassblau. Sie schlurfte einen halben Schritt von der Tür weg, und Celeste nahm an, dass dies ihre Erlaubnis war, einzutreten.

Der winzige Flur beherbergte einen großen, bodentiefen Spiegel und einen Schirmständer mit drei Gehstöcken, aber ohne Schirme. Celeste folgte Esther ins Wohnzimmer auf der Vorderseite des Hauses. Es war ein entzückender Raum mit einem riesigen Kamin und reichlich Licht, das durch ein Erkerfenster hereinströmte. Eine antike Uhr aus Messing stand auf dem Kaminsims, umrahmt von Porzellanfiguren von Frauen in Ballkleidern, doch Celeste fiel auf, dass alle von einer dicken Staubschicht bedeckt waren.

»Also, du bist die Älteste, nicht wahr?«, fragte Esther, als sie sich in einem Ohrensessel neben dem Kamin niederließ.

»Ich bin Celeste«, erwiderte sie und setzte sich ihr gegenüber, obwohl sie dazu nicht aufgefordert worden war.

»Ich habe deine Schwestern seit Jahren nicht mehr gesehen«, sagte Esther.

»Kommen Gertrude und Evelyn etwa nie vorbei?«, wollte Celeste schockiert wissen.

»Oh, durchaus, aber ich lasse sie nicht rein.«

Celeste runzelte die Stirn. »Warum nicht?«

»Was könnten sie wohl zu sagen haben, das ich mir würde anhören wollen?«

Celeste biss sich auf die Unterlippe. Es lief nicht gut.

»Sicher, manchmal finde ich einen Victoriakuchen auf der Türschwelle«, fuhr Esther fort.

»Die sind bestimmt von Gertie. Sie ist eine fabelhafte Köchin.«

»Meine Sally war eine fabelhafte Köchin«, erwiderte Esther feierlich, und ihre eisblauen Augen schienen Celeste auf ihrem Stuhl festzunageln.

»Esther«, begann sie und räusperte sich, »fühlen Sie sich nicht einsam hier?«

Sie schüttelte den Kopf. »Nein, ganz und gar nicht«, antwortete sie sofort.

»Hätten Sie nicht gerne jemanden, der nach Ihnen sieht?«

Erneut schüttelte sie den Kopf.

Es gab keinen anderen Weg – Celeste musste es direkt ansprechen. »Wenn Sie gemeinsam mit uns im Haus leben würden, wäre alles sehr viel einfacher. Sie müssten sich nicht mehr um das Gästehaus kümmern und sich auch um Rechnungen keine Sorgen mehr machen.«

»Du bist nicht gekommen, um dich um mich zu kümmern«, erwiderte Esther, und ihr zermürbender Blick war auf Celeste fixiert. »Du bist gekommen, weil du mich raushaben willst, nicht wahr?«

Celeste schluckte schwer. »Wir müssen das Gästehaus vermieten, Esther. Das Anwesen braucht eine dauerhafte Einnahmequelle, und wir haben einfach keine.«

»Das ist nicht mein Problem«, entgegnete Esther, und ihr Mund bildete eine gerade, trotzige Linie.

»Das wäre es aber, wenn wir verkaufen müssten«, wandte Celeste ein.

Eine schreckliche Pause entstand, dann sagte Esther: »Euer Großvater hat mir ein Zuhause versprochen …«

»Und das werden Sie haben«, unterbrach Celeste. »Niemand wird Sie rauswerfen. Wir müssen Sie einfach nur umsiedeln, das ist alles.«

Die beiden Frauen starrten einander an, als wollten sie die jeweils andere zur Aufgabe zwingen.

»Ich würde Sie nicht darum bitten, wenn es irgendeinen anderen Weg gäbe«, fuhr Celeste ruhig fort und dachte daran, dass sie zum jetzigen Zeitpunkt lieber nicht ihre Idee, das gesamte Anwesen zu verkaufen, erwähnen sollte. Es schien das Beste zu sein, eine Sache nach der anderen in Angriff zu nehmen.

Esther starrte auf den gemusterten Teppich unter ihren Füßen und sah dann wieder zu Celeste auf.

»Du willst, dass ich in dieses große, alte Haus zu dir und deinen Schwestern ziehe?«

»Ja«, antwortete Celeste.

»Du hast Nerven, das muss ich dir zugestehen.«

»Ich fürchte, es gibt keine Alternative«, beharrte Celeste. »Uns bleibt tatsächlich keine andere Wahl.«

Esthers Blick senkte sich auf ihren Schoß, wo ihre winzigen Hände aufeinander ruhten. Die Knöchel wirkten riesig und geschwollen und waren schrecklich blass. Celeste schluckte schwer. Sie verlangte von dieser alten Frau, ihr komfortables Cottage gegen ein Zimmer in einem zugigen alten Herrenhaus einzutauschen, dessen Decken einstürzten.

»Und wo genau willst du mich unterbringen?«, fragte Esther.

»Im Erdgeschoss gibt es ein schönes Gästezimmer mit eigenem Bad. Man blickt in den Rosengarten und hat den ganzen Morgen über Sonne«, erklärte Celeste.

»Was ist mit Mahlzeiten?«

»In der Küche ist reichlich Platz, und Sie sind herzlich eingeladen, sich uns anzuschließen oder sich selbst etwas zuzubereiten.«

Erneut senkte sich Stille über sie, und Celeste beobachtete, wie sich Esthers Finger umeinanderwanden. Sie entdeckte einen großen Rubinring an ihrer rechten Hand. Sie wusste nicht viel über Esthers Ehemann, doch er war vor Jahren gestorben, und Esther war seit Langem Witwe.

»Ich treffe keine Entscheidung jetzt sofort«, sagte Esther plötzlich.

»Natürlich nicht«, erwiderte Celeste und stand auf, um zu gehen. »Sie müssen darüber nachdenken.«

Esther erhob sich aus ihrem Sessel und folgte Celeste in den Flur.

»Es tut mir so leid, dass ich Sie damit überfallen habe, Esther. Ich wünschte wirklich, dass es eine andere Lösung gäbe.«

»Zum Beispiel, dass ich tot umfalle?«, entgegnete Esther, und erneut waren ihre blassblauen Augen gnadenlos auf Celeste fixiert. »Das käme dir gerade recht, nicht wahr?«

»Bitte sagen Sie so etwas nicht«, erwiderte Celeste, öffnete die Tür und trat hinaus.

Eine weitere Pause entstand, und Celeste dachte verzweifelt über etwas Nettes oder Beschwichtigendes nach, was sie sagen konnte, doch Esther sprach zuerst.

»Du bist genau wie deine Mutter«, murmelte sie, bevor sie die Vordertür zuschlug.

Vielleicht war dies das Allerschlimmste, was irgendjemand zu Celeste sagen konnte.

# 10. Kapitel

Eine Woche nach seinem ersten Besuch auf Little Eleigh Manor kehrte Julian Faraday zurück. Celeste hörte, wie sein MG draußen vorfuhr, legte ihre Schreibarbeit nieder und ging ans Fenster des Studierzimmers, um ihn zu beobachten. Heute kam er nicht im Anzug. Stattdessen hatte er blaue Jeans und ein weißes Hemd an, über dem er eine himmelblaue Weste trug. Celeste musste zweimal hinsehen. Noch nie hatte sie einen Mann gesehen, der eine Weste anhatte, von Models in Modekatalogen abgesehen, und sie musste bei dem Anblick lächeln.

Sie schüttelte den Kopf und fühlte sich auf seltsame Weise dem Haus gegenüber illoyal, weil sie solche Gedanken über den Mann hegte, der gekommen war, um ihre geliebten Gemälde zu holen. Sie mochte ihn vielleicht darum gebeten haben, genau das zu tun, doch sie konnte nicht anders, als es ihm trotzdem irgendwie übel zu nehmen.

»Bleib, Frinton«, befahl sie dem Hund, während sie das Studierzimmer verließ und sich das Haar hinters Ohr strich. Sie durchquerte die Eingangshalle, öffnete die Vordertür und blickte in ein lächelndes Gesicht.

»Danke fürs Kommen, Mr Faraday«, sagte sie.

»Bitte, nennen Sie mich Julian«, erwiderte er und streckte den Arm aus, um die Hand zu schütteln, die Celeste ihm noch nicht dargeboten hatte.

Sie lächelte besorgt, gab ihm die Hand, und er schüttelte sie.

»Nicht so kalt heute«, bemerkte er.

»Wie bitte?«

»Ihre Hand«, erläuterte er. »Letztes Mal war sie kalt.«

»Wirklich?«, fragte sie überrascht.

Er nickte. »Aber heute nicht so sehr.«

»Oh, verstehe«, erwiderte sie, entzog sie ihm rasch und führte ihn in den Salon.

Sofort, als er ins Zimmer kam, ging Julian zum Fantin-Latour. »Sie haben sich also entschlossen, alle Gemälde zu verkaufen?«

»Alle Rosengemälde, ja«, antwortete sie. »Wir können es uns einfach nicht leisten, sie zu behalten – nicht, wenn sie so viel wert sind und wir so wenig haben, um das Haus instand zu halten.«

Er nickte. »Ich bin sicher, dass es eine schwere Entscheidung war, aber vielleicht ist es das Beste.«

Celeste atmete tief durch. »Das denke ich auch«, sagte sie. »Ich habe für Sie den Schreibtisch im Studierzimmer freigeräumt.«

»Danke. Ich habe ein paar Formalitäten zu erledigen, und dann können wir uns um die Bilder kümmern.«

Sie führte ihn zum Studierzimmer, und sobald sich die Türen öffneten, sprang Frinton aus seinem Weidenkörbchen auf und stürmte auf Julian zu. Sein Bellen klang schrill und begeistert.

»Hoppla, kleiner Racker!«, rief Julian und beugte sich hinunter, um den weichen, braun-weißen Kopf zu streicheln. »Wer ist denn das?«

»Das ist Frinton«, antwortete Celeste, »der eigentlich in seinem Körbchen sitzen sollte.« Sie deutete in Richtung des Körbchens, und Frinton zog sich dorthin zurück.

»Er ist entzückend«, sagte Julian. »Wir hatten einen Jack Russell, als ich ein Kind war. Ich habe nie einen anderen Hund gekannt, der so viele Flausen im Kopf hatte.«

»Ich glaube, alle Terrier besitzen eine Art Gen für Flausen«, erwiderte Celeste.

Julian lachte. »Da könnten Sie recht haben.«

»Kann ich Ihnen eine Tasse Tee anbieten?«

»Das wäre sehr nett«, sagte er, und sie verließ das Zimmer, um ein paar Minuten später mit einem kleinen Tablett zurückzukehren. Sie beobachtete, wie er einen Schuss Milch hineingab, einen Schluck trank und sich dann an die Arbeit machte.

»Sie haben erzählt, dass Ihr Großvater jedes Mal ein Rosengemälde gekauft hat, wenn eine Ihrer Züchtungen erfolgreich war«, begann er, während er den Jean-Louis Cassell untersuchte.

»Das stimmt«, antwortete Celeste und betrachtete das Gemälde liebevoll. »Ich habe mich gerade erst mit Gertie über dieses hier unterhalten. Grandpa brachte es nach Hause, ganz in rosafarbenes Geschenkpapier gehüllt, und Grandma gab sich große Mühe, es vorsichtig auszupacken. Sie wollte das Papier nicht ruinieren, und Grandpa wurde zunehmend frustriert darüber, wie lange sie brauchte. ›Zerreiß es einfach!‹, rief er. Wir haben alle so gelacht, aber dann haben wir verblüfft geschwiegen. Es war so wunderschön.« Celeste unterbrach sich. Sie erinnerte sich an den Moment, als wäre es gestern gewesen, und ihre Augen wurden feucht vor Tränen, sodass die weißen Rosen im Gemälde verschwammen.

»Alles in Ordnung?«, fragte Julian.

Celeste sah ihn überrascht an, beinah, als hätte sie vergessen, dass er da war. »Ich habe seit Jahren nicht an diesen Tag gedacht«, erklärte sie, »und jetzt habe ich mich zweimal innerhalb so kurzer Zeit daran erinnert.«

»Der Verkauf von Gegenständen wie Gemälden kann oft Erinnerungen wecken«, sagte er.

»Wirklich?«

»Natürlich«, erwiderte er. »Gemälde sind normalerweise ein emotionaler Kauf, müssen Sie wissen. Es gibt Sammler, die sie erstehen, um eine Investition zu tätigen, aber die meisten Menschen – wie zum Beispiel Ihr Großvater – kaufen aus Liebe und assoziieren das Gemälde mit einer bestimmten Zeit ihres Lebens.«

»Und das macht es schwerer, sich von ihnen zu trennen«, ergänzte Celeste, und ihre Stimme war kaum lauter als ein Flüstern.

Einen Moment lang schwiegen beide.

»Wenn Sie zu irgendeinem Zeitpunkt Ihre Meinung ändern wollen«, fuhr er fort, »können Sie das tun. Rufen Sie mich einfach an, und wir nehmen das Gemälde aus dem Verkauf.«

»Nein«, widersprach Celeste rasch. »Das ist nicht nötig. Wir verkaufen.«

Es dauerte fast eine Stunde, jedes der Gemälde abzuhängen, zu untersuchen, einzupacken und die entsprechenden Formulare auszufüllen. Celeste beobachtete, wie Julian jedes einzelne Bild sorgfältig einwickelte und dann in eine große, gepolsterte, silberne Tasche steckte.

»Werden sie in Ihrem Wagen gut aufgehoben sein?«, fragte Celeste.

»Ich werde sehr gut auf sie aufpassen«, antwortete er.

»Aber Sie haben nicht einmal das Dach geschlossen«, gab Celeste zu bedenken. »Was, wenn es regnet?«

»Es wurde kein Regen vorhergesagt«, entgegnete er.

»Aber Sie könnten einen Unfall haben – der Wagen könnte sich überschlagen – es könnte alles Mögliche passieren.«

»Ich werde das Dach schließen, wenn Sie sich dadurch besser fühlen«, schlug er vor, und sie nickte. »Und«, er räusperte sich, »ich habe mich gefragt, ob sie mich vielleicht ein wenig herumführen könnten.«

»Herumführen? Wo?«, fragte sie.

»Im Haus, im Garten …«

»Warum?«, wollte Celeste wissen und war ehrlich überrascht. Sie fragte sich, wie ein Fremder eine solche Bitte äußern konnte und wie sie ihn abwimmeln sollte, da ihr die Vorstellung ganz und gar nicht gefiel. Schließlich war dies ihr privater Wohnraum.

»Nun, ich dachte einfach …«

»Sie sind hier, um unsere Gemälde abzuholen und zu verkaufen, Mr Faraday, nicht unser Grundstück.«

»Julian«, sagte er. »Bitte nennen Sie mich Julian, und es wäre hilfreich, wenn ich die Gemälde in den zugehörigen Kontext bringen könnte. Sie wissen schon: ›Sie stammen von der renommierten Hamilton-Familie, denen das Soundso-Anwesen mit Garten gehört‹. Die Leute *lieben* Kontext.«

»Aber bestimmt können Sie das alles sagen, ohne dass eine persönliche Führung notwendig ist«, entgegnete Celeste stirnrunzelnd.

»Nun, das könnte ich natürlich, aber es wäre hilfreich, wenn ich die Dinge personalisieren könnte. Ich meine, ich bin mir sicher, dass Sie nicht versuchen würden, jemandem eine Rose zu verkaufen, wenn Sie sie noch nie selbst gesehen oder ihren Duft noch nie gerochen hätten, oder?«

Celeste betrachtete ihn argwöhnisch und gab sich keine Mühe, einen kurzen Blick auf die Uhr zu verbergen.

»Hören Sie«, sagte er und wirkte plötzlich ärgerlich, »ich will mich nicht aufdrängen. Sie haben mehr als genug zu bewältigen, auch ohne dass ich noch zusätzlichen Druck auf Sie ausübe. Vielleicht kann ich ein andermal wiederkommen …«

»Nein, nein!«, sagte Celeste und hob die Hand, um ihn zu unterbrechen. »Ich führe Sie herum.« Ihre Stimme klang selbst in ihren eigenen Ohren kühl und förmlich, und sie konnte nicht anders, als sich ein klein wenig schuldig zu fühlen, als er sie anlächelte.

»Danke«, sagte er. »Das ist wirklich sehr nett von Ihnen.«

* * *

Gertrude verteilte gerade eine Schicht Mulch auf einem der Rosenbeete und lächelte verträumt über eine besonders schöne rosafarbene *Baroness Rothschild*, die gerade der Welt ihre üppige Pracht enthüllt hatte. Sie gab sich große Mühe, nicht an die Unterhaltung zu denken, die sie mit Celeste geführt hatte. Sie versuchte es, scheiterte jedoch kläglich.

Es muss dir doch auch schon in den Sinn gekommen sein, Gertie.

Die Stimme ihrer Schwester hallte in ihren Gedanken wider. Natürlich hatte sie schon darüber nachgedacht, das Haus zu verkaufen. In den letzten Wochen, als ihre Mutter noch gelebt hatte, hatte Gertie an kaum etwas anderes gedacht. Es war ihre kleine Realitätsflucht gewesen, ein wundervolles »Was wäre, wenn?«. Doch sie hatte es nicht gewagt, mit Evie darüber zu reden. Als ihre Mutter gestorben war, war alles so schlimm gewesen, und anschließend waren sie unter einem Berg von Papierkram und Schulden begraben worden. Es hatte keine Gelegenheit gegeben, über die Zukunft zu reden – ihre Zukunft –, weil sie so mit der Gegenwart und damit beschäftigt waren, die Vergangenheit zu bewältigen.

Aber wenn sie verkaufen würden …

»Das ist ein gigantisches Wenn«, sagte sie sich, konnte den Gedanken jedoch nicht verdrängen. Wie oft hatte sie davon geträumt, fortzugehen, die Grenzen des Anwesens zu verlassen, den Wassergraben ein letztes Mal zu überqueren und eine neue Art, zu leben, zu entdecken? Seit sie James kennengelernt hatte, war diese Idee noch verführerischer geworden, und sie stellte sich vor, wie sie beide dem beengten Dorf in Suffolk entfliehen und gemeinsam ein neues Leben beginnen würden. Für beide war es eine Flucht, über ihre Zukunft zu sprechen, und sie verbrachten Stunden damit. Wie perfekt es sein würde, dachte sie, und der Verkauf des Anwesens würde sie der Erfüllung dieses Traums ein großes Stück näher bringen. Doch die Zeit des Träumens, so fand sie, war nun vorüber. Nun wurde es Zeit, dass sie sich zusammen ein richtiges Leben aufbauten.

Gerade, als sie sich eine Villa aus golden schimmerndem Backstein in den saftig grünen Hügeln von Umbrien vorstellte, hörte sie ein seltsames Zischen. Sie sah sich um und erwartete fast, ein paar Jungen aus dem Dorf zu entdecken, die sich gerne mal in die Gärten schlichen, um Verstecken zu spielen, doch es waren keine Dorfjungen. Es war James.

Nervös sah sie sich um, ob irgendetwas von ihren Schwestern zu sehen war, bevor sie es wagte, sich dem Strauch zu nähern, hinter dem sich James bemerkenswert dilettantisch versteckte.

»Was um Himmels willen machst du hier?«, flüsterte sie, als er sich herabbeugte, um sie zu küssen.

»Ich musste dich sehen!«, antwortete er und fuhr sich wie ein schlechter Schauspieler mit der Hand durchs Haar.

»Hier? Du bist kein gewöhnlicher Freund, weißt du? Du kannst nicht nach Lust und Laune vorbeikommen!«

Er nickte. »Es konnte nicht warten.«

»Aber was, wenn du gesehen wirst?«, erwiderte Gertrude.

»Ich war vorsichtig.«

»Von wo bist du gekommen?«

»Über die Felder hinten. Da war niemand.«

»Wie kannst du dir da sicher sein?«

»Gertie!«, flehte er und packte sie an den Schultern. »Wir verschwenden Zeit. Ich muss gehen. Ich reise noch heute Abend ab und will, dass du mitkommst.«

»Was?«

Ein Lächeln breitete sich in seinem Gesicht aus. »Komm mit mir, Gertie!«

»Aber es ist für uns die stressigste Zeit des Jahres. Alle Rosen stehen in voller Blüte, wir müssen Hochzeiten, Geburtstagsfeiern, Hotelbestellungen und Privatpartys beliefern und den Garten pflegen, und darüber hinaus werden wir bald von Handwerkern überrannt. Ich kann nicht einfach gehen.«

Er schüttelte den Kopf, sein Lächeln wirkte entschlossen und unnachgiebig. »Warum tust du nicht genau das? Geh einfach! Die Rosen können ein paar Tage ohne dich überleben. Die laufen nicht weg, und deine Schwestern werden die anfallenden Arbeiten übernehmen müssen.« Er beugte sich vor, um ihre Nasenspitze zu küssen.

»Wohin fährst du?«

»In Cambridge gibt es eine Konferenz. Ehrlich gesagt kann ich problemlos an einem Tag hin- und zurückfahren, aber ich habe Samantha gesagt, dass ich für zwei Nächte weg bin. Ich habe für uns beide schon ein Zimmer in einem kleinen Hotel draußen in den Fens gebucht, und wir könnten abends vorher in Cambridge essen gehen.«

Ein kleines Hotel in den Fens, dachte Gertie, und ein gemeinsames Abendessen in Cambridge. Sie stellte sich vor, Hand in Hand mit James durch die Backs zu laufen – vielleicht hätten sie sogar Zeit, eine Runde in einem dieser komischen kleinen Boote zu drehen. Danach würden sie in ein schönes Restaurant gehen, wo sie keine Angst haben müsste, jemandem aus Little Eleigh zu begegnen. Sie könnten ein richtiges Paar sein, und anschließend würden sie ins Hotel einchecken, in irgendeinem abgelegenen Teil der Fens. Zwei ganze Nächte mit

James, ohne dass er zu Samantha zurückkehren musste. Gertie hätte ihn ganz für sich, und das für zwei volle Nächte. Es klang so unglaublich verlockend.

»Komm mit mir«, flüsterte James und streichelte ihr Haar auf diese aufregende Art, von der er wusste, dass sie sie liebte. »Deine geliebten Rosen werden ohne dich überleben, ich aber nicht.«

Sie hob den Kopf und sah ihm ins Gesicht. Seine Augen waren erfüllt von verzweifelter Zärtlichkeit, und sie gab nach.

»Ich komme mit dir«, sagte sie.

»Wirklich?«

Sie nickte. »Ich habe keine Ahnung, was ich meinen Schwestern sagen soll …«

»Dir wird schon etwas einfallen«, erwiderte er. »Sag ihnen, dass du zu einer Rosenkonferenz fährst oder zu einer wichtigen Besprechung über Mulch.«

Sie lachte über ihn, und er küsste sie. Sie würden gemeinsam wegfahren, und sie konnte ihre Vorfreude kaum im Zaum halten.

* * *

Es schien, als ob Frinton in Julian einen neuen besten Freund gefunden hätte. Der kleine Hund folgte ihm überallhin, wohin er und sein Frauchen gingen, blieb ihm dicht auf den Fersen und blickte zu ihm auf, als sei er sein neues Herrchen. Er folgte ihnen durch alle Haupträume des Hauses. Seine kleinen Pfoten trippelten über die Dielen und Steinfliesen, während Julian im Anblick und in der Schönheit des Hauses schwelgte und vom ornamentalen Stuck an den Decken bis zur erlesenen Metallarbeit der Fensterriegel alles bewunderte. Nichts schien ihm zu entgehen.

»Ich habe noch nie ein schöneres Haus gesehen«, sagte er.

»Nun, ich fürchte, nicht alles daran ist schön«, erwiderte Celeste, als sie ihn durch den Korridor in den lästigen Nordflügel führte. Als sie die Tür öffnete, hob sie den Arm und versperrte den Weg. »Es ist zu gefährlich, um einzutreten, aber ich dachte, dass Sie es sicher sehen wollen. Dies ist der Hauptgrund für den Verkauf der Gemälde.«

»Ah«, sagte Julian und spähte durch die Tür. »Jetzt verstehe ich.«

»Es hätte schon vor Jahrzehnten Aufmerksamkeit verdient, aber wir hatten nie das nötige Kapital«, erklärte sie, »und selbst wenn, glaube ich, dass meine Mutter das Geld ins Geschäft investiert hätte. Dächer sind hier im Gegensatz zu Rosen absolut zweitrangig. Der Garten kam in unserer Familie stets vor dem Haus, fürchte ich, und anscheinend zahlen wir nun den Preis dafür.« Sie schloss die Tür, und sie kehrten in die Eingangshalle zurück. Frinton folgte ihnen, und dabei klebte seine Schnauze praktisch an Julians Knöchel.

»Frinton!«, rief Celeste in einem warnenden Ton, doch der Hund ignorierte sie völlig. Julian blickte hinab und lächelte.

»Ich bin wohl auf den Hund gekommen«, bemerkte er.

»Tut mir leid. Manchmal kann er ein richtiger Quälgeist sein.«

»Vielleicht kann er Picasso riechen«, vermutete Julian.

»Picasso?«

»Pixie – meine Katze.«

»Oh«, sagte Celeste.

»Sie ist im Cottage in Nayland. Sie begleitet mich überallhin. Einmal habe ich versucht, sie in meiner Wohnung in London zu lassen, da hat sie sich unter dem Bett verkrochen und kam nicht mehr raus. Hat auch nichts mehr gefressen. Mein Nachbar war außer sich, also habe ich ein kleines Transportkörbchen für sie gekauft, und jetzt kommt sie immer mit.«

»Ich verstehe«, erwiderte Celeste, verblüfft von dieser unverlangten Flut an Katzeninformationen.

Sie öffnete die Vordertür, und sie traten hinaus.

»Wie wundervoll es gewesen sein muss, hier aufzuwachsen«, meinte Julian. »Ich meine … ein *Wassergraben*! Das muss sich sehr sicher angefühlt haben.«

»Nicht, wenn die Bedrohung von innen kommt«, entgegnete Celeste und biss sich sogleich auf die Unterlippe. Was in aller Welt hatte sie dazu gebracht, das zu sagen?

Julian wandte sich ihr zu, und in seinen Augen stand ein fragender Ausdruck.

»Vergessen Sie, dass ich das gesagt habe«, murmelte sie.

»Immer, wenn jemand sagt: ›Vergessen Sie, dass ich das gesagt habe‹, ist es sofort als etwas überaus Bedeutendes markiert, das unter keinen Umständen mehr vergessen werden kann.«

»Es ist nichts«, beharrte sie und sah schnell weg.

»Und das heißt normalerweise, dass es im Gegenteil etwas äußerst Wichtiges ist.« Sein Ausdruck war freundlich und sanft.

Sie blieben stehen, und Celeste wandte sich ihm zu. »Ob es wichtig ist oder nicht, ist irrelevant, da es für die potenziellen Käufer unserer Gemälde nicht von Interesse ist – und das ist der alleinige Sinn und Zweck dieser kleinen Führung, oder?«

Für einen Moment hielt er ihren Blick fest. »Natürlich«, antwortete er. »Tut mir leid. Ich wollte Ihnen nicht zu nahe treten.«

»Lassen Sie uns mit der Führung fortfahren, einverstanden?«, schlug sie vor, räusperte sich und marschierte durch die Einfahrt in Richtung des Rosengartens.

Julian hatte offenbar verstanden, denn er lenkte rasch das Gespräch auf ein weniger heikles Thema – Rosen.

»Die Rosenzucht wurde also von Ihren Großeltern gegründet?«, fragte er.

»Ja«, erwiderte Celeste. »Arthur Hamilton war mein Großvater, und zusammen mit meiner Großmutter Esme begann er in den Sechzigern, Rosen zu züchten.«

»Und zu diesem Zweck haben sie dieses Anwesen gekauft?«, wollte Julian wissen.

»Mein Großvater hatte ein kleines Vermögen in Form der Fabrik seines Vaters in Yorkshire geerbt. Er hat absolut alles verkauft und es in dieses Anwesen gesteckt.«

»Von dem Geld abgesehen, das er für die Gemälde ausgegeben hat«, ergänzte Julian.

»Oh, nein«, erwiderte Celeste. »Die Gemälde hat er von dem Geld gekauft, das mit Hamilton Roses erwirtschaftet wurde.«

Julian lächelte. »Es ist mir ein Rätsel, warum ich noch nie zuvor von ihnen gehört habe.«

»Nur wenigen Leuten ist klar, dass hinter einer Rose ein ganzes Team von Leuten steckt. Eine Rose ist einfach eine Rose. Die Leute denken überhaupt nicht an den Menschen, der Jahre gebraucht hat, um sie zu züchten.«

Er nickte. »Ich habe gerade überlegt, was wohl passiert wäre, wenn Sie Hamilton-Mädchen alle Jungs gewesen wären.«

»Was meinen Sie?«, fragte sie.

»Ich will damit sagen, Rosen sind doch Mädchensache, oder? Ich bezweifle, dass man drei Brüder dazu bringen könnte, eine Rosenzucht zu betreiben.«

Celeste sah ihn an, als hätte er den Verstand verloren. »Das ist ein weitverbreiteter Irrglaube«, erklärte sie. »Alle großen Rosenzüchter waren und sind Männer – Alexandre Hardy, Wilhelm Kordes, Joseph Pemberton, Peter Beales, David Austin. Natürlich gab es auch Kaiserin Josephine, die Hunderte von Rosen in den Gärten ihres Châteaus züchtete und sich leidenschaftlich fürs Rosenzüchten interessierte. Man gab ihr sogar den Spitznamen ›Rosenkaiserin‹, was wundervoll ist.«

Julian lachte. »Und sind Sie rosenverrückt?«

»Wahrscheinlich«, antwortete sie.

»Wissen Sie, ich hatte keine Ahnung, dass Rosen eine so interessante Geschichte haben«, gab er zu.

»Sie sind die faszinierendsten Blumen von allen«, erwiderte sie.

»Aber was wäre geschehen, wenn Sie Rosen nicht gemocht hätten?«

»Rosen nicht mögen?«, fragte Celeste stirnrunzelnd. »Was meinen Sie damit?«

»Ich will damit sagen, was wäre, wenn Sie gegen Ihre Familie rebelliert hätten? Was, wenn Sie in Ihrem Leben etwas anderes hätten machen wollen, das nichts mit Rosen zu tun hat?«

»Ich glaube, das hätten wir nicht gekonnt«, antwortete sie. »Rosen liegen uns im Blut. Wir sind inmitten von ihnen aufgewachsen, haben sie von klein auf gesehen und ihren Duft gerochen, ihre Namen gelernt und neue gezüchtet. Manche unserer Rosen waren wie Familienmitglieder.« Sie wirkte wehmütig. »Vor ein paar Jahren habe ich versucht, zu rebellieren. Ich habe geheiratet und bin weggezogen. In gewisser Weise war es eine Erleichterung, die Rosen für eine Weile hinter mir zu lassen. Ich habe sie sehr geliebt, aber sie haben mich erstickt, und ich hatte das Gefühl, dass ich wegmusste. Also habe ich eine Stelle in der Firma meines Mannes angenommen, aber, nun ja, es hat nicht funktioniert.«

Für einen Augenblick dachte sie an die Celeste, die sie kurz gewesen war, weit weg von Hamilton Roses. Sie war ein ganz neuer Mensch gewesen und konnte nicht anders, als sich zu fragen, ob sie in Zukunft mit einem erneuten Jobwechsel rechnen musste. Noch immer war sie sich ihrer Rolle in der Rosenzucht sehr unsicher.

Plötzlich wurde sie sich bewusst, dass Julian sie noch immer ansah, und fühlte sich, als hätte sie zu viel gesagt. Sie beschleunigte ihre Schritte und führte ihn über den Pfad, der zu einem Rosenbeet voller prächtiger rosafarbener Blüten führte.

»*Die Königin des Sommers*«, sagte sie einen Moment später und konnte ihr Lächeln nicht verbergen, als sie sich hinabbeugte, um den Duft einzuatmen. »Sie ist unser Bestseller.«

»Wie schön sie ist«, fand Julian, beugte sich ebenfalls hinab und steckte seine Nase mitten in eine Blüte. »Oh!«, rief er einen Augenblick später. »Die duftet aber stark!«

Celeste musste über seine Reaktion lachen. »Ich hätte Sie warnen sollen, dass Sie nicht *ganz* so nah rangehen müssen, um sie zu würdigen.«

»Ich bin regelrecht berauscht!«, sagte er, und seine Augen weiteten sich überrascht.

»Versuchen Sie mal diese«, schlug Celeste vor und führte ihn zu einer weiteren rosafarbenen Sorte. Diese hatte eine intensivere Farbe als die erste, und als Julian sich hinabbeugte, um an ihr zu riechen, überwältigte es seine Sinne nicht so sehr wie beim ersten Mal.

»Sie duftet beinah«, er verstummte und suchte nach dem richtigen Wort, »nach Brausepulver.«

Celeste lächelte und nickte. »*Pink Promise*«, sagte sie. »Eine der Kreationen meiner Großmutter.«

Julian richtete sich zu voller Größe auf. Beziehungsweise er versuchte es, doch der Rücken seiner Weste verfing sich an einem Dorn. »Ich … äh … bin wohl hängen geblieben«, bemerkte er.

»Hier«, meinte Celeste und trat einen Schritt nach vorn, »lassen Sie mich helfen. Das ist der einzige Nachteil an *Pink Promise*, fürchte ich. Ihre Dornen sind besonders heimtückisch.«

»Das ist der Preis, den man für Rosen zahlt«, erwiderte Julian.

»Nicht für *alle* Rosen«, entgegnete Celeste sofort. »So«, fuhr sie einen Augenblick später fort. »*Pink Promise* hat Sie freigegeben.«

»Danke«, sagte er.

»Nun, ich vermute, Sie wollen nicht Ihr ganzes Wochenende in einem Rosenstrauch hängend verbringen«, meinte Celeste, zuckte leicht die Achseln und signalisierte damit unmissverständlich, dass die Führung vorüber war.

»Verstehe«, erwiderte Julian und wirkte ein wenig verloren. Doch bevor er noch irgendetwas sagen konnte, setzte sich Celeste wieder in Bewegung und lief über den Pfad zurück in Richtung der Vorderseite des Hauses, wo sein Wagen stand.

»Danke fürs Kommen«, sagte Celeste und wagte es, ihre Hand auszustrecken, damit er sie schütteln konnte.

Julian lächelte. »Heute ist sie warm«, bemerkte er.

Celeste räusperte sich und entzog ihm ihre Hand. »Komm schon, Frinton«, rief sie, und der kleine Hund, der die ganze Zeit damit verbracht hatte, seinem neuen Freund hinterherzulaufen, entfernte sich zögerlich von Julian und kehrte zu seinem Frauchen zurück. »Auf Wiedersehen«, sagte sie und wandte sich ab, um ins Haus zu gehen.

Als sie die Eingangshalle betrat, fühlte sie sich plötzlich außer Atem. Sie stand in der Mitte des Raumes und lauschte dem Klang der tickenden Standuhr, während sie verzweifelt versuchte, sich zu beruhigen. Ein überaus seltsames Gefühl hatte sie im Garten überwältigt, als sie sich umgedreht hatten, um zum Haus zurückzulaufen. Der Anblick des Herrenhauses war ihr vertraut, doch da sie mit Julian hier war, war es ihr vorgekommen, als würde sie es zum ersten Mal sehen: das alte romantische Gebäude mit seinen Türmchen und Flügelfenstern, den schönen Wassergraben und die Ruhe und den Frieden des Gartens. Sie hatte alles durch die Augen eines Fremden gesehen, und eine Gewissheit hatte sie überkommen: Sie hasste das Haus keineswegs. Ja, es beherbergte für sie alle möglichen schlimmen Erinnerungen, doch in ihrem Herzen war ebenso Platz für ein anderes Gefühl. Ein Gefühl, das sie zu ignorieren versucht hatte.

Liebe.

# 11. Kapitel

Gertie saß vor dem Spiegel ihres Frisiertischs. Sie trug nur selten Make-up, doch sie hatte eine leichte Foundation aufgelegt und zauberte nun ein wenig mit einer Mascarabürste. Der Lipgloss musste warten, denn sie wollte nicht zu viel Aufmerksamkeit auf sich ziehen, bevor sie das Haus verließ. Außerdem musste sie die ganze Zeit grinsen, sodass sie fürchtete, ihn nicht ordentlich aufzutragen.

Sie konnte es noch immer nicht glauben – zwei ganze Tage und Nächte mit James. Sie würden endlich einmal die Gelegenheit haben, zusammen zu sein, ohne auf die Uhr blicken oder sich sorgen zu müssen, dass man sie zusammen sehen könnte, und er brauchte weiß Gott eine Pause von Samantha. In letzter Zeit war er so gestresst, und sie wusste, dass eine Auszeit – zusammen mit ihr – ihm endlos guttun würde. Außerdem wäre es ein geeigneter Zeitpunkt, um über ihre gemeinsame Zukunft zu sprechen, dachte sie, und ein paar ernsthafte Pläne darüber zu schmieden, was sie tun würden.

Gertie seufzte zufrieden und besprühte sich ein wenig mit »Penhaligon's Gardenia«, das James ihr gekauft hatte. Der sommerliche Duft brachte sie zum Lächeln, während sie auf die Wärme der Herznote wartete, die sowohl Rose als auch Gardenie beinhaltete.

Als sie sich das Haar bürstete, dachte sie an damals, als sie James zum ersten Mal begegnet war. Er und Samantha waren vor zwei Jahren nach Little Eleigh gezogen. Es war nach Samanthas Reitunfall gewesen, und sie hatten den umgebauten Stall am Rande des Dorfs gekauft und ihn Samanthas Bedürfnissen entsprechend umgebaut. Gertie hatte ihn ab und zu gesehen, wenn sie daran vorbeigefahren war, doch erst bei der Dorfmesse letzten Sommer hatten sie zum ersten Mal miteinander geredet. Gertie hatte beim Backwettbewerb in einigen Kategorien mitgemacht, und er hatte neben dem Tisch gestanden, als sie dort äußerst sorgfältig ihren Victoriakuchen platzierte, kurz bevor die Türen für die Preisrichter geschlossen wurden.

»Sie haben das schon mal gemacht, oder?«, fragte er.

»Ein- oder zweimal«, antwortete sie.

»Und gewonnen?«

»Ein- oder zweimal«, erwiderte sie. »Nehmen Sie auch teil?«

Er lachte. »Beim Backen? Sie machen wohl Witze. Aber ich habe eine Kleinigkeit beim Gartengemüse.«

»Ach?«

Er nickte in Richtung der Gurken. »Die Zweite von links.«

Gertie schnappte nach Luft. »Das ist eine ziemlich beeindruckende Gurke!«, rief sie. Sie sahen sich in die Augen und bekamen gleichzeitig einen unkontrollierten Lachanfall. Einer der Preisrichter musste sie zum Gehen auffordern.

»Ich bin James«, sagte er, als sie gemeinsam den Saal verließen.

»Gertie.«

Er hatte ihre Hand geschüttelt und sie einen Augenblick länger festgehalten, als notwendig gewesen wäre, und ihre Blicke hatten sich getroffen. Genau in diesem Moment hatte

Gertie gewusst, dass sie verloren war, obwohl ihr klar war, dass er ein verheirateter Mann und seine Frau behindert war.

Es klang schrecklich, wenn man darüber nachdachte, und sie wusste genau, wie es für ihre Schwestern und die Bewohner von Little Eleigh aussehen würde, wenn ihre Affäre jemals ans Licht käme. Doch niemand kannte wirklich die Wahrheit über James und Samantha. Er hatte ihr ein paar Bruchstücke über ihre gemeinsame Vergangenheit erzählt, und Gertie wusste, wie zutiefst unglücklich er schon vor Samanthas Unfall gewesen war.

»Wir wollten uns trennen«, hatte er Gertie gesagt. »Wir hatten es nicht ausgesprochen, aber es war klar, und dann ist dieser Unfall passiert, und keiner von uns beiden hat das Thema erneut angeschnitten. Wir führen einfach dieses schreckliche Halbleben, in dem wir die Gegenwart des anderen nicht ertragen können, aber gleichzeitig nicht wissen, wie wir dem entkommen sollen. Und dann bist du aufgetaucht, und das Leben war wieder schön.«

Gertie lächelte, als sie sich an seine Worte erinnerte und daran, wie viel sie ihr während der Krankheit ihrer Mutter bedeutet hatten.

»Ich habe monate-, *jahre*lang nicht mehr gelächelt oder gelacht!«, gestand er. »Aber du hast mich daran erinnert, dass es Gutes und Freude auf der Welt gibt ... und alberne Witze über Gurken.«

James war Gertie während Penelopes Krankheit ein großer Trost gewesen. Er verstand, was es hieß, für einen kranken Menschen verantwortlich zu sein, und sorgte dafür, dass Gertie nie vergaß, wie man lächelte, selbst in den schlimmsten Zeiten. Er war so freundlich und nett zu ihr gewesen, und dafür würde sie ihm ewig dankbar sein.

Gertie erhob sich von ihrem Platz am Schminktisch. Sie hatte eine winzige Reisetasche gepackt, die sie aus dem Haus schmuggeln musste, ohne dass ihre Schwestern sie sahen. Ihr

Plan war es, später am Abend Evie anzurufen und zu behaupten, dass sie sich mit einer alten Freundin getroffen hatte und bei ihr übernachtete. Die zweite Nacht außer Haus zu erklären, würde weniger einfach sein.

Sie lief die Treppe hinunter, und tatsächlich war Evie im Salon, als wartete sie nur darauf, sich auf sie zu stürzen.

»Ich bin dann mal weg«, rief Gertie lässig.

»Wird's spät?«, antwortete Evie.

»Ziemlich spät, glaub ich.«

»Viel Spaß. Ich hoffe, es klappt alles.«

»Ich auch«, erwiderte Gertie mit einem kleinen Lächeln, bevor sie zu ihrem geheimen Rendezvous aufbrach.

* * *

Nachdem Gertrude gegangen war, machte sich Evie auf den Weg zum Studierzimmer, wo sich, wie sie vermutete, Celeste aufhielt. Sie freute sich nicht darauf, ihre Schwester zu sehen, wie sie sich eingestand, denn sie wusste, dass Celeste inzwischen die geliebten Gemälde der Familie weggegeben hatte, und das würde sie ihr niemals verzeihen.

Sie klopfte höflich an die Tür, bevor sie eintrat.

»Immer noch bei der Arbeit?«, fragte sie, ging zu Frinton und kraulte ihn hinter dem rechten Ohr.

»Nein, eigentlich nicht«, erwiderte Celeste. »Ich kann mich nicht konzentrieren.«

»Ich sehe, er hat die Gemälde mitgenommen«, bemerkte Evie, nickte in Richtung der kahlen Stellen an der Wand, wo einst die Rosenbilder gehangen hatten, und schluckte den Kloß in ihrem Hals herunter. Sechs helle, makellose Rechtecke auf der Velourstapete, zuvor geschützt vor den ausbleichenden Sonnenstrahlen, zogen nun anstatt der Kunstwerke die Blicke auf sich.

»Ja«, sagte Celeste. »Er hat gesagt, dass wir es uns jederzeit anders überlegen können.«

»Wirklich?«

»Ja.«

»Aber das wirst du nicht tun, oder?«, fragte Evie.

Celeste schüttelte den Kopf. »Wir können es uns nicht leisten. Das weißt du, nicht wahr?«

Evie blickte hinab in Frintons haariges Gesicht.

»Evie?«

»*Ja!*«, stieß sie hervor. »Ich weiß«, ergänzte sie in sanfterem Tonfall.

Celeste seufzte. »Du bist nicht die Einzige, die diese Gemälde vermissen wird, Evie. Mir werden sie auch fehlen, weißt du?«

»Wirklich?«

»Natürlich«, erwiderte sie. »Warum stellst du mich ständig als die Böse hin? Ich *will* sie nicht verkaufen. Das war nichts, worauf ich mich heute gefreut hätte, aber sie könnten uns Hunderttausende Pfund einbringen.«

Evie nahm diese Neuigkeit gelassen auf.

»Ja, also das Zimmer sieht jetzt jedenfalls furchtbar aus«, bemerkte sie und blickte vom Boden auf.

»Ich weiß«, pflichtete Celeste ihr bei. »Ich fühle mich, als hätte ich es bestohlen und als sollte ich mich entschuldigen oder so.«

»Und Mum hätte es auch gehasst, sie zu verkaufen«, sagte Evie.

»Das weißt du nicht, Evie.«

»Oh, *du* aber schon?«

»Ich denke einfach …«

»Nachdem du so lange weg warst, weißt du auf einmal, was Mum gedacht hätte, was?«

»Das behaupte ich gar nicht«, widersprach Celeste und gab sich große Mühe, ihre Stimme nicht zu erheben, um das Gespräch nicht eskalieren zu lassen. »Eigentlich denke ich, dass Mum in der Lage gewesen wäre, die richtige Entscheidung für das Haus zu treffen, genau so, wie wir es jetzt tun werden.« Sie beobachtete, wie Evie sich etwas zu beruhigen schien.

»Solange das alles das Haus rettet«, erwiderte Evie und sah zu, wie Celeste sich auf die Unterlippe biss.

»Ich fürchte, dazu reicht es vielleicht nicht«, gab Celeste zu.

Evie erhob sich zu voller Größe. »Also, das sollte es besser, weil ich über die Alternative nämlich nicht einmal diskutieren werde.« Und sie verließ den Raum, bevor ihre Schwester noch irgendetwas sagen konnte.

# 12. Kapitel

Gertie fuhr in dem kleinen Transporter über die Grenze nach Cambridgeshire. James hatte ihr per SMS den Namen der Ortschaft mitgeteilt, in der sie parken und er sie abholen konnte, und sein silberner BMW erwartete sie dort, als sie anhielt. Sie schnappte sich die kleine Reisetasche, die sie aus dem Haus hatte schmuggeln können, und schloss den Wagen ab.

»Ich fühle mich, als wäre ich ein Spion oder so was«, erzählte sie einen Moment später, als sie die Wagentür öffnete und neben James einstieg.

»Solange niemand *uns* nachspioniert«, erwiderte James, schenkte ihr ein atemberaubendes Lächeln und beugte sich vor, um sie zu küssen.

»Wir sind jetzt in einer ganz anderen Grafschaft«, stellte Gertie fest. »Wir sollten sicher sein, oder? Oder soll ich eine Baseballkappe und eine Sonnenbrille aufsetzen?« Sie machte Witze, doch ein Teil von ihr konnte nicht anders, als vor Scham im Erdboden zu versinken. Gleichgültig, wie oft sie rechtfertigte, was sie tat, sie hatte trotz allem eine Affäre mit einem verheirateten Mann.

»Versteck dich nicht«, sagte James. »Du bist so hübsch.«

Gertie strahlte vor Freude.

»Weißt du, ich war mir nicht sicher, ob du kommen würdest«, fuhr er fort.

»Warum denn nur?«, fragte sie.

Er zuckte die Achseln. »Ich dachte, dass du deine Rosen vielleicht doch nicht im Stich lassen willst.«

Sie lachte. »Du bist mir viel wichtiger als meine Rosen!«, versicherte sie ihm. »Du bist meine *Zukunft*!«

Er schenkte ihr ein kurzes Lächeln.

»Und ich habe ganz stark das Gefühl, dass wir eines nicht allzu fernen Tages zusammen sein werden – so, wie es sich *gehört*. Du etwa nicht?«

Er wandte sich ihr zu und sah sie an. »Natürlich«, antwortete er, und Gertie seufzte zufrieden, als sie losfuhren.

Die Landschaft der Fens erstreckte sich meilenweit in alle Richtungen, flach und nichtssagend. Sie war so völlig anders als die sanften Hügel des Stour Valley, doch auf ihre Art besaß sie eine gewisse raue Schönheit und lenkte die Aufmerksamkeit nach oben zum Himmel und zu den Mustern der Wolken. Der Himmel an diesem Abend war wunderschön, mit lavendelfarbenen Strichen und apricotfarbenen Streifen, während die Sonne langsam unterging.

Sie kamen durch eine kleine Ortschaft und bogen dann links in eine von Bäumen gesäumte Einfahrt ab. Das Hotel war ein großes georgianisches Herrenhaus mit riesigen Schiebefenstern und Formschnitthecken, in deren Schutz etwas lag, das nach einer beeindruckenden Gartenanlage aussah.

»James, es ist traumhaft!«, rief Gertie und konnte unmöglich ihre Freude verbergen und einen auf cool machen, wie sie es sich eigentlich vorgenommen hatte.

»Ich wollte dich verwöhnen«, erwiderte er, nahm ihre Hand und küsste sie.

Sie lächelte ihn an.

Nachdem er den Wagen geparkt hatte, führte James Gertie über eine Wiese, über die man zu einem wunderschönen Flussabschnitt gelangte.

»Das ist wirklich etwas Besonderes«, sagte Gertie, betrachtete den makellosen Rasen, die beeindruckende Aussicht und blickte zurück zum Hotel. »Ich fühle mich richtig verwöhnt.«

»Gut«, erwiderte er und umfing sie in einer zärtlichen Umarmung. »Du riechst so gut.«

»Das ist das Parfum, das du mir gekauft hast.«

»Nein, ist es nicht«, sagte er.

»Nein?« Sie sah zu ihm auf.

»Das bist du! Eau de Gertrude. Auf der ganzen Welt gibt es nichts Vergleichbares.«

Sie lachte. »Was genau macht denn dieses ›Eau de Gertrude‹ aus?«

James wirkte einen Moment lang nachdenklich. »Es ist eine unbeschreibliche Mischung.«

»Oh«, erwiderte Gertie und konnte ihre Enttäuschung nicht verbergen. »Es wäre mir lieber gewesen, wenn du sie mir hättest beschreiben können.«

»Na schön«, sagte er. »Lass mich überlegen. Sie ist wie alle guten Dinge auf der Welt, wie Sonnenschein und Lachen.«

»Sonnenschein und Lachen kann man nicht riechen!«, rief sie und boxte ihn spielerisch in die Rippen.

»Hey!«, sagte er. »Das ist *meine* Beschreibung, oder?«

»Stimmt«, meinte sie. »Mach weiter.« Sie genoss es, im Mittelpunkt seiner Aufmerksamkeit zu stehen.

»Also, den Teil mit dem Sonnenschein und dem Lachen haben wir abgedeckt.«

»Ja. Was noch?«

»Da ist das Gardenienparfum natürlich, und die Rosen. Ein wenig von der Suffolk-Landschaft mit Weidenbäumen, Gerstenfeldern, Wassergräben und …«

»Ich will doch nicht wie unser *Wassergraben* riechen!«, protestierte Gertie.

»Das mit dem Geruch meine ich doch nicht *wörtlich*«, entgegnete er, »es ist mehr ein Gefühl. Weißt du, was ich meine? Das sind die Dinge, die ich mir vorstelle, wenn ich an dich denke.«

Sie lächelte zu ihm auf. »Was für ein alter Romantiker du bist.«

»Nur, wenn ich bei dir bin«, sagte er, und sie küssten sich.

Nach einer Weile kehrten sie zum Hotel zurück und holten ihre Taschen aus dem Auto. Als sie an die Rezeption kamen, begrüßte sie eine junge Frau mit einem zurückhaltenden Lächeln.

»Mr Stanton«, verkündete James.

Die langen Fingernägel der Rezeptionistin tippten auf der Computertastatur, und sie nickte.

»Zimmer achtzehn, im ersten Stock«, sagte sie.

Gertie seufzte erleichtert, dass alles so einfach und überhaupt nicht peinlich war und dass James der Welt nicht verkündet hatte, dass sie Mrs Stanton sei. Oder dass sie Mr und Mrs Smith seien.

James nahm ihre Taschen, und sie gingen einen Treppenaufgang hinauf, an dessen Wänden zahlreiche Porträts und Studien von Spaniels und Fasanen hingen.

»Ich hab mich so darauf gefreut«, sagte er, sobald die Tür geschlossen war. »Gott, hab ich dich vermisst.«

Gertie trat zu ihm, und sie umarmten sich. »Ich dich auch«, erwiderte sie.

»Es war eine furchtbare Woche«, erklärte er und küsste ihr die Nasenspitze.

»Samantha?«

Er nickte. »Sie war so schwierig.«

Gertie betrachtete ihn voller Mitgefühl. Sie wusste, wie heikel Samantha sein konnte. Sie war wie eine besonders hartnäckige Kletterrose, die sich einen bestimmten Weg in den Kopf setzt und nicht dazu gebracht werden kann, einen anderen einzuschlagen. Sie wusste, wie schwer sie James' Leben machte und wie hilflos er war, irgendetwas daran zu ändern, denn wer konnte schon eine Frau im Rollstuhl verlassen?

Er seufzte, und Gertie fiel auf, wie angespannt und müde er wirkte.

»Hier«, sagte sie und zog ihm die Jacke aus. »Lass mich deine Anspannung ein wenig lockern.« Sie fing an, ihm die Schultern zu massieren.

»Das tut gut«, sagte er.

»Ja?«

»O ja«, bekräftigte er und drehte sich einen Augenblick später um. »Wie wundervoll du bist.«

Gertie lächelte, und sie sahen einander lange an.

»Hast du mit Samantha gesprochen?«, wagte Gertie schließlich, ihn zu fragen.

James seufzte erschöpft. »Müssen wir jetzt darüber reden? Ich will das alles einfach nur verdrängen und hier bei dir sein.«

Gertie schluckte schwer, als sie ihn ansah. Sie wünschte sich sehnlichst, mit James zusammen zu sein, und er hatte versprochen, dass es eines Tages so weit sein würde, doch es war unmöglich, zu wissen, wann dieser Tag kommen würde, weil er nie darüber redete.

»Samantha muss dich gehen lassen«, sagte sie und streichelte sanft sein Gesicht. »Sie kann dich nicht gefangen halten, wenn du so unglücklich bist. Es ist nicht in Ordnung. Sie kann das nicht erwarten, wenn sie dir das Leben so schwer macht.«

»Pssst«, machte er und küsste sie auf die Handfläche. »Ich verbanne ihren Namen aus diesem Zimmer, okay? Für die ganze Zeit, die wir zusammen verbringen. Ich bin jetzt bei *dir*, und das ist alles, was zählt.«

Er beugte sich vor, und Gertie ließ sich küssen. Es war natürlich wundervoll, doch sie konnte nicht anders, als sich zu wünschen, dass dies wirklich das Einzige wäre, worauf es ihr ankam.

* * *

Ohne Gertie war es so ruhig im Haus, dachte Celeste. Die Standuhr hatte gerade neun Uhr geschlagen, und Gertie hatte angerufen, um zu erklären, dass sie eine alte Freundin in Cambridge getroffen hatte und nicht nach Hause kommen würde.

»Also bleiben nur ich und Evie«, sagte Celeste sich. Der Gedanke gefiel ihr nicht. Evie verhielt sich ihr gegenüber ausgesprochen kratzbürstig. Celeste konnte nichts zu ihr sagen, ohne sie in irgendeiner Weise zu verärgern, also beschloss sie, ihrer kleinen Schwester so viel Raum wie nur möglich zu lassen. Sie trug eine Tasse Tee in den Salon, dicht gefolgt von Frinton.

Während Frinton sich auf einem Teppich niederließ, bemerkte Celeste etwas auf dem Couchtisch und erkannte es sofort wieder. Es war ein altes Fotoalbum, und Celeste war sich ziemlich sicher, dass es heute Morgen noch nicht dort gelegen hatte. Sie fragte sich, ob Evie darin geblättert hatte.

Sie nahm es in die Hand und setzte sich auf ein Sofa neben dem riesigen Kamin. Ein Fotoalbum war heutzutage eine Seltenheit, dachte sie. Zumindest ein echtes aus Papier und kein virtuelles, das man anklicken musste und auf das man keinen Zugriff hatte, wenn es einen Stromausfall gab oder die Internetverbindung nicht funktionierte. Wie schön es war, hier zu sitzen, durch die Seiten zu blättern und die Bilder von früher zu betrachten.

Das Album war in schwarzes Leder gebunden und enthielt Hunderte Schwarz-Weiß-Fotos, die Celeste seit Jahren nicht gesehen hatte. Da war Grandpa Arthur, jung und gut aussehend in der Wildnis des ummauerten Gartens, bevor er dort alles zurechtgestutzt hatte. Und da war Grandma Esme. Ihr langes dunkles Haar, das alle Hamilton-Frauen geerbt hatten, fiel ihr in glänzenden Wellen über die Schultern, während sie sich breit lächelnd an einen der Türme lehnte. Sie mussten gerade erst eingezogen sein, dachte Celeste und fragte sich, wie das nach ihrem bescheidenen Reihenhaus im Norden wohl gewesen sein musste. Man musste sich das einfach mal vorstellen, ein mittelalterliches Wasserschloss zu kaufen. Welch eine Verrücktheit, so etwas zu tun.

»Eine wundervolle Verrücktheit«, sagte Celeste, worauf Frinton den Kopf hob und sie einen Moment lang ansah.

Sie hatte vergessen, wie jung ihre Großeltern gewesen waren, als sie das Herrenhaus gekauft hatten. Esme wirkte nicht älter, als Celeste jetzt war, und damals hatten sie bereits zwei Kinder gehabt: Celestes Onkel Portland und Tante Leda. Welch ein Abenteuer das gewesen sein musste, aber auch ein richtiger Kampf, das alte Haus bewohnbar zu machen, während gleichzeitig der Garten wieder nutzbar gemacht werden musste, die Rosenzucht zu gründen und zugleich eine junge Familie zu ernähren. Es veranschaulichte Celeste, dass der Kampf, der ihnen jetzt bevorstand, in der Geschichte des Hauses nichts Ungewöhnliches war. Jede Generation musste darum kämpfen, dass alles funktionierte.

Sie blätterte weiter, freute sich an den Fotos ihrer Großeltern bei der Arbeit im Garten, während die Kinder Portland und Leda um ihre Füße herumsprangen.

»Sie haben dieses Haus wirklich geliebt«, sagte eine Stimme an der Tür.

Celeste zuckte zusammen und sah Evie, die dort stand und sie beobachtete.

»Hast du das für mich hier liegen lassen?«, fragte Celeste.

Evie beantwortete die Frage nicht, sondern betrat den Raum und setzte sich neben Celeste aufs Sofa. »Schau dir die mal an«, forderte Evie sie auf, nahm das Album und blätterte die Seiten um. »Das ist das erste Foto von Mum.«

Celeste betrachtete das Bild und erkannte kaum das kleine Kind, das aufrecht in einem großen, altmodischen Kinderwagen im Garten saß, während im Hintergrund die Türme des Torhauses aufragten.

Evie zeigte auf ein weiteres Foto der vier Hamilton-Kinder Portland, Leda, Louise und Penelope, die sich allesamt an den Händen hielten und in den Wassergraben hinabblickten, wo sich ihre kleinen Silhouetten spiegelten.

»Oh, das ist wunderschön!«, fand Celeste. »Wir sollten es einrahmen.«

»Ich weiß«, erwiderte Evie. »Drei Generationen haben nun hier gelebt. Ist das nicht toll?«

»Ja«, sagte Celeste. »Das ist es.«

»Und es könnten vier werden, wenn wir das Haus lange genug behalten«, fuhr Evie fort.

»Evie …«, warnte Celeste.

Evie hob die Hände. »Sag nichts. Denk einfach nur darüber nach, okay?«

Celeste war nicht in der Stimmung, an diesem Abend mit ihrer Schwester zu streiten, also nickte sie. »Okay.«

Schweigend saßen sie nebeneinander, blätterten in den Seiten des Albums und betrachteten die Fotos.

»Das ist das Letzte von Mum«, sagte Evie, als sie das Ende des Albums erreichten. »Gertie wollte es im Album haben. Sie hat es geknipst, kurz bevor Mum ihre Chemotherapie abgebrochen hat. Wir sind im Garten spazieren gegangen, und das Licht war so wunderschön. Es war das letzte Mal, dass Mum rausgegangen ist. Sie sah wirklich gut aus, nicht wahr?«

»Ja, das tat sie«, pflichtete Celeste ihr bei und betrachtete das blasse, aber immer noch erstaunlich schöne Gesicht ihrer Mutter.

»Danach hat sich ihr Zustand rapide verschlechtert«, erzählte Evie. »Wir haben ihr oft Blumen aus dem Garten gebracht, aber nichts machte ihr eine Freude. Sie wurde launisch – mehr als sonst – und hat uns angeschrien, egal, was wir für sie getan haben. Sie muss zum Schluss so große Schmerzen gehabt haben.« Evies Augen füllten sich mit Tränen.

»Oh, Evie«, sagte Celeste und legte ihr einen Arm um die Schultern.

»Du hättest hier sein sollen, Celeste«, rief sie. »Ich *hasse* es, dass du nicht hier warst, um uns zu helfen!«

»Ich wünschte, ich hätte es gekonnt.«

»Nein, tust du nicht!«, widersprach Evie. »Lüg mich nicht an.«

»Evie, hör mir zu …«

»Wir waren so müde, Gertie und ich. Es war unfair von dir, nicht zu helfen. Mum war …«, sie verstummte, und Tränen strömten über ihre Wangen, »… schwierig. Wirklich schwierig. Wir haben dich hier gebraucht, Celeste. Wo warst du?«

Celeste biss sich auf die Unterlippe und wusste nicht, was sie sagen sollte. Evie schüttelte ihren Arm ab und erhob sich vom Sofa.

»Ich brauche frische Luft«, verkündete sie und wischte sich die Tränen mit einer wütenden Handbewegung fort. »Kann ich Frinton mitnehmen?«

»Natürlich«, antwortete Celeste und sah zu, wie Evie Frinton zu sich winkte und die beiden gemeinsam das Haus verließen.

* * *

Evie lief durch die Gärten, bis sie sich ziemlich sicher war, dass Frintons Pfoten kurz davor waren, sich abzunutzen. Es brauchte einiges, um diesen Hund zu ermüden, doch es hatte gutgetan, nach der Szene mit Celeste an die frische Luft zu gehen und zu beobachten, wie der Garten langsam im abendlichen Dämmerlicht versank, während sich ihr Puls wieder normalisierte. Rosengärten waren oft abends am schönsten, weil der Duft der Blüten so stark war und die Luft mit berauschender Intensität parfümierte. Evie stellte sich beim Spazieren gerne auf die Probe und versuchte, die verschiedenen Rosen auszumachen.

Da gab es den schweren, reichhaltigen Duft der *Madame Isaac Pereire*, den fruchtigen Moschus der *Penelope* – die Rose, nach der ihre Mutter benannt worden war – und die Honignoten ihrer hauseigenen Züchtung *Moonglow*, die sanft durch die Luft tanzten.

Die weißen Rosen waren bei Anbruch der Nacht besonders prächtig, denn ihre leuchtende Schönheit war noch lange zu sehen, nachdem die Sonne untergegangen war. Da waren die Hamilton-Rose *Eden* mit ihren nach innen gebogenen Blütenblättern, die klassische Kletterrose *Iceberg*, die sich in Form eines weißen Wasserfalls über die Pergola ergoss, und die bildschöne Damaszenerrose *Madame Hardy* mit ihren gefüllten Blüten und dem heiteren, zitronigen Duft.

Evie blieb stehen und bewunderte jede Einzelne von ihnen, hielt ihre Nase tief über den weichen, kühlen Blütenblättern. In solchen Momenten ließ man sich nicht hetzen, selbst wenn ein wütender Foxterrier sich auf der anderen Seite des Beets um etwas Aufmerksamkeit willen die Seele aus dem Leib bellte und selbst wenn ihr Herz nach der letzten Unterhaltung mit Celeste noch immer raste.

Manchmal war das Einatmen eines Rosendufts, als würde man sich in einer anderen Welt verlieren. Alle anderen Sinne schienen zu verblassen, während der Geruch dominierte, scheinbar ins Blut überging, bis man durch und durch berauscht war – und genau das brauchte sie in diesem Moment.

»Still, Frinton!«, sagte sie, während sie an einer voll erblühten *Alba Maxima* roch – eine ihrer Lieblingsrosen und außerdem eine der ältesten. »Die Jakobitenrose«, sagte sie sich, denn sie wusste, dass es diese Rose schon in alten Zeiten gegeben hatte.

Frintons Bellen hörte nicht auf.

»Also wirklich«, schimpfte sie, »Hunde haben keine Seele! Keine Leidenschaft für das Schöne!« Verzweifelt schüttelte sie den Kopf, musste jedoch lächeln, als sie sah, dass Frinton einen Stock gefunden hatte und ihn hin und her schüttelte, als wäre er sein Todfeind. »Komm schon!«, rief sie, und zu zweit liefen sie über die Wiese hinter dem Herrenhaus, die zum Fluss hin abfiel.

Die Felder auf der anderen Seite versanken langsam im Dunkeln, und ein aufgeschreckter Fasan flatterte am anderen Ufer aus seinem Versteck. Frinton ließ den Stock fallen, sah dem Vogel nach und fragte sich, ob es sich lohnen würde, in den Fluss zu springen und ihn zu durchqueren, um das Tier zu fangen. Er entschied sich dagegen und steckte seine rechteckige Nase stattdessen in ein Grasbüschel, das vermutlich interessant nach Hase roch.

»Du liebst diesen Ort auch, oder, Frinton?«, fragte sie den kleinen Hund. »Du willst hier nicht weg, nicht wahr? Also müssen wir dein Frauchen dazu bringen, dass sie das Haus auch ins Herz schließt, richtig?«

Der kleine Terrier lief weiter und schnüffelte im Gras, und Evie nahm einen tiefen, stärkenden Atemzug. Nach den langen Wintermonaten und den kalten Ostengland-Winden war es wundervoll, so spät am Abend im Garten spazieren zu gehen und die warme Luft auf der Haut zu spüren. Abende wie dieser halfen ihr, die kurzen, dunklen Wintertage zu überstehen. Der letzte Winter war besonders hart gewesen, hatte seine eisigen Finger bis weit in den April hinein ausgestreckt. Aus diesem Grund arbeiteten Rosenzüchter im Sommer bis spät in den Abend hinein, um in dieser besonderen Jahreszeit zu schwelgen – diese wenigen kostbaren Monate, wenn die Rosenblüten leuchteten und frisch waren wie nie.

Evie hob Frintons angesabberten Stock auf und warf ihn für ihn zum Flussufer, sah zu, wie er hinterherstürmte, ein Blitz aus weißem lockigen Fell in den länger werdenden Schatten. In diesem Moment piepte ihr Handy in den Tiefen ihrer Tasche. Sie schnappte nach Luft, als sie sah, von wem die Nachricht stammte.

»Lukas«, flüsterte sie.

Im März hatte er einen Monat lang bei ihnen gearbeitet, als es ans Stutzen der Rosensträucher ging. Er war Kunststudent, der mit verschiedenen Jobs durchs ganze Land tingelte, und hatte die Grafschaft sehen wollen, die Constable und Gainsborough inspiriert hatte – nur dass er weitaus mehr an Evies Konturen als an denen der sich sanft schlängelnden Suffolk-Landschaft interessiert gewesen war.

Es war schwer gewesen, ihm zu widerstehen, denn er hatte mit seinem blonden Haar und den durchdringend grünen Augen so gut ausgesehen, doch zu der Zeit wollte sich Evie auf keinerlei Beziehung einlassen. Der Gesundheitszustand ihrer Mutter hatte sich rapide verschlechtert, sodass sie rund um die Uhr Pflege gebraucht hatte. Evie war permanent erschöpft gewesen, und eine Beziehung das Letzte, woran sie gedacht hatte. Ein Techtelmechtel war in Ordnung gewesen, aber sie war froh und ziemlich erleichtert gewesen, sich von Lukas zu verabschieden, und hatte ihm nur vage versprochen, sich bei ihm zu melden.

»Oje«, seufzte sie, als sie seine kurze, doch leidenschaftliche Nachricht las. Sie hatte gehofft, dass er sie mittlerweile vergessen hätte, doch das war eindeutig nicht der Fall.

# 13. Kapitel

Am nächsten Morgen gönnte sich Celeste einen Spaziergang im Garten, eine der seltenen Pausen von der Arbeit im Studierzimmer. Der frühmorgendliche Nebel, der sich über die Felder des Stour Valley gelegt hatte, war von der Sonne vertrieben worden, und der Rosengarten wirkte perfekt.

»Ich muss unbedingt mehr Zeit hier draußen verbringen«, sagte sie sich, obwohl sie wusste, dass es unmöglich war und dass sie es niemals tun würde.

Als sie um die Ecke bog und an das Rosenbeet kam, in dem ihre berühmten *Queen of Summer*-Rosen blühten, entdeckte sie neben dem Wassergraben die Stelle auf dem Foto im Album, wo ihre Mutter Hand in Hand mit ihren Geschwistern gestanden hatte. Es war so ein niedliches Bild gewesen, und Celeste fühlte Tränen in ihren Augen brennen, als sie sich daran erinnerte. Dann dachte sie an das, was Evie über eine vierte Generation gesagt hatte, die in Little Eleigh Manor leben könnte, und die Worte ihrer Schwester versetzten ihr einen Stich, denn sie war fest davon überzeugt, dass das niemals geschehen würde.

Sie wollte gerade wieder reingehen, als sie einen Mann den Pfad entlang in ihre Richtung kommen sah.

»Julian?«, fragte sie.

»Celeste!«, rief er. »Ich war am Haus, aber Evie hat gesagt, dass ich Sie wahrscheinlich hier draußen finden würde.«

»Haben Sie etwas vergessen?«, wollte sie wissen und war überrascht, ihn überhaupt hier anzutreffen.

»In gewisser Weise«, gab er zu, als er sie erreichte. »Ich wollte Sie etwas fragen.«

»Was?«

»Was halten Sie von einem Privatverkauf? Ich dachte speziell an den Fantin-Latour. Wir haben ein paar sehr gute Kunden in unserer Kartei und könnten uns umhören, wenn Sie möchten.«

»Das wäre nett. Danke«, erwiderte sie. »Aber Sie hätten uns einfach anrufen sollen.«

Er zuckte die Achseln. »Es macht mir nichts aus, vorbeizukommen«, sagte er. »Ich kehre erst heute Abend nach London zurück, und es ist mir immer ein Vergnügen, herzukommen. Es ist so ein schöner Flecken.«

»Also, vielen Dank«, wiederholte Celeste und wartete darauf, dass er ging, doch er tat es nicht. Stattdessen beobachtete sie, wie er seine Augen vor der Sonne abschirmte, sich im Garten umsah und dann dem Weg entlang des Wassergrabens folgte.

»Ist es nicht ein perfekter Tag?«, fragte er, krempelte die Ärmel hoch und entblößte überraschend gebräunte Arme. »An Tagen wie diesem wünschte ich, ich würde immer auf dem Land leben.«

»Sie wollen die Stadt verlassen?«, fragte sie. Die Frage war ihr herausgerutscht, bevor sie Zeit hatte, darüber nachzudenken.

»Gott, ja!«, seufzte er. »Ich meine, verstehen Sie mich nicht falsch – ich liebe meinen Job. Ich kann mir nicht vorstellen, was ich sonst die ganzen Jahre über gemacht hätte, aber ein Teil von mir will jetzt mehr. Es geht nicht mehr *nur* um die Arbeit. Ich habe eine tolle Wohnung mit Balkon, aber das Problem ist, dass ich von dort nur andere Wohnungen sehen kann. Es ist kein einziger Baum in Sicht. Nur Backsteine und Asphalt.«

»Ich glaube nicht, dass ich so leben könnte«, meinte Celeste.

»Nein«, erwiderte Julian, »und langsam glaube ich, dass auch *ich* es nicht viel länger kann.«

Sie warf ihm einen Blick von der Seite zu und sah in ihm zum ersten Mal ein menschliches Wesen und nicht nur den Mann, der da war, um ihre Gemälde für sie zu verkaufen.

»Sie hätten also gerne einen Garten?«, fragte sie, während ihre Schritte auf dem Kiesweg durch den gepflegten Irrgarten mit den leuchtend roten Rosen knirschten.

»Also, nicht in dieser Größenordnung«, antwortete er. »Tatsächlich würde mir der beim Myrtle Cottage reichen. Er ist recht klein, aber er hat einen schönen Rasen, ein paar Blumenbeete und einen Platz für einen Tisch mit Stühlen. Zu dieser Jahreszeit ist er einfach wunderschön. Ich wünschte nur, ich könnte immer dort leben.« Er verstummte und lächelte bei dem Anblick, der ihn empfing, als sie um die Ecke bogen. »Wow«, sagte er. »In meinem ganzen Leben habe ich so etwas noch nie gesehen. Diesen Teil des Gartens haben Sie mir letztes Mal nicht gezeigt, oder?«

»Äh, nein«, gab Celeste zu und schämte sich ein wenig, dass er sie ertappt hatte. »Ich war etwas im Stress.«

»Er ist außergewöhnlich.« Sein Gesicht zeigte den verblüfften Ausdruck, den Celeste von Leuten kannte, die den Rosengarten zum ersten Mal sahen, und ihr Herz hüpfte vor Begeisterung, genau wie seines: Es war wirklich ein prachtvoller Anblick, dem es jedes Mal gelang, sie in Hochstimmung zu versetzen.

Überall waren Rosen. Rosen krochen über Erdwälle, quollen aus Behältern, kletterten Wände empor und Baumstämme hinauf. Es gab Bögen, Spaliere, Obelisken und Baumstümpfe – jedes Detail war mit dem Gedanken an Rosen entworfen worden. Der ganze Garten war eine Spielwiese für die Blumen, und es gab sie in allen Farben, vom reinsten Weiß bis hin zum cremigsten Gelb, zu den romantischsten Rosatönen und den dunkelsten Rotschattierungen.

Julians Augen waren groß und voller Erstaunen, während er versuchte, alles zu erfassen. »Die hier ist genau wie eine der Rosen auf dem Fantin-Latour-Gemälde«, bemerkte er.

»Ja, der Meinung waren wir auch immer, aber wir wissen es nicht mit Sicherheit«, erwiderte Celeste, und ihre Einstellung diesem Mann gegenüber wurde milder. Seine Begeisterung für Rosen wirkte so ehrlich, und da war noch etwas anderes an ihm. Seine Offenheit. Ja, die gefiel ihr.

Sie blickte in die vollen Blütenblätter der Rose, die wie ein umgedrehtes Ballkleid in die Luft ragten, und dann fiel ihr etwas ein. »Wo sind die Gemälde jetzt?«, fragte sie.

»In meinem Cottage in Nayland«, erwiderte er.

»Und da sind sie sicher?«

»Natürlich«, antwortete er. »Alles ist versichert. Sie brauchen sich keine Sorgen zu machen.«

»Ich fürchte, ich mache mir von Natur aus viele Sorgen«, gab sie zu, »und die Gemälde gehören noch immer uns, bis wir sie verkaufen.«

»Ja«, erwiderte er, »aber sie sind vollkommen sicher. Bitte, machen Sie sich deshalb keine Gedanken. Sie haben mehr als genug, worum Sie sich kümmern müssen, also erlauben Sie mir bitte, mich für Sie um die Gemälde zu kümmern. Das ist das Mindeste, was ich für Sie tun kann.«

Sie schritten durch einen Bogen, der von großen lachsfarbenen Rosen überwuchert war.

»*Albertine*«, sagte Celeste.

»Wie bitte?«

»Die Rose«, erklärte sie und deutete auf die Blüten.

»Natürlich«, erwiderte er. »Wunderschön. Sie sehen wie eine der Rosen beim Myrtle Cottage aus.«

»Sie haben eine *Albertine*?«

»Also, ich bin mir nicht sicher«, gab er zu. »Ich bin nicht besonders gut im Bestimmen.«

Sie liefen weiter und kamen an einem großen Zierbeet vorbei, das in voller Blüte stand.

»Und das sind?«, fragte Julian und beugte sich hinab, um eine dicke lila Blüte in die Hand zu nehmen.

»Geranien«, sagte Celeste.

»Wunderschön.«

»Sie geben eine gute Partnerpflanze für Rosen ab.«

»Ah«, erwiderte er. »Also haben sie an sich keinen Wert? Sie sind nur da, um die Rosen zu betonen?«

»So ungefähr«, antwortete Celeste. »Hier dreht sich alles um Rosen.«

»Die anderen Blumen sind also wie ein Rahmen für ein Gemälde?«

Sie lächelte. »Das ist eine sehr gute Art, es zu betrachten. Rosen sind natürlich die schönsten Blumen der Welt …«

»Natürlich«, sagte er und erwiderte ihr Lächeln.

»Aber es ist möglich, ihre Schönheit zu betonen, indem man sie sorgfältig mit leichten, luftigen Blumen in Komplementärfarben kombiniert – wie leuchtend violette Geranien und Klematis in Verbindung mit pinkfarbenen Rosen. Das ist eine meiner Lieblingskombinationen. Lavendel eignet sich ebenfalls, genau wie Katzenminze oder *Verbena bonariensis*.«

Julian nickte, als beginne er zu verstehen.

»Ich kann Ihnen noch einige unserer ältesten Rosen zeigen, sofern Sie interessiert sind«, schlug sie vor und überquerte vor ihm den Rasen in Richtung eines weiteren Beetes, das einen ihrer Lieblingsabschnitte im Garten darstellte. Es war ein besonderer Ort für Celeste, denn ihr Großvater hatte sie zahllose Male an der Hand dorthin geführt und ihr von einigen der ältesten Rosen der Welt erzählt. Wie sehr sie es geliebt hatte, ihm zuzuhören, den romantischen Namen und den damit verbundenen Geschichten zu lauschen.

»Diese Rosen stammen aus dem Mittelalter«, erklärte sie Julian und vernahm im Geiste die Stimme ihres Großvaters. »Die rote heißt *Rosa Gallica Officinalis*, auch als Apothekerrose bekannt, und man glaubt, dass es sich bei ihr um die rote Rose des Hauses Lancaster handelt.«

»Ah! Der Rosenkrieg«, erwiderte Julian und erkannte endlich etwas wieder.

»Wir pflanzen sie gerne mit der gestreiften *Rosa Mundi* hier an«, fuhr sie fort. »Eine weitere hübsche Gallica-Rose und eine Abart der roten.«

»Eine Abart?«

»Ein Kind, wenn Sie so wollen«, erklärte sie. »Und das hier sind die viktorianischen Rosen – die Bourbonen gehören zu den schönsten. Sie haben wunderschöne gefüllte Blüten in leuchtenden Farben und den himmlischsten Duft überhaupt. Jeder Garten sollte mindestens ein halbes Dutzend Bourbonen haben.«

Julian beugte sich hinunter und roch daran. »Köstlich«, fand er. »Ich muss bei Ihnen ein paar für Myrtle Cottage kaufen.«

»Gertie würde Ihnen sicher liebend gerne bei der Auswahl helfen.«

Sie liefen einen weiteren Pfad entlang, unter einem Bogen hindurch, und der Duft nach Rosen erfüllte die Luft.

Julian schüttelte den Kopf. »Ich glaube, ich fange an, den Zauber der Rosen zu verstehen.«

»Sie ziehen einen in ihren Bann«, erwiderte sie. »Es gibt eine Geschichte über einen Rosenzüchter namens Joseph Pemberton, der seit seiner Jugend von Rosen besessen war.

Er ging aufs Internat und nahm eine Blüte der *Souvenir de la Malmaison* in einer Bonbondose mit. Natürlich ist sie vertrocknet, aber ihr Duft hielt sich bis zu den Weihnachtsferien.«

Julian lächelte. »Und? Haben Sie jemals so etwas getan?«

Celeste nickte. »Irgendwo in einem alten Buch habe ich eine Sammlung gepresster Rosenblüten, aber ich fand es immer so schade, sie zu zerdrücken, also habe ich damit aufgehört und stattdessen einfach versucht, mich an sie zu erinnern. Ich vermute, deshalb hat Grandpa Arthur so viele Rosengemälde gekauft. Die Winter können einem so lang und einsam erscheinen ohne die Gesellschaft von Rosen, und ich vermisse auch die langen, hellen Sommertage im Garten. Nichts schenkt mir so viel inneren Frieden wie Rosen.« Sie lächelte erfreut. »Meine Stimmung kann miserabel sein, aber ein Spaziergang im Garten und der Anblick einer Rose vertreiben alle möglichen Schrecken.« Für einen Augenblick wirkte sie wehmütig und ergänzte dann: »An einem sonnigen Tag in einem ummauerten Garten zu sitzen heißt, im Himmel zu sein.«

Sie blieben bei einem scharlachroten Rosenstrauch stehen.

»Welche Sorte ist das?«, fragte Julian.

»Das ist eine Teehybride. Das sind momentan die beliebtesten Arten«, erklärte Celeste, »aber ich bevorzuge die alten Rosen. Allerdings haben sie eine schöne Blüte, oder?«

Sie kehrten gerade zum Haus zurück, als Julian stehen blieb und etwas bemerkte. »Das Herrenhaus ist wirklich riesig«, sagte er.

Celeste nickte. »Ich frage mich oft, wie es wohl gewesen wäre, in einem modernen Haus aufzuwachsen – einfach ein durchschnittliches kleines Reihenhaus irgendwo mit Zentralheizung und Doppelverglasung. Das hätte definitiv den Druck von allen genommen, und wir wären nicht permanent gestresst und würden uns nicht ständig gegenseitig anschreien.«

»Aber – von den Geldsorgen abgesehen – verstehen Sie sich gut?«

»O ja«, antwortete Celeste.

»Mein Vater und ich waren beste Freunde«, erzählte Julian. »Er war liebenswürdig und sanftmütig, aber völlig von seiner Arbeit besessen. Bei allem gab er stets einhundert Prozent. Eine andere Zahl kannte er nicht.«

Darüber musste Celeste lächeln.

»Er war ein leidenschaftlicher Kunstliebhaber, daher hatten wir immer Gemeinsamkeiten – es gab immer etwas, worüber wir reden konnten. Aber er konnte sich nie entspannen. Er hat immer gearbeitet. Hat nie abgeschaltet. Es gab immer irgendein Gemälde, hinter dem er her war, oder irgendeine Möglichkeit, das Geschäft anzukurbeln. Niemand war überrascht, als sein zweiter Herzinfarkt ihn das Leben gekostet hat.« Julian seufzte. »Ich vermisse ihn. Ich vermisse es, seine Stimme zu hören. Und ich weiß, dass ich nur ein Schatten des Mannes bin, der er gewesen ist.« Er verstummte und wirkte für einen Moment verwirrt. »Entschuldigen Sie«, murmelte er.

»Was?«

»Dass ich so viel rede.«

»Aber das tun Sie doch gar nicht«, versicherte sie ihm. »Und selbst wenn, ist das alles ziemlich interessant.«

»Wirklich?«, fragte er, und ein winziges Lächeln umspielte seine Lippen.

Celeste erwiderte das Lächeln, und er schien sich etwas zu entspannen. »Und? Sind Sie glücklich in Ihrem Beruf?«, fragte sie und ermunterte ihn zum Weiterreden.

»Das bin ich«, antwortete er, »aber ich hege diesen Traum, eines Tages ein Antiquitätengeschäft zu eröffnen. Sie wissen schon – London zu verlassen und hier in Suffolk einen Laden aufzumachen.« Seine Miene wirkte nachdenklich.

»Und das Auktionshaus aufzugeben?«

»Genauer gesagt, würde ich es jemand anderem anvertrauen. Ich wäre noch immer Geschäftsführer, würde mich aber etwas zurücknehmen«, erklärte er.

»Nun, Suffolk ist voll mit Antiquitätenläden«, erwiderte Celeste. »Sind Sie sich sicher, dass Sie davon leben könnten?«

Er lächelte. »Wenn ich tun könnte, was ich wirklich liebe, würde es mir reichen, einfach über die Runden zu kommen.«

Sie nickte. »Genauso geht es mir mit unseren Rosen. Keine von uns hat den Ehrgeiz, Millionärin zu werden, aber wir wollen durchaus unser Bestes geben. Oh, und ein Dach über dem Kopf haben.«

Julian sah ihr einen Moment lang in die Augen. »Entschuldigen Sie, falls das unhöflich klingt, aber haben Sie schon jemals daran gedacht, das Anwesen zu verkaufen und in ein kleineres Haus zu ziehen?«

Celeste wandte sich kurz von ihm ab. »Wir diskutieren tatsächlich darüber«, gab sie zu. »Aber es läuft nicht besonders gut. Ich weiß, dass das Haus scheinbar nur all unser Geld auffrisst und zugleich um uns herum verfällt, aber meine Schwestern lieben es. Es ist schwer, sich Hamilton Roses irgendwo anders vorzustellen, aber womöglich müssen wir die Dinge überdenken – und das bald, weil ich einfach keine Möglichkeit sehe, wie wir noch länger hier wohnen bleiben können.«

»Es ist ein ganz besonderer Ort«, sagte er.

Celeste nickte. »Unsere Großeltern haben ihr Herzblut hineingesteckt.«

»Und Ihre Eltern haben genauso empfunden?«

Celeste holte tief Luft. »Ich glaube nicht, dass unser Vater jemals eine solche Verbindung zum Haus hatte, weil es nicht sein Familiensitz war. Er hat es in gewisser Weise Mum zuliebe ertragen, war aber so oft wie möglich weg. Seine Arbeit hat ihn häufig nach London geführt, und als sie sich scheiden ließen, ist er so schnell wie möglich gegangen. Ich glaube nicht, dass er jemals ein Teil dieses Hauses oder der Rosenzucht geworden ist, und als er fort war, hat Mum dafür gesorgt, dass wir ihren Nachnamen angenommen haben: Hamilton. Das hat Dad ihr nie verziehen. Sie hat behauptet, es sei einfach nur aus reinem Geschäftssinn gewesen, aber ich glaube, dass mehr dahintersteckte.«

»Und jetzt lebt er in London?«

Celeste lächelte. »Interessanterweise nicht. Letztendlich hat er ein hübsches kleines Cottage in der Nähe von Clare gekauft und lebt nun mit seiner neuen Frau dort.«

Sie liefen weiter entlang des Grabens in Richtung des Torhauses.

»Und«, sagte er, »wie kommen Sie mit allem klar?«

Celeste zuckte kurz die Achseln, und Julian nickte wissend.

»Als meine Mutter starb«, begann er, »war es, als sei alles auf den Kopf gestellt worden. Lange Zeit schien keiner von uns zu wissen, was wir tun sollten. Es war der schlimmste Schmerz, den man sich vorstellen kann. Nichts kann einen darauf vorbereiten, und es gibt auch keine richtige oder falsche Art, damit umzugehen. Jeder Mensch ist anders. Machen Sie sich also keine Sorgen, wenn es seine Zeit braucht, bis Sie mit allem zurechtkommen. Das ist normal.«

»Danke«, sagte sie leise. Das sagte man doch, wenn einem jemand sein Mitgefühl aussprach, oder?

»Standen Sie sich nahe?«, fragte er, und Celeste sah ihn mit großen Augen erstaunt an. »Verzeihen Sie«, ergänzte er rasch. »Ich wollte nicht neugierig sein.«

Sie atmete tief durch. Ihr ganzes Leben hatte sie damit verbracht, sich zu fragen, wie sie diese Frage beantworten sollte. Immer, wenn die Leute sie nach ihrer Mutter fragten, fühlte sie sich völlig überfordert. Was sollte sie sagen? Dass ihre Mutter ihr das Gefühl gegeben hatte, sie sei überhaupt nichts wert? Dass sie sie erniedrigt, sich über sie lustig gemacht und sie beschimpft hatte? War dies das normale Verhalten einer Mutter? Celeste hatte in ihrer Jugend genug Freunde gehabt, um zu wissen, dass es das nicht war. Sie hatte sie zu Hause besucht und gesehen, dass Mütter gütig und liebevoll sein konnten, sie konnten lustig und offen sein. Sie konnten *echte* Menschen sein. Und das war Celestes Problem. Ihre Mutter war ihr nie wie ein realer Mensch vorgekommen. An ihr war nichts Echtes gewesen, eine Sache, die für eine Tochter verwirrend und verstörend war, aber so war es nun mal gewesen. Und wie genau sollte sie das diesem Mann begreiflich machen? Es war einfacher, es gar nicht erst zu versuchen, beschloss sie.

»Es war sehr nett von Ihnen, dass Sie vorbeigekommen sind«, sagte sie, als sie an seinem Wagen ankamen. »Halten Sie mich über die Gemälde auf dem Laufenden, versprochen?«

»Ja, natürlich«, erwiderte er und verstummte für einen Augenblick. »Celeste?«

Sie hatte sich zum Gehen gewandt, warf aber einen Blick zurück in seine Richtung. »Ja?«

»Wenn Sie darüber reden wollen – egal, worüber –, ich bin ein ziemlich guter Zuhörer. Es muss sich nicht immer nur um die Gemälde drehen. Sie können mit mir über alles reden, worüber Sie möchten.« Er schenkte ihr ein Lächeln und winkte kurz, bevor er in seinen Wagen stieg und sie völlig verblüfft stehen ließ.

# 14. Kapitel

Gertie fuhr mit dem Firmenwagen über die Straßen des Stour Valley zurück nach Little Eleigh und kam an der Kirche mit der schiefen Mauer vorbei, bevor sie den Hügel hinabfuhr und den Fluss überquerte. Sie fühlte sich, als wäre sie ewig weg gewesen – jedenfalls länger als zwei Nächte.

Als sie in die Allee einbog, die zum Anwesen führte, blickte sie auf die Uhr. Es war kurz nach eins am Montag. Sie hatten den Abschied so lange wie möglich hinausgezögert, doch James hatte gesagt, dass er es nicht länger aufschieben konnte.

»Können wir nicht zusammen zu Mittag essen?«, hatte Gertie ihn gefragt.

»Ich wünschte, das ginge«, hatte er geantwortet und sie auf die Nasenspitze geküsst, »aber ich muss wirklich zurück. Samantha …«

»Ich weiß«, erwiderte Gertie seufzend. »Sie weiß nicht, wie glücklich sie sich schätzen kann, dass sie dich die ganze Zeit um sich hat.«

James lachte. »Das sieht sie nicht«, sagte er. »Oft glaube ich, dass sie mir meine Gegenwart übel nimmt.«

»Wie kann sie es dir übel nehmen, dass du dich in deinem eigenen Haus aufhältst, wenn du so viel für sie tust?« Gertie strich mit den Fingern durch sein helles Haar.

»Weil sie nicht so gutherzig ist wie du«, erklärte er. »Ich bin noch nie jemandem begegnet, der so liebenswürdig und fürsorglich ist wie du, Gertie.«

»Dann bleib bei mir«, sagte sie. »Für *immer.*«

»Das werde ich«, erwiderte er, »und zwar bald.«

»Weißt du, unser kleiner Traum vom Wegziehen ist vielleicht näher, als du denkst«, erzählte sie.

»Wirklich?« Er klang überrascht. »Warum sagst du das?«

»Oh, da gibt es bloß etwas, woran ich arbeite«, deutete sie an. Sie wollte noch nicht zu viel über die Idee, das Haus zu verkaufen, verraten, nur für den Fall, dass alles ins Wasser fiel, aber sie hatte das Gefühl gebraucht, dass es mit ihr und James voranging. »Ich kann nicht aufhören, über das alles nachzudenken. Ich freue mich so sehr, wenn ich mir unsere gemeinsame Zukunft vorstelle!«

»Ich mich auch«, antwortete er. »Erzähl mir noch mal von deiner kleinen Villa.«

Sie lachte. »Also, sie steht hoch oben in den Hügeln über einem schönen Dorf und hat blaue Fensterläden, um die sich Weinreben ranken. Die Erde im Garten eignet sich perfekt für Rosen.«

»Natürlich.«

»Natürlich. Und wir werden unser eigenes Obst und Gemüse anbauen und jeden Abend draußen auf der Terrasse essen, bevor wir nach oben ins Bett gehen.«

»Nur wir beide.«

»Ja.«

»Deswegen«, hatte er gesagt und sie liebevoll geküsst, »bin ich so verrückt nach dir.«

Während sie nun durchs Tor fuhr und den Wassergraben überquerte, versuchte sie, sich an die Momente zu erinnern, die sie mit James erlebt hatte.

»Ich will nicht nach Hause«, hatte sie am Morgen zu ihm gesagt, als sie mit ihren Reisetaschen das Hotel verlassen hatten. »Können wir nicht für immer hierbleiben?«

»Ich wünschte, das wäre möglich«, hatte er geantwortet. »Vielleicht können wir das irgendwann einmal wiederholen.«

»Möglichst bald«, hatte sie erwidert. Aber wann? Er hatte sich auf nichts festgelegt, und sie wusste, dass sie ihn wahrscheinlich nicht vor nächster Woche wiedersehen konnte.

Sie parkte den Transporter und stieg aus. Ein Teil von ihr schämte sich, weil sie etwas mit einem verheirateten Mann hatte. Tief in ihrem Herzen war sie eine Romantikerin, und in ihrer idealisierten Vorstellung vom Verliebtsein hatte sie nie mit einem verheirateten Mann gerechnet. Doch das Leben war chaotisch und unvorhersehbar. Es scherte sich nicht um romantische Vorstellungen, und das musste sie akzeptieren. James mochte verheiratet sein, doch die Ehe war vorüber – das hatte er ihr tausendmal versichert. Sie musste einfach nur geduldig sein und den richtigen Moment abwarten.

»Und dann können wir zusammen sein«, sagte sie sich, atmete tief durch, bevor sie eintrat, und wusste, dass die Erfüllung ihres Traums näher wäre als je zuvor, wenn sie zustimmte, das Haus zu verkaufen.

Es war gegen Mittag. Gertie hörte die Stimmen ihrer Schwestern aus der Küche unten, und Frintons Begrüßungsgebell machte sie bald auf ihre Ankunft aufmerksam.

»Gertie!«, rief Evie und eilte zu ihr, um sie willkommen zu heißen, als sie einen Augenblick später den Raum betrat. »Wie war's in Cambridge?«

»Schön«, erwiderte Gertie und beugte sich hinab, um Frintons Kopf zu tätscheln, während er auf der Stelle auf und nieder sprang und versuchte, näher an sie heranzukommen.

»Ja?«, fragte Evie. »Und, hast du ein Geschäft gemacht?«

Gertie schüttelte den Kopf und ging an einen der Küchenschränke. »Noch nicht«, antwortete sie und holte eine Dose Gemüsesuppe heraus.

»Nein?«

»Nein«, wiederholte Gertie.

Evie sah sie mit zur Seite gelegtem Kopf an. Ihre hellen Augen hatte sie verengt, während sie die Bewegungen ihrer Schwester beobachtete. »In Cambridge ging es überhaupt nicht um Rosen, oder?«

Gertie machte sich mit einer Pfanne und einem Kochlöffel zu schaffen und drehte sich nicht um. »Was meinst du damit?«

»Ich meine, dass du nicht aus geschäftlichen Gründen nach Cambridge gefahren bist, oder? Und du hast auch nicht bei einer alten Freundin übernachtet.«

»Wie kommst du dazu, so etwas zu behaupten?«, fragte Gertie und warf Evie einen unschuldigen Blick zu.

»Weil du dich so komisch verhältst und so wirres Zeug redest«, erwiderte Evie.

»Tue ich gar nicht.«

Celeste, die die Szene schweigend beobachtet hatte, während sie am Tisch eine Tasse Tee trank, ergriff das Wort.

»Evie, lass Gertie in Ruhe.«

»Ach, du bist also in dieses große Geheimnis eingeweiht, was?«

»Ich finde einfach, dass du deine Nase nicht irgendwo reinstecken solltest, wo sie nicht erwünscht ist«, meinte Celeste.

»Ich wette, es ist irgendein alter Cambridge-Professor, der Tweed trägt und dir Gedichte vorliest, während er dich durch die Backs schippert und dir erzählt, dass du wie eine holde Maid aus der Sage von König Arthur aussiehst«, fuhr Evie kichernd fort. »Eine alte Freundin hätte dir jedenfalls auch nicht so ein hübsches Medaillon gekauft«, ergänzte sie.

Gerties Hand schnellte hoch zu ihrem Hals. »Was für einen Unsinn du redest, Evie. Ich habe mir das vor Ewigkeiten selbst gekauft.«

»Wirklich?«

Gertie nickte.

»Du bist eine elende Lügnerin, Gertie«, erwiderte Evie lachend.

»Evie, hör auf«, warnte Celeste. »Hast du nichts im Garten zu erledigen?«

»Bestimmt«, antwortete sie und schmollte, weil sie auf diese Art weggeschickt wurde.

»Dann schlage ich vor, dass du dich an die Arbeit machst«, befahl Celeste.

Evie seufzte. »Mensch, Celly, du verwandelst dich in Mum«, erwiderte sie.

»Sag das *nie* wieder«, entgegnete Celeste, und die beiden starrten sich feindselig an.

»Entschuldige«, sagte Evie. »Ich habe mich geirrt. Du bist überhaupt nicht wie Mum. Sie war immer *nett* zu mir! Du bist einfach nur gemein.«

Damit verließ sie den Raum und murmelte etwas vor sich hin.

»Alles in Ordnung?«, fragte Gertie, brachte ihre Suppe an den Tisch und setzte sich Celeste gegenüber.

»Mir geht's gut«, antwortete sie. Ihre Blicke begegneten sich, und sie lächelten einander an. »Was ist mit dir?«

Gertie nickte und begann zu essen. Celeste beobachtete sie und fragte sich, ob sie freiwillig etwas preisgeben würde.

»Hattest du ein schönes Wochenende?«, fragte Gertie.

»Ja«, antwortete Celeste. »Ich habe mich im Studierzimmer durch einen ganzen Berg Papier gewühlt.«

Gertie lächelte. »Das habe ich nicht gemeint«, erklärte sie. »Evie hat mir eine SMS geschickt, dass Julian heute Morgen hier war.«

»Oh, hat sie das?«

»Und?«

»Es ging um eine geschäftliche Angelegenheit«, erwiderte Celeste.

»Warum hat er dann nicht einfach angerufen?«, wollte Gertie wissen.

Celeste pulte an einem ihrer Finger, mit dem sie sich am Morgen am Dorn einer Moschus-Hybride gestochen hatte. »Ich vermute, es war einfacher, mit mir persönlich zu sprechen.«

Gertie aß ihre Suppe auf. »Ich mag ihn«, stellte sie fest. »Er ist süß.«

»Er ist nicht hier, um süß zu sein. Er ist hier, um für unsere Gemälde den besten Preis herauszuschlagen.«

»Celly! Du weißt, dass er dich mag.«

Sie schüttelte den Kopf. »Weiß ich nicht.«

»Aber *natürlich*! Man weiß doch immer, wenn ein Mann auf einen steht«, sagte Gertie sanft.

»Nun, ich bin nicht interessiert, okay? Ich habe viel zu viel zu tun, und mir fehlt momentan die Zeit, über Männer nachzudenken, selbst wenn ich dazu bereit wäre. Wie auch immer«, fuhr sie fort, »ich glaube sowieso nicht, dass ich mich jemals wieder verlieben werde.«

Gertie wirkte, als hätte man ihr ins Gesicht geschlagen. »Das glaubst du doch nicht wirklich, oder?«

»Ich hatte bisher keine Zeit, darüber nachzudenken«, erwiderte Celeste.

»Aber Liebe ist doch nichts, was man sich in den Terminkalender einträgt. Sie passiert einfach. Du kannst sie nicht planen oder darauf hoffen, dass sie in deinen hektischen Tagesablauf passt, weil sie das niemals tut. Sie läuft nie so, wie du es dir vorstellst oder geplant hast«, erklärte Gertie. »Sie ist chaotisch, wundervoll und unvorhersehbar.«

»Und zeitraubend«, ergänzte Celeste.

Gertie lächelte. »Für die Liebe ist immer Zeit«, sagte sie.

»Nicht bei mir«, entgegnete Celeste. »Nicht mehr.«

Gertie seufzte. »Du wirst deine Meinung ändern, wenn der richtige Mann kommt.«

Celeste starrte in ihre Teetasse und hoffte, dass die Unterhaltung vorüber war.

»Weißt du, Evie hatte recht«, sagte Gertie plötzlich so leise, dass ihre Stimme kaum mehr als ein Flüstern war.

»Was meinst du?«, fragte Celeste und sah wieder auf.

Gertie kaute auf ihrer Unterlippe, bevor sie antwortete. »Ich bin nach Cambridge gefahren, um mich mit jemandem zu treffen.«

Celeste runzelte die Stirn. »Mit wem?«

»Ich kann nicht …« Sie verstummte.

»Du kannst dich nicht erinnern?«, fragte Celeste lächelnd. »Du hast dich betrunken und erinnerst dich nicht mehr, wer es war?«

Gertie streckte den Arm aus, um ihrer Schwester einen Klaps zu geben. »Nein!«

»Was ist es dann? Du kannst es mir nicht verraten?«

Gertie starrte auf den Tisch, während ihr Zeigefinger eines der dunklen Astlöcher im Holz umkreiste. »Es ist ein bisschen kompliziert«, gab sie schließlich zu.

Celeste wollte gerade fragen, warum es kompliziert war, als ihr Handy klingelte. »Verdammt. Da muss ich rangehen«, murmelte sie. »Ich hab schon den ganzen Tag über versucht, diesen Typen zu erreichen.« Sie erhob sich vom Tisch und drückte sanft Gerties Schulter, bevor sie den Raum verließ.

»Keine Zeit also für die Liebe«, sagte Gertie zu dem ihren Blicken entschwindenden Rücken ihrer Schwester.

* * *

An diesem Abend, nachdem alle zu Bett gegangen waren, wurde Celeste von einem Geräusch aus dem Zimmer nebenan geweckt, was etwas beunruhigend war, weil dies das Schlafzimmer ihrer Mutter gewesen war.

Sie knipste die Nachttischlampe an und blickte auf ihren Wecker. Es war kurz nach zwei. Stöhnend stand sie auf, zog sich einen Pulli über das Nachthemd und schlüpfte in ihre Hausschuhe. Der letzte Ort, den sie mitten in der Nacht aufsuchen wollte, war das alte Zimmer ihrer Mutter. Im Grunde war es zu jeder Zeit der letzte Ort, den sie aufsuchen wollte, aber mitten in der Nacht erschien ihr die Aussicht noch schauriger.

»Frinton«, rief sie leise, doch der kleine Hund rührte sich nicht. »Verräter!«, ergänzte sie und hörte sein Schnarchen, bevor sie das Zimmer verließ.

Sie lief über die schiefen, knarrenden Dielen des Korridors und entdeckte Licht im Zimmer ihrer Mutter.

»Evie?«, fragte sie überrascht, als sie sah, wer sich darin befand.

Eine kreidebleiche Evelyn drehte sich um, als Celeste das Zimmer betrat, und es war sofort ersichtlich, dass ihre Schwester geweint hatte.

»Was machst du denn hier?«, fragte Celeste. Doch es war offensichtlich, was Evie getan hatte, denn die Tür des Kleiderschranks stand weit offen.

»Ich konnte nicht schlafen«, sagte sie mit einer Piepsstimme, die Celeste wieder einmal daran erinnerte, wie unglaublich jung ihre Schwester war.

»Also bist du hergekommen?«, wollte Celeste wissen und neigte den Kopf.

Evie schwieg für einen Moment und griff in den Schrank, um die Kleidungsstücke zu streicheln, die so ordentlich dort aufgereiht waren.

»Ich vermisse sie«, gab sie schließlich zu. »Es kommt einem so unwirklich vor, dass sie fort ist, nicht wahr? Ohne sie fehlt dem Haus etwas.«

Celeste beobachtete, wie Evie eine rote Samtjacke mit Goldknöpfen herausholte. Es war ein für Penelope typisches Stück: leuchtend, schön und dazu geeignet, allen die Schau zu stehlen. Da war der kleine Schottenrock, den sie ebenfalls so häufig getragen hatte. Er war viel zu kurz für sie und ließ sie wie ein Schulmädchen wirken – was Penelope, so vermutete Celeste, gemocht hatte.

»Erinnerst du dich daran?«, fragte Evie und zog ein smaragdgrünes Seidenkleid heraus. »Sie hat darin so hübsch ausgesehen. Sie hat es zur Party zu deinem sechzehnten Geburtstag getragen, erinnerst du dich?«

»Ja«, erwiderte Celeste kalt. »Aber ich bin überrascht, dass du dich erinnerst. Du warst so jung.«

»Ich weiß es noch«, antwortete Evie defensiv, doch dann runzelte sie die Stirn. »Oder vielleicht erinnere ich mich nur an die Fotos. Ich bin mir gerade nicht sicher. Jedenfalls hat sie darin so wunderschön ausgesehen. Wie ein Hollywoodstar.«

Celeste beobachtete, wie der seidige Stoff über die Finger ihrer Schwester glitt. Wehmut lag in ihrer Miene, und ihre Augen waren von Tränen verschleiert.

»Du solltest es haben, Celly«, sagte sie plötzlich. »Du hast dieselbe Kleidergröße wie Mum, und es würde dir sehr gut stehen.«

»Ich will es nicht«, antwortete Celeste.

»Aber es ist so wunderschön«, beharrte sie, holte es aus dem Kleiderschrank und hielt es vor sich, sodass es im Licht schimmerte, »und es ist so traurig, dass es nie wieder getragen werden wird.«

»Ich will das Kleid wirklich nicht, Evie.«

»Aber …«

»Ich würde es *niemals* tragen.«

Ihre Blicke trafen sich, und in Celestes Tonfall war etwas, das anscheinend auf Evie wirkte. Sie hängte das Kleid zurück in den Schrank.

»Ich glaube, wir sollten ins Bett gehen, findest du nicht?«, schlug Celeste vor, und Evie nickte, schloss die Schranktür und ging durch den Raum. Kurz bevor Celeste das Licht ausknipste, bemerkte sie das golden umrahmte Bild auf dem Nachttisch. Es war ein Foto von Penelope.

»Natürlich«, murmelte Celeste.

»Was?«, fragte Evie.

»Nichts.«

* * *

Celeste brauchte Stunden, um einzuschlafen, nachdem sie Evie eine gute Nacht gewünscht hatte. Ihre Gedanken drehten sich permanent um die Vergangenheit und um den Tag, als ihre Mutter das smaragdgrüne Kleid getragen hatte.

»Mein Kleid«, flüsterte Celeste im Dunkeln. Sie hatte Evie nicht die ganze Geschichte erzählen wollen, weil sie sich nicht sicher war, ob ihre Schwester ihr glauben würde. Noch immer vergötterte sie Penelope, und Celeste wollte nicht die kostbaren Erinnerungen zerstören, an die sie sich so verzweifelt klammerte.

Wenn *sie* doch nur eigene kostbare Erinnerungen besäße, dachte Celeste. Die meisten waren so schmerzlich, einschließlich der an das smaragdfarbene Kleid.

Ihr Vater hatte sie am Tag vor ihrem sechzehnten Geburtstag zum Einkaufen mitgenommen, und Celeste hatte genau gewusst, was sie wollte: ein brandneues Kleid – etwas Schönes und Vornehmes. Die smaragdgrüne Seide war perfekt gewesen, wie sie ihre erwachsenen Kurven umschmeichelt und ihr zum ersten Mal in ihrem Leben das Gefühl gegeben hatte, wirklich schön zu sein. Doch ihre Mutter war entsetzt gewesen.

»Das ist *viel* zu elegant für dich«, hatte Penelope zu ihr gesagt. »Das kannst du nicht tragen.« Und Celeste hatte hilflos mit angesehen, wie ihre Mutter ihr das Kleid weggenommen hatte.

Womit sie nicht gerechnet hatte, war, dass Penelope es selbst tragen und darin die Treppe hinunterschweben würde, als Celestes Freunde zur Party eintrafen. Natürlich war jeder der Meinung, dass Penelope darin fantastisch aussah.

»Du hast ein solches Glück, so eine Mutter zu haben«, hatte eine ihrer Freundinnen zu ihr gesagt. Celeste hatte einfach gelächelt, geschwiegen und sich gewünscht, nie eine Party gegeben zu haben.

Dann hatte es die Blamage mit der Torte gegeben. Celeste hatte sich eine rosafarbene in Herzform gewünscht, doch nach dem Tee hatte ihre Mutter eine komische grüne in Form eines Froschs hereingetragen. Als ob das nicht schon schlimm genug gewesen wäre, fehlte dem Frosch ein Auge, weil man ihn offen in der Küche hatte stehen lassen und eine der Katzen auf den Tisch gesprungen war und es gefressen hatte.

Celeste wand sich, als sie sich an die Peinlichkeit des Ganzen erinnerte. Es war eindeutig eine Torte für einen Kindergeburtstag, doch mit sechzehn war Celeste eindeutig kein Kind mehr gewesen. Später hatte sie herausgefunden, dass Penelope vergessen hatte, die Torte zu bestellen. Als es ihr wieder eingefallen war, war sie in die Stadt gefahren, und die Froschtorte war die einzige gewesen, die sie noch hatte finden können.

Dann ihr Geschrei, dass sie leise sein sollten. Sie waren nicht einmal besonders laut gewesen. Sie waren einfach nur ein paar aufgedrehte Mädchen, die versuchten, eine Party zu feiern, doch das alles war für Penelope zu viel. Bald verkündete sie, dass sie Kopfschmerzen hatte, und machte vor allen ein großes Theater, indem sie auf dem Sofa in Ohnmacht fiel und nach Celeste schrie, dass sie ihr Tabletten holen sollte.

Celeste schloss die Augen und erinnerte sich an die Szene, als würde sie sich gerade erneut vor ihr abspielen. Natürlich hatte Penelope es geschafft, sich rechtzeitig auf wundersame Weise zu erholen, um die Tanzfläche zu erobern, die sie in der Eingangshalle aufgebaut hatten. Es war auch kein normaler Tanz gewesen. Penelope Hamilton hatte sich auf den einzigen Jungen gestürzt, den Celeste zu ihrer Party eingeladen hatte.

Sie sah noch immer sein puterrotes Gesicht vor sich, als ihre Mutter seine Hände genommen und ihn gezwungen hatte, mit ihr Wange an Wange zu tanzen. Und Celeste hatte dort im Schatten gestanden, in ihrem alten Sommerkleid mit dem Brombeerfleck genau über dem rechten Knie, und ihre Mutter beobachtet, die in der smaragdgrünen Robe mit Celestes erstem Freund auf der Feier zu ihrem sechzehnten Geburtstag eng umschlungen tanzte.

# 15. Kapitel

Langsam verging der Sommer. Celeste arbeitete sich im Studierzimmer tapfer durch die Formalitäten und Kontoauszüge und gab sich alle Mühe, im Hamilton-Rosenimperium wieder etwas Ordnung zu schaffen. Gertie war im Garten beschäftigt, hielt die Randbeete für Besucher makellos und kümmerte sich um den Verkauf der Containerrosen. Evie organisierte Gloria Temples Hochzeitsvorbereitungen neben den Bestellungen, die von Hotels, Restaurants oder einfach romantisch veranlagten Menschen eintrudelten.

Der sommerliche Himmel erstrahlte seit Tagen in einem perfekten Hellblau mit nur hier und da ein paar zarten weißen Wölkchen. Obwohl Rosenzüchter ein solches Wetter liebten, konnte Gertie nicht anders, als die Tatsache zu bedauern, dass der Rasen nicht mehr grün, sondern bernsteinfarben war und alles Gießen nichts half. Das war der Preis, den man für einen guten Sommer im Stour Valley zahlte. Immerhin war es besser als graue Wolken und endloser Regen, der dazu führte, dass die Rosenknospen sich weigerten zu erblühen. Nein, das Sonnenlicht war überaus willkommen.

Was jedoch nicht willkommen war, war der Tag, vor dem Celeste sich gefürchtet hatte, der Tag, an dem Esther Martin aus dem Gästehaus ins Herrenhaus zog.

»Das ist die letzte Mahlzeit, bei der wir unsere Ruhe haben werden«, seufzte Evie an diesem Morgen in der Küche.

»Sei nicht so melodramatisch«, ermahnte sie Celeste. »Wahrscheinlich werden wir nicht einmal merken, dass sie hier ist. Ich wette, dass sie bei Sonnenaufgang aufsteht und in der Küche fertig ist, noch bevor wir wach werden. Wenn du jedenfalls versuchen willst, das Haus zu retten, dann ist das eine Möglichkeit.«

»Und wer zieht ins Gästehaus?«, fragte Gertie.

»Ich habe jemanden bestellt, der es vorher etwas auf Vordermann bringt«, antwortete Celeste. »Es soll einfach ein wenig verschönert werden. Esther hat so lange darin gewohnt, und die Teppiche und Tapeten sind, soweit ich das bei meinem Besuch sehen konnte, ziemlich schäbig.«

»Aber lässt du über diesen Makler eine Annonce schalten?«, fragte Gertie.

Celeste nickte. »Die kennen sich mit Verträgen und der Überprüfung von Leuten aus. Ich dachte, dass es so sicherer ist.«

»Ich hoffe, dass du Haustiere erlaubst«, warf Evie ein. »Ich kann mir nicht vorstellen, irgendwo zur Miete zu wohnen, wo keine Haustiere gestattet sind. Das wäre furchtbar.«

»Haustiere sind erlaubt«, erwiderte Celeste und beugte sich hinunter, um Frinton hinter dem linken Ohr zu kraulen. Sie lächelte, als er ihr seinen Kopf entgegenstreckte, als wolle er so nah wie möglich an ihre Finger kommen.

»Wenigstens etwas«, sagte Evie.

»Was meinst du damit?«, fragte Celeste.

Evie seufzte. »Ich sehe einfach nicht den Sinn darin, Esther ins Herrenhaus ziehen zu lassen, wenn du ernsthaft überlegst, es irgendwann zu verkaufen. Was würde dann aus Esther werden?«

»So weit habe ich noch nicht gedacht, wenn du die Wahrheit wissen willst«, gab Celeste zu, »aber die Vermietung des Gästehauses ist eine gute kurzfristige Lösung, um etwas Geld zu verdienen und ein paar der schon seit Langem offenen Rechnungen zu bezahlen.«

»Na ja, ich beneide dich nicht um die Aufgabe, Esther hier einzurichten«, erwiderte Evie.

»Ah«, sagte Celeste in dem Ton, der Evie sofort nervös machte. »Ich wollte dich schon längst fragen. Kannst du dich bitte darum kümmern?«

Evies Mund klappte auf. »Du machst Witze, oder?«

Celeste schüttelte den Kopf. »Esther Martin hasst mich abgrundtief.«

»Also mich liebt sie auch nicht gerade«, betonte Evie.

»Aber du wirst es tun müssen. Ich habe ein paar Anrufe zu erledigen.«

»Celly! Sei nicht so gemein!«

»Ich bin nicht gemein – ich bin pragmatisch.«

Evie schnaubte und schmollte. »Das ist *so* unfair. Warum kriege immer ich die richtig furchtbaren Aufgaben?«

»Das stimmt nicht«, widersprach Celeste. »Wann musstest du dich zuletzt um ein überzogenes Konto kümmern oder einen Lieferanten anrufen, der seit acht Monaten nicht mehr bezahlt worden ist, und ihm erklären, wie leid es dir tut? Und wann hast du zuletzt einen Blick in den Klärbehälter geworfen und dich darum gekümmert? Oder bist auf die Dachböden gegangen, um nachzusehen, ob die Klopfkäfer wieder da sind?«

»Ach ja? Und wann hast *du* zuletzt die ganze Nacht lang eine Schüssel gehalten, während Mum sich übergeben hat? Oder hast sie die Treppe hochgetragen, weil sie zu schwach zum Laufen war?«, schrie Evie.

Ein furchtbares Schweigen breitete sich zwischen ihnen aus.

»Evie …«

»Ich geh schon«, sagte Evie. »Keine Sorge. Ich mache die Drecksarbeit für dich. Das bin ich gewohnt.«

* * *

Der kleine Umzugswagen hielt an diesem Morgen gegen elf Uhr vor der Eingangshalle, und Esthers Möbelstücke und Kisten wurden ausgeladen und in das Zimmer im Erdgeschoss gebracht, das ihr zugewiesen worden war. Es war wenig, dafür, dass es die Besitztümer eines ganzen Lebens waren, doch andererseits war das Gästehaus klein. Das Zimmer, in das sie nun einzog, war sogar noch kleiner. Obwohl es größer war als die meisten Zimmer im Herrenhaus und über ein eigenes Bad verfügte, würde nicht viel Platz übrig bleiben, sobald alles am rechten Fleck stand.

»Mrs Martin?«, sagte Evie und streckte zur Begrüßung die Hand aus, als Esther mit einer kleinen Handtasche über der Schulter und einem Gehstock in der Hand die Einfahrt entlanglief. Sie lächelte nicht. Sie hob nicht einmal den Blick, um Evies Anwesenheit zu würdigen.

»Folgen Sie mir«, bat Evie. »Es ist nicht sehr weit zu laufen.«

»Ich kann meilenweit laufen, wenn ich will«, blaffte Esther.

»Verstehe«, erwiderte Evie und glaubte ihr keine Sekunde lang. Nicht ein einziges Mal hatte sie Esther Martin auf den Fußwegen rings um das Herrenhaus spazieren gehen sehen. Sie schien permanent hinter verschlossenen Türen zu leben, und dass sie mit ihrem Gehstock über einen Zauntritt sprang, war schwer vorstellbar.

Sie erreichten das Zimmer, in das die Umzugshelfer die Möbel gebracht hatten. Evie musste zugeben, dass es mit dem schönen Eisenbett in der Ecke, dem gelben Sofa und den Ohrensesseln, die so platziert waren, dass man von dort aus den unvergleichlichen Blick auf den Garten genießen konnte, sehr gemütlich wirkte.

»Das ist eine meiner liebsten Aussichten hier«, erzählte Evie und schaute nach draußen, über den Wassergraben in Richtung des Rosenpfads mit den Bögen, die von rosafarbenen und weißen Kletterrosen überwuchert waren. »Ich glaube, dass Sie sich hier sehr wohl fühlen werden, meinen Sie nicht?«

Esther antwortete nicht. Stattdessen ließ sie sich in einen der Ohrensessel fallen und stieß ein Seufzen aus, als ob alle Luft aus ihrem Körper wiche.

»Möchten Sie, dass ich Ihnen bei irgendetwas helfe?«, fragte Evie und betrachtete die Kisten ringsum.

»Was?«, fragte Esther plötzlich.

»Möchten Sie, dass ich Ihnen beim Auspacken helfe?«, versuchte Evie es erneut.

»Nein«, knurrte sie. »Ich will nicht, dass eine Hamilton die Nase in meine Sachen steckt.«

Evie seufzte. Sie fand das alles sehr anstrengend. »Okay«, fuhr sie fort und gab sich alle Mühe, ruhig zu bleiben. »Möchten Sie stattdessen, dass ich Ihnen eine Tasse Tee mache?«

»Ich kann mir selbst eine machen«, entgegnete sie. »Ich bin kein völliger Invalide.«

»Das hab ich nicht behauptet. Ich hab bloß gefragt …«

»Ich hab Nein gesagt!«

»Okay!«, schrie Evie zurück und biss sich dann auf die Unterlippe. Sie hatte sich fest vorgenommen, nicht die Selbstbeherrschung zu verlieren, war aber kläglich gescheitert. Sie atmete tief durch. »Ich hoffe, es gefällt Ihnen, wie wir Ihre Möbel arrangiert haben. Wenn nicht, können wir sie jederzeit anders stellen.«

»Dann bringt sie zurück ins Gästehaus«, erwiderte sie.

»Das können wir leider nicht tun, fürchte ich.«

»Das ist mein Zuhause. Euer Großvater hat mir dieses Haus versprochen, solang ich lebe.«

»Ich weiß«, sagte Evie, »und es tut mir auch sehr leid, aber unsere Lage ist ziemlich verzweifelt, und wir brauchen das Geld.«

»Das ist eine schwache Entschuldigung dafür, dass ihr ein Versprechen gebrochen habt.«

»Das ist die einzige, die wir haben«, entgegnete Evie.

»Warum könnt ihr nicht irgendwas verkaufen?«

»Das machen wir auch. Wir müssen uns von einigen unserer Gemälde trennen.«

Esther wirkte entsetzt, und ihre hellen Augen schienen Evie mit durchdringenden Blicken aufzuspießen. »Doch nicht etwa die Rosengemälde?«

Evie nickte. »Ich fürchte doch.«

»Aber euer Großvater hat diese Gemälde geliebt.«

»Ich weiß«, erwiderte Evie. »Es war nicht einfach, sich von ihnen zu trennen. Ich wünschte, es wäre nicht nötig, aber es muss so vieles getan werden, um dieses Haus zu erhalten.«

Esther wirkte noch immer nicht überzeugt. »Es gibt immer Alternativen.«

»Ich zeige Ihnen irgendwann einmal den Nordflügel«, schlug Evie vor. »Mal sehen, ob Ihnen irgendwelche wundersamen Lösungen einfallen.«

In diesem Augenblick fiel Evies Blick auf eine offene Kiste. Sie war groß und wirkte schwer, und Evie sah, dass sie Bücher enthielt. Viele Bücher. Instinktiv streckte sie die Hand aus und neigte den Kopf, um die Titel zu lesen, als sie nach ihnen griff. Da waren Nancy Mitfords »Englische Liebschaften«, Stella Gibbons' »Cold Comfort Farm« und ein paar Romane von Barbara Pym. Evie runzelte die Stirn. Sie kannte sich nicht so mit Literatur aus wie Gertie, doch sie wusste, dass all diese Bücher heitere Romane waren. Sie lächelte. Nie hätte sie Esther

Martin für einen Menschen gehalten, der heitere Romane verschlang.

»Leg sie wieder hin!«, verlangte Esther plötzlich barsch aus den Tiefen des Ohrensessels. Evie seufzte und legte die Bücher in ihre Kiste zurück.

»Ich kann Ihnen dabei helfen, diese Kisten auszupacken, wenn Sie möchten. Gertie sagt immer, dass Bücher einen Raum schmücken.«

»Bis gestern haben sie das Gästehaus geschmückt«, gab Esther zurück.

Evie beschloss, nicht darauf einzugehen. »Vielleicht kann ich sie mir irgendwann einmal ausleihen. Ich habe nur selten Zeit zum Lesen, aber ich würde es gerne einmal mit ihnen versuchen.«

Esther drehte sich um und warf Evie einen boshaften Blick zu. »Wenn das dein holprige Art ist, den Ärger wiedergutmachen zu wollen, den ich durch den Auszug aus meinem Zuhause hatte, dann funktioniert es nicht. Jetzt lass mich allein.«

Evie erbleichte angesichts der Unhöflichkeit dieser Frau, verließ das Zimmer, zog die Tür fest hinter sich ins Schloss und widerstand dem Drang, sie zuzuschlagen. Esther Martin mochte unhöflich sein, doch Evie war es ganz sicher nicht.

Ein paar Minuten später kam sie mit einer Teetasse auf einem Tablett wieder. Daneben standen eine hübsche rosafarbene Milchkanne aus Porzellan und eine dazu passende Zuckerdose mit einem silbernen Löffel.

»Ich habe doch gesagt, dass ich keinen Tee will«, empfing Esther sie, als sie es sah.

»Nein, das haben Sie nicht«, widersprach Evie. »Sie haben gesagt, Sie wollen nicht, dass ich Ihnen einen mache, aber ich habe beschlossen, Sie zu ignorieren und Ihnen trotzdem einen zu bringen.« Sie stellte das Tablett vor ihr auf einem Fußschemel ab. »Ich lasse Sie selbst Milch und Zucker reinmachen, okay?«

Esther stieß eine Art missmutiges Brummen aus, und Evie lächelte. »Gertie wird heute Abend für Sie mitkochen.«

»Nein, danke.«

»Nun, Sie müssen mit Gertie sprechen, wenn Sie nichts wollen, aber Sie wird wahrscheinlich trotzdem für Sie mitkochen, also würde ich mir an Ihrer Stelle die Worte sparen.«

»Warum könnt ihr Hamilton-Mädchen mich nicht einfach in Ruhe lassen?«

»Weil das nicht richtig wäre«, stellte Evie nüchtern fest, »und ich habe den Verdacht, dass Sie nicht in Ruhe gelassen werden wollen. Nicht wirklich.«

»Oh, du glaubst, mich zu kennen, nicht wahr? Wie alt bist du? Siebzehn? Glaubst wohl, dass du die Psyche anderer Menschen durchschauen kannst? Pah!«

»Eigentlich bin ich einundzwanzig, und ich halte mich für eine ziemlich gute Menschenkennerin, vielen Dank auch.«

»Ach tatsächlich?«

»Und ob«, meinte Evie.

Sie starrten einander an und schienen sich gegenseitig einschätzen zu wollen. Esther gab als Erste nach, senkte den Blick und rieb den Griff ihres Gehstocks, der an ihrem Sessel lehnte.

»Also«, sagte Evie schließlich. »Ich lasse Sie allein, damit Sie sich einleben können.«

Esther stieß einen unbestimmten Laut aus, und Evie verließ das Zimmer, schüttelte verzweifelt den Kopf und war entschlossen, im Garten eine große Stelle mit Brennnesseln zu finden, um ihren Zorn mit einer Forke abzureagieren.

* * *

Celeste hatte gerade telefoniert und sich alle Mühe gegeben, sich bei der Firma zu entschuldigen, die die Plastiktöpfe für ihre Rosen lieferte. Sie hatte die unbezahlte Rechnung unter einem

Papierstapel auf dem Schreibtisch ihrer Mutter gefunden und mit klopfendem Herzen angerufen. Immer wieder hatte sie sich für das, was sie als ein »schreckliches Versehen« bezeichnete, entschuldigt, was jedoch in Wahrheit nur ein weiteres Beispiel für die hoffnungslos chaotische Verwaltung von Hamilton Roses durch ihre Schwestern war.

Dergleichen war nie passiert, als sie noch im Büro gearbeitet hatte, doch andererseits hatte sie sich nicht zugleich um Haus und Geschäft kümmern müssen, während sie zusätzlich noch ihre kranke Mutter betreute.

Für einen Augenblick dachte sie an den Streit, den sie mit Evie gehabt hatte, und daran, wie aufgebracht ihre jüngste Schwester gewesen war. Celeste fühlte sich so schuldig, weil sie in den letzten Jahren nur selten für sie da gewesen war, ganz besonders in den letzten Lebenswochen ihrer Mutter, als Evie sie am meisten gebraucht hätte. Aber wie konnte Celeste ihr jemals erklären, welches Gefühl ihre Mutter ihr vermittelt hatte? Evie würde das nie wirklich begreifen können.

Celeste saß auf ihrer Seite des Schreibtischs und betrachtete den leeren Stuhl, der ihr gegenüberstand und der einst der Platz ihrer Mutter gewesen war. Beinah konnte sie ihre Stimme hören.

»Du machst alles falsch«, hatte Penelope Hamilton ihr einmal gesagt, und sie konnte sich gut vorstellen, dass sie genau das auch jetzt wieder zu ihr sagen würde. »Du hast nie gewusst, wie du mit deinen Schwestern umgehen sollst, oder? Du warst nie so selbstbewusst wie sie oder ich. Du warst immer die Schwache, Celeste.«

Sie schüttelte den Kopf. *Immer* und *nie*. Das waren die Worte, die ihre Mutter ihr am häufigsten an den Kopf geworfen hatte, und sie waren stets dazu gedacht gewesen, sie zu verletzen.

»Du hast dich nie diesem Geschäft verschrieben«, behauptete sie häufig. »Du warst schon immer egozentrisch« war ein weiterer Lieblingsvorwurf gewesen. »Du hast mir noch nie Komplimente gemacht« ebenso, denn ihre Mutter war die Art von Mensch gewesen, die ständiges Lob brauchte. Alles musste gelobt werden, und wenn das nicht geschah, konnte das Leben zur Hölle werden.

»Du bist tot!«, schrie Celeste nun im leeren Studierzimmer. »Du bist *tot*! Also lass mich in Ruhe!«

Sie blinzelte das Bild und die Stimme fort, während ihr Herz wie wild raste. Sie hatte recht gehabt. Noch immer suchte ihre Mutter dieses Zimmer heim, und sosehr sie sich auch bemühte, es zu ignorieren, daran würde sich nichts ändern. Sie beugte sich vor und schlug sich die Hände vors Gesicht. Hier würde sie sich nie zu Hause fühlen, oder? Obwohl es das einzige Zuhause war, das sie je gekannt hatte. Solange sie sich an die Vergangenheit erinnerte, würde sie allgegenwärtig sein und alles durchdringen.

Sie schüttelte den Kopf. Sie hatte jetzt keine Zeit, darüber nachzudenken, und wollte gerade den nächsten Entschuldigungsanruf tätigen, als sie hörte, wie draußen in der Einfahrt ein Wagen hielt. Wahrscheinlich war es eine Lieferung für Gertie oder Evie und hatte nichts mit ihr zu tun, aber sie konnte der Versuchung nicht widerstehen, aus dem Fenster zu blicken. Zu ihrer Überraschung sah sie Julian Faradays grünen MG, der elegant vor der Eingangstür hielt. Das hatte ihr gerade noch gefehlt, dachte sie, lief aus dem Studierzimmer und durch den Korridor, während Frinton laut vor ihr bellte.

»Celeste!«, begrüßte Julian sie mit einem breiten Lächeln, als sie die Tür öffnete. »Wie geht es Ihnen?«

»Ich bin überrascht«, erwiderte sie. »Hatten wir Sie erwartet?«

»Nun, ich war gerade in der Gegend und dachte, dass Sie gerne wissen würden, wie es mit den Gemälden läuft.«

»Oh, okay«, sagte Celeste.

»Darf ich reinkommen?«

Sie öffnete die Tür weit genug, dass er eintreten konnte, und Frinton sprang an seinen marineblauen Cordhosen hoch.

»Hallo, Kleiner«, sagte Julian, zauste Frinton das Fell und wurde im Gegenzug abgeschleckt.

Celeste führte ihn in den Salon, und sie ließen sich auf den beiden einander gegenüberstehenden Sofas mit dem fadenscheinigen Teppich dazwischen nieder.

»Das ist ein sehr charmantes Zimmer«, bemerkte er. »Ich mag diesen kleinen Tisch und die Uhr.« Er nickte in Richtung der kleinen französischen Uhr auf dem Kaminsims. »Und das dort ist eine ganz exquisite Bowleschüssel«, sagte er und deutete auf ein blau-weißes Stück, das auf einem Tisch neben dem Kamin stand.

»Sie haben erwähnt, dass Sie ein paar Neuigkeiten zu den Gemälden hätten«, hakte Celeste nach und war wenig gewillt, den ganzen Tag dort zu sitzen und sich über Bowleschüsseln zu unterhalten.

»Ah, richtig. Sie erinnern sich, dass ich die Möglichkeit eines Privatverkaufs erwähnt hatte? Nun, wir haben jemanden, der an dem Fantin-Latour interessiert wäre«, erzählte er.

»Wirklich?«

»Wenn Sie dazu bereit wären, außerhalb einer Auktion zu verkaufen. Unsere Galerie verfügt über eine Liste von Kunden, mit denen wir in Kontakt stehen, für den Fall, dass solche Stücke auf den Markt kommen. Normalerweise sind sie bereit, den Höchstpreis zu zahlen.«

»Und sie haben es schon gesehen?«

»Noch nicht«, erwiderte Julian. »Wir haben ihnen Bilder und Informationen zugeschickt, und innerhalb der nächsten Wochen wird eine Kundin aus den Vereinigten Staaten anreisen.«

»Wow«, meinte Celeste. »Sie fliegt wegen unseres kleinen Gemäldes her.«

»Es ist aber nicht einfach irgendein kleines Gemälde«, entgegnete er.

»Vermutlich nicht«, sagte Celeste. »Trotzdem kann ich mir noch immer nicht richtig vorstellen, dass es an irgendeiner anderen Wand hängt als an unserer. Ist das komisch?«

»Keineswegs. Es wäre komisch, wenn Sie nicht so empfinden würden.«

»Aber wir müssen es verkaufen«, sagte Celeste und dachte laut. Sie konnte jetzt nicht mehr zurück – nicht, wenn jemand aus den Vereinigten Staaten mitsamt Scheckheft anreiste.

»Haben Sie schon einen Kostenvoranschlag für den Nordflügel eingeholt?«, fragte er.

»Noch nicht«, gab sie zu. »Es ist furchtbar, aber ich schiebe es vor mir her, bis wir tatsächlich etwas Geld auf dem Konto haben. Ich weiß, dass es nicht warten kann, aber mir graut davor. Die Wahrheit wird sehr viel schlimmer sein, als wir es uns alle vorstellen können, das weiß ich einfach.«

Sie schwiegen für einen Moment, dann räusperte sich Celeste.

»Und das war's?«, wollte sie wissen.

»Wie bitte?«, fragte Julian.

»Die Neuigkeit über den privaten Käufer des Fantin-Latour«, erklärte Celeste. »Deshalb sind Sie also vorbeigekommen?«

»Ja«, erwiderte Julian lächelnd. »Ich dachte, ich sage es Ihnen lieber persönlich.«

Celeste nickte. »Also, danke, dass Sie sich die Zeit dafür genommen haben«, sagte sie und erhob sich.

Julian wirkte verlegen. »Okay.«

»Das *ist* doch alles, oder?«, hakte sie nach, als sie seinen Gesichtsausdruck bemerkte.

»O ja«, versicherte er. »Das ist alles.«

Sie liefen durch die Eingangshalle, wo Julian stehen blieb, um das Barometer zu betrachten.

»Es zeigt auf ›Wetterwechsel‹«, stellte er fest.

»Das tut es immer«, erklärte Celeste. »Gleichgültig, was das Wetter macht.«

»Ich kenne einen Burschen, der das für Sie reparieren könnte«, schlug er vor.

»O nein!«, erwiderte Celeste. »Mir gefällt es. Es macht einen optimistisch, wenn das Wetter schlecht ist, und führt einem vor Augen, wie wichtig es ist, es zu genießen, wenn es gut ist.«

Er lächelte. »Das ist eine sehr schöne Art, es auszudrücken«, antwortete er, und gemeinsam gingen sie nach draußen. Die Sonne schien warm, doch es wehte eine leichte Brise, und der Duft von Rosen stieg ihnen beinah augenblicklich in die Nase.

»*Gertrude Jekyll*«, erklärte Celeste, »und *Evelyn*.«

»Wie bitte?«

»Die Rosen, die ich rieche.«

»Die Rosen, nach denen Ihre Schwestern benannt sind?«

»Genau. Zwei von Mutters Lieblingsdüften. Wir achten immer darauf, dass es viele rund um das Haus gibt. Sehen Sie nur.« Sie deutete auf ein Beet in der Nähe, auf dem die leuchtend pink- und apricotfarbenen Rosen in Hülle und Fülle wuchsen.

»Und wo ist Ihre?«

»*Celestial* ist gleich um die Ecke, aber ich fürchte, dass sie ihre besten Zeiten hinter sich hat. Sie blüht nicht öfter wie die David-Austin-Rosen. Aber sie hat eine besondere Schönheit, die nur sie besitzt.«

»Welche Farbe hat sie?«, fragte Julian.

»Hellrosa. Ihre Blütenblätter sind fast durchsichtig«, antwortete Celeste. »Sie ist eine äußerst gesunde und robuste Rose.«

»So wie Sie?«, wollte Julian wissen.

»Bei robust bin ich mir nicht sicher«, erwiderte Celeste.

»Für mich hört es sich an, als hätten Sie in letzter Zeit alles ziemlich gut überstanden, was Sie zu verkraften hatten«, meinte er zum Knirschen ihrer Schritte auf dem Kiesweg.

»Welche Wahl hätte ich denn gehabt?«, erwiderte sie mit einem Achselzucken.

»Nun, Sie hätten untergehen können. Vielen anderen Menschen wäre es so gegangen.«

»Untergehen?«, fragte sie.

»Nachgeben, aufgeben, weglaufen, verrückt werden«, sagte er.

»Das glaube ich nicht«, erwiderte sie.

»Sehen Sie? Sie sind eben robust«, wiederholte er lächelnd.

Sie zuckte die Achseln. »Ich versuche einfach, weiterzumachen. Ich habe hier eine Aufgabe zu erledigen. Wenn doch nur …« Sie unterbrach sich. Julian beobachtete sie einen Moment lang, bevor er nachhakte.

»Wenn doch nur?«

»Nichts«, antwortete sie, und plötzlich wurde ihr klar, dass sie hinaus in den Garten gegangen waren.

Sie blieb stehen und wandte sich um, um das Herrenhaus zu betrachten, dessen Zinnen und Steinkreuzfenster sich perfekt im klaren Wasser des Grabens spiegelten.

»Es ist schrecklich, so etwas zu sagen, weil ich dieses Haus wirklich liebe, aber es kommt mir nicht wie mein eigenes vor, verstehen Sie? Als ich hier aufgewachsen bin, war es das Haus meiner Großeltern und wurde dann zu dem meiner Eltern. Ich war stets nur auf der Durchreise. Als ich weggegangen bin, um zu heiraten, hätte ich nie gedacht, dass ich zurückkehren würde, und ich kann mich nicht gegen das Gefühl wehren, dass ich nicht länger ein Teil des Lebens hier bin.«

Julian runzelte die Stirn. »Ich bin mir sicher, dass Ihre Schwestern anders empfinden. Ich wette, sie lieben es, dass Sie wieder hier sind.«

»Sie lieben es, dass ich gekommen bin, um dabei zu helfen, alles in Ordnung zu bringen«, erwiderte sie und biss sich sogleich auf die Unterlippe. Was war nur an diesem Mann, das sie dazu brachte, so viel von sich preiszugeben? War es wie in dem alten Spruch, dass es leichter war, mit Fremden zu reden, als mit Freunden?

»Sie klingen so angespannt, Celeste. Sie finden es unmöglich, sich zu entspannen, nicht wahr?«, stellte Julian fest, und sie kehrten wieder zum Haus zurück und gingen unter einem Bogen hindurch, der von himmlisch duftenden cremeweißen Rosen überwuchert war.

»Das ist nicht wahr«, widersprach sie.

»Nicht? Also, Sie liefern jedenfalls eine ziemlich gute Imitation von jemandem ab, der sich nicht entspannen kann.«

»Vielleicht brauche ich einfach ein wenig länger als der Durchschnitt dazu.« Sie nahm einen tiefen Atemzug. »Riechen Sie mal«, forderte sie ihn auf.

Julian holte tief Luft. »Das ist wundervoll.«

Celeste nickte. »Das hilft mir beim Entspannen. Manchmal gehe ich hinaus in den Garten und tue nichts, außer zu atmen. Klingt das komisch?«

»Überhaupt nicht«, erwiderte er.

»Oft setze ich mich auf eine von der Sonne gewärmte Bank, schließe die Augen und atme ein. Selbst wenn die Rosen gerade nicht blühen, duftet es immer wunderbar.«

»Wie die Erde nach einem Regen«, ergänzte Julian.

»Ja«, sagte Celeste und sah ihn an. »Genau.«

»Darum will ich aus der Stadt wegziehen«, erzählte er, als sie in der Einfahrt und an seinem Wagen angelangt waren. »Ich will mehr riechen können als den Dunst des chinesischen Essens, der aus dem Abzug meiner Nachbarn steigt.«

Celeste lachte.

»Das ist das erste Mal, dass ich Sie lachen sehe«, bemerkte er, was Celeste sofort dazu brachte, damit aufzuhören. Die Unterhaltung erschien ihr plötzlich viel zu intim.

»Ich muss gehen«, sagte sie. »Die Arbeit wartet.«

Julian nickte. »Natürlich«, erwiderte er. »Ich halte Sie über den Fantin-Latour auf dem Laufenden.«

»Danke«, antwortete sie und beobachtete, wie er in den MG stieg und ihr zum Abschied winkte, bevor er losfuhr.

»Was wollte Julian?«, fragte Evie, die gerade aus dem Torhaus trat und bei Celeste stehen blieb.

»Er hatte Neuigkeiten über den Fantin-Latour. Gute Neuigkeiten, glaube ich.«

»Über einen möglichen Verkauf?«

Celeste nickte.

»Wie können das denn gute Neuigkeiten sein?«, fragte Evie und warf ihrer Schwester einen feindseligen Blick zu, bevor sie in den Garten marschierte, um ihre Wut zweifelsohne an irgendeinem armen Rosenstrauch abzureagieren.

# 16. Kapitel

Gertie sah auf ihr Handy. James hatte seit einer ganzen Woche nicht mehr angerufen und ihr außerdem in all der Zeit nur eine einzige SMS geschickt. Sie ließ sich auf der schmiedeeisernen Sitzbank nieder, die an der Außenmauer des Gartens stand. Vor ein paar Jahren hatten sie ein Beet mit ausschließlich weißen Blüten bepflanzt, zu Ehren des berühmten weißen Gartens von Sissinghurst in Kent, den die Schwestern schon häufig besucht hatten und der ihnen eine große Inspirationsquelle war. Neben makellosen weißen Rosen standen dort Lilien, Tulpen, Fingerhut, Windröschen, Rittersporn, Zierlauch und Jasmin. Seine wahre Pracht entfaltete sich am Abend, wenn die Blumen beinah wirkten, als würden sie leuchten, und ihnen ein geisterhaftes Glühen innewohnte.

Während sie nun hier saß, spendete die weiße Schönheit, die sie umgab, Gertie keinerlei Trost. Alles, wofür sie sich interessierte, war ihr Handy, und sie wünschte sich, dass es klingelte oder piepte. Irgendein Lebenszeichen, das ihr sagte, dass sie wichtig war und es verdient hatte, dass der Mann, den sie liebte, an sie dachte.

Sie schaute auf, doch ihre Augen betrachteten nicht die schneeweißen Blütenblätter der Rosen vor ihr. Stattdessen stellte sie sich einen Ort vor, der weit weg war. Sie und James hatten oft davon gesprochen, Little Eleigh zu verlassen, denn sie wussten, dass ihre Beziehung in dem Dorf niemals akzeptiert werden würde, hier, wo Erinnerungen Jahrzehnte überdauerten. Gertie wäre stets diejenige, die James seiner Frau ausgespannt hatte – seiner *querschnittsgelähmten* Frau. Man würde über sie tratschen, selbst wenn man sie nicht öffentlich meiden würde.

Obwohl es ihr das Herz brechen würde, ihr Zuhause zu verlassen, war sie gewillt, ihm zuliebe dieses Opfer zu bringen. Sie hatten sich endlos lange übers Auswandern unterhalten – in ein Bergdorf in Südfrankreich oder Italien vielleicht, irgendwohin, wo sie sich verlieren und von vorne anfangen konnten. Gertie hatte schon immer von einem Leben im Ausland geträumt, und es war ein Traum, an den sie sich klammerte, wann immer sie sich einsam fühlte, sich Sorgen über die Zukunft machte oder die Strapazen der Krankheit ihrer Mutter sie belastet hatten. *Wenn ich das durchstehe, gehe ich*, hatte sie sich gesagt. Nur dass es nicht so einfach gewesen war. Nach Penelopes Tod hatte es so viel zu tun gegeben, und Gertie war einfach nicht fähig gewesen, vor allem davonzulaufen.

Wenn James ihr doch nur irgendein Zeichen zukommen ließe, wann es so weit sein würde. Sie fühlte sich, als hätte sie vor langer Zeit zu atmen aufgehört und als sei ihr noch nicht gestattet worden, damit wieder anzufangen.

*Wenn ich es doch nur Celeste sagen könnte*, dachte sie und war davon überzeugt, dass die Last des Geheimnisses, das sie mit sich herumtrug, um einiges leichter wäre, wenn sie mit ihrer Schwester darüber reden könnte. Celeste war schon immer die beste Zuhörerin der Welt gewesen. Obwohl sie sich damit zurückhielt, anderen Leuten etwas über sich zu offenbaren, war sie dennoch die perfekte Vertraute, denn sie verurteilte einen niemals.

Gertie hatte ihrer älteren Schwester in all den Jahren so viele Ängste und Zweifel anvertraut – Ängste bezüglich der Schule, ihrer Freunde und der Zukunft, und auch Zweifel hinsichtlich ihrer Beziehungen. Celeste war immer für sie da gewesen mit ihrer beruhigenden Gelassenheit und einem weisen Nicken. Doch im Moment hatte sie selbst schon genug um die Ohren, und Gertie glaubte nicht, dass sie all ihre Sorgen bei ihr abladen konnte. Jedenfalls noch nicht.

Sie blickte auf ihre Armbanduhr und seufzte. Sie hatte genug Zeit schmollend verbracht und musste weitermachen. Es gab noch viel zu tun, bevor sie zum Abendessen mit ihrem Vater aufbrachen.

* * *

Marcus Coombs war untersetzt, mit kleinen Augen und einer Nase, die in seinem Gesicht viel zu lang wirkte, obwohl dieses schon recht groß war. Doch ungeachtet seiner sonderbaren Erscheinung besaß er ein ansteckendes Lachen, das ganze Räume erfüllte und den Leuten sofort das Gefühl gab, willkommen zu sein. Leider konnte man von seiner zweiten Frau Simone nicht das Gleiche behaupten.

»Ich *hasse* sie«, sagte Evie, als sie in die Einfahrt zum Haus ihres Vaters bogen.

»Das wissen wir«, erwiderte Gertie. »Du erzählst es uns jedes Mal, wenn wir zu Besuch sind.«

»Ich weiß nicht, warum Dad nicht einfach zu uns kommen kann«, fuhr Evie fort.

»Ich glaube nicht, dass Simone es ihm erlauben würde«, meinte Celeste.

»Warum nicht?«, fragte Evie.

»Na ja, er könnte beschließen, dass er lieber bei uns bleiben möchte, statt wieder zu ihr nach Hause zu kommen«, erklärte Celeste, und Evie kicherte.

»Ich könnte es ihm nicht verübeln«, bemerkte sie.

»Sie muss ihm das Leben zur Hölle machen«, vermutete Gertie.

»Nicht mehr, als Mum es getan hat«, entgegnete Celeste und dachte daran, dass das Zusammenleben mit ihrer Mutter ein Albtraum gewesen sein musste. Oft fragte sie sich, wie ihr Vater es so lange mit Penelope, ihren gefürchteten Stimmungsschwankungen und endlosen Beschimpfungen ausgehalten hatte, doch offenbar hatte er die Fähigkeit besessen, sie auszublenden. Bis zu dem Tag natürlich, an dem er genug gehabt hatte. Celeste erinnerte sich deutlich daran. Es war eine zermürbend ruhige Trennung gewesen, als ihr Vater einen bescheidenen Koffer gepackt hatte, die Treppe hinuntergegangen war und irgendeine nicht näher bestimmbare Melodie vor sich hin gepfiffen hatte.

»Was glaubst du, wo du hingehst?«, hatte Penelope ihm nachgeschrien.

»Weg. Ich verlasse dich«, hatte er erwidert, als sei das nur zu erwarten gewesen. Celeste, die damals fünfzehn gewesen war, hatte von der Salontür aus zugesehen, als ihr Vater einen letzten Blick auf das Barometer geworfen, beim Anblick des Wortes »Wetterwechsel« weise genickt und anschließend die Tür geöffnet hatte und ruhig hinausgegangen war.

Das Geschrei hatte erst später am Abend begonnen, als ihre Mutter alles an Celeste ausgelassen hatte.

»Es ist *deine* Schuld«, hatte Penelope ihrer Tochter vorgeworfen. »Er erträgt es nicht länger, in deiner Nähe zu sein. Du verdirbst den Leuten immer alles.«

Erst Jahre später hatte sich ihr Vater Celeste anvertraut. »Es war nicht leicht, deine Mutter zu lieben«, hatte er ihr erzählt,

»dabei hab ich es versucht. Ich hab es wirklich versucht.« Und Celeste hatte gewusst, dass er die Wahrheit sagte, denn auch sie hatte versucht, ihre Mutter zu lieben, und war daran gescheitert.

»Warum müssen wir uns das antun?«, jammerte Evie und holte Celeste in die Gegenwart zurück.

»Weil wir erwachsen sind und solche Dinge manchmal über uns ergehen lassen müssen«, erwiderte Celeste.

»Aber Simone hasst uns genauso, wie wir sie hassen.«

»Ja, aber Dad liebt sie, und ihm zuliebe müssen wir versuchen, mit ihr auszukommen«, erklärte Celeste.

»Aber sie gibt sich mit uns nie Mühe«, widersprach Evie, als der Morris-Minor-Transporter vor Oak House hielt, »und jedes Mal, wenn Dad das Zimmer verlässt, sagt sie etwas Gemeines.«

»Na ja, nicht wirklich gemein«, entgegnete Gertie. »Eher hinterhältig, oder?«

Celeste nickte. »Wie damals, als sie gesagt hat, dass du gut aussiehst.«

Evie stieß ein leicht irres Lachen aus. »Ja!«, rief sie. »Sie hat gesagt, dass mir das Gewicht, das ich zugelegt hätte, stehen würde!«

»Und das eine Mal, als sie mein Kleid bewundert hat«, erzählte Gertie, »und dann meinte sie, sie wünschte, das gäbe es auch in Größe S, damit auch sie eins haben könnte.«

Celeste lächelte. »Ich glaube nicht, dass es natürlich ist, so dünn wie Simone zu sein«, sagte sie.

»Nein«, erwiderte Evie. »Hat sie nicht einmal behauptet, Schokolade zu hassen? Wie soll man jemandem trauen, der keine Schokolade mag? Das ist unnatürlich, oder?«

»Ganz bestimmt«, antwortete Celeste, genoss ihr unbeschwertes Geplänkel und wünschte sich, dass es öfter so sein könnte.

»Und wenn sie noch ein einziges Mal behauptet, dass meine Fingernägel wie die eines Mannes aussehen, dann schwöre ich, dass ich schreie«, ergänzte Gertie.

Die Schwestern lachten gemeinsam, bevor sie aus dem Wagen stiegen.

Oak House war am Rande eines schönen Dorfs gelegen, in einer Gegend, die als »High Suffolk« bekannt war – das Gebiet im Nordwesten der Grafschaft, die für ihre hügelige Landschaft berühmt war. Das Haus an sich war wenig reizvoll. Oder zumindest nicht in Celestes Augen, der jeder Architekturstil, der nach der Arts-and-Crafts-Bewegung aufgekommen war, suspekt war – was auf dieses Haus zweifellos zutraf.

Noch immer fand sie es schwer nachvollziehbar, wie ihr Vater ein Haus im Neu-Tudorstil hatte kaufen können, wo er doch so viele Jahre in einem echten mittelalterlichen Herrenhaus gelebt hatte. Sie blickte zum schwarz-weißen Giebel hinauf und zuckte bei so viel Modernität zusammen. Drinnen sah es genauso aus, mit ordentlich verputzten Wänden und Böden, die weder schief waren noch knarrten. Andererseits hatte Oak House noch nie Feuchtigkeit oder Klopfkäferbefall gekannt, und es bestand nie auch nur die geringste Gefahr, dass man in den voll isolierten Räumen mit Zentralheizung fror.

»Gott, lieber würde ich einen Nachmittag mit Esther Martin verbringen«, meinte Gertie, als sie sich der Eingangstür näherten, vor der sich eine gepflegte kleine Veranda befand, auf der Simone einen Kübel mit Begonien platziert hatte. Celeste mochte Begonien nicht. Hauptsächlich deswegen, weil es keine Rosen waren.

»Heute Morgen hab ich bei Esther reingeschaut, um nachzusehen, ob alles in Ordnung ist, und sie hat mir fast den Kopf abgerissen«, erzählte Celeste.

»Ich hab es aufgegeben«, gab Gertie zu. »Ich hab es versucht – ich hab *wirklich* versucht, nett zu sein, aber sie ist der unhöflichste Mensch, der mir je begegnet ist.«

Evie seufzte. »Du kannst es ihr nicht verübeln, dass sie wütend ist, weil sie ihr Zuhause verlassen musste.«

»Aber eigentlich war es nicht ihr Zuhause«, entgegnete Celeste.

»Also, Grandpa hat gesagt, dass sie für den Rest ihres Lebens dort wohnen kann«, beharrte Evie.

»Ja, aber es ist leicht, so ein voreiliges Versprechen zu geben, wenn man nicht weiß, was die Zukunft bringt«, wandte Celeste ein. »An unserer Stelle hätte er dasselbe getan, da bin ich mir sicher.«

»Wirklich?«, fragte Evie, ehe sie auf den Klingelknopf drückte.

Celeste blickte sie vorwurfsvoll an, kam jedoch nicht mehr dazu, etwas zu erwidern, weil ihr Vater die Tür öffnete.

»Mädels!«, rief er und breitete die Arme aus, um sie alle zugleich zu umarmen. »Kommt rein. Kommt rein! Simone kocht schon den ganzen Tag für euch. Geht zu ihr, und gebt ihr einen Kuss.«

Evie verzog das Gesicht, spürte jedoch eine Hand im Rücken, die sie in Richtung Küche schob.

Die drei Schwestern traten gleichzeitig ein.

»Meine Süßen!«, rief Simone, ohne sich jedoch umzudrehen oder auf sie zuzukommen, um sie zu umarmen, was den Schwestern gerade recht war.

»Hallo, Simone«, grüßte Celeste in neutralem Tonfall. Gertrude tat es ihrer Schwester gleich, während Evie hinter ihnen etwas grummelte.

»Es riecht köstlich, oder, Mädels?«, meinte ihr Vater, als er die Küche betrat. »Was gibt es, Simmy?«

»Pilzrisotto«, antwortete sie, wendete für einen Moment die Augen vom Topf ab und schenkte ihm ein verkrampftes Lächeln. »Ich habe es dir schon gesagt, aber du hörst nie zu.«

Celeste zuckte zusammen, als sie hörte, wie ihr Vater auf diese Art getadelt wurde. Er schien die Kränkung jedoch nicht bemerkt zu haben und bot jeder etwas zu trinken an.

»Geht und setzt euch ins Esszimmer, Mädchen«, rief Simone.

»Sie *weiß*, dass ich Pilze nicht ausstehen kann!«, zischte Evie ihren Schwestern zu, als sie hinausgingen. »Das habe ich letztes Mal klar zum Ausdruck gebracht, als ich diesen riesigen Berg von Pilzen am Tellerrand übrig gelassen habe.«

»Wahrscheinlich hat sie es einfach nur vergessen«, vermutete Gertie.

»Na klar!«, sagte Evie. »Sie will mich einfach auf die Probe stellen. Sie weiß, wie nett und höflich wir in Dads Gegenwart sind, darum will sie uns provozieren, um herauszufinden, wie viel wir ertragen können.«

Sie gingen durch den Flur, und Celeste bemerkte den Heizkörper, der hinter einer Gitterverkleidung verborgen war. Der Fernseher im Wohnzimmer war ebenfalls hinter einer schicken Tür versteckt. Nichts in diesem Haus war es gestattet, einfach das zu sein, was es war.

Fünf Minuten später saßen alle am Esstisch, vor sich eine Portion Pilzrisotto aufgehäuft auf jedem Teller.

»Bist du nicht hungrig, Evelyn?«, fragte Simone. »Oder vielleicht hast du schon gegessen. Ihr Mädchen im Wachstum habt so einen wunderbaren Appetit, nicht wahr?«

Ihr Vater lachte und bemerkte den kleinen Seitenhieb offenbar nicht.

»Entschuldigt mich bitte«, sagte Evie und erhob sich.

Celeste und Gertie warfen ihr warnende Blicke zu.

»Ich muss zur Toilette«, erklärte sie.

»Ah!«, rief ihr Vater und gestikulierte mit der Gabel. »Unsere Gästetoilette ist außer Betrieb. Morgen kommt ein Klempner vorbei. Geh oben ins Bad. Weißt du, wo es ist?«

Evie nickte und verließ das Zimmer.

Das obere Badezimmer war Simones Reich – wie tatsächlich auch ganz Oak House. Evie konnte nur sehr wenig von ihrem Vater darin erkennen. Alles hier entsprach Simones Geschmack, von den rüschenbesetzten Vorhängen und Kissen bis zum gemusterten Tafelservice und zu den bestickten Servietten.

Im Badezimmer oben betrachtete sie die Regale, jedes voller Flaschen, Tinkturen und Cremes. Wahrscheinlich brauchte die zweite Frau ihres Vaters jede einzelne davon, damit ihr Gesicht sich nicht in das der bösen Hexe des Ostens aus dem »Zauberer von Oz« verwandelte, dachte Evie mit einem boshaften Kichern. Was in aller Welt sah ihr Vater in ihr?, fragte sie sich zum ungefähr hundertsten Mal.

Evie seufzte. Ihr war ein wenig schwindlig, doch das hatte nichts mit dem Pilzrisotto zu tun. Sie spritzte sich kaltes Wasser ins Gesicht und starrte ihr Spiegelbild an. Durch das blonde Haar wirkten ihre Augen größer und dunkler als je zuvor, doch sie war sich nicht sicher, ob ihr der Anblick gefiel. Momentan war sie sehr blass. Blasser, als sie es sich je hätte vorstellen können, aber vielleicht würde sich das ändern.

In diesem Moment piepte ihr Handy. Sie nahm es aus der Tasche und sah, dass es eine SMS von Lukas war.

*Vermisse dich. Komme zurück nach Suffolk.*

Evie stöhnte. Das hatte ihr gerade noch gefehlt. Was war nur mit ihm? Sie hatte ihn nie ermutigt. Nun, bis auf die paar Male, als sie mit ihm geschlafen hatte. Aber sie hatte ihm eindeutig klargemacht, dass sie keine Beziehung wollte – das war in der Tat das absolut Letzte, was sie wollte.

Für einen Augenblick dachte sie daran, wie er durch den Garten gegangen war. Er hatte eine komische, lässige, schlurfende Art, sich zu bewegen, als hätte er alle Zeit der Welt, was Evie aufregte, und doch schaffte er es immer, seine Aufgaben zu erledigen. Er wirkte einfach nie so, als würde er besonders hart arbeiten. Einer von der ganz entspannten Sorte, dachte Evie und wünschte, sie könnte sich eine Scheibe von ihm abschneiden, weil sie überhaupt nicht so war. Ihr kam es so vor, als wäre sie ständig in Eile und stünde permanent unter Druck, was natürlich ein Zeichen dafür war, dass das Geschäft gut lief, aber manchmal wünschte sie sich, dass sie sich ein wenig Freizeit gönnen und einfach nur … nun, Evie sein könnte.

*Aber genau das wirst du tun*, sagte sie zu ihrem Spiegelbild. *Nur nicht heute.*

Sie verließ die Ruhe des Badezimmers, lief am Treppenabsatz entlang und kam nicht umhin, zu bemerken, dass die Tür zum Schlafzimmer ihres Vaters einen Spalt weit offen stand. Neugier war schon immer eines von Evies schlimmsten Lastern gewesen und hatte sie in der Vergangenheit oft in Schwierigkeiten gebracht, doch trotzdem konnte sie nun der Versuchung nicht widerstehen, einen Blick hineinzuwerfen.

Das Schlafzimmer mit der blumengemusterten Tagesdecke und den ordentlichen Einbauschränken war typisch Simone. Es gab keines der üblichen Schlafzimmer-Gräuel wie eine freundliche Socke auf dem Boden oder eine Schublade, die nicht richtig schloss. Alles wirkte so präzise, und Evie wusste, dass es ihr unmöglich wäre, in einem solchen Zimmer zu schlafen.

Gerade wollte sie sich angewidert zum Gehen wenden, als ihr Blick auf etwas fiel. Dort, an der entfernten Wand, hing ein Rosengemälde, das sie sofort wiedererkannte. Sie stieß ein Keuchen aus, überquerte den Plüschteppich und betrachtete den einfachen Blumenstrauß, der mit sorgfältigen Pinselstrichen dargestellt war. Es war genau die Art von klassischer Komposition, die ihr Großvater bevorzugt hatte, und Evie wusste sofort, dass es tatsächlich aus seiner Sammlung stammte.

Es war unverkennbar. Aber was in aller Welt hatte es hier in Oak House zu suchen?, fragte sie sich.

Erneut holte sie ihr Handy raus und machte rasch ein paar Fotos von dem Gemälde, bevor sie nach unten zurückkehrte. Als sie das Esszimmer betrat, warf Simone ihr von ihrem Platz am oberen Ende des Tisches aus einen feindseligen Blick zu, der sich jedoch in ein Lächeln verwandelte, als ihr Vater vom Teller aufsah.

»Ah, da bist du ja, Evelyn. Wir dachten schon, du wärst ins Klo gefallen.«

Evie murmelte etwas und setzte sich.

»Dein Risotto ist kalt geworden«, bemerkte ihr Vater.

»Das ist eine Schande«, erwiderte Evie und handelte sich einen tadelnden Blick von Celeste ein.

»Also, ich weiß wirklich nicht, ob du jetzt ein Dessert verdient hast«, sagte Simone, als sei Evie ein Kind.

Ihr Vater stieß ein lautes Lachen aus und nahm sich dann eine Zeitung, was er gerne zwischen den Gängen tat, damit er sich nicht an einer Unterhaltung beteiligen musste. Evie nutzte die Chance, die Aufmerksamkeit ihrer Schwestern zu erhaschen, sobald Simone das Zimmer verlassen hatte, indem sie ihnen hektisch zuwinkte.

»Was ist denn, Evie?«, fragte Celeste nicht allzu subtil.

Evie räusperte sich. »Ich muss mit euch beiden reden«, antwortete sie und deutete auf den Flur.

Celeste und Gertie erhoben sich und entschuldigten sich bei ihrem Vater, der anscheinend nicht bemerkte, was vor sich ging.

»Was in aller Welt ist mit dir los?«, zischte Celeste, sobald sie im Flur waren.

»Ich habe gerade das Gemälde gesehen, von dem du erzählt hast«, antwortete Evie.

»Welches Gemälde?«, wollte Celeste wissen.

»Das fehlende Rosengemälde?«

»Was meinst du damit? Wo?«

»Oben. In Dads und Simones Schlafzimmer.«

Celeste runzelte die Stirn. »Bist du dir sicher?«

»Ja! Absolut!«

»Sei leise, Evie«, warnte Celeste.

Evie stöhnte. »Du *musst* gehen und es dir ansehen. Es ist unseres. Ich bin mir ganz sicher«, flüsterte sie eindringlich.

»Okay, okay«, erwiderte Celeste. »Ich werde mal nachsehen. Ihr beiden geht einfach und setzt euch wieder hin, und was immer ihr tut, sagt nichts.«

Evie kehrte mit Gertie ins Esszimmer zurück, und Celeste stieg leise die Treppe hinauf. Die Schlafzimmertür war noch immer angelehnt.

Sie holte tief Luft und trat ein. Wie schon ihre Schwester zuvor bemerkte Celeste die Ausstattung des Zimmers sowie die zahlreichen Kissen, die auf dem Bett aufgetürmt waren. Simone war eine dieser Frauen, die mehr Kissen als Freunde hatten, doch Celeste war nicht hier, um Kissen zu betrachten. Rasch entdeckte sie das Gemälde, von dem Evie ihr erzählt hatte.

»O nein«, sagte sie sich, denn es war in der Tat das fehlende Gemälde ihres Großvaters. Das, so dachte sie, war heikel. Sie wusste, dass ihre Mutter das Gemälde niemals ihrem Vater geschenkt hätte, und sie war sich ziemlich sicher, dass ihr Vater mit alldem ohnehin nichts zu tun hatte. Wahrscheinlich wusste er nicht einmal, dass es sich hier im Zimmer befand; solche Dinge fielen ihm nie auf. Wie war es also hierhergelangt? Celeste überlegte. Ihr Vater hatte noch lange nach seinem Weggang einen Schlüssel zum Herrenhaus besessen und war mehrmals zurückgekehrt, um Sachen abzuholen, aber war er zu dem Zeitpunkt schon mit Simone zusammen gewesen? Und hatte sie ihn bei einem solchen Ausflug begleitet und das Gemälde einfach gestohlen?

Vorsichtig nahm Celeste das Gemälde von der Wand und untersuchte es. Sie drehte es um und entdeckte die winzige Inschrift aus Tinte in der oberen linken Ecke.

»*Für Esme, in Liebe, von Arthur.*«

Nein, dachte sie, ihre Mutter hätte nie zugelassen, dass dieses Gemälde das Haus verließ.

Celeste hängte das Gemälde wieder an die Wand und kehrte nach unten zurück, doch es gab keine Gelegenheit, mit ihren Schwestern zu reden, weil das Dessert bereits serviert wurde.

»Du warst also auch auf der Toilette?«, fragte Simone Celeste. »Ich muss schon sagen, ihr Mädchen habt für euer Alter ziemlich schwache Blasen.«

Evie verdrehte die Augen, und schweigend aßen sie den Apfelstrudel.

Erst eine halbe Stunde später hatten die drei die Chance, ungestört miteinander zu reden. Simone machte Kaffee in der Küche, und ihr Vater hielt ein Nickerchen in seinem Lieblingssessel, wobei sein lautes Schnaufen signalisierte, dass er tief und fest schlief.

»Und?«, fragte Evie. »Hast du es gesehen?«

Celeste nickte. »Es ist tatsächlich unseres.«

»Ich hab es dir doch gesagt! Du musst gehen und es holen.«

»Ich kann es wohl kaum von der Wand nehmen und es unter meiner Jacke verstecken, oder?«, fragte Celeste entrüstet.

»Ich wüsste nicht, warum nicht«, entgegnete Evie. »Es gehört schließlich uns.«

»Celeste hat recht. Wir können es nicht einfach mitnehmen«, warf Gertie ein.

»Warum denn nicht?«, rief Evie.

»Sei leise«, warnte Celeste, als ihr Vater sich mit einem erschreckend lauten Schnarchen regte.

»Wenn das Gemälde so viel wert ist wie die anderen, dann können wir es uns garantiert nicht leisten, es hierzulassen. Was, wenn Simone es am Ende selbst verkauft? Wie würdest du das finden?«, fragte Evie.

Celeste schüttelte den Kopf. »Das würde sie nicht tun, oder? Nicht, wenn sie es schon so lange hat.«

»Aber vielleicht verliert sie das Interesse daran und beschließt, es zu verkaufen«, gab Gertie zu bedenken. »Hatte sie nicht mal eine Phase, wo sie diese grauenhaften Figürchen gesammelt und sie anschließend alle wieder verkauft hat, als sie ihr langweilig wurden?«

Celeste nickte. Das hatte sie ganz vergessen.

»Also, was machen wir?«, hakte Evie nach.

»Ich weiß es nicht«, erwiderte Celeste ehrlich.

»Denk auf jeden Fall nicht zu lange darüber nach«, sagte Evie, »oder ich werde selbst etwas unternehmen.«

# 17. Kapitel

Evie hatte keine Ahnung, wie die Aufgabe, sich um Esther Martin zu kümmern, ihr hatte zufallen können, doch wann immer etwas erledigt werden musste, waren Celeste und Gertie zufällig entweder am ganz anderen Ende des ummauerten Gartens oder völlig in Papierkram vertieft. Evie seufzte, als sie den Staubsauger in Esthers Zimmer brachte, während ihre neue Mieterin sicher aus dem Weg und in der Küche war.

Ehrlich gesagt hatte sie schon genug am Hals, auch ohne für Esther die Haushälterin zu spielen, dachte sie. Zunächst einmal würde Gloria Temple vorbeikommen, um die letzte Rosenauswahl für ihre Hochzeit zu treffen. Doch als Evie sich durchs Zimmer bewegte und dafür sorgte, dass alles blitzsauber war, konnte sie nicht anders, als mit der Frau zu fühlen, die aus dem Zuhause vertrieben worden war, das man ihr versprochen hatte, und die jetzt gezwungen war, mit einer Familie zusammenzuleben, die sie verachtete. *Sie muss sich ziemlich verunsichert fühlen*, dachte Evie.

»Ein bisschen wie ich«, flüsterte sie und fragte sich, wie es wohl wäre, wenn Celeste ihre Drohung, das Herrenhaus zu verkaufen, wahr machen würde. Wohin würden sie alle gehen? Evie konnte sich kein Leben außerhalb dieser sicheren Mauern vorstellen. Sie hatte noch nie ein anderes Zuhause gekannt, und sie wusste, dass es ihr das Herz brechen würde, wenn sie es verlassen müsste. War es das, was Esther gerade empfand?, fragte sie sich.

Trotzdem war es nicht nötig, dass die alte Frau sich die ganze Zeit über so unmöglich benahm. Für Unfreundlichkeit gab es keine Entschuldigung, beschloss Evie.

Sie schüttelte den Kopf und versuchte sich – wieder einmal – vorzustellen, wie es wohl wäre, so viel Hass im Herzen zu tragen. Sie und ihre Schwestern waren schließlich nicht direkt schuld am Tod ihrer Tochter, oder? Meine Güte, dachte sie, nicht einmal ihrem Vater konnte man einen Vorwurf machen. Schließlich war man nicht dafür verantwortlich, wer sich in einen verliebte, und genauso wenig dafür, dass derjenige nach Afrika reiste und sich irgendeine schlimme Krankheit zuzog.

Evie blieb neben einem kleinen Mahagonitisch stehen, auf dem Esther ein paar silbern gerahmte Fotos aufgestellt hatte. Auf einem sah man sie an ihrem Hochzeitstag – jünger und hübscher, aber trotzdem mit diesem missmutigen Ausdruck, der ihr permanent ins Gesicht geschrieben stand. Evie betrachtete ihren Mann, der in gewisser Weise resigniert aussah, als wüsste er, dass er mit der Wahl seiner Braut nie hundertprozentig zufrieden sein würde. Doch vielleicht interpretierte Evie zu viel in alles hinein. Wahrscheinlich hatten sie das wundervollste Eheleben gehabt und waren glücklicher gewesen, als es irgendeinem Paar zustand, obwohl Evie es sich nur schwer vorstellen konnte.

Ein weiteres Foto fiel ihr ins Auge.

»Sally«, flüsterte Evie, griff nach dem ovalen Bilderrahmen und starrte in das blasse Gesicht der schmerzlich vermissten Tochter. Sie stand unter einem seltsam geformten Baum, der das Afrikanischste war, was Evie je gesehen hatte – groß und dünn mit einem äußerst flachen Blätterdach. Sally hielt einen großen Strohhut in den Händen und trug ein weites blau-weißes Kleid. Das lange Haar hing ihr über die Schultern. Sie wirkte wie die Sängerin irgendeiner Folk-Band aus den Siebzigern. Ihr kleines Lächeln entlockte auch Evie eines, das sich jedoch bald in ein Stirnrunzeln verwandelte, als sie versuchte, sich vorzustellen, wie es wohl sein mochte, solch eine geliebte Tochter zu verlieren.

»Ich hab dir ein Buch rausgelegt.«

Evie machte vor Schreck beinah einen Satz, als Esther eintrat. Rasch stellte sie den Bilderrahmen zurück an seinen Platz und drehte sich um, als die grauhaarige Xanthippe ins Zimmer kam.

»Welches Buch?«, fragte Evie.

»Eins von denen aus der Kiste, die du dir angeschaut hast. Es liegt auf dem Couchtisch«, sagte Esther mit einem Nicken, und Evie ging zum Tisch, um es sich zu nehmen.

»Jerome K. Jerome«, las sie vor. »Das ist ein lustiger Name.«

»Für einen lustigen Mann. Und ein lustiges Buch.«

»Es ist lustig?«, fragte Evie und betrachtete den wenig verheißungsvollen Buchtitel »Drei Mann in einem Boot«.

»Ja«, erwiderte Esther. »Wenn du nur ein wenig Sinn für Humor hast, wirst du der gleichen Meinung sein. Achte mal auf den Hund. Vielleicht erinnert er dich an jemanden.«

Evie hob fragend die Brauen und beobachtete, wie Esther sich langsam in ihrem Ohrensessel niederließ.

»Ich bin mir nicht sicher, ob ich momentan in der Stimmung bin, über irgendetwas zu lachen«, sagte Evie.

»Versuch es einfach«, meinte Esther. »In Zeiten wie diesen können Bücher einem das Leben retten.«

Evie biss sich auf die Unterlippe und fragte sich, ob sie wieder auf den Tod ihrer Tochter oder den ihres Mannes anspielte, und sie konnte nicht umhin, sich mit der alten Frau ein wenig verbunden zu fühlen.

»Danke«, sagte sie. »Ich gebe es Ihnen, sobald ich kann, zurück.«

Esther winkte ab. »Es ist nicht eilig. Heutzutage gestatten mir meine Augen nicht mehr, viel zu lesen. Die Buchstaben sind so unerträglich klein, und ich komme nicht so oft in die Bibliothek, um mir Großdruckbücher zu besorgen.«

»Oh«, erwiderte Evie besorgt und konnte sich eine Welt ohne Bücher nicht vorstellen. Genau wie Gertie liebte sie Geschichten. Dann fiel ihr etwas ein. »Haben Sie schon mal einen Kindle ausprobiert?«

»Wie bitte?«

»Einen Kindle«, wiederholte Evie. »Das ist ein elektronischer Reader, und Sie können den Text so groß einstellen, wie Sie möchten.«

»Nie davon gehört«, antwortete Esther abweisend.

»Das heißt aber nicht, dass es nicht trotzdem etwas Tolles ist«, entgegnete Evie. »Ich leihe Ihnen meinen aus«, schlug sie vor und beschloss, ein paar der schlüpfrigeren Titel zu löschen, die sie bereits gelesen hatte.

Als sie mit der Ausgabe von »Drei Mann in einem Boot« in der Hand das Zimmer verließ und leise die Tür hinter sich schloss, musste Evie lächeln. Hatte sie gerade wirklich eine normale, friedliche Unterhaltung mit Esther Martin geführt? Das würden ihr Celeste und Gertie niemals glauben.

* * *

Celeste war erstaunlicherweise froh, dass sie einen Grund hatte, Julian Faraday so bald wieder zu kontaktieren. Das Gemälde, das sie im Schlafzimmer von ihrem Vater und Simone entdeckt hatten, ließ ihr keine Ruhe, also beschloss sie, die Fotos, die sie gemacht hatte, Julian zu schicken.

*Was denken Sie?*, schrieb sie ihm und nannte ihm die geschätzte Größe des Gemäldes. Sie war nicht überrascht, als er sie nur drei Minuten später zurückrief.

»Sie haben das verlorene Gemälde gefunden!«, rief er freudig.

»Nun, ja«, erwiderte sie und wollte es zu diesem Zeitpunkt nicht weiter ausführen. »Haben Sie eine Ahnung, von wem es stammt?«

»Durchaus«, antwortete er. »Es stammt von einem wenig bekannten englischen Künstler namens Paul Calman. Er hat in der Zeit zwischen den Weltkriegen gemalt – meist Stillleben, aber ab und zu auch ostenglische Landschaftsgemälde.«

Celeste räusperte sich. »Und? Ist es viel wert?«

»Nicht so viel wie die anderen«, erklärte Julian, »aber trotzdem ist es ein sehr schönes Gemälde. Ich müsste es natürlich sehen, um seinen Wert zu bestimmen, aber ich würde etwa um die fünftausend schätzen.«

»Verstehe«, murmelte Celeste und gestand sich ein, dass es nicht viel zur Familienkasse von Little Eleigh Manor beitragen würde. Doch zugleich wusste sie, dass sie es wieder bei sich zu Hause haben wollte, auch wenn es nur einen Fünfer wert wäre. Es war von ihrem Großvater für ihre Großmutter ausgewählt worden, und es gehörte ins Herrenhaus.

»Wo ist es?«, fragte Julian.

»Äh«, antwortete Celeste und biss sich auf die Unterlippe. »Momentan ist es nicht wirklich in unserem Besitz.«

»Klingt faszinierend«, erwiderte Julian. »Nun, vielleicht bekomme ich es irgendwann einmal zu sehen, und dann kann ich Ihnen eine vernünftige Einschätzung geben.«

»Ja«, sagte Celeste und dachte heimlich bei sich, dass das niemals geschehen würde.

»Ich fahre dieses Wochenende nach Suffolk«, fuhr er fort. »Ich dachte, dass ich mir vielleicht ein paar Läden anschauen könnte, die zur Miete infrage kämen. Sie wissen schon, meine verrückte Idee, ein Antiquitätengeschäft zu eröffnen.«

»O ja«, antwortete sie.

»Ich habe mich gefragt, ob Sie mich gerne begleiten würden. Wenn Sie nicht zu beschäftigt sind, natürlich.«

In diesem Moment ertönte draußen eine Hupe, und Celeste sah aus dem Fenster und erblickte den schmuddeligen weißen Transporter von Ludkin & Son.

»Julian, ich muss auflegen. Gerade ist jemand gekommen. Auf Wiedersehen«, verabschiedete sie sich und legte rasch auf, bevor sie zur Eingangstür eilte.

»Mr Ludkin«, sagte sie und streckte zur Begrüßung die Hand aus. »Kommen Sie bitte herein.« Seine Finger waren rau und weißlich verfärbt, als wären sie in Gips getaucht worden.

»Ist lange her«, erwiderte er und kratzte sich am ergrauenden Haar, das ebenfalls aussah, als sei es voller Gips. »Erinnern Sie sich an meinen Jungen?«

Celeste nickte. »Tim, richtig?«

Tim schlurfte einen Schritt nach vorn und nickte schüchtern. Er war etwas größer als sein Vater, oder wäre es zumindest gewesen, wenn er Kopf und Schultern nicht ganz so weit hätte herabhängen lassen.

»Kommen Sie rein«, forderte Celeste sie auf. »Ich bin mir sicher, dass Sie wissen, wohin wir gehen.« Sie ging voran in den berüchtigten Nordflügel, während Tim Ludkin nervös hinter ihr schniefte.

»Steht also immer noch alles, ja?«, fragte Mr Ludkin. »Ist es noch nicht in den Graben gestürzt?«

»Ich glaube, teilweise schon«, erwiderte sie.

»Oje, oje«, sagte er und schüttelte heftig den Kopf. »Ich liebe diese alten Häuser, aber manchmal machen sie mehr Ärger, als sie wert sind.«

»Ich weiß genau, was Sie meinen, aber wir müssen versuchen, es zu retten«, entgegnete Celeste.

»Und dieses Mal können wir uns tatsächlich an die Arbeit machen?«, wollte er wissen. »Sie holen sich nicht nur einen weiteren Kostenvoranschlag ein, der auf den riesigen Berg addiert wird, den ich Ihnen bereits ausgerechnet habe?«

»Dieses Mal machen wir uns an die Arbeit«, gelobte Celeste. »Ich fürchte, der ganze Nordflügel benötigt Aufmerksamkeit, aber es gibt ein Zimmer, um das Sie sich als Erstes kümmern müssen.« Sie verharrte vor dem Zimmer des Verderbens und nahm einen tiefen Atemzug, bevor sie die Tür öffnete. Die beiden Männer traten ein.

»Verstehe«, meinte Mr Ludkin vieldeutig, und Celeste sah besorgt, wie der Mund seines Sohnes aufklappte und seine Augen glasig wurden.

Plötzlich wollte Celeste überhaupt nicht mehr dort sein. »Wenn Sie hierauf und auf die anderen Zimmer in diesem Flügel einen Blick werfen könnten, wäre das großartig«, erklärte sie. »Natürlich gibt es andere Aufgaben im Haus, die in Angriff genommen werden müssen, aber ich denke, dass wir vorerst diesem Flügel oberste Priorität einräumen sollten. Kann ich Ihnen beiden eine Tasse Tee machen, ehe Sie mit der Arbeit anfangen?«

»Danke«, erwiderte Mr Ludkin. »Zu 'ner Tasse Tee hab ich noch nie Nein gesagt.«

Celeste überließ sie ihrer Arbeit und zog sich in die Küche zurück, wo sie spürte, dass sie zitterte.

»Du stehst das durch«, sagte sie sich, während sie ein paar stabile Tassen aus dem Schrank holte. »Du tust das Richtige.«

Trotzdem hörte sie noch immer die Stimme ihrer Mutter in den Tiefen ihres Bewusstseins.

*Dieses Geld kann für Sinnvolleres ausgegeben werden. Du solltest es ins Geschäft investieren – und es nicht auf ein Gebäude verschwenden.*

Penelope Hamilton hatte das Anwesen nie wirklich geliebt. Sie hatte es nur als Basis für das Geschäft toleriert, war gerne die schöne Gastgeberin in schöner Umgebung gewesen und hatte die Romantik des Gebäudes und seines Grundstücks genutzt, um potenzielle Kunden zu bezaubern. Doch es hatte ihr nie so viel bedeutet wie ihren eigenen Eltern. Es hatte sie nie in seinen Bann gezogen, und es hatte die Konsequenzen zu spüren bekommen. Konsequenzen, um die man sich nun kümmern musste.

Celeste machte den Tee und stellte die Tassen auf ein Tablett, zusammen mit einer kleinen Zuckerdose und einem Milchkännchen. Sie wünschte, dass sie nie mehr in den Nordflügel zurückkehren müsste. Sie wünschte, dass sie sich einfach verstecken könnte, bis die ganze furchtbare Angelegenheit vorüber war. Bisher hatte sie noch nicht einmal darüber nachgedacht, was sie mit dem Nordflügel machen würde, sobald er renoviert war. Er bot enorm viel Platz und würde einfach anfangen, erneut langsam zu verfallen, wenn er nicht genutzt wurde. Sie spielte in Gedanken alle Möglichkeiten durch. Vielleicht konnten sie ihn vermieten? Vielleicht gab es noch eine Esther Martin, die kommen und im Haus leben würde, oder vielleicht konnten sie die Räume als Fremdenzimmer anbieten, obwohl das Celeste nicht wirklich reizvoll erschien und Probleme bereiten könnte, sobald das Haus zum Verkauf angeboten werden würde.

Wie auch immer, dachte sie, sie musste sich nicht hier und jetzt entscheiden. Es gab genug zu tun, was erledigt werden musste, bevor sie anfangen konnte, über die Fertigstellung der Räume nachzudenken, und von Leuten erwarten konnte, darin übernachten zu wollen.

Sie kehrte mit dem Teegeschirr in den Nordflügel zurück und öffnete die Tür zum Zimmer des Verderbens, wo Mr Ludkin und sein Sohn noch immer den Schaden begutachteten. Sie stellte das Tablett auf einem der weniger vermoderten Fensterbretter ab und verharrte schweigend, während sie umherstreiften, Wände berührten und hinauf zur Decke und hinab auf die Dielen starrten. Sie fürchtete sich, fürchtete sich zutiefst vor dem, was ihnen wohl durch den Kopf ging.

»Mr Ludkin?«, fragte sie vorsichtig und war unfähig, die Spannung noch länger zu ertragen.

Er umkreiste den Haufen Schutt, der in der Mitte des Zimmers lag, und stieß mit der Stahlkappe seines Arbeitsstiefels dagegen.

»Na ja«, sagte er einen Augenblick später und kratzte sich erneut am Kopf, »ich hab schon Schlimmeres gesehen.«

»Ich nicht«, meinte Tim.

»Was ich eigentlich damit gemeint hab: Ich hab schon Schlimmeres gesehen, aber nicht, wenn jemand zur gleichen Zeit tatsächlich in dem Haus gewohnt hat.«

»Also, wir wohnen ja nicht in diesem Zimmer«, betonte Celeste.

»Da bin ich aber froh«, erwiderte er mit einem kleinen Lachen.

»Und haben Sie einen Blick in die anderen Zimmer und auf die feuchte Stelle im Korridor geworfen?«

»Alles schon gesehen«, antwortete er. »Ich erinnere mich gut an dieses Haus. Mache mir schon seit Jahren Sorgen darum, aber ich werd es mir noch mal gründlich zur Brust nehmen, bevor wir gehen, und schauen, wie viel Schaden noch angerichtet worden ist, seit ich das letzte Mal hier war.«

Celeste zuckte zusammen. »Ich bin einfach nur froh, dass wir jetzt endlich mit der Arbeit anfangen können«, meinte sie.

»Wenn Sie bereit sind, den Auftrag anzunehmen, natürlich. Wir müssten zuerst Ihren Kostenvoranschlag sehen.«

Mr Ludkin nickte, schlürfte seinen Tee, während er weiter durchs Zimmer lief, hier seinen Kopf schüttelte und dort scharf einatmete.

Er blieb noch eine weitere Stunde im Herrenhaus, machte Fotos und Notizen und murmelte seinem Sohn alle möglichen furchtbaren Dinge zu. Celeste versuchte, nicht hinzuhören. Sie wollte es gar nicht wissen. Endlich waren sie bereit zu gehen.

»Ich lassen Ihnen den Kostenvoranschlag nächste Woche zukommen«, sagte Mr Ludkin. »Machen Sie sich auf was gefasst.«

»Das werde ich«, erwiderte Celeste und beobachtete, wie die beiden Männer in den Transporter stiegen und wegfuhren.

Gertie lief über den Rasen mit einem Korb Eier in der Hand.

»War das Ludkin & Son?«, wollte sie wissen.

Celeste nickte. »Ja. Ich hab ihm gerade den Nordflügel gezeigt.«

»Was hat er gesagt?«, fragte Gertie.

»Er hat häufig den Kopf geschüttelt, mit der Zunge geschnalzt und mir gesagt, dass ich mich auf seinen Kostenvoranschlag gefasst machen soll.«

»Na ja, solange wir vom Verkauf der Gemälde genug auf der hohen Kante haben«, meinte Gertie.

Celeste seufzte. »Hoffen wir, dass es so sein wird.«

# 18. Kapitel

Celeste war sich nicht sicher, was genau sie geweckt hatte, doch sie war einfach nur froh, dass es nicht das Geräusch einer einstürzenden Decke irgendwo in den Tiefen des Hauses gewesen war. Sie lag regungslos da und starrte in die Dunkelheit ihres Zimmers, bevor sie die Nachttischlampe anknipste. Warmes Licht flutete den Raum und fiel auf Frinton, der am Fußende des Bettes lag und leise schnarchte. Sein kleiner haariger Körper sah wie ein kuscheliges Stofftier aus. Vorsichtig, um ihn nicht zu wecken, stand Celeste auf und blickte auf die Uhr. Es war kurz nach zwei.

In der Absicht, sich eine Tasse Kräutertee zu machen, ging sie die Treppe hinunter. Erst, als sie in der Eingangshalle stand, war sie ziemlich sicher, dass sie nicht die Einzige war, die mitten in der Nacht wach war. Jemand befand sich in der Küche.

Celeste seufzte, wusste sofort, wer es war und dass dies Ärger bedeutete. Tatsächlich war das Licht an, und die Geräusche von jemandem, der herumlief, waren zu hören.

Eines von Gerties liebsten Hobbys war das Backen, doch wenn es mitten in der Nacht stattfand, war das ein sicheres Anzeichen dafür, dass sie gestresst war. Der Anblick ihrer Schwester im Nachthemd, die in der Küche mit

Keramikschüsseln hantierte, sagte Celeste sofort, dass etwas nicht stimmte.

»Gertie?«, fragte sie und blieb auf der Türschwelle stehen, wie um zu prüfen, ob es sicher war, den Raum zu betreten. »Was machst du da?«

»Scones«, erwiderte ihre Schwester, ohne sich umzudrehen. Celeste sah, dass sie bereits zwei Bleche Fruchtscones frisch aus dem Ofen geholt hatte, und dem köstlichen Duft nach zu urteilen, war auch ein drittes schon fast fertig.

»Kann ich reinkommen?«

Gertie nickte, und Celeste ging zum Kessel.

»Möchtest du eine Tasse Tee?«

»Nein danke«, sagte Gertie. »Möchtest du einen Scone?«

Celeste lächelte. »Ich konnte deinen Scones noch nie widerstehen, egal zu welcher Tages- oder Nachtzeit.«

Gertie holte einen Teller aus dem Schrank, und Celeste beobachtete, wie sie einen warmen Scone aufschnitt, mit Butter bestrich und einen Augenblick später an den Tisch brachte.

»Willst du denn keinen?«, fragte Celeste.

Gertie schüttelte den Kopf. »Ich kann nicht.«

»Magst du reden?«

»Nein. Ich will backen.« Sie kehrte zum Ofen zurück und holte die letzte Ladung Scones heraus. Es gab nur wenige Erlebnisse, die angenehmer waren, als in einer von der behaglichen Wärme eines AGA-Ofens erfüllten Küche zu sitzen – ganz besonders, wenn es ein Ofen war, der gerade über dreißig Fruchtscones gebacken hatte. Doch obwohl es ein großer Genuss war, einen von Gerties Scones zu essen, wusste Celeste im Herzen, dass es ein Problem gab, das angesprochen werden musste.

»Gertie«, begann sie, ihre Stimme klang leise, aber bestimmt. »Setz dich.«

Ihre Schwester hielt inne und drehte sich um. Celeste sah, dass ihr Gesicht puterrot war, und sie glaubte nicht, dass dies allein von der Hitze des AGA-Ofens herrührte.

»Komm und sprich mit mir«, forderte sie sie einen Moment später auf, als Gertie sich noch immer nicht gerührt hatte. Schließlich setzte sich ihre Schwester zu ihr an den Tisch.

»Ist der Scone in Ordnung?«

»Der Scone ist perfekt«, versicherte Celeste, »aber ich will nicht über Scones reden.«

Gertie blickte auf ihre Hände unter dem Tisch hinab, wo sie sich, wie Celeste wusste, an den Nägeln pulte.

»Es ist ein Mann, nicht wahr?«, fragte Celeste, und Gertie nickte. »Ist es jemand, den ich kenne?«

»Spielt das eine Rolle?«

»Das weiß ich nicht. Sag du es mir.«

»Lieber nicht.«

»Was ist los? Was macht dich so unglücklich?«

Gertie schluckte schwer, und ihre dunklen Augen trübten sich vor Tränen. »Ich liebe ihn.«

»Das sollte dich nicht unglücklich machen«, erwiderte Celeste.

»Ich weiß.«

»Was ist denn passiert?«

»Er ruft mich nicht an, obwohl wir es ausgemacht haben, und ich sehe ihn so gut wie nie«, antwortete sie mit gedämpfter Stimme.

»War er es, mit dem du in Cambridge warst?«

»Woher hast du das gewusst?«

»Ein Schuss ins Blaue?«, erwiderte Celeste mit ironisch hochgezogener Braue.

»Das war die längste Zeit, die wir je miteinander verbracht haben«, sagte sie, »und es war wundervoll.«

»Und warum kann es nicht immer so sein? Ist er ein Workaholic?«

Gertie prustete kurz, beantwortete jedoch nicht die Frage.

»Gertie? Was hält ihn davon ab, dich zu sehen?«

Die Stille, die den Raum erfüllte, war beinah greifbar, und keine der Schwestern sprach.

»Gertie?«, hakte Celeste nach, und die Sorge lastete schwer auf ihr. »Sag es mir.«

Gertie sah sie über den Tisch hinweg an, und Celeste fürchtete, dass sie bereits wusste, was sie sagen würde, nur dass Gertie dazu nicht mehr die Gelegenheit erhielt.

»Was in aller Welt ist hier los?«, bellte Esther von der Tür aus und ließ die beiden Schwestern zusammenzucken. »Ich kann nicht schlafen bei dem Lärm, den ihr Mädchen veranstaltet.«

Gertie sprang vom Tisch auf, und Celeste wusste, dass der Moment vorbei war.

»Es tut mir so leid, Mrs Martin«, sagte sie. »Wir wollten Sie nicht stören.«

»Was macht ihr zwei um diese Zeit hier, wenn anständige Leute versuchen, zu schlafen?«

»Nichts«, antwortete Celeste. »Und wir beide gehen jetzt auch wieder ins Bett. Kommen Sie. Ich begleite Sie zurück in Ihr Zimmer.« Sie wandte sich um, um Gertie in die Augen zu sehen, doch ihre Schwester hatte ihr den Rücken zugekehrt. Ihre Unterhaltung musste ein andermal fortgesetzt werden.

* * *

Gertie gelang es recht gut, Celeste in den nächsten Tagen aus dem Weg zu gehen, was in einem Haus, das so groß war wie Little Eleigh Manor mitsamt der zugehörigen Gartenfläche, nicht weiter schwer war. Es war schon immer der perfekte Ort gewesen, um sich darin zu verlieren, wie Celeste herausgefunden hatte, als sie dort noch gewohnt hatte. Manchmal, wenn das Leben und die Familie ihr zu viel wurden, suchte sie sich eine kleine Ecke in einem vertäfelten Zimmer oder eine mit Blättern überwucherte Gartenlaube und versteckte sich, bis sie sich stark genug fühlte, um wieder herauszukommen. Vielleicht tat Gertie genau das, dachte Celeste und stellte sich vor, wie sie ihre Arbeit in irgendeiner ruhigen Ecke des Grundstücks verrichtete, wo sie nicht den Fragen der großen Schwester ausgesetzt wäre.

Celeste konnte nicht anders, als sich um sie zu sorgen. Hatte sie kurz davor gestanden, sich ihr neulich Nacht in der Küche zu offenbaren, bevor Esther Martin hereingeplatzt war? Celeste hatte das Gefühl, dass es sehr wohl so war, und es schmerzte sie, dass Gertie diese große Last alleine mit sich herumtrug. Doch sie konnte sie schließlich nicht dazu zwingen, ihr zu verraten, was los war, oder? Gertie wusste, wo sie sie finden konnte, wenn sie reden wollte. So gerne sie es auch täte, so konnte Celeste doch nicht die Tatsache leugnen, dass sie in den letzten Jahren nicht für ihre Schwestern da gewesen war. Evie würde ihr das wahrscheinlich nie verzeihen, dachte Celeste, und wahrscheinlich hatte sie recht. Celeste würde niemals wirklich verstehen, was Gertie und Evie in den letzten Monaten des Lebens ihrer Mutter durchgemacht hatten. Sie konnte nur ansatzweise versuchen, sich vorzustellen, wie es gewesen sein mochte.

»Aber ich hätte nicht da sein können«, sagte sie sich. Seit Penelopes Tod hatte sie es im Geiste immer wiederholt, doch im Herzen verspürte sie einen leisen Zweifel. *Hätte* sie sich am Ende mit ihrer Mutter versöhnen können? Sie glaubte das nicht ernsthaft, aber vielleicht hätte sie es wenigstens versuchen sollen.

Tränen der Frustration stiegen ihr in die Augen, und sie blinzelte sie fort und verfluchte die unmögliche Situation, in der sie sich befand: Sie *hätte* da sein sollen, doch sie hätte es *unmöglich* sein können.

Würde sie sich je von dem überwältigenden Schuldgefühl frei machen können, dass sie ihre Schwestern im Stich gelassen hatte? Sie hatten sie gebraucht – nicht nur in ihrer Eigenschaft als gute Verwalterin, um die Büroarbeit im Zaum zu halten, sondern als Schwester, mit der man reden und von der man sich trösten lassen konnte, wenn die Dinge allzu schlimm wurden. Selbst wenn sie nicht fähig gewesen wäre, sich mit Penelope zu versöhnen, hätte sie trotzdem da sein sollen – für Gertie und Evie.

»Ich habe sie enttäuscht«, sagte sie sich. »Aber nun kann ich es wiedergutmachen. Ich bin jetzt für sie da.«

* * *

Es waren eine längst überfällige Rechnung und ein paar Einkäufe, die Celeste am Samstagmorgen nach Lavenham führten. Sie hatte die ausstehende Rechnung von der Druckerei gefunden, von der sie all ihre Visitenkarten und ihr Briefpapier bezogen, und dachte, dass eine persönliche Entschuldigung ebenso überfällig war wie der Betrag an sich. Also war sie in den Ort gefahren, hatte auf dem Hügel neben der Kirche geparkt, war ins Zentrum gelaufen und dabei an Reihen von Fachwerkhäusern vorbeigekommen, die sich in den bedenklichsten Winkeln nach vorn und hinten neigten und in den Sommermonaten Horden von Touristen anlockten.

Sie kam gerade an einem Café vorbei, als sie ihn sah.

»Julian?«, fragte sie.

»Celeste!«, rief er mit einem überraschten Lächeln.

»Was machen Sie hier?«, wollte sie wissen und betrachtete den leer stehenden Laden, aus dem er gerade gekommen war.

»Ich sehe mir ein paar Immobilien an, wissen Sie noch?«

»Natürlich«, antwortete sie. »Für Ihre Antiquitäten?« Sie begutachtete den kleinen Laden mit dem Erkerfenster. »Taugt er was?«

»Zu klein«, erwiderte er. »Ich würde nicht einmal die Hälfte von dem hineinbekommen, was ich dort gerne hätte.«

»Wirklich? Also planen Sie, einen großen Warenbestand vorrätig zu haben?«

»Halbe Sachen zu machen hat keinen Sinn, oder?«, fragte er, und seine blauen Augen strahlten erfreut.

»Ich glaube nicht«, antwortete sie.

»Es ist schön, Sie zu sehen«, sagte er. »Geht es Ihnen gut?«

»Ja, danke«, erwiderte sie.

»Und Ihren Schwestern?«

»Ebenfalls«, sagte sie.

»Schön«, meinte er. »Ich denke oft an Sie drei in Ihrem Wasserschloss.«

»Wirklich?«

Er nickte. »Und ich wollte Sie wegen des Fantin-Latour anrufen«, erzählte er. »Möglicherweise habe ich …«

»Julian?«, unterbrach ihn eine Stimme hinter Celeste.

»Ah, da bist du ja, Miles«, antwortete Julian. »Ich hatte dich aus den Augen verloren.«

»Tut mir leid«, erwiderte der Mann. »Ich musste einen Anruf annehmen.« Er steckte sein Handy in die Jackentasche.

»Celeste«, sagte Julian, »das ist mein Bruder Miles.«

»Aha«, begann Miles, nahm Celestes Hand und schüttelte sie breit lächelnd. »Sie sind also der wahre Grund dafür, dass mein kleiner Bruder so viel Zeit in Suffolk verbringt, oder?«

Celeste spürte, wie ihr Gesicht bei dieser Andeutung heiß wurde, und sah, dass auch das von Julian sich dunkler färbte.

»Celeste ist eine Kundin«, erklärte Julian.

»So nennt man das also heutzutage?« Miles lachte kurz und zwinkerte Celeste zu.

Sie blickte zu ihm auf. Er war größer und breiter gebaut als Julian, aber seine Gesichtszüge waren ähnlich, und er hatte das gleiche dunkelrote Haar. Doch in etwas Wesentlichem unterschied er sich von ihm, das Celeste allerdings nicht in Worte fassen konnte.

»Lassen Sie mich Ihnen mit den Taschen helfen«, bot Miles an und nickte in Richtung der beiden Tüten, die Celeste in der linken Hand hielt.

»Oh, nein«, erwiderte sie. »Das geht schon. Ich habe es nicht weit.«

Doch Miles hatte sie ihr schon abgenommen. »Wo haben Sie geparkt?«

»Oben an der Kirche«, antwortete sie, und zu dritt liefen sie den Hügel hinauf.

»Mir war nicht bewusst, dass Suffolk so voll mit schönen Frauen ist«, bemerkte Miles und grinste Celeste an.

»Also, da bin ich mir nicht sicher«, meinte sie und versuchte, Julians Blick zu erhaschen, doch er sah entschlossen nach vorn.

»Haben Sie noch nie darüber nachgedacht, Suffolk gegen ein Leben in der Großstadt einzutauschen?«, fragte Miles.

»Nein, noch nie«, antwortete Celeste aufrichtig.

»Ich könnte Ihnen die besten Ecken zeigen, die London zu bieten hat«, schlug er vor. »Ich kenne sie alle. Restaurants, Clubs, Theater – wir könnten viel Spaß haben.«

Celeste musste lächeln, als Miles den Kopf neigte, um ihre Reaktion einzuschätzen.

»Reizt Sie das nicht?«, wollte er wissen.

»Eigentlich nicht«, erwiderte sie, als sie an ihrem Wagen ankamen.

»Sie wissen ja nicht, was Sie verpassen«, entgegnete er neckend.

Celeste schüttelte amüsiert den Kopf. »Danke, dass Sie meine Taschen getragen haben«, sagte sie.

»Kein Problem«, erwiderte er. »Dafür sind diese Muskeln schließlich da.«

Celeste wirkte überrascht angesichts dieser Aussage.

»Du trainierst nicht, oder, Julian?«, fuhr Miles fort und wandte sich an seinen Bruder, nachdem er die Einkaufstüten auf dem Rücksitz von Celestes Morris Minor abgestellt hatte.

»Das weißt du doch«, antwortete Julian. »Ich laufe viel lieber, als im Fitnessstudio zu schwitzen.«

»Ja, aber das Laufen lässt deine Muskeln nicht wachsen – und alle Frauen lieben Muskeln«, entgegnete Miles. »Ich trainiere viermal die Woche, manchmal auch öfter.«

Celeste sah Julian an, als wollte sie ihn fragen, wie die Unterhaltung eine so seltsame Richtung hatte einschlagen können, doch der schüttelte nur den Kopf.

»Wir haben ein modernes, top ausgestattetes Fitnessstudio in unserem Gebäude«, fuhr Miles fort und scherte sich anscheinend nicht um die Meinung seiner Begleiter. »Es ist erstklassig. Natürlich bin ich der fitteste Mann dort. Nicht mal die jungen Hüpfer können bei meinem Tempo mithalten. Fühlen Sie nur mal diesen Bizeps, Celeste.«

Celeste musste zweimal hinhören. »Wie bitte?«

»Na los! Fühlen Sie mal«, forderte er sie auf und zog die Jacke aus.

»Sie will deine Muskeln nicht anfassen, Miles«, warnte Julian.

»Unsinn! *Jede* Frau will meine Muskeln spüren.«

»Ich glaube, ich verzichte«, sagte Celeste und war von Miles' Verhalten völlig verwirrt.

Miles runzelte die Stirn. »Ihnen entgeht etwas. Wenn ich nur an all die Frauen denke, die gerne meinen Körper in die Finger kriegen würden.« Er stieß ein seltsames Prusten aus, und erneut trafen sich Celestes und Julians Blicke. Julian verdrehte nur die Augen.

»Ich glaube, ich sollte mich lieber auf den Weg machen«, meinte Celeste und wandte sich zum Gehen.

»Siehst du, Jules«, sagte Miles, »du hattest schon immer ein Händchen dafür, Frauen zu verscheuchen.«

»Wir sollten uns besser auch aufmachen, was, Miles?«

»Es macht dir immer wieder Spaß, mich zu blamieren, oder?«, fragte Miles plötzlich.

»Nein, tut es nicht«, erwiderte Julian ruhig.

»Doch! *Doch*, tut es«, fuhr Miles fort, und sein Lächeln war einem zutiefst verärgerten Blick gewichen.

»Hören Sie, ich mache mich besser auf den Weg«, sagte Celeste.

»Nein, warten Sie kurz«, bat Julian, und Celeste sah, wie er sich an Miles wandte. »Würde es dir etwas ausmachen, uns für eine Minute allein zu lassen?«

Miles starrte seinen Bruder finster an. »Nimm dir alle Zeit, die du brauchst«, sagte er. »Ich bin weg. Ich habe es satt, in diesem Kaff herumzuhängen.«

Sie sahen zu, wie Miles den Hügel hinabmarschierte und in die Stadt zurückkehrte.

»Was zum Teufel war denn das?«, fragte Celeste, sobald Miles sicher außer Hörweite war.

»Beachten Sie ihn gar nicht. Er ist ein Idiot.« Julian fuhr sich mit der Hand durchs Haar. Er wirkte durcheinander, und es war ein Anblick, den Celeste nicht gewohnt war. »Hören Sie, ich wollte Sie anrufen. Ich habe gute Neuigkeiten bezüglich des Fantin-Latour.«

»Okay«, sagte Celeste.

»Also ist es in Ordnung, wenn ich vorbeikomme?«

»Natürlich«, erwiderte sie.

»Wäre es Ihnen morgen recht?«

»Ich denke schon«, antwortete sie.

»Sind Sie immer noch an Ihren Schreibtisch gekettet?«, wollte er wissen.

»So ungefähr.«

»Okay, dann komme ich vormittags vorbei, wenn es passt.«

»Das wäre in Ordnung.«

»Schön«, meinte er. »Aber jetzt sollte ich besser schauen, dass ich das mit Miles kläre.«

»Wir sehen uns morgen«, erwiderte sie, und er winkte ihr zum Abschied zu, bevor er sich wieder auf den Weg in die Stadt machte.

Celeste blieb stehen und beobachtete ihn für ein paar Minuten. Aus irgendeinem Grund raste ihr Herz, und sie brauchte einen Moment, um zu begreifen, weshalb. Miles Faraday hatte sie an jemanden erinnert. Jemand, der in ihr Verwirrung, Wut und Angst zugleich ausgelöst hatte. Jemand, von dem sie vernünftigerweise Abstand genommen und gehofft hatte, jemandem wie ihm nie wieder zu begegnen.

Ihre Mutter.

# 19. Kapitel

Celeste nahm Frinton auf einen Spaziergang mit, ging auf dem Damm am Fluss Stour entlang und dann hinaus in die Felder in Richtung Duke's Wood. In der Nacht hatte es geregnet, und sowohl Hund als auch Frauchen waren begeistert von den Düften, die der Regen dem Wald entlockt hatte. Celeste atmete die würzige Luft tief ein und schwelgte in der frühsommerlichen Stille und der weichen Erde, die ihre leichten Schritte auffing.

Duke's Wood war seit dem ersten, kostbaren Tag, an dem sie ihn für sich entdeckt hatte, einer von Celestes Lieblingsorten gewesen. Ihre Gedanken kehrten in die Vergangenheit zurück, als sie sich daran erinnerte, wie sie mit zerkratzten und blutenden Knöcheln durch die Stoppelfelder gerannt und in Richtung der Bäume geflohen war, ohne zu wissen, wohin sie lief.

Der Wald hatte sie wie in einer grünen Umarmung willkommen geheißen und sie vor der Welt versteckt, während sie sich am Stamm einer geschmeidigen Buche niedergelassen hatte. Ihr wilder Herzschlag hatte sich langsam normalisiert, und sie hatte beobachtet, wie ein Reh zwischen den Bäumen umherlief, und dem Gesang eines Rotkehlchens gelauscht, das im Stechpalmendickicht saß.

Sie kam gerade an genau dieser Stelle vorbei und erinnerte sich an den Trost, den sie ihr gespendet hatte, während sie versucht hatte, die Worte ihrer Mutter aus ihrem Kopf zu verbannen.

»Geh mir aus den Augen, du nutzloses Mädchen!«

Es waren noch mehr Worte gefallen – kalte, verletzende Worte, scharf wie Feuersteine –, zu schmerzhaft, um sich an sie zu erinnern, doch sie hatten Narben in ihrem Herzen hinterlassen. Celeste war im Wald sitzen geblieben, bis es aufgehört hatte, wehzutun, bis das Tageslicht erloschen war und der Wald in Dunkelheit getaucht lag.

Sie hatte nicht nach Hause gehen wollen, doch wo sollte ein dreizehnjähriges Mädchen sonst hin? Also war sie in der Abenddämmerung heimgelaufen, mit den gespenstischen Schatten der Bäume als einziger Gesellschaft.

»Wo warst du denn?«, hatte Evie gerufen, sobald Celeste die Eingangstür geöffnet hatte. »Du hast dein Abendessen verpasst. Es gab Siruptorte zum Nachtisch.«

Gertie hatte besorgter gewirkt. »Geht es dir gut?«, hatte sie gefragt, und Celeste hatte genickt.

»Ich hab einfach die Zeit vergessen«, hatte sie geschwindelt.

»Da bist du ja, Liebling«, hatte ihre Mutter geflötet. »Wir dachten schon, du wärst dieses Mal endgültig weggelaufen. Ich wollte dein Zimmer schon an einen netten Studenten vermieten.«

Celeste hatte in das lächelnde Gesicht ihrer Mutter gestarrt. Anscheinend hatte sie den gesamten Vorfall von vorhin schon vergessen und erwartete dasselbe von Celeste, doch das konnte sie nicht. Wie auch? Doch ebenso wenig konnte sie darüber reden. Stattdessen schwankte sie zwischen Schmerz und Verwirrung und war unfähig, ihre Gefühle in Worte zu fassen, selbst wenn sie den Mut besessen hätte, ihre Mutter zur Rede zu stellen oder sich ihren Schwestern anzuvertrauen.

Nun erinnerte sie sich an diesen Abend, als sie mit Frinton durch den Wald lief. Seltsam, wie die Vergangenheit den Orten anhaftete. Sie würde Duke's Wood für immer mit diesem einsamen Abend aus ihrer Teenagerzeit assoziieren.

Sie blickte hinauf in das leuchtende Grün der Buchenblätter und überlegte, wie lange dieser Abend nun wohl schon her war, und doch trug sie das Teenagermädchen noch immer in sich. Sie war noch immer da, die junge Celeste, und versteckte sich hinter den Erinnerungen, die seitdem gesammelt worden waren. Man musste nur an der Oberfläche kratzen, um sie wiederzufinden.

Vielleicht war es die Begegnung mit Julians Bruder, die sie dazu gebracht hatte, an das Ereignis von damals zu denken. Miles Faraday haftete dieselbe Kälte und Gleichgültigkeit an, die auch ihre Mutter besessen hatte. Ebenso dieselbe Direktheit und der Mangel an Empathie für die Gefühle aller anderen. Es hatte sie erschüttert, dies auch bei jemand anderem zu erleben.

In diesem Moment begann Frinton, am Fuß einer großen Eiche zu bellen, auf die sich ein Eichhörnchen geflüchtet hatte. Celeste beobachtete, wie er auf den Hinterbeinen hüpfte und seine Ohren aufstellte, als ob ihm die arme Kreatur jeden Moment ins offene Maul fallen könnte. Sie lachte. Wenn sie doch nur als junges Mädchen einen Foxterrier gehabt hätte. Sie besaßen die Gabe, sofort jeglichen Kummer zu lindern.

Celeste war froh, bei ihrer Rückkehr vom Spaziergang Julians MG zu sehen, der gerade in der Einfahrt hielt. In gewisser Weise fühlte sie sich jedes Mal beruhigt, wenn er in der Nähe war. Er hatte die verblüffende Fähigkeit, ihren Trübsinn zu vertreiben und sie aufzumuntern, und ihr fielen nicht viele Menschen ein, die das konnten. Es wäre jammerschade, seine Freundschaft zu verlieren, sobald die Angelegenheit mit den Gemälden abgeschlossen war. Er war ein wirklich liebenswerter Mann.

»Hallo«, rief sie, während sie sich ihm näherte.

»Guten Morgen«, grüßte er fröhlich und beugte sich hinab, um Frinton zu streicheln, der ihm über die Einfahrt entgegengestürmt war. »Waren Sie spazieren?«

»Im Wald.«

»Schön«, erwiderte er. »Ein perfekter Tag, oder?«

»Den ganzen Morgen hab ich geschickt das Studierzimmer gemieden.«

»Gut für Sie«, sagte er.

»Eine Tasse Tee?«, fragte sie.

»Gerne«, antwortete er, und gemeinsam machten sie sich auf den Weg und betraten einen Augenblick später das Haus.

Celeste servierte den Tee im Salon, und da fing Julian an.

»Also, ich glaube, ich habe ein paar gute Neuigkeiten für Sie.«

»Ist es die Käuferin aus Amerika?«

Julian nickte. »Sie ist ganz versessen darauf, uns ein Angebot für den Fantin-Latour zu machen.«

»Sie glauben also, dass es besser wäre, direkt an sie zu verkaufen, ohne Auktion?«

»Nun, das hängt davon ab, wie schnell Sie das Geld brauchen.«

»Ziemlich schnell.«

»Das habe ich mir gedacht«, sagte er.

»Ja, wir kriegen bald einen Kostenvoranschlag für die Arbeiten, und ich fürchte, dass er schwindelerregend hoch sein wird.«

»Das kann ich mir vorstellen«, meinte Julian. »Also, sie hat mir gesagt, dass sie das Gemälde haben will, und wenn Kammie Colton etwas will, spielt die Summe, die sie bereit ist zu zahlen, keine Rolle. Sie können quasi alles verlangen.«

»Wirklich?«, fragte Celeste und dachte noch immer an den Kostenvoranschlag. »Es wäre sicherlich schön, etwas Geld auf der hohen Kante zu haben.«

»Ich habe viel über Fantin-Latour und die in den letzten Jahren für seine Bilder erzielten Preise recherchiert, Sie werden also keinen Verlust erleiden, wenn Sie nicht den Weg einer Auktion beschreiten. Auktionen können außerdem sehr riskant sein – so vieles hängt an diesem Tag vom Glück ab –, daher sind Sie vielleicht tatsächlich deutlich besser bedient, wenn Sie die Dinge außerhalb des Auktionszimmers regeln.«

Celeste nickte. »Ich weiß Ihren Rat in dieser Angelegenheit ehrlich zu schätzen.«

»Dafür bin ich da«, sagte er. »Es ist ein besonderes Gemälde, und Ihnen zuliebe sähe ich gerne, dass es einen guten Preis erzielt. Ich weiß, wie viel es Ihnen bedeutet.«

»Danke«, erwiderte sie.

»Da gibt es nur eine Kleinigkeit, die noch zu klären wäre.«

»Ach?«

»Mrs Colton fliegt nächste Woche nach England, um das Gemälde in London zu sehen. Es klingt danach, als hätte sie auch Recherchen über Ihre Familie angestellt, und Sie hat Interesse daran bekundet, Sie alle kennenzulernen und das Haus und die Gärten zu besichtigen.«

»Wirklich?«, fragte Celeste und wurde nervös.

»Ich glaube, sie will einfach noch etwas mehr über den Hintergrund des Gemäldes wissen. Ein Rosengemälde, das einer Familie gehört, die Rosen züchtet und in einem mittelalterlichen Wasserschloss lebt, hat offenbar ihre Fantasie beflügelt. Sie ist Amerikanerin. So etwas gibt es bei denen nicht. Sie hat sich sehr über die Aussicht gefreut, Little Eleigh Manor zu sehen.«

»Haben Sie mit ihr darüber geredet?«

»Ja«, gab Julian zu. »Ich habe gesagt, dass es in meinen Augen kein Problem darstellen sollte, dass ich aber lieber erst mit Ihnen sprechen will. Also, was denken Sie?«

Celeste zögerte, bevor sie antwortete. »Ich bin mir überhaupt nicht sicher, um ehrlich zu sein«, gestand sie und fühlte sich plötzlich sehr ängstlich.

»Nicht?«, fragte Julian. »Es würde nur ein paar Stunden in Anspruch nehmen, und es würde ihr viel bedeuten. Sie kommt den ganzen weiten Weg aus Amerika, um dieses Geschäft abzuschließen, und soviel ich weiß, ist sie ein richtiger England-Fan. Dieser Ausflug würde sie glücklich machen. Und ich werde sie natürlich begleiten. Sie müssten sich um nichts davon selbst kümmern.«

Celeste nickte.

»Aber ich kann verstehen, wenn Sie keine Fremde in Ihrem Zuhause wollen«, fuhr Julian fort. »Ein Wort von Ihnen, und ich werde sie wissen lassen, dass es nicht machbar ist.«

Celeste biss sich auf die Unterlippe. Jetzt kam sie sich gemein vor. »Natürlich kann sie kommen«, sagte sie schließlich, »und wir machen Gurkensandwiches und einen schönen Victoriakuchen, wenn sie das glücklich macht.«

»Wirklich?«, fragte Julian. »Ich bin mir sicher, dass sie begeistert wäre.«

»Und ich werde einfach die ganze Zeit an ihr Scheckbuch denken«, erwiderte Celeste.

Julian lachte. »Dann werde ich also einen Tag und eine Uhrzeit für den Besuch festlegen?«

Celeste nickte. »Und? Wie sind Sie in Lavenham zurechtgekommen?«, erkundigte sie sich. »Haben Sie schließlich noch den richtigen Laden gefunden?«

»Leider nicht«, antwortete er. »Keiner war wirklich passend.«

»Also ist es Ihnen ernst mit der Eröffnung eines Antiquitätenladens?«

»O ja«, sagte Julian. »Es wird Zeit, verstehen Sie? Und Sie haben dazu beigetragen, mich zu inspirieren.«

»Ich?«, fragte sie überrascht.

»Mit Ihrer mutigen Entscheidung, Ihre Gemälde zu verkaufen und in die Zukunft zu blicken.«

»Das war aber kein Mut – das war Panik!«

Julian lächelte. »Gleichwohl hat es mich dazu gebracht, über meine Zukunft nachzudenken und damit anzufangen, Pläne zu schmieden.«

»Nun, ich freue mich für Sie. Ich glaube, es passt zu Ihnen.«

»Tatsächlich?«

Sie nickte. »Sie haben die richtige Persönlichkeit.«

»Ach ja?« Julian wirkte überrascht.

»Sie mögen Menschen. Sie verstehen sich mit ihnen. Ich bin mir sicher, dass sie Ihnen die Tür einrennen werden.«

»Danke«, sagte er und wirkte plötzlich verlegen. Eine Pause entstand, bevor Celeste fortfuhr.

»Julian?«

»Ja?«

»Ihr Bruder …«

»Ja, ich muss mich entschuldigen, falls er Sie gestern beleidigt hat. Er kann manchmal etwas«, Julian überlegte kurz, »unsensibel sein.«

Celeste blickte Julian an und fragte sich, ob sie mutig genug war, auszusprechen, was ihr auf dem Herzen lag. »Ich wollte Sie seinetwegen etwas fragen«, begann sie zögerlich. »Er hat mich an jemanden erinnert.«

»Wirklich?«

Sie nickte.

»An wen?«, wollte Julian wissen.

Celeste holte tief Luft. »Meine Mutter«, antwortete sie.

»Ah«, erwiderte Julian. »Hatte sie eine Persönlichkeitsstörung?«

Celeste runzelte die Stirn. »Was meinen Sie damit?«

»Miles – mein Bruder ... Er leidet an einer Persönlichkeitsstörung, obwohl er mich windelweich prügeln würde, wenn ich so etwas ihm gegenüber auch nur erwähnen würde. Man bezeichnet sie als narzisstische Persönlichkeitsstörung – um es beim vollen, beeindruckenden Namen zu nennen. Es handelt sich um einen Formenkreis, der alle möglichen Symptome hat – manche stärker ausgeprägt als andere. Im Grunde ist er der egozentrischste Mensch, den man sich vorstellen kann, nur hundertmal schlimmer. Es fällt ihm schwer, sich in andere hineinzuversetzen, und er kann jeden Moment auf einen losgehen, wenn man ihm nicht gibt, was er will.«

Celeste blinzelte überrascht. »Das kommt mir alles schrecklich bekannt vor«, sagte sie. »Wollen Sie damit sagen, dass es sich um eine anerkannte Störung handelt?«

Julian nickte. »Im Internet gibt es jede Menge zu dem Thema, und man kann Tests machen, um zu sehen, wo man in dem Spektrum angesiedelt ist. Es ist faszinierend«, erklärte er. »Bevor ich darauf gestoßen bin, habe ich manchmal geglaubt, verrückt zu werden. Ich konnte einfach nicht begreifen, warum Miles solche Dinge sagte und sich absolut unverzeihlich verhielt und dann – im nächsten Augenblick – so tat, als sei nichts geschehen.«

Celeste lachte und schlug sich dann beschämt die Hand vor den Mund.

»Sie wissen also, was ich meine?«

»Das könnte man so sagen«, erwiderte sie und starrte in den Kamin, während ihr der Kopf schwirrte. Dann erhob sie sich und schloss die Salontür, als ihr klar wurde, dass sie von dem, was Julian ihr anvertraute, fasziniert war und dass sie ganz versessen darauf war, mehr zu erfahren und ihm noch mehr zu erzählen.

»Meine Mutter«, begann sie, als sie sich wieder hinsetzte, »wenn ich ihren Stolz auch nur geringfügig verletzt habe, hat sie stets damit gedroht, mich zu enterben, und hat mich tagelang ignoriert – manchmal auch wochenlang. Und dann plötzlich verhielt sie sich wieder, als wäre nichts passiert. Das hat mich immer völlig verwirrt. Ich kam mir vor, als würde ich in ihrer Nähe die ganze Zeit wie auf rohen Eiern gehen. Ich hab mich stets gefragt, wann sie wohl ihren nächsten Ausbruch haben würde. *Wann* und nicht ob. Denn das war das Einzige, dessen man sich sicher sein konnte: Irgendwann würde er kommen.«

»Genau wie Miles also«, sagte Julian.

»Dann ist es also nicht bloß Stolz, Eitelkeit oder Egoismus?«, fragte sie.

»Nein, nein. Es ist etwas, das sehr viel tiefer geht und, wie ich fürchte, nicht leicht zu behandeln ist. Es gibt keine magische Pille oder Heilung. Diese Art von Störung ist so tief verwurzelt, dass es einem solchen Menschen nahezu unmöglich ist, sich zu ändern. Einer der Gründe dafür ist, dass sie glauben, sie wären im Recht. Schließlich sind sie doch perfekt, verstehen Sie, und wenn man es wagt, dies infrage zu stellen, behaupten sie, dass der Rest der Welt sich irrt.«

»Ja«, erwiderte Celeste nickend. »Genau das ist es.«

»Ich habe in der Vergangenheit schon versucht, Miles auf Dinge hinzuweisen, und ihm gesagt, dass sein Verhalten schlicht nicht akzeptabel ist und ich es nicht länger hinnehmen werde, und manchmal habe ich gedacht, dass er mich verstanden hätte. Aber das hat er nicht. Hin und wieder gibt es ruhige Phasen in unserem Leben, in denen wir fähig sind, einander wie normale Menschen zu behandeln, und ich mich beinahe dazu hinreißen lasse, zu glauben, dass er sich geändert hat, dass er auf mich gehört und wirklich verinnerlicht hat, was ich gesagt habe. Doch dann kommt der nächste Ausbruch, und mir wird bewusst, dass er sich keineswegs geändert hat – und es nie tun wird.«

Celeste hörte zu, ohne ihn zu unterbrechen, und beobachtete Julian, während er mit im Schoß gefalteten Händen am Rand des Sofas saß. Er sprach so ruhig über das alles, doch sie fragte sich, ob er genau wie sie innerlich tobte.

»Haben Sie je mit dem Gedanken gespielt, einfach wegzulaufen?«, fragte sie ihn.

»Ich habe schon häufig gedacht, dass es einfacher wäre, die Beziehung zu ihm abzubrechen und Abstand zu halten«, gab er zu, »aber ich kann den Gedanken nicht ertragen. Es erscheint mir einfach nicht richtig, obwohl es vielleicht das Gesündeste wäre, weil es ein endloser Teufelskreis aus emotionaler Misshandlung ist.« Er verstummte. »Alles in Ordnung?«

Celeste nickte und merkte, dass sie Tränen in den Augen hatte. Noch nie zuvor hatte sie mit irgendjemandem über dieses Thema gesprochen – jedenfalls nicht richtig. Ihre Schwestern wussten ein wenig über das, was sich zwischen ihr und ihrer Mutter abgespielt hatte, doch sie waren immer zu sehr in alles verstrickt gewesen und hatten ihr nicht beistehen können. Daher war es gewissermaßen eine Erleichterung, zu erkennen, dass sie nicht die Einzige war, die so etwas erlebt hatte.

»Ich habe es noch nie zuvor als emotionale Misshandlung betrachtet«, gestand sie.

»Leider ist es aber genau das«, erwiderte er und schenkte ihr ein winziges Lächeln, »und es tut mir leid, zu hören, dass Sie das auch durchmachen mussten. Manchmal wünschte ich mir, Miles würde mir einfach nur eine runterhauen und es dabei bewenden lassen. Ich glaube, dass das langfristig weniger schmerzhaft wäre, und dann würden die Leute wenigstens verstehen, was los ist. Aber diese Art der Misshandlung … Die Leute verstehen sie nicht wirklich, es sei denn, sie haben sie schon selbst erlebt.«

Celeste sah wieder in den Kamin, und ihr Blick verschwamm vor Tränen. »Ich habe immer geglaubt, es wäre meine Schuld, dass Mum sich so verhalten hat.«

Julian schüttelte den Kopf. »Es war nie Ihre Schuld, Celeste.«

»Aber all die Dinge, die sie gesagt hat. Woher kam das alles?«

Julian seufzte. »Manchmal sagt Miles unglaublich verletzende Dinge und ist dazu noch nachtragend – im Hinblick auf richtige Kleinigkeiten, die oft schon Jahre her sind. Sie scheinen sich in seinem Kopf anzusammeln und platzen dann in Form einer abscheulichen Flut von Beschimpfungen aus ihm heraus. Manchmal fühlt es sich an, wie von einem Bulldozer überfahren zu werden, und es grenzt an ein Wunder, dass ich hinterher noch lebe.«

Celeste schaute ihn an. »Ich habe nie gewusst, was ich tun oder sagen sollte, wenn Mum so war. Es schien einfach keine passenden Worte zu geben, also habe ich geschwiegen. Ich habe versucht, alles zu verdrängen, und mir gesagt, dass ich es mir eingebildet haben musste und dass sie nicht wirklich solche Dinge gesagt haben konnte. Aber dann geschah es wieder.«

Für einen Moment schwiegen beide, wie um das Gesagte und die Erinnerungen abzuwägen, von denen sie einander erzählt hatten.

»Ich wünschte, ich könnte es, doch ich werde niemals die Dinge vergessen können, die sie zu mir gesagt hat«, fuhr Celeste fort. »Ich habe es versucht. Ich habe es *wirklich* versucht, doch sie sind immer da, bereit, jederzeit an die Oberfläche zu kommen und mich wieder dazu zu bringen, mich elend zu fühlen.«

»Aber Sie müssen es weiter versuchen«, meinte Julian. »Sie müssen das alles loslassen. Jetzt, da wir erwachsen sind, finde ich es leichter, mit Miles umzugehen. Wir müssen einander nicht sehen, wenn wir es nicht wollen. Doch es war anders, als wir noch Kinder waren.«

»War er schon als Kind so?«

Julian nickte. »Und damals gab es kein Entkommen. Mum und Dad haben einfach geglaubt, er wäre ein bisschen komisch und egoistisch, aber diese Charakterzüge sind schlimmer geworden, je älter er wurde. Ich wusste, dass etwas daran eigenartig war, aber erst, als ich einen Online-Artikel über diese Störung entdeckt habe, ist es mir klar geworden. Plötzlich ergab alles einen Sinn. Ich bin die Checkliste der Symptome durchgegangen, und mein Bruder hatte praktisch alle. Ich konnte nicht glauben, was ich sah. Jetzt ertappe ich mich häufig dabei, dass ich ihn analysiere, als sei er irgendeine Fallstudie und kein richtiger Mensch. Es ist seltsam.«

»Und Sie wollten wirklich die Beziehung zu ihm nie einfach abbrechen?«, fragte Celeste.

»Manchmal schon, aber es erscheint mir einfach nicht richtig«, antwortete er. »An manchen Tagen – und das sind tatsächlich großartige Tage – wirkt er so normal und charmant, dass es unmöglich ist, ihn *nicht* zu mögen. Aber dann bekommt seine Fassade Risse, und der echte Miles kommt zum Vorschein, und dieser andere Mensch, auf den ich einen kurzen Blick erhaschen konnte, verschwindet einfach.« Julian nahm einen Schluck Tee. »Ich bin mir sicher, dass auch Sie gute Tage mit Ihrer Mum erlebt haben, oder?«

Celeste stieß ein kurzes Lachen aus. »In meiner Erinnerung herrscht ein heilloses Durcheinander, weil das Gute in gewisser Weise immer mit dem Schlechten kombiniert war.«

»Wie zum Beispiel?«, wollte er wissen.

Celeste nahm sich einen Moment Zeit, um sich zu erinnern. »Zum Beispiel das eine Mal, als sie mir diese Stoffpuppe gekauft hat. Ich muss ungefähr acht Jahre alt gewesen sein. Ich erinnere mich daran, dass ich sie in einem Geschäft in der Stadt entdeckt hatte. Ich muss sie stundenlang angestarrt haben. Mum ist also direkt ins Geschäft gegangen und hat sie mir gekauft. Ich habe diese Puppe so sehr geliebt. Sie saß immer am Fußende meines Bettes, und ich habe ihr lustige kleine Kleidungsstücke gebastelt. Aber ich werde nie vergessen, was meine Mum gesagt hat, als sie sie mir gekauft hat: ›Dein Vater kauft dir nie solche Geschenke, oder?‹ Es erschien mir so seltsam, dass sie das gesagt hat, und damals habe ich es nicht verstanden, aber so etwas hat sie häufig getan. Es war, als ob sie an anderen Leuten gemessen werden wollte.«

»Als wäre sie die Beste?«, vermutete Julian.

»Genau.«

»Miles ist auch so. Wir wollten zusammen auf eine Party, um den Geburtstag eines Freundes zu feiern. Im Grunde war er Miles' Freund, aber ich war ihm ein paarmal begegnet und mochte ihn. Jedenfalls habe ich Miles gefragt, ob er irgendwelche Ideen hätte, was ich ihm schenken könnte. Ich hatte gehört, dass er Whisky mag, und Miles sagte: ›Irgendeine Flasche reicht. Gib aber nicht zu viel aus.‹ Nun, ich hatte gerade die Kaution für meine Wohnung in London bezahlt und war so gut wie pleite, aber ich habe eine ganz ordentliche Flasche gefunden. Jedenfalls kam ich zur Party und sah entsetzt, wie Miles Anthony die teuerste Flasche Whisky geschenkt hat, die ich je gesehen hatte. Sie können sich meine Blamage vorstellen, als ich ihm meine kleine Flasche überreicht habe.«

»Die anderen ausstechen«, sagte Celeste. »Das hat mich immer in den Wahnsinn getrieben. Mum hat sich ständig mit anderen Leuten verglichen. Sie hat dauernd Dinge gesagt wie: ›Deine Tante Louise könnte meinen Job nicht machen‹, oder: ›Tante Ledas Haar wird dünn. Hast du es bemerkt? Es ist nicht so dicht und glänzend wie meines.‹ Als ob ich mich um solche Dinge geschert hätte.«

Julian lächelte mitfühlend.

»Und sie konnte anderen Menschen gegenüber unglaublich charmant sein«, fuhr Celeste fort. »Oft habe ich fasziniert beobachtet, wie sie sie unterhalten hat. Sie hat sich in dieses strahlende, umwerfende Geschöpf verwandelt, und alle hingen an ihren Lippen, und ich habe ständig versucht, den Menschen, den ich sah, mit dem, den ich hinter verschlossenen Türen kennengelernt hatte, in Übereinstimmung zu bringen.«

Julian nickte, als würde er verstehen.

»Sie hat diesen Charme auch eingesetzt, um Freunde zu gewinnen. Immer wieder bin ich Zeuge davon geworden. Sie hat sie mit Leichtigkeit an Land gezogen, doch sie konnte sie nicht halten. Früher oder später loderte etwas in ihr auf. Das geschah immer. Die einzigen Freunde, die sie sich bewahren konnte, waren diejenigen, die sie nicht oft gesehen hat. Sie hatten das Glück, ihren Ausbrüchen zu entgehen. Daher wusste ich, dass ich wegmusste«, erzählte sie, »und deshalb habe ich mich in die Ehe geflüchtet. Es war ein Fehler, doch zu der Zeit erschien es mir wie ein wundervoller Ausweg. Ich habe versucht, mir etwas aufzubauen – ein neues Leben –, aber ich habe nur ein neues Durcheinander geschaffen.« Sie schloss die Augen.

»Hören Sie«, sagte Julian und erhob sich. »Ich habe Sie mit alldem ermüdet.«

Celeste sprang auf. »Nein, nein«, beteuerte sie. »Nun, vielleicht ein wenig. Ich kann das alles noch immer nicht richtig begreifen.«

»Es ist eine komplizierte Angelegenheit«, räumte er ein, »aber vielleicht hilft es Ihnen, zu verarbeiten, was in der Vergangenheit geschehen ist. Zumindest können Sie daran erkennen, dass nichts davon Ihre Schuld war. Das war es, womit ich ewig nicht klargekommen bin. Ich hab mich immer verrückt gemacht und versucht, zu verstehen, was ich hätte tun können, um die Dinge zu ändern. Das dürfen Sie sich nicht antun, Celeste. Sie sind ein guter Mensch. Ein wirklich guter

Mensch.« Der Ausdruck in seinen Augen war weich und zärtlich, und Celeste war tief gerührt von seiner Sorge um sie.

»Danke«, erwiderte sie. »Das ist alles so … so unglaublich.« Sie lächelte vorsichtig. »Aber es hat gutgetan, mit Ihnen über all das zu reden. Ich konnte noch nie mit Gertie und Evie darüber sprechen.«

Julian nickte verständnisvoll. »Und wenn Sie jemals wieder darüber reden möchten – oder über irgendetwas anderes –, dann wissen Sie, wie Sie mich erreichen können«, bot er an.

Sie nickte.

»Passen Sie auf sich auf«, sagte er, streckte eine Hand aus und drückte ihr sanft die Schulter. Es war eine so simple Geste, doch sie ließ Celestes Augen vor Tränen glänzen.

# 20. Kapitel

Gertie band eine großartige pinkfarbene Rose namens *Summer Blush* hoch. Sie war eine der beliebtesten Rosen der Hamiltons, doch sie brauchte zu dieser Jahreszeit, wenn die Pflanze voller schwerer Blüten hing, eine Stütze. Gertie nahm sich die nötige Zeit, zog vorsichtig den Faden fest und ging mit der Nase dicht an eine ganz besonders makellose Blüte, deren schwerer Duft die Welt sofort zu einem besseren Ort machte.

Sie seufzte und wünschte sich, dass Rosen die Macht besäßen, alle Sorgen zu vertreiben. James wich ihr auffallend häufig aus, schickte ihr per SMS eine Ausrede nach der anderen, warum sie sich nicht treffen konnten, und brach ihre ohnehin schon kurzen Unterhaltungen ab, wann immer Gertie versuchte, über ihre gemeinsame Zukunft zu sprechen.

Seitdem sie mitten in der Nacht so viele Scones gebacken hatte, hatte sie sich alle Mühe gegeben, einer Unterhaltung mit Celeste aus dem Weg zu gehen, und hatte beschlossen, dass jetzt nicht der richtige Zeitpunkt war, um irgendetwas zu beichten. Zwar wollte sie unbedingt mit jemandem über die Situation reden, in der sie sich befand, doch sie fragte sich ständig, was ihre große Schwester denken würde. Celeste hatte noch nie jemanden verurteilt, doch Gertie war noch immer unsicher, wie ihre Schwester auf die Neuigkeit reagieren würde, dass sie etwas mit einem verheirateten Mann hatte. Schließlich konnte man die Reaktion eines Menschen nicht vorhersehen, oder? Und Gertie hegte die große Angst, dass Celeste schlecht von ihr denken würde.

Nicht zum ersten Mal verfluchte sich Gertie für die Lage, in die sie sich selbst gebracht hatte. Warum, o warum nur hatte sie keinen anderen kennenlernen können? *Irgendeinen* anderen? Doch es war Wahnsinn, mit Dingen zu hadern, über die sie keine Kontrolle hatte. Gertie war die Art von Mensch, die sich von ihrem Herzen leiten ließ, und das Nachdenken über ihr Dilemma würde nichts bringen. Sie war verliebt, und das konnte nicht einfach wegdiskutiert werden, indem sie ein paar harte Worte über den moralischen Aspekt der Sache an sich selbst richtete.

Gerade hatte sie begonnen, sich dem *Summer Blush*-Strauch zu widmen, als sie einen jungen Mann über dic Brücke laufen und den Wassergraben überqueren sah. Er war groß, mit blondem Haar, das ihm unordentlich ins Gesicht fiel, und er trug einen großen Rucksack.

»Lukas?«, rief Gertie freudig überrascht.

Er winkte ihr zur Begrüßung, und sie schüttelten einander die Hand, als sie sich neben dem runden Rosenbeet vor dem Haus trafen.

»Wie geht es Ihnen, Miss Hamilton?«

»Gertie! Du musst mich Gertie nennen. Und es geht mir sehr gut. Und dir? Ich wusste nicht, dass wir dich zurückerwartet haben.«

»Also«, antwortete er und blickte auf seine großen Wanderstiefel hinab, »ich war mir nicht ganz sicher, was ich vorhatte, aber«, er zuckte die Achseln, »hier gefällt es mir. Ich habe es wirklich vermisst.«

Gertie nickte und wusste genau, was er meinte: Er hatte Evie vermisst.

»Also, wie geht es euch allen?«, fuhr er fort.

Gertie atmete tief durch. »Ich fürchte, ich habe schlechte Neuigkeiten.«

»Eure Mum?«

»Ja. Sie ist im Mai gestorben.«

»O Gott, das tut mir so leid. Wie kommt ihr damit klar? Wie hat Evie es verkraftet?«

»Es war eine schwere Zeit für sie«, erzählte Gertie. »Es gibt gute und schlechte Tage.«

Lukas nickte. »Ich wünschte, ich wäre für sie da gewesen.«

»Wahrscheinlich war es besser, dass du nicht da warst«, versicherte Gertie. »Aber lass uns jetzt nicht darüber reden. Sag mir, wie war … Wohin bist du noch mal gegangen?«

»Überallhin«, erwiderte er. »Ich bin für eine Weile runter nach Cornwall gegangen und habe in St Ives gemalt. Dann bin ich rauf in den Lake District und dann runter nach London, um die Galerien zu besuchen.«

»Und jetzt zurück nach Suffolk?«

Er grinste. »Es ist ein ziemlich guter Ort für einen Künstler.«

»Das ist es tatsächlich«, sagte sie und erinnerte sich an frühere Unterhaltungen, die sie über die heimischen Künstler Gainsborough und Constable geführt hatten.

»Ist, äh, Evie da?«, fragte er schüchtern.

Gertie nickte. »Ich glaube, sie ist im Gartenschuppen. Komm mit.«

Sie gingen durch den Garten in Richtung der kleinen Reihe von Schuppen, in denen alle Arten von Werkzeugen und Gerätschaften aufbewahrt wurden, mit denen man Rosen bearbeiten konnte.

»Evie?«, rief Gertie. »Du errätst nie, wer hier ist.«

Evie steckte ihren blonden Kopf aus dem Schuppen, ihre dunklen Augen weiteten sich, und ihr Mund klappte auf. »Lukas?«

»Hallo, Evie«, sagte er, ging auf sie zu und drückte ihr einen Kuss auf die Wange, bevor sie protestieren konnte.

»Was machst du hier?«

»Bin gekommen, um dich zu sehen«, erwiderte er nur und fuhr sich mit der Hand durch das blonde Haar, das ihm über die Augen gefallen war.

Eine peinliche Stille entstand, als die beiden einander anstarrten und darauf warteten, dass der andere etwas sagte. Es war Gertie, die das Schweigen brach.

»Willst du ihn nicht auf eine Tasse Tee und einen Happen zum Essen einladen?«, fragte sie.

»Ich denke schon«, antwortete Evie, klang dabei jedoch furchtbar verärgert darüber, dass ihre Arbeit von einem freundlichen und äußerst gut aussehenden jungen Mann unterbrochen worden war.

# 21. Kapitel

Evie hantierte mit Blumentöpfen, während Lukas versuchte, mit ihr zu sprechen.

»Lass mich dir helfen«, sagte er.

»Ich brauche keine Hilfe«, erwiderte sie.

»Aber ich will helfen.«

»Wir können es uns nicht leisten, dich wieder einzustellen«, erklärte sie und vermied es, ihm in die Augen zu sehen.

»Du glaubst, dass ich wegen eines Jobs hier bin?«

»Etwa nicht?«

»Nein«, antwortete er. »Ich habe es dir doch gesagt: Ich bin gekommen, um dich zu sehen.«

»Also, es war schön, dich zu treffen, aber jetzt muss ich mich wirklich an die Arbeit machen.« Evie streifte ihn im Vorbeigehen und ging mit einer Rosenschere in der Hand zu den Blumenbeeten.

»Ich dachte, dass ich vielleicht wie letztes Mal hier wohnen könnte«, fuhr er fort und folgte ihr rasch.

»Was?«, rief sie.

»Hier wohnen?«

»Unmöglich«, erwiderte sie abrupt.

»Warum?«

»Weil wir das Haus renovieren lassen und schon jemanden haben, der hier wohnt.«

»In meinem alten Zimmer?«, fragte Lukas.

Evie antwortete nicht. Sie kam sich gemein vor, weil es diverse Zimmer gab, in denen Lukas problemlos übernachten könnte, doch sie wusste nicht, was sie davon halten sollte, dass er vierundzwanzig Stunden am Tag in ihrer Nähe war. Noch immer musste sie den Schock verarbeiten, dass er wieder aufgetaucht war.

»Ich helfe bei der Hausarbeit«, schlug er vor.

»Ich bin mir nicht sicher, ob das eine gute Idee ist, okay?« Der Klang ihrer Stimme ließ ihn sichtlich zusammenzucken, und er gab nach.

»Okay«, sagte er.

Sie seufzte. »Hör mal, Lukas, ich weiß nicht, was du hier willst, aber ich fürchte, dass du womöglich umsonst gekommen bist.«

»Liegt es nicht an mir, das zu entscheiden?«

Für einen Augenblick hielt sie gegen ihren Willen inne.

»Da ist nichts zwischen uns«, flüsterte sie.

Lukas neigte den Kopf. »Aber da war etwas, oder?«, fragte er und wirkte nun ernsthaft verwirrt.

Evie steckte bis zu den Ellbogen im Kompost, was wohl auch besser war, denn so würde er nicht sehen können, dass sie zitterte.

»Ich brauche meinen Freiraum, Lukas«, sagte sie.

»Freiraum? Aber ich war doch monatelang weg«, erwiderte er.

»Bitte«, flehte sie, und ihre Augen wirkten groß und verletzlich.

»Hör mal«, meinte er, »es tut mir ehrlich leid, das mit deiner Mutter. Ich weiß, wie sehr du sie geliebt hast, und es ist furchtbar, so etwas durchmachen zu müssen, aber du musst es nicht alleine durchstehen, weil ich dich nicht aufgeben werde, Evie«, erklärte er. »Ich weiß nicht, was hier los ist, aber ich weiß, dass wir etwas Gutes hatten. Etwas *wirklich* Gutes. Evie? Hörst du mir zu?«

Sie schüttelte den Kopf. »Nein«, widersprach sie, »und ich denke, du solltest lieber gehen.«

»Okay«, erwiderte er. »Ich gehe. Erst mal. Aber es ist noch nicht vorbei, verstehst du? So leicht gebe ich nicht auf.«

Er steckte die Hände in die Hosentaschen, und Evie beobachtete, wie er sich mit hängenden Schultern auf den Weg machte. Sie stand da, kaute aufgeregt auf ihrer Unterlippe und fragte sich, ob sie gerade einen großen Fehler gemacht hatte.

* * *

Später am Nachmittag wischte Evie in Esthers Zimmer Staub, und das Staubtuch flog wie besessen über alle Oberflächen. Als sie zur Figurensammlung gelangte, schnauzte Esther von ihrem Sessel aus: »Die würde ich lieber selbst abstauben, danke.«

»Wollen Sie nun, dass ich helfe, oder nicht?«, fragte Evie unwirsch und mit mürrischer Miene.

»Nicht, wenn du so eine Laune hast.«

»Welche Laune? Ich bin nicht schlecht gelaunt.«

»Natürlich nicht.«

Evie hielt mit dem Staubtuch in der Hand inne. »Ich bin bloß … bloß …«

»Was?«

»Lukas ist zurück«, stieß sie hervor, bevor sie sich bremsen konnte.

»Wer ist Lukas? Eine entlaufene Katze?«, fragte Esther.

»Nein. Ein entlaufener Mann.«

»Oh«, sagte Esther.

Evie seufzte. »Er war im Frühjahr schon hier und hat für uns im Garten gearbeitet, als Mum krank war und ich mich um sie gekümmert habe. Er ist Kunststudent, tingelt mit diversen Jobs durch England und sieht sich an … was auch immer es ist, das Künstler sich ansehen.«

»Und er hat ein Auge auf dich geworfen, ist es das?«

»So in etwa.«

»Aber du hast keine Augen für ihn?«

Evie wrang das gelbe Staubtuch in den Händen, als würde sie jemandem den Hals umdrehen.

»Ich hab ihn gemocht«, gestand sie, »aber ich dachte nicht, dass ich ihn wiedersehen würde. Ich hab ihn nicht darum gebeten, zurückzukommen.«

»Dann sag ihm, dass er gehen soll. Wenn du kein Interesse hast, muss er das akzeptieren«, erwiderte Esther.

Evie hatte Esther anscheinend nicht gehört.

»Ich hab überhaupt nichts von ihm verlangt«, murmelte sie. »Ich hab ihm gesagt, dass er gehen soll.«

»Was meinst du damit?«, fragte Esther, drehte sich in ihrem Sessel herum und schenkte dem Mädchen ihre volle Aufmerksamkeit. »Evie? Warum bedrückt es dich so sehr?«

Doch Evie antwortete nicht. Sie schüttelte einfach nur den Kopf und verließ mit dem Staubtuch in der Hand das Zimmer.

# 22. Kapitel

Bei einem Haus, das so groß war wie Little Eleigh Manor, und nur drei anderen Leuten, die darin wohnten, hätte man glauben können, dass es leicht war, sich unbemerkt fortzuschleichen, doch Gerties Erfahrungen in dieser Hinsicht bewiesen das Gegenteil.

Sie hatte die Eingangshalle gerade zur Hälfte durchquert, als sie Evies Stimme aus dem Wohnzimmer hörte. »Wo willst du hin?«

»Warum sollte ich irgendwo hinwollen?«, erwiderte Gertie und blieb kurz stehen.

»Weil du diesen entschlossenen Schritt draufhast, der bedeutet, dass du irgendwo hingehst.«

»Ich will nur einen kleinen Spaziergang machen, wenn du es unbedingt wissen willst.«

»Kann ich mitkommen?« Evie war aufgestanden, war nun in der Eingangshalle und sah ihre Schwester an.

Gertie spielte im Geiste zahlreiche Ausreden durch, doch ihre Schwester schien Mitleid mit ihr zu bekommen.

»Na lauf schon los«, sagte sie. »Geh mit deinem Gedichtband oder was auch immer du im Schatten irgendeiner Ruine lesen willst.«

Gertie spürte, wie sie errötete. »Bis später.«

Sie verließ das Haus und fürchtete, dass Evie ihr folgen könnte, denn sie war tatsächlich unterwegs zu einer alten Ruine – die kleine Kapelle am anderen Ufer des Flusses. Sie war erleichtert, dass Evie sie nicht über die Wahl ihres Kleides ausgefragt hatte, denn sie trug ihr Lieblingskleid, das aus einem federleichten Stoff bestand und exakt die Farbe junger Glockenblumen hatte.

Die Abendluft war noch immer wunderbar warm, und das Stour Valley war in goldenes Licht getaucht, das den Fluss in ein glitzerndes Wunder verwandelte. Die leichte Brise ließ die Blätter der Weidenbäume rauschen, und Gertie bestaunte die Länge ihres eigenen Schattens.

Nach dem Ausflug neulich nach Cambridge hätte sie sich unbeschwerter fühlen sollen, doch seitdem hatte sie James nur ein paarmal gesehen, und jede Begegnung war fürchterlich kurz gewesen. Er schickte eine SMS nach der anderen, in der er erklärte, wie beschäftigt er war oder wie hilfebedürftig Samantha sich gebärdete.

*Verzeih mir, Gertie xxx*

Wie oft hatte sie ihm inzwischen schon verziehen? Und konnte man wirklich von ihr erwarten, dass sie in ihrer Lage irgendetwas anderes tat? Im Grunde hatte sie kein Recht, irgendetwas von ihm zu erwarten, und doch konnte sie nicht anders, als jedes Mal schrecklich enttäuscht zu sein, wenn er sie im Stich ließ. War es denn zu viel verlangt, ihn zu sehen? Alles, was sie wollte, war seine Gegenwart und von ihm gehalten und geküsst zu werden. Wie sehr sie diese Küsse vermisste. Jeden Abend lag sie in ihrem einsamen Bett und stellte sich vor, wie es wäre, James neben sich zu haben. In der Lage zu sein, sich über ein großes Doppelbett zu wälzen und, wann immer sie es wollte, den Mann zu küssen, den sie liebte. Ganz besonders, wenn die Frau, mit der er momentan ein Bett teilte, ihn im Grunde nicht bei sich haben wollte.

Doch zumindest würde sie ihn jetzt sehen, dachte sie, während sie über eine Weise mit schwarz-weißen Kühen lief. Sie hoben ihre großen Köpfe und beobachteten sie, beschlossen jedoch, dass sie keiner Aufmerksamkeit bedurfte, und setzten ihre abendliche Mahlzeit fort. Es glich einer Szene aus einem Roman von Thomas Hardy, und Gertie fühlte sich wie eine seiner verlorenen Heldinnen, die sich zur falschen Zeit in den falschen Mann verliebt hatte und sich nun fragte, wie das alles enden würde.

*Hör nicht auf zu hoffen*, sagte sie sich. *Er ist auf dem Weg zu dir.*

Sie war sich nicht sicher, wie oder wann, doch eines Tages würde James ihr gehören, und sie würden zusammen in ihrer kleinen italienischen Villa leben und eine eigene Familie gründen. Wie sehr Gertie sich in den finsteren Monaten von Penelopes Krankheit an diesen Traum geklammert hatte. Er war das Einzige gewesen, was ihr geholfen hatte, bei Verstand zu bleiben, der einzige kleine Hoffnungsschimmer in einer überaus düsteren Welt.

Doch als sie bei der Kapellenruine eintraf, sah sie, dass weder James noch Clyde da waren. Sie blickte auf die Uhr. War sie zu früh? Nein. Sie ging durch die hellen, hohen Gräser, bewunderte die Insel aus blauen Acker-Witwenblumen, fand eine niedrige Mauer, ließ sich darauf nieder, und die rauen Feuersteine drückten sich unangenehm durch den dünnen Stoff ihres Kleides. Sie hätte eine Jacke mitnehmen sollen. Die Luft kühlte rasch ab.

Sie ließ ihren Blick über das alte Grundstück der Kapelle schweifen. Hinter den hohen, pinkfarbenen Spitzen der Weidenröschen standen zwei Apfelbäume, deren Früchte so klein und hart waren wie Golfbälle. Gertie fragte sich, ob sie

James hier noch immer heimlich treffen würde, wenn das Obst reif war. Ein Jahr war vergangen, seit sie sich zum ersten Mal begegnet waren. Ein ganzes Jahr voller geheimer Verabredungen und Versprechen, dass sie eines Tages ein richtiges Paar sein würden. Doch mit der Zeit wurde es immer schwerer, daran zu glauben, dass dieser Tag jemals kommen würde.

Als sich der Himmel verdunkelte, wurde Gertie klar, dass sie umsonst wartete. Ein Dutzend Mal hatte sie auf ihr Handy geschaut, doch James hatte keine Nachricht geschickt, und dann erinnerte sie sich an ihr Geheimversteck. Sie sprang von der Mauer, durchquerte den alten Eingangsbogen der Kirche und näherte sich der Stelle, die einst wohl der Altar gewesen war. Dort, etwa fünfzehn Zentimeter über dem Boden, war ein Loch, das von hohem Unkraut halb überwuchert war. Ein großer Kieselstein lag darin, den Gertie nun entfernte, und darunter fand sie ein Blatt Papier, das sie auffaltete.

»Hatte auf meinem Handy keinen Empfang, also dachte ich, dass ich eine Notiz in unserem Versteck hinterlasse. Ich bin früher gekommen in der Hoffnung, dass du auch hier wärst. S. fühlt sich heute nicht gut, also kann ich nicht bleiben. Vermiss dich total. Lieb dich. J. xx«

Enttäuschung durchströmte Gertie. Sie würde ihn nicht sehen, dabei hatte sie so lange auf den heutigen Tag gewartet. Sie schloss die Augen, und als sie sie öffnete, bemerkte sie, dass es dunkel wurde und ihr nicht mehr viel Zeit blieb, um sicher nach Hause zu kommen.

Sie verließ die Ruine und hätte sich sofort auf den Heimweg machen sollen, doch etwas brachte sie dazu, mit unsicheren Schritten auf den harten Furchen, die ein Traktor hinterlassen hatte, ein Feld in Richtung des Dorfes zu überqueren.

*Was glaubst du, was du da tust?*, fragte eine leise Stimme in ihr.

»Ich will ihn einfach nur sehen«, erwiderte sie.

*Sei nicht dumm. Geh nach Hause.*

Doch ein verrücktes Verlangen tief in ihrem Inneren trieb sie vorwärts, zum umgebauten Stall am Ende des Dorfs. Das Licht war an und fiel durch die riesigen Fenster nach draußen, als Gertie sich vom Pfad her näherte. Vom Spalt in der Hecke aus hatte sie eine hervorragende Sicht und wusste, dass sie im Schatten dort nicht zu sehen war. Es war lächerlich, dies zu tun, und doch konnte sie sich nicht aufhalten. Sie wollte nur einen kurzen Blick auf ihn werfen.

Sie keuchte, als er ins Blickfeld kam, eine große Keramikschüssel mit Salat in den Händen haltend, die er auf den Esszimmertisch stellte, bevor er Samanthas Rollstuhl davor platzierte. Gertie beobachtete mit eifersüchtigem Staunen, wie James sich setzte. Er saß mit dem Gesicht zum Fenster, und Gertie wünschte sich von ganzem Herzen, dass er ihre Gegenwart draußen in der Dunkelheit des Abends spüren würde.

Sie beobachtete, wie sie aßen. James lächelte. Worüber lächelte er denn, wenn er nicht bei ihr war, fragte sie sich? Er behauptete doch immer, sich zu Hause so elend zu fühlen.

*Vielleicht denkt er gerade an dich*, flüsterte eine Stimme in ihr. Unwillkürlich verzogen sich ihre Lippen zu einem Lächeln, doch sie konnte nicht anders, als sich verletzt zu fühlen, dass er bei Samantha und nicht bei ihr war.

Und dann geschah es – Gertie kam es vor, als würde sich der Moment in Zeitlupe abspielen, als James sich auf seinem Stuhl vorbeugte, die Hand ausstreckte, um die seiner Frau zu ergreifen, und sie mit seinen langen Fingern in einer so sanften und romantischen Geste streichelte, dass es Gertie Tränen in die Augen trieb. War dies das Verhalten eines Mannes, der seine Frau nicht mehr liebte? Eines Mannes, der plante, seine Frau zu verlassen?

Gertie wandte sich ab. Sie war verwirrt, und in ihren Augen standen Tränen. Was geschah hier? Er liebte doch *sie*, oder?

Nicht Samantha. Das sagte er ihr immer. Samantha war manipulativ und grausam. Sie raubte ihm all seine Energie. Das hatte er ihr wieder und wieder erzählt.

»Du bist die Einzige, die ich liebe«, betonte er immer, doch nun, da sie ihn mit Samantha in der Vertrautheit ihres Zuhauses beobachtet hatte, war sie sich keinesfalls sicher, dass sie ihm noch glaubte.

* * *

Celeste hatte sich bei fest verschlossener Tür und eingeschaltetem Radio im Studierzimmer versteckt, in dem Versuch, das Hämmern auszublenden, das von Mr Ludkin und seinem Sohn kam, die im Nordflügel einen brutalen Anfang gemacht hatten. Es war etwas riskant, vor dem tatsächlichen Verkauf der Gemälde mit der Renovierung zu beginnen, doch Celeste fand, dass sie nicht länger warten konnten – nicht mit einem großen, klaffenden Loch in der Decke und dem Risiko eines Regenschadens. Julian war sich ziemlich sicher, dass sie mit dem Fantin-Latour eine gute Summe erzielen würden, also würden sie schon bald Geld auf dem Konto haben.

Gerade überlegte sie, ob sie Persönlichkeitsstörungen im Internet recherchieren sollte, als Evie ins Zimmer stürmte.

»Also, was sollen wir tun?«, fragte ihre Schwester ohne jegliche Vorrede. Das war typisch für sie. Stets erwartete sie, dass die Leute fähig waren, ihre Gedanken zu lesen und ihr zu folgen.

Celeste runzelte die Stirn. »Weswegen?«

»Wegen des Gemäldes.«

»Welches Gemälde?«

Evie seufzte und stemmte die Hände in die Hüften, frustriert über Celestes Unfähigkeit, zu verstehen, wovon sie sprach.

»Das Gemälde, das Simone uns geklaut hat.«

»Ach, *das* Gemälde«, antwortete Celeste.

»Sag nicht, dass du es vergessen hast«, erwiderte Evie, durchquerte das Zimmer und ließ sich auf den alten Stuhl ihrer Mutter sinken.

Celeste schluckte schwer. Sie hätte es nie fertiggebracht, das zu tun, und doch wirkte Evie davon vollkommen unbeeindruckt.

»Um ehrlich zu sein«, begann Celeste, »habe ich nicht darüber nachgedacht. Wo ist Lukas?«

»Was hat Lukas damit zu tun?«, fragte Evie, und Celeste bemerkte, dass ihre Schwester errötete.

»Gertie hat erwähnt, dass er wieder da ist. Ich würde ihn gerne kennenlernen.«

»Nun, er ist weg, okay?«

Zwischen ihnen entstand ein unbehagliches Schweigen, bevor Evie fortfuhr.

»Du wirst sie also damit davonkommen lassen, ja?«

»Womit?«

»Mit dem *Gemälde.*«

»Es geht nicht darum, ob sie damit davonkommt«, erwiderte Celeste.

»Nein! Ich weiß, wie du bist. Du würdest *alles* tun, bloß damit du die alte Kuh deswegen nicht zur Rede stellen musst, und das ist *so* falsch, Celly!«

»Was schlägst du also vor? Wir können es uns nicht einfach holen, und ich glaube nicht, dass Dad uns glauben würde, wenn wir es ihm sagten. Wahrscheinlich würde er leugnen, irgendetwas darüber zu wissen, und die ganze Angelegenheit würde einfach für viel Unmut sorgen. Du weißt doch, wie Simone ist – sie würde den Spieß umdrehen und am Ende *uns* als die Schuldigen dastehen lassen.«

Evie schüttelte den Kopf. »Ich kann nicht glauben, dass du es einfach dabei belassen willst.«

»Ich glaube nicht, dass wir eine Wahl haben.«

»Aber das Gemälde hat unseren Großeltern gehört«, beharrte Evie und wusste, dass sie damit auf die Schwachstelle ihrer Schwester zielte.

Tatsächlich stieß Celeste ein müdes Seufzen aus.

»Du willst dieses Gemälde zurückhaben, genau wie ich«, sagte Evie, »und wenn du nichts unternimmst, dann werde ich es tun.«

* * *

Evie schäumte noch immer vor Wut, als sie zu Gloria Temple fuhr, um ihre Hochzeitsplanerin zu treffen. Sie wusste, dass Celeste momentan viel um die Ohren hatte, doch sie war der Meinung, dass ein gestohlenes Gemälde äußerst wichtig war, besonders im Hinblick darauf, wie hoch die anderen Gemälde geschätzt worden waren. Sie schüttelte den Kopf, als sie durch die kurvenreiche Landschaft fuhr, und bremste ab, um ein Pferd vorbeizulassen, bevor sie in die makellose Einfahrt von Blacketts Hall bog. Sie nahm sich ein paar Minuten, um sich zu beruhigen, und fuhr sich mit den Fingern durchs Haar, das noch immer die grässliche blonde Farbe besaß, in der sie es gefärbt hatte.

Als sie die Tür des Transporters öffnete und in die Sonne hinaustrat, bemerkte sie einen jungen Mann, der mit dem Rücken zu ihr neben der großen Eibenhecke stand. Evie erkannte ihn dennoch wieder.

»Lukas?«, fragte sie.

Er drehte sich um. »Evie!«, rief er, offenbar begeistert, sie zu sehen, was man von ihr keineswegs behaupten konnte.

»Was in aller Welt hast du hier verloren?«, fragte sie und gab sich alle Mühe, nicht seine starken, gebräunten Arme zu betrachten, scheiterte jedoch kläglich.

»Ich hab in ein paar örtlichen Geschäften ein Stellengesuch ausgehängt, und Miss Temple hat mich eingestellt«, erwiderte er mit einem breiten Lächeln, das viel zu süß war, um ignoriert zu werden.

»Ich dachte, du hättest Suffolk verlassen«, sagte Evie.

»Wie kommst du darauf?«

Doch Evie kam nicht mehr zum Antworten, weil Gloria Temple auftauchte. »Ah, Evie! Störe ich bei irgendetwas?« Ihr Blick ging von Evie zu Lukas. »Kennen Sie beide sich?«

»Ja«, antwortete Lukas.

»Nein«, sagte Evie zugleich.

»Oh«, meinte Gloria. »Wie verwirrend.« Sie klatschte in die mit Diamantringen geschmückten Hände. »Also, lassen Sie uns anfangen. Carolina ist hier und will Sie über Ihre wunderschönen Blumen befragen.«

Darauf folgte eine anstrengende Stunde mit Glorias Hochzeitsplanerin, in der Evie das Gefühl vermittelt bekam, der niederste aller Lakaien zu sein, während Carolina pausenlos und ohne Ende darüber faselte, was sie für Glorias großen Tag geplant hatte.

Evie saß dem Fenster gegenüber auf einem schwarzen Ledersofa, blickte hinaus in die Einfahrt und kam nicht umhin, Lukas zu bemerken, der auf halber Höhe der Leiter stand und an der Hausfront Laub zurückschnitt. Auch er schien sich ihrer Gegenwart allzu bewusst zu sein, sah zu ihr und winkte. Evie verdrehte die Augen.

»Evelyn?«, fragte Gloria.

»Wie bitte?«, antwortete Evie und richtete ihre Aufmerksamkeit wieder auf das, was sich im Zimmer abspielte.

»Gefällt Ihnen Carolinas Vorschlag nicht?«

»O nein«, erwiderte sie. »Ich meine … Nein, ich mag ihn nicht nicht.«

»Was?«, rief Gloria.

»Was?«, wiederholte Carolina.

»Ich meine, ich wollte sagen, dass ein Ballonbogen eine wunderbare Idee ist«, beteuerte Evie und sah, wie sich die Mienen der beiden Frauen entspannten. Sie seufzte. Um ehrlich zu sein, war sie kein großer Fan von Ballons. Sie fand sie billig, scheußlich und kindisch. Zumindest hatte ihre Mutter das immer gesagt, doch das würde sie nicht zugeben, daher lächelte sie. »Ballons!«, sagte sie. »Wir sollten überall welche haben.«

Sobald der Termin vorüber war, begleitete Gloria Evie zur Eingangstür.

»Ist Carolina nicht absolut wundervoll?«, strahlte Gloria. »Ich könnte nicht ohne sie arbeiten.«

»Ich schon«, murmelte Evie leise, »liebend gern.«

»Ich bin so froh, dass Sie beide sich jetzt kennengelernt haben. Das lässt mich den Dingen sehr viel entspannter entgegensehen. Natürlich wird auch sie am großen Tag hier sein, also sorgen Sie dafür, dass Sie mit ihr in Kontakt bleiben.«

»Ich freue mich schon darauf«, log Evie und hoffte, dass sie zur Strafe nicht der Blitz treffen würde, während sie Glorias Hand schüttelte. »Wir sehen uns am großen Tag.«

Gloria lachte. »Können Sie das glauben, dass ich wieder eine Braut sein werde?«

Evie lächelte. Sie konnte es nur allzu leicht glauben. Sie fragte sich, ob Hamilton Roses damit beauftragt werden würde, die Blumen für die Hochzeit zu arrangieren, die in zwei oder drei Jahren unweigerlich auf diese folgen würde, wenn man den Wettbüros Glauben schenken konnte.

Lukas lungerte noch immer auf seine nervtötend penetrante Art herum, als Evie sich zum Gehen wandte.

»Mir gefällt deine Haarfarbe«, rief er von der Leiter.

»Mir nicht«, antwortete Evie. »Es war ein Fehler.«

»Du siehst aus wie Marilyn Monroe«, sagte er und stieg herunter. Sie lächelte ihm sarkastisch zu. »Ehrlich.«

»Nun, ich werde sie mir bald anders färben, also verabschiede dich davon.«

Lukas winkte, und Evie verdrehte die Augen. In diesem Moment kam ihr eine Idee.

»Könnte man eine Leiter wie die auf unserem Transporter befestigen?«

»Warum?«, wollte er wissen.

»Ich überlege nur.«

»Ich wüsste nicht, was dagegenspricht«, meinte er. »Da ist ein Träger.«

Evie nickte und spitzte die Lippen. »Würdest du etwas für mich tun, Lukas?«

Er kam einen Schritt näher. »Du weißt, dass ich alles für dich tun würde«, murmelte er.

»Na, wenn das so ist«, erwiderte sie. »Vielleicht hab ich zufällig einen Job für dich.«

# 23. Kapitel

Es war ein perfekter englischer Sommertag Mitte Juli, als Kammie Colton nach Little Eleigh Manor kam. Julian hatte Celeste früh genug angerufen, sodass sie vorbereitet war. Nachdem sie dafür gesorgt hatte, dass das Haus trotz der fehlenden Hälfte des Dachs im Nordflügel und des allgegenwärtigen Staubs so gut wie möglich aussah, machte sie einen Spaziergang im Garten.

Die Rosen sahen fantastisch aus, und Celeste blieb neben einem kleinen runden Beet mit *Rosa Mundi* stehen, die in voller Blüte standen. Ihre gestreiften, zweifarbigen Blütenblätter hatten sich ganz entfaltet, damit die goldenen Staubgefäße das prachtvolle Sonnenlicht aufnehmen konnten. Der Sommer war wirklich die wundervollste Jahreszeit, und Kammie Colton hätte sich keinen schöneren Tag aussuchen können, um die Gärten zu besichtigen, dachte Celeste, während sie eine welke Blüte mit Zeigefinger und Daumen abzupfte. Es war eine rasche und simple Bewegung, die sie instinktiv und beinah ohne nachzudenken ausführte, wenn sie durch den Garten lief. Doch einen Moment später verfluchte sie sich selbst, als sie den Pfad verließ und in ein Beet trat, um eine welke Knospe zu entfernen, und an einem fiesen Dorn einer Portlandrose hängen blieb. Sie hatte ein altrosa Leinenkleid angezogen, das am Abend zuvor gebügelt worden war und in einem Zimmer gehangen hatte, aus dem Frinton verbannt worden war, und nun hatte es sich an einem stacheligen Zweig verfangen.

Sie befreite sich aus den spitzen Dornen des Beets und hoffte, dass der kleine Riss nicht bemerkt werden würde. Allerdings war es nun zu spät zum Umziehen, denn als sie zur Vorderseite des Hauses zurückkehrte, sah sie Julians kleinen MG, der die Straße entlangraste. Das Verdeck war offen, und Celeste konnte einen kurzen Blick auf seine Beifahrerin werfen, die ein hellblaues Kopftuch und eine riesige Sonnenbrille trug. Audrey Hepburn auf dem Land in Suffolk, dachte Celeste und stürmte ins Haus, damit sie ihre Besucherin anständig begrüßen und dafür sorgen konnte, dass Frinton sicher hinter verschlossenen Türen war.

Ein paar Minuten später klopfte Julian an die Vordertür.

»Wie wundervoll, Sie endlich einmal kennenzulernen«, sagte Kammie Colton, nachdem Julian sie einander vorgestellt hatte. Sie gaben sich zur Begrüßung die Hand, und Celeste fiel der absolut gigantische Smaragdring auf, den Kammie trug. Sie war von einer Wolke schweren, sinnlichen Parfums umhüllt, das die Fahrt bei offenem Verdeck überlebt hatte.

»Kommen Sie herein«, bat Celeste und führte sie in den Salon, in dem sie einen Augenblick später den Nachmittagstee servierte. Kammie hatte ihren Schal abgelegt und offenbarte perfekt frisiertes Haar in genau dem Platinblond-Ton, den Evie in den letzten Wochen zu meistern versucht hatte. Celeste schätzte Kammie auf Ende vierzig und bemerkte, dass sie die Ungezwungenheit und Kultiviertheit von jemandem besaß, der viel gereist war.

»Das ist bezaubernd«, fand Kammie und beugte sich vor, um nach einer Porzellantasse zu greifen, die mit winzigen Rosenknospen bemalt war. »Was für erlesene Tassen.«

»Alles hier ist voller Rosen«, erklärte Julian. »Das war eines der Dinge, die mir als Erstes aufgefallen sind, als ich herkam.« Er sah Celeste an und lächelte ihr zu, während Kammie ein perfekt geschnittenes Sandwich auswählte, das sie auf einen ebenfalls bemalten Teller legte.

»Und dieses Zimmer erst«, schwärmte sie. »Wie alt ist dieses Haus?«

»Teile davon stammen aus dem fünfzehnten Jahrhundert«, erklärte Celeste. »Ich führe Sie später herum.«

»*Sehr* gerne«, erwiderte Kammie.

Celeste hielt ihr Wort und machte nach dem Tee eine Führung durchs Haus, wobei sie sorgfältig das Zimmer ausließ, in das sie Frinton gesperrt hatte, und auch das, in dem Esther Martin nun wohnte. Es wäre ziemlich unklug gewesen, einen von beiden zu stören.

Anschließend folgte ein langsamer Spaziergang übers Grundstück, bei dem Kammie Colton mehrmals anerkennend nach Luft schnappte.

»Wissen Sie, in Amerika träumen wir von genau solchen Orten, wenn wir an England denken.«

»Wir haben großes Glück«, erwiderte Celeste.

»Ich liebe es. Ich liebe *alles.* Bis auf diesen furchtbaren Nordflügel natürlich«, sagte Kammie.

Celeste beobachtete sie und fragte sich, ob sie darauf etwas erwidern sollte, doch dann lachte Kammie.

»Er befindet sich in einem ziemlich schlimmen Zustand«, pflichtete Julian ihr bei und lachte ebenfalls.

»Ich schätze, Ihr Pech ist mein Glück«, fuhr Kammie mit der Unverblümtheit einer echten Amerikanerin fort.

»Das nehme ich an«, sagte Celeste und lächelte nichtssagend.

»Also, was soll ich sagen? Ich liebe alles. Aber ganz besonders liebe ich das Gemälde, nicht wahr, Julian?«

»Das hoffe ich doch«, antwortete Julian.

»Wir haben uns schon darüber unterhalten, und ich würde die Dinge gerne vorantreiben, bevor ich zurückfliege.«

»Das wird kein Problem sein«, versicherte er.

»Gut«, erwiderte sie und klang plötzlich sehr geschäftsmäßig. »Ich mache Ihnen einen Vorschlag. Ich gehe nach draußen, warte im Wagen und gebe Ihnen die Gelegenheit, alles mit Miss Hamilton zu besprechen, okay?«

»Natürlich.«

»Miss Hamilton? Es war mir eine große Ehre, Sie kennenzulernen, und ich kann Ihnen nicht genug dafür danken, dass Sie mich durch Ihr wunderschönes Haus geführt haben.«

»War mir ein Vergnügen«, sagte Celeste, schüttelte die dargebotene Hand und bemerkte erneut den riesigen Smaragdring.

Celeste und Julian beobachteten, wie Kammie zum Auto lief und in ihrer Handtasche nach ihrer riesigen Sonnenbrille kramte.

»Wollen wir ins Studierzimmer gehen?«, schlug er vor.

Celeste nickte, und ihr Herz klopfte in Erwartung seiner Neuigkeiten.

Sobald die Tür hinter ihnen geschlossen war, begann Julian.

»Also, wollen Sie das Angebot hören?«, fragte er. »Vielleicht sollten wir uns zuerst hinsetzen?« Sie sah, wie Julian sich auf ihrem Stuhl niederließ, und da sie sich nicht auf den ihrer Mutter setzen wollte, hockte sie sich neben ihm auf die Kante des Schreibtischs.

»Und? Ich sitze schon seit Stunden auf glühenden Kohlen. Wird es mir die Sprache verschlagen?«, fragte Celeste.

»Das hoffe ich doch. Sie ist bereit, eine halbe Million zu zahlen.«

»Dollar?«

»Nein. Pfund.«

»Eine halbe Million *Pfund*?«, wiederholte Celeste, und ihre Stimme war heiser vor Aufregung.

Julian nickte und lachte. »Das ist ein gutes Angebot. Ähnlich große Gemälde können für nur ein paar Hunderttausend verkauft werden, aber ich denke, dass Ihres definitiv mehr wert ist, und Kammie will keine Mätzchen machen. Sie ist die Art von Frau – nun, Sie haben es ja gesehen –, die weiß, was sie will und das Geschäft einfach abschließen möchte, also zahlt sie gerne ein wenig mehr, als es vielleicht bei einer Auktion erzielen würde. Das ist es ihr wert. Was soll ich sagen? Sie ist völlig hingerissen von dem Gemälde. Sie hat mir erzählt, dass sie nun schon seit Jahren auf einen guten Fantin-Latour wartet, und sie liebt die ganze Geschichte über Sie, Ihre Schwestern und die Rosenzucht.«

»Ich weiß nicht, was ich sagen soll«, erwiderte Celeste und schüttelte langsam den Kopf.

»An Ihrer Stelle würde ich schnell Ja sagen, bevor sie in Hatton Garden shoppen geht und ein paar Juwelen entdeckt, die sie lieber mag als Ihr Gemälde.«

Celeste lachte plötzlich. »Ja! *Natürlich* werde ich Ja sagen.«

Julian lächelte. »Ich freue mich wirklich für Sie, Celeste.«

»Danke«, sagte sie. »Vielen Dank, dass Sie mit ihr in Kontakt getreten sind.«

»Gehört alles zum Service«, erwiderte er und breitete die Hände in einer Geste aus, die sie zum Lächeln brachte. »Ich kümmere mich um die Formalitäten. Wir werden natürlich unsere Provision vom angebotenen Preis abziehen.«

»Natürlich«, sagte Celeste, »aber wenigstens werde ich diesen Monat in der Lage sein, Mr Ludkin etwas zu zahlen.«

»Wie geht es voran?«

»Langsam, laut und kostspielig«, antwortete sie.

»Oje«, meinte er.

»Aber wenigstens geht es jetzt vorwärts.«

»Wird er auch dieses Zimmer renovieren?«, fragte Julian, erhob sich aus ihrem Stuhl und lief umher.

»Nein, warum?«

»Es ist etwas düster, oder?«, bemerkte Julian.

»Aber verglichen mit dem Nordflügel ist es in ziemlich gutem Zustand«, entgegnete Celeste.

Julian nickte. »Wahrscheinlich muss es nur ein wenig überdacht werden. Es passt eigentlich nicht zu Ihnen, oder?« Er wandte sich um, um sie zu betrachten, und sie spürte, wie sie unter seinem prüfenden Blick errötete.

»Es ist das Studierzimmer meiner Mutter. Sie hat es umdekoriert, nachdem Grandpa in den Ruhestand gewechselt ist, und seit Jahren ist daran nichts verändert worden.«

»Das habe ich mir gedacht. Sie sollten es sich endlich zu eigen machen«, sagte er.

Celeste wirkte über seine Aussage ernstlich schockiert. »Aber es ist doch das Studierzimmer meiner Mutter«, wiederholte sie.

»Nicht mehr«, widersprach er. »*Sie* sind diejenige, die jetzt hier arbeitet. Sie schmeißen den Laden, warum tun Sie es also nicht in einem Zimmer, das etwas über *Sie* aussagt?«

»Ich … äh …«

»Ich glaube, dass Ihnen das wirklich dabei helfen könnte, Fortschritte zu machen«, sagte er. »Wenn ich das sagen darf.«

»Dürfen Sie«, erwiderte sie.

»Und? Wie ist es Ihnen seit unserer letzten Unterhaltung ergangen? Sie mussten einiges verarbeiten.«

»Sie meinen, wegen der Persönlichkeitsstörung?«

Julian nickte. »Haben Sie sich damit beschäftigt?«

»Ich habe online ein wenig darüber gelesen«, gab sie zu.

»Und hat es geholfen?«

Celeste atmete tief durch. »Ich fühle mich, als wäre mein Verstand momentan ein großes Labyrinth aus Erinnerungen, und ich versuche gerade, mich darin zurechtzufinden. Aber ja, ein paar der Seiten, die ich gefunden habe, helfen mir, zu verstehen, dass es noch andere Menschen gibt, die das auch durchgemacht haben.«

Sie sahen einander an, in ihren Blicken lag etwas, wofür es keine Worte gab, und Celeste begriff, dass dieser Mann tatsächlich verstand, was sie durchlitt.

»Gut«, sagte Julian schließlich und schlug die Hände auf die Knie, bevor er aufstand. »Ich sollte besser zu Kammie rausgehen. Ich habe versprochen, sie nach einem kleinen Ausflug zur Küste zum Abendessen ins The Swan in Lavenham auszuführen.«

»Das wird ihr gefallen«, meinte Celeste und dachte an das wunderschöne Hotel aus dem fünfzehnten Jahrhundert.

»Garantiert wird sie versuchen, es zu kaufen«, witzelte Julian.

»Also, das macht mir nichts aus. Sorgen Sie nur dafür, dass sie zuerst unser Gemälde kauft.«

Julian nickte. »Irgendwann muss ich Sie dorthin ausführen«, sagte er mit einem Lächeln, das seine Augen aufstrahlen ließ. Für einen Augenblick schwiegen beide. »Hören Sie, ich hasse es, so überstürzt wegzufahren. Es gibt hundert Dinge, über die ich mit Ihnen sprechen will. Ich rufe Sie an, okay?«

»Okay«, erwiderte sie lächelnd, als ihr klar wurde, dass sie sich bereits darauf freute, ihn wiederzusehen. Sie folgte ihm, als er das Studierzimmer verließ und durch die Eingangshalle zur Vordertür ging.

»Ist das dein junger Mann?«, fragte Esther Martin, die mit einer Tasse Tee in den blassen Händen die Eingangshalle durchquerte.

»Nein«, antwortete Celeste.

Esther wirkte nicht überzeugt, doch sie hatte keine Chance, noch etwas zu sagen, denn Celeste kehrte ins Studierzimmer zurück und schloss die Tür fest hinter sich.

* * *

Evie hatte mit Lukas für zehn Uhr einen Treffpunkt am Ende der Einfahrt zu Little Eleigh Manor ausgemacht, da sie nicht wollte, dass ihre Schwestern erfuhren, was sie vorhatte. Außerdem wusste sie, dass dies die beste Zeit war, um den Plan in die Tat umzusetzen.

»Die Leiter ist da drüben«, sagte sie, sobald er eintraf, und zeigte zur Wand, an die sie die Leiter gelehnt hatte.

»Dir auch einen guten Abend«, erwiderte Lukas und schaffte es mit seinem schiefen Grinsen, sie innerhalb von zwei Sekunden aufzuziehen.

»Wir haben keine Zeit für eine ausführliche Unterhaltung«, entgegnete Evie. »Willst du mir helfen oder nicht?«

»Natürlich will ich dir helfen«, versicherte er und lief los, um die Leiter zu holen. Einen Augenblick später ging Evie ihm zur Hand, sie auf dem Transporter zu befestigen.

»Was genau werden wir denn machen? Du willst doch wohl nicht irgendwo einbrechen, oder?«

»Du hast gesagt, du würdest mir helfen«, beharrte Evie. »Du hast gesagt, du würdest alles für mich tun.«

»Ich habe nicht gesagt, dass ich keine Fragen stellen würde.«

»Nun, es wäre mir in der Tat lieber, wenn du das nicht tätest.«

Lukas seufzte. »Du kannst ziemlich anstrengend sein, Evelyn Hamilton«, sagte er.

»Steig einfach ein«, erwiderte sie.

Evie fuhr durch die dämmrige Landschaft. Sie schaltete das Radio ein, in der Hoffnung, einer Unterhaltung zu entgehen, doch Lukas wollte einfach nicht die Klappe halten.

»Ich bin eine Zeit lang durch den Lake District gewandert und habe mir Brantwood angeschaut. Bist du schon mal da gewesen? Es war die Heimat von John Ruskin, und dort sind viele seiner Gemälde. Und du solltest die Aussicht sehen.« Er pfiff und erschreckte Evie. »Es würde dir gefallen, Evie. Wir sollten irgendwann mal zusammen hinfahren.«

Sie warf ihm einen bösen Blick zu. »Ich habe nicht vor, Suffolk zu verlassen«, sagte sie.

»Aber das solltest du. Jeder sollte reisen.«

»Ich war mal in Norwich, und es hat mir überhaupt nicht gefallen«, erwiderte sie unvermindert mürrisch. »Sudbury an einem Markttag ist schon schlimm genug.«

Lukas lachte.

»Ich weiß nicht, was du daran so lustig findest. Ich bin hier glücklich«, meinte sie. »Suffolk ist meine Heimat. Meine Familie lebt hier seit drei Generationen. Warum sollte ich irgendwo anders hin?«

Er nickte. »Das ist wundervoll, und ich beneide dich darum. Ich hatte nie wirklich ein Zuhause. Meine Eltern sind wegen der Arbeit meines Dads ständig umgezogen, und ich hatte nie die Chance, irgendwo Wurzeln zu schlagen. Immer, wenn ich sie besuchen will, muss ich sie nach ihrer Adresse fragen.«

Evie sagte nichts, musste jedoch an ihr geliebtes Zimmer im Herrenhaus denken, in dem sie seit ihrer Geburt wohnte. Es musste seltsam und verwirrend sein, kein Zuhause zu haben – kein *richtiges* Zuhause –, in das man zurückkehren konnte, dachte sie. Selbst als sie aufs College gegangen war, war sie jeden Abend nach Hause zurückgekehrt. Sie konnte sich nicht vorstellen, von zu Hause weg zu sein, und das war einer der Gründe, weshalb sie so große Angst hatte, nun, da Celeste davon redete, das Herrenhaus zu verkaufen.

Evie ließ den Transporter langsamer werden, als sie in eine Ortschaft kamen, und bog in die Einfahrt von Oak House.

»Was wollen wir denn hier?«, fragte Lukas, als Evie den Motor abschaltete und sie im Dunkeln saßen.

»Mein Dad und seine Frau sind heute Abend ausgegangen«, antwortete sie.

»Also vermute ich, dass du sie nicht sehen wolltest?«

»Nicht direkt«, erwiderte sie.

»Okay«, sagte Lukas und atmete tief durch. »Du machst mir langsam Angst.«

»Es gibt nichts, wovor man Angst haben müsste«, versicherte Evie, als sie aus dem Wagen stieg. »Das ist ein ziemlich abgelegenes Haus.«

Lukas ging hinter den Wagen, wo Evie stand. »Evie – sag mir, was los ist.«

»Schnapp dir die Leiter.«

»Nicht, bevor du mir nicht sagst, was du tust«, entgegnete er bestimmt, und sein Gesicht wurde vom Licht einer Straßenlaterne schwach erhellt.

Evie wirkte verärgert, begriff jedoch, dass sie es ihm früher oder später verraten musste. »Ich muss in eins der Zimmer im ersten Stock«, erklärte sie und schnallte sich einen großen Rucksack auf den Rücken.

»Warum?«

»Weil sich etwas dort befindet, das in unser Haus gehört. Etwas, das uns die Frau meines Dads gestohlen hat.«

»Warum kannst du das nicht mit deinem Dad klären?«

»Weil er mir nicht glauben wird – er wird für Simone Partei ergreifen. Du kennst sie nicht – sie ist gerissen. Sie manipuliert die Leute, aber ich werde dieses Gemälde zurückholen. Dad lässt sein Schlafzimmerfenster immer offen stehen. Im Nullkommanichts bin ich mit dem Gemälde wieder draußen.«

»Bist du verrückt? Das kannst du nicht machen.«

»Warum nicht? Es ist doch unser Gemälde.«

»Aber was, wenn dein Dad die Polizei oder so anruft, sobald er sieht, dass es verschwunden ist?«

»Er wird gar nicht merken, dass es weg ist, und Simone würde es nicht wagen, die Polizei zu rufen. Sie wird sich denken können, was passiert ist, und keine Szene machen.«

Lukas schüttelte den Kopf. »Es ist einfach falsch, Evie. Das verstehst du doch, oder?«

»Es ist überhaupt nicht falsch. Im Gegenteil, ich stelle etwas *richtig*, und wenn du mir nicht helfen willst, mache ich es eben alleine«, verkündete sie und griff nach der Leiter.

»Oh, um Gottes willen!«, sagte Lukas aufgestachelt. »Lass es mich tun.«

Er montierte die Leiter ab, und Evie lief durch die Einfahrt zur Rückseite des Hauses, wo sich das Schlafzimmerfenster befand. Kein Nachbar hatte Einblick in den Garten, der in völliger Dunkelheit lag – von einem kleinen Lichtkegel abgesehen, der von einer Lampe stammte, die in einem der Erdgeschosszimmer brannte.

»Siehst du? Das Fenster ist offen«, sagte Evie, als Lukas die Leiter an die Wand lehnte.

»Es ist zu gefährlich«, meinte er. »Ich glaube, du solltest diese ganze Sache vergessen.«

»Auf keinen Fall«, widersprach Evie. »Das Gemälde wird noch vor Mitternacht in unserem Wohnzimmer hängen.«

Lukas fuhr sich mit der Hand übers Kinn und warf anschließend einen Blick in den Garten, als erwartete er, dass ein Polizist aus dem Schatten hervortrat.

»Dann lass es mich tun, wenn du es wirklich ernst meinst.«

Evie schüttelte den Kopf. »Nein, es ist meine Idee. Ich sollte es tun. Halt einfach die Leiter fest.« Sie kramte in ihrer Tasche und zog eine kleine schwarze Beaniemütze heraus. »Ich bin zu blond für eine Einbrecherin«, flüsterte sie, als sie sie über ihr Haar zog. Ihre Hand verschwand erneut in ihrer Tasche und holte eine Taschenlampe heraus, die sie einschaltete und Lukas reichte.

»Hast du Höhenangst?«, wollte er wissen.

»Höhe ist für mich kein Problem«, versicherte sie und huschte wie ein Profi die Leiter empor.

Sobald sie das Fenster erreicht hatte, streckte sie den Arm aus und stieß es auf. Sie hatte Glück, dass es ein großes, modernes war, was das Einsteigen erleichterte, doch sie hatte nicht an den Schminktisch daneben gedacht und stieß einen Moment später dagegen.

»Alles in Ordnung?«, rief Lukas draußen.

»Mir geht's gut«, flüsterte Evie zurück und streckte den Kopf aus dem Fenster. Sie drehte sich wieder um, knipste eine Lampe an und ging zu der Stelle, an der das Gemälde hing. »Du kommst mit mir nach Hause«, murmelte sie, nahm es von der Wand und hüllte es in einen Leinenbeutel, den sie mitgebracht hatte, bevor sie es in ihren Rucksack steckte und ans Fenster zurückkehrte. Sie wuchtete sich den Rucksack auf den Rücken und knipste die Lampe aus.

»Hast du es?«, flüsterte Lukas von unten.

»Ja. Jetzt halt die Leiter fest«, befahl Evie, als sie aus dem Fenster kletterte und dabei aufpasste, den Schminktisch nicht umzustoßen.

Die Schwierigkeiten begannen, als sie an der Leiter hinabschaute.

»Oh!«, rief sie.

»Evie?«

»Mir … ist … schwindlig …«

»Halt dich fest«, sagte Lukas, ließ die Taschenlampe fallen, und sie hörte seine Schritte auf den Sprossen, als er zu ihr heraufkam.

»Ich fühle mich nicht so gut«, gestand sie.

»Ist schon gut. Ich hab dich«, erwiderte er einen Augenblick später, und sie spürte seine Arme um sich. »Kannst du dich bewegen?«

»Ich bin mir nicht sicher«, gab sie zu.

»Machen wir es ganz langsam. Ich lasse nicht los. Keine Angst.«

Sie bewegten sich so langsam wie möglich, und in der Stille der Nacht war Evies nervöses Atmen zu hören.

»Wir sind fast da«, sagte Lukas einen Moment später, als er unter den Füßen den sicheren Boden spürte, und half Evie von der Leiter. »Alles gut bei dir?«

Sie nickte. »Ich wusste nicht, dass ich Höhenangst habe«, erklärte sie. »Als ich raufgeklettert bin, ging es mir gut.«

Lukas hob die Taschenlampe auf und knipste sie an, und sie sah, dass er ihr sanft zulächelte.

»Du hast mich zu Tode erschreckt«, sagte er, und in diesem Augenblick fiel sie in Ohnmacht.

# 24. Kapitel

Celeste war gerade im Salon von Little Eleigh Manor, als es mehrmals laut an der Tür hämmerte. Frinton, der zu ihren Füßen auf dem Rücken gelegen und laut geschnarcht hatte, war sofort auf den Beinen und stürmte in die Eingangshalle. Celeste sah auf die Uhr. Es war nach elf. Vielleicht war es Evie, und sie hatte wieder einmal ihren Schlüssel vergessen, obwohl es für sie an einem Abend, an dem sie ausging, noch etwas früh war.

Sie lief durch die Eingangshalle und ging zu Frinton, der an der Tür stand.

»Evie?«, rief sie durch das dicke Holz.

»Ja«, antwortete eine männliche Stimme, und Celeste öffnete die Tür.

»Wer sind Sie?«, rief sie einen Moment später, als sie ihre Schwester sah, die an der Schulter des jungen Mannes lehnte. Sie brachte Frinton zum Schweigen, der aufgrund des späten Besuchs freudig bellte.

»Ich bin Lukas.«

»Was ist mit Evie? Ist sie betrunken?«

»Sie ist in Ohnmacht gefallen«, sagte Lukas. »Sie ist in Ohnmacht gefallen!«

»O mein Gott, *Evie*!« Celeste war sofort bei ihr und legte ihrer Schwester den Arm um die Schultern.

»Sie ist losgezogen, um das Gemälde zu holen«, versuchte Lukas zu erklären, als sie Evie in die Eingangshalle brachten.

»Was?«, fragte Celeste. »Ruhe, Frinton!«

»Das Gemälde im Haus Ihres Vaters. Ich hab ihr gesagt, dass sie verrückt ist, so einen Unfug zu machen, aber sie hat darauf bestanden, es durchzuziehen.«

»Aber sie hat mir gesagt, dass sie nach Colchester fährt, um eine Freundin zu treffen«, entgegnete Celeste.

»Sie wollte nicht nach Colchester«, versicherte Lukas.

»Evie!«, fluchte Celeste. »Bringen wir dich rauf ins Bett, wo du sowieso um diese Uhrzeit hingehört hättest.«

»Was ist los?«, fragte Gertie und tauchte in der Eingangshalle auf. Sie trug eine lange rote Strickjacke über ihrem Nachthemd und sah aus, als hätte sie bereits geschlafen. »Was ist mit Evie?«

»Sie ist in Ohnmacht gefallen«, erklärte Lukas und erzählte Gertie, was sich an diesem Abend zugetragen hatte.

»Höhenangst? Ich wusste nicht, dass sie Höhenangst hat«, erwiderte Gertie.

»Sie auch nicht, bis sie auf dem Rückweg oben auf der Leiter gestanden hat«, erzählte Lukas. »Ich hatte noch nie in meinem Leben so große Angst. Wenn ich nur daran denke, was hätte passieren können …« Seine Stimme verlor sich.

»Bringen wir sie einfach nach oben«, schlug Celeste vor.

»Das schaffe ich allein«, murmelte Evie. Es war das erste Mal, dass sie seit ihrer Ankunft zu Hause etwas gesagt hatte, doch Celeste war nicht überzeugt.

»Du bist schwach und stehst unter Schock«, widersprach Celeste. »Gertie, würdest du ihr etwas heiße Milch bringen? Vielleicht mit einem Schuss Brandy?«

Gertie nickte und ging.

Als sie endlich in Evies Zimmer ankamen, halfen sie ihr dabei, die Schuhe auszuziehen, und legten sie vorsichtig ins Bett.

»Besser?«, fragte Celeste.

»Ich hab das Gemälde, Celly«, flüsterte Evie, und im Licht der Lampe schlossen sich ihre Augen halb.

»Darüber reden wir morgen«, sagte Celeste.

»Bist du nicht froh?«

»Ich bin froh, dass du dir nicht den Hals gebrochen hast«, erwiderte Celeste.

Evie schloss die Augen, und Celeste wandte sich an Lukas. Noch immer wirkte er blass und zittrig, und sein blondes Haar stand seltsam wirr um sein Gesicht herum ab, als hätte er einen Stromschlag bekommen.

»Vielleicht sollten wir Ihnen auch einen Schluck Brandy holen«, schlug Celeste vor.

»Da würde ich nicht Nein sagen«, erwiderte er und ließ sich in einem alten Sessel neben dem Fenster nieder. Wie auch Celestes Zimmer hatte dieses schiefe Dielen, die von einem uralten, fadenscheinigen Teppich verdeckt wurden. Die Wände waren mit Eichenholz vertäfelt, und die Vorhänge hatten, obwohl sie von guter Qualität waren, schon lange ihre besten Zeiten hinter sich. Trotz allem war das Zimmer typisch Evie, und man konnte ihre Handschrift an allem sehen, von den Teddybären und alten Stoffpuppen, die in einem fröhlichen Durcheinander auf einer Truhe saßen, bis zu den Reihen von Make-up-Flaschen und Haarfärbemitteln auf ihrem Schminktisch.

Gertie kam mit einer Tasse heißer Milch ins Zimmer.

»Es ist nur ein klitzekleines bisschen Brandy drin«, sagte sie, hockte sich auf die Bettkante und reichte Evie die Tasse, die sich aufsetzte, nachdem Celeste hinter ihr die Kissen aufgeschüttelt hatte.

»Ist Esther da?«, fragte Evie.

»Esther?«, wiederholte Celeste überrascht.

»Ich möchte sie sehen.«

»Wozu denn?«, wollte Celeste wissen. »Wahrscheinlich ist sie im Bett. Es ist sehr spät.« Evie antwortete nicht, als sie ihre heiße Milch schlürfte, also ging Celeste aus dem Zimmer. »Behalt sie im Auge«, sagte sie zu Gertie. »Und Ihnen bringe ich etwas Brandy«, meinte sie zu Lukas.

Celeste ging nach unten, und Frinton folgte ihr dicht auf den Fersen.

»Du kannst nicht mitkommen«, sagte sie zu dem Hund und schickte ihn in den Salon, wo er sich widerwillig mit einem halb zerfressenen Spielzeug als Gesellschaft zusammenrollte.

»Esther?«, rief Celeste eine Minute später und klopfte vorsichtig an die Tür ihrer neuen Mitbewohnerin.

»Wer ist da?«

»Hier ist Celeste. Evie ruft nach Ihnen. Sie fühlt sich nicht besonders gut.«

Einen Augenblick später ging die Tür auf, und da stand Esther, ihr weißes Haar hing ihr lose über die Schultern, und ihr Gesicht war ebenso blass. Sie trug eine riesige braune Strickjacke, in der sie mit ihrer zierlichen Gestalt fast zu verschwinden schien und die sie wie einen Teddybären aussehen ließ.

»Ich hoffe, ich habe Sie nicht geweckt«, sagte Celeste.

»Pah«, erwiderte Esther. »Ich schlafe nie vor ein Uhr nachts. Lassen Sie mich zu Evie.« Sie stürmte zur Tür heraus in Richtung Treppe. Wenn sie wollte, konnte sie sich überraschend schnell bewegen.

»Welches Zimmer ist es?«, fragte sie barsch, als sie oben angekommen war.

»Auf der linken Seite«, antwortete Celeste. »Die offene Tür.«

Celeste folgte ihr einen Moment später hinein.

»Esther?«, murmelte Evie vom Bett aus, ihre Augen öffneten sich, und ein Lächeln breitete sich auf ihrem Gesicht aus.

»Ich bin hier«, antwortete Esther und nahm Gerties Platz an der Bettkante ein. Gertie und Celeste warfen sich gegenseitig verwunderte Blicke zu. Was geschah hier?, schienen sie zu fragen. Warum hatte ihre Schwester ausgerechnet nach Esther gefragt? Sie mochte sie nicht einmal, oder? Sie hatte Angst vor ihr.

»Lukas? Kommen Sie, ich gebe Ihnen Ihren Brandy«, forderte Celeste ihn auf. »Ich könnte wahrscheinlich selbst einen vertragen.«

Er erhob sich. »Ist jetzt alles in Ordnung?«, fragte er Evie.

Sie nickte. »Danke«, erwiderte sie, und er lächelte, bevor er mit ihren beiden Schwestern das Zimmer verließ.

Evie und Esther blieben allein zurück.

Die alte Frau beugte sich übers Bett, um Evies Hand zu nehmen, genau wie Evie es bereits geahnt hatte. Es war eine simple, aber zutiefst tröstliche Geste, und Evie fühlte sich sofort beruhigt.

»Da hast du dir ja etwas Schönes eingebrockt, was?«, sagte sie. »Was ist passiert?«

Evie atmete tief durch und erzählte ihr von dem Abend.

Esther schüttelte den Kopf. »Du hast dein Leben für ein Gemälde riskiert?«

»Ich hab nicht mein Leben riskiert«, antwortete Evie wegwerfend.

»Nein? Was glaubst du denn, was passiert wäre, wenn du von der obersten Sprosse der Leiter gefallen wärst?«

Evie zuckte die Achseln. »Vielleicht hätte ich mir ein paar blaue Flecken geholt. Aber die größten Sorgen habe ich mir nicht um mich gemacht.« Sie zögerte kurz. »Sondern um das Baby.«

»Du bist schwanger?«, fragte Esther.

Evie nickte. »Bitte sagen Sie nichts«, flehte sie plötzlich, beugte sich vor und umklammerte Esthers rechte Hand. »Ich habe es noch niemandem erzählt.«

»Ich würde nicht mal im Traum daran denken«, erwiderte Esther. »Es ist seins, oder? Dieser Junge da draußen?«

Evie nickte.

»Also, er macht einen anständigen Eindruck. Er wird zu dir stehen – und das Richtige tun.«

»Aber ich will gar nicht, dass er das Richtige tut. Es ist *mein* Baby«, widersprach Evie, und ihre Hände kehrten in ihren Schoß zurück.

Esther wirkte verwirrt. »Aber es ist doch auch seines.«

Evie schüttelte den Kopf. »Er muss damit nichts zu tun haben.«

»Denkst du nicht, dass du ihm diese Entscheidung überlassen solltest?«

»Er wird nicht lange bleiben«, sagte sie.

Der Ausdruck in Esther Martins Gesicht veränderte sich, und plötzlich wirkte sie wie die strenge alte Dame, die die kleine Evie mit einem Besen aus ihrem Garten verscheucht hatte. Erschrocken fragte sich Evie, warum sie sie in ihr Schlafzimmer eingeladen hatte und sie auf ihrer Bettkante sitzen ließ.

»Jetzt hör mal zu, Evelyn Hamilton! Du musst es diesem jungen Mann sagen und ihm erlauben, sich eine eigene Meinung zu bilden. Ein Baby ist kein Spielzeug, das du ganz allein für dich behalten kannst. Es ist ein lebendes, denkendes und fühlendes Wesen, und eines Tages wird es erwachsen werden und fragen, wo sein Vater ist und warum du beschlossen hast, ihn geheim zu halten. Was wirst du dann tun? Welche Ausrede wirst du haben? Denn eines kann ich dir sagen: Nichts, was du dir einfallen lassen kannst, wird gut genug sein, wenn du einen anständigen Mann davon abgehalten hast, eine Beziehung zu seinem eigen Fleisch und Blut aufzubauen.«

Evie starrte in Esthers ernstes und erschreckend blasses Gesicht. Vielleicht war dies das erste Mal in ihrem Leben, dass ein Erwachsener ihr solch einen selbstlosen und ehrlichen Rat gegeben hatte, und sie war sich nicht ganz sicher, wie sie darauf reagieren sollte. Ihre Mutter hatte ihr niemals in irgendeiner Hinsicht Ratschläge erteilt. Jede Unterhaltung, die Evie jemals begonnen hatte, hatte stets damit geendet, dass ihre Mutter das Gespräch auf sich lenkte, wie damals, als Evie sich von ihrem ersten Freund in der Highschool getrennt hatte. Sie war untröstlich gewesen und hatte nicht aufhören können zu weinen, doch als sie ihrer Mum davon erzählte, hatte diese sie getadelt und ihr gesagt, sie solle ihn vergessen. Das war alles. *Vergiss ihn.* Das war alles, was sie dazu gesagt hatte, und natürlich war dies das Einzige, wozu ein Teenager mit gebrochenem Herzen nicht fähig war.

Evie konnte sich nicht erinnern, dass ihre Mutter ihr jemals irgendeinen nützlichen Rat erteilt hätte, was wahrscheinlich der Grund dafür war, dass Esthers Tirade sie nun so erschreckt hatte.

»Aber ich …«

»Kein Aber«, beharrte Esther und reckte ernst den Zeigefinger in die Luft. »Du trägst eine Verantwortung, sowohl gegenüber dem Vater als auch gegenüber dem Kind.«

Für einen Augenblick saßen sie schweigend beieinander, während Evie Esthers Worte verdaute. Instinktiv wusste sie, dass Esther das Beste für sie wollte und dass sie ihr zuhören würde – ihr *wirklich* zuhören würde –, wenn sie sonst noch etwas zu sagen hätte.

»Ich wollte einfach etwas Eigenes haben«, gestand sie schließlich.

Esther runzelte die Stirn. »Was meinst du damit?«

Evie seufzte, und ihre schmalen Schultern sanken etwas herab. »Ich kann es nicht erklären«, murmelte sie.

»Versuch es«, erwiderte Esther, und Evie blickte in die blassblauen Augen, die sie so genau musterten, dass es beinah wehtat. Da sie in einem Haushalt voller Frauen aufgewachsen war, war es leicht gewesen, übersehen zu werden. Ihre Mutter war stets so vom Erfolg von Hamilton Roses besessen gewesen, und Celeste hatte immer genug um die Ohren gehabt, weil sie mit ihrer Mutter zusammengearbeitet hatte, genau wie Gertie. Also kam es Evie so vor, als wäre sie mehr oder weniger alleine aufgewachsen.

»Verstehen Sie mich nicht falsch«, begann sie. »Ich liebe meine Schwestern, und ich bin mir sicher, dass ich stets nur um etwas hätte bitten müssen, wenn ich etwas gewollt hätte, aber als wir aufgewachsen sind, waren sie immer so beschäftigt. Ich hatte das Gefühl, dass sie nie Zeit für mich gehabt haben. Ich habe mich immer so … so *jung* gefühlt. Immer war ich im Weg. ›Geh und spiel woanders, Evie‹, haben sie gesagt, oder: ›Ich hab jetzt keine Zeit. Komm später wieder.‹ Und Mum hat tagsüber immer gearbeitet, und abends ist sie auf Partys gegangen. Ich hatte eigentlich nie jemanden, der bei mir war.« Sie verstummte.

»Du meinst also, du willst ein Baby, damit du nicht mehr alleine bist?«, fragte Esther.

»Nein«, antwortete Evie. »Also zum Teil vielleicht. Aber es ist mehr als das. Ich spüre, dass ich all diese Liebe in mir trage. Manchmal macht es mir Angst, und ich weiß, dass meine Schwestern sie nicht brauchen – nicht wirklich. Celeste war immer eine Einzelgängerin. Auf ihre Art hat sie immer auf sich selbst aufgepasst, und Gertie würde lieber in einem romantischen Buch nach Antworten suchen, als jemals daran denken, mich um Rat zu fragen. Aber dieses Baby … dieses Baby …«

»Kann niemals ein Ersatz für das sein, was dir in deinem Leben fehlt«, sagte Esther sanft.

»Das weiß ich«, versicherte Evie. »Aber ich weiß, dass ich eine gute Mutter sein kann. Ich *weiß* es einfach! Und ich brauche niemand anderen, der mir dabei hilft.«

Esther schüttelte den Kopf. »Wir brauchen immer jemanden. Geh nicht durchs Leben und denke, dass du alleine zurechtkommst. Natürlich schaffst du es eine Zeit lang, aber das ist ein ziemlich einsames Dasein, kann ich dir sagen.«

Evie sah Esther an. »Wie haben Sie es verkraftet, als Ihr Mann gestorben ist?«

»Gar nicht. Ich bin zusammengebrochen. Nach Sallys Verlust war es beinah zu viel zu ertragen. Ich habe es nie besonders gemocht, mit mir allein zu sein, musst du wissen.«

Evie runzelte die Stirn. »Aber Sie haben so viele Jahre lang alleine gelebt.«

»Ich hatte keine andere Wahl, oder?«

»Sie hätten schon früher bei uns einziehen können«, meinte Evie.

»Zu deiner *Mutter*?«

Bei Esthers entsetztem Tonfall musste Evie lächeln. »Ah, ja. Das wäre wohl schwierig geworden.« Wieder schwiegen beide, und dann stieß Evie ein leises Seufzen aus. »Ich hab mich noch nie mit irgendjemandem so unterhalten.«

»Nicht mal mit deiner Mutter?«, fragte Esther.

Evie lachte. »Machen Sie Witze?«

Esther runzelte die Stirn. Das konnte sie ziemlich gut. »Was hätte sie zu alldem gesagt?«

Evie wirkte nachdenklich, zuckte dann jedoch die Achseln. »Ich glaube nicht, dass ich es ihr erzählt hätte. Ich hätte von zu Hause weggehen müssen, bevor sie mich rausgeworfen hätte. Sie hat immer recht deutlich zum Ausdruck gebracht, dass keine von uns sie blamieren durfte, weil sie es nicht dulden würde.« Evie schüttelte den Kopf, als sie sich daran erinnerte. »Damals erschien es mir so seltsam. Sie hat mir diese Dinge dauernd gesagt, schon als ich gerade vierzehn war, und da war ich noch nicht mal geküsst worden. ›Mach mir bloß keine Schande!‹, hat sie immer gesagt. Ich schätze, das war verständlich.«

Esther Martin starrte Evie an. »Sie hätte dich rausgeworfen, und du findest, das wäre *verständlich* gewesen?«

»Natürlich«, erwiderte Evie. »Wenn ich sie blamiert hätte.«

Esther schüttelte deutlich missbilligend den Kopf.

»Jedenfalls wäre ich nie in der Lage gewesen, so mit ihr zu reden«, fuhr Evie fort. »Sie hat mir nie richtig zugehört. Nicht, dass ich mich ihr gegenüber jemals geöffnet hätte oder so. Sie war immer so beschäftigt, und ich wollte sie nicht behelligen. Das wäre nicht fair gewesen. Sie hat mich immer mit Geschenken verwöhnt, und wenn man ein Kind ist, dann ist das wundervoll, oder? Man hält es für Liebe. Aber man braucht auch jemanden, der einem zuhört. Man braucht jemanden, der sich um einen sorgt.« Sie stieß erneut ein leises Lachen aus, das völlig freudlos war, als ob sie nun endlich die wahre Natur ihrer Mutter begreifen würde. »Einmal hab ich versucht, mit ihr über einen Jungen zu reden, in den ich mich verliebt hatte, aber sie hat das Gesprächsthema auf *ihre* erste Liebe gelenkt, also hab ich einfach aufgegeben.«

Esther nahm wieder Evies Hände.

»Aber *Sie* sind eine gute Zuhörerin«, sagte Evie.

»Heutzutage gibt es nicht mehr viel, was ich sonst noch tun könnte«, erwiderte Esther.

»Haben Sie auch Ihrer Tochter zugehört?«

Esther wirkte verwirrt. »Aber natürlich«, antwortete sie. »Wir haben uns immer stundenlang unterhalten.«

»*Stunden?*«, fragte Evie ungläubig.

»O ja.« Esthers Augen trübten sich, als sie sich erinnerte. »Wir sind immer ziemlich lang am Fluss spazieren gegangen und haben über alles und nichts geplaudert. Meistens über nichts. Ich wünschte, ich könnte mich erinnern, worüber wir geredet haben, aber heutzutage ist mein Erinnerungsvermögen nicht mehr so gut.«

»Ich kann mir nicht mal ansatzweise vorstellen, wie das sein muss«, meinte Evie. »Ich meine, bei Ihnen kann ich es mir vorstellen, aber nicht bei mir und meiner Mum.«

Esther erwiderte nichts, doch ihr Gesicht schien Bände zu sprechen, und plötzlich weinte Evie.

»Komm her«, sagte Esther und schlang ihre Arme um Evie, als sie sich an sie lehnte. »Ich bin hier und werde mir *alles* anhören, was du mir erzählen möchtest.«

* * *

Unten in der Küche lief Lukas auf und ab.

»Es war meine Schuld«, sagte er. »Ich hätte ihr nie erlauben sollen, diese blöde Leiter hinaufzusteigen.«

»Es war nicht Ihre Schuld«, entgegnete Celeste.

»Nein«, pflichtete Gertie ihr bei. »Sobald Evie sich etwas in den Kopf gesetzt hat, kann sie nichts und niemand aufhalten.«

»Nun, wenigstens geht es ihr gut«, meinte Celeste. »Der Abend hätte mit einem Ausflug ins Krankenhaus enden können, wenn sie gestürzt wäre. Jetzt beunruhigt mich allerdings, was Esther dort oben zu suchen hat. Warum hat Evie nach ihr gefragt?«

Gertie schüttelte den Kopf. »Ich hab keine Ahnung.«

»Zu dir hat sie nichts über Esther gesagt, oder?«

»Nein. Kein einziges Wort«, antwortete Gertie. »Ich hab einfach geglaubt, dass sie in Esthers Zimmer einmal die Woche durchwischt und ihr danach so gut wie möglich aus dem Weg geht, aber offenbar geht da irgendwas vor sich.«

Celeste hörte auf, umherzulaufen, und nahm einen Schluck von ihrem Brandy. Ein Teil von ihr wollte die Treppe hinaufgehen und genau herausfinden, was sich zwischen Evie und

Esther abspielte, doch sie musste zugeben, dass sie sich noch immer etwas vor der alten Frau fürchtete. Aber war es Evie nicht genauso gegangen?

»Was in aller Welt ist los?«, fragte Celeste, doch niemand hatte eine Antwort für sie.

# 25. Kapitel

Der Krach von Ludkin & Son bei der Arbeit im Nordflügel war ohrenbetäubend laut. Celeste, die sogar noch früher als üblich aufgestanden war, da sie nach der ganzen Angelegenheit mit Evie und Esther unmöglich hatte schlafen können, hatte versucht, den Lärm mit Ohrenstöpseln zu dämpfen und ihn mit dem Radio zu übertönen, bevor sie schließlich aufgab und das Studierzimmer verließ. Frinton, der es bisher geschafft hatte, den ganzen Morgen zu verschlafen, folgte ihr, in der Hoffnung, dass sein Frauchen auf dem Weg ins Freie war. Unten am Fluss lag ein halb aufgefressener Hase, der heute wahrscheinlich sogar noch interessanter riechen würde, und er war erpicht darauf, zu ihm zurückzukehren.

Gerade betraten sie die Eingangshalle, als Celeste Evie erblickte.

»Evie!«, rief sie. »Warte mal kurz.«

Evie blieb am Barometer stehen, das auf »Wetterwechsel« zeigte. Wieder einmal. Vielleicht war es ja *wirklich* stehen geblieben, dachte Celeste und erinnerte sich an Julians Angebot, es reparieren zu lassen. Doch im Moment hatte sie keine Zeit, sich um das Barometer zu kümmern.

»Hey. Geht es dir gut?«, fragte sie.

»Ja«, erwiderte Evie, die noch immer sehr blass war.

»Bist du sicher?« Celeste wirkte nicht überzeugt. Sie hatte kurz ins Schlafzimmer ihrer Schwester geschaut, nachdem Esther endlich gegangen war, doch Evie hatte bereits geschlafen. Oder so getan – sie konnte sich nicht sicher sein. »Ich habe mir solche Sorgen um dich gemacht«, sagte sie. »Wir alle.«

»Es gibt nichts, worum ihr euch sorgen müsstet. Ich war nur etwas erschrocken, das ist alles.«

»Hast du Lukas heute Morgen angerufen? Er will unbedingt mit dir reden.«

»Das muss warten«, erwiderte Evie.

»Vergiss es nur nicht, ja?«

Evie seufzte. »Ich werde es schon nicht vergessen.«

»Also, warum wolltest du Esther sehen?«, fragte Celeste. Sie hatte vorgehabt, bei der Fragestellung subtiler vorzugehen, doch es hatte nicht funktioniert, da Evies Hand auf dem Türknauf lag und sie kurz davor war, zu flüchten.

»Was meinst du?«

»Ich meine, du hast doch gestern Abend nach Esther gefragt und dich dann ewig mit ihr unterhalten.«

»Und?«

Celeste runzelte die Stirn. »Ich habe nicht gewusst, dass ihr Freunde seid.«

»Nun, das sind wir aber«, antwortete Evie mit ungerührter Miene.

»Verstehe«, sagte Celeste verblüfft. »Ich hatte keine Ahnung.«

»Es gibt vieles, wovon du keine Ahnung hast«, entgegnete Evie.

»Was meinst du damit?«

»Ich meine, du weißt schließlich nicht alles, oder?«

»Wie kann man von mir erwarten, dass ich alles weiß, erst recht, wenn man mir Dinge verschweigt?«, gab Celeste zurück, und ihr gefiel die Richtung nicht, die ihre Unterhaltung nahm.

»Wenn du öfter mit mir reden würdest, dann wüsstest du vielleicht mehr«, sagte Evie, und Celeste sah, dass sich Tränen in ihren Augen sammelten.

»Evie«, erwiderte sie leise, streckte eine Hand nach ihrer Schwester aus und zuckte zusammen, als sie zurückwich. »Tut mir leid, wenn ich nicht für dich da gewesen bin, aber du weißt, wie verrückt und hektisch alles war, seit ich zurückgekommen bin.«

»Aber hier geht es immer verrückt und hektisch zu«, widersprach Evie. »Du musst dir die Zeit *nehmen*. Esther nimmt sich Zeit für mich.«

»Esther ist in Rente. Sie hat eben jede Menge Zeit«, antwortete Celeste und wurde langsam ärgerlich. »Evie, was ist los?«

»Nichts ist los«, sagte sie.

»Also, offensichtlich plagt dich irgendwas. Komm schon, sprich mit mir.«

Evie sah ihre Schwester an, und für einen Augenblick dachte Celeste, dass sie etwas sagen würde. Doch plötzlich ertönte aus dem Nordflügel ein gewaltiger Krach von herabstürzendem Putz, Gebälk oder Zimmerdecken, oder vielleicht eine Kombination aus allen dreien zugleich, gefolgt von einer Flut von Kraftausdrücken. Celestes Augen weiteten sich, und sie war hin- und hergerissen zwischen der Möglichkeit, loszulaufen, um zu sehen, was passiert war, und der, bei ihrer Schwester zu bleiben. Der Nordflügel gewann.

»Warte genau hier«, befahl sie und deutete entschlossen auf die Stelle, an der ihre Schwester stand, doch als Celeste sich zum Gehen wandte, öffnete Evie die Vordertür, verschwand in den Garten und schlug die Tür vorwurfsvoll hinter sich zu. Celeste wurde es schwer ums Herz, und sie wurde das Gefühl nicht los, dass sie wieder einmal versagt hatte.

* * *

Es war so unfair, dass niemand da war, um den Anruf und die Bestellung entgegenzunehmen. So unfair und so typisch, dachte Gertie, als sie die Stimme mit Oberklassenakzent am anderen Ende der Leitung hörte.

»Hallo? Hier ist Samantha Stanton.«

Gertie wusste genau, wer es war, und ihr Herz raste beim Klang der Stimme von James' Ehefrau.

»Hallo, Mrs Stanton. Hier ist Gertrude. Wie kann ich Ihnen helfen?«, fragte sie ganz höflich, während sie sich die kurzen Fingernägel in die linke Handfläche bohrte.

»Ich hätte gerne ein paar Containerrosen nach Hause geliefert. Fünf, glaube ich, würden reichen. Wäre es möglich, dass ich sie heute bekomme? Mein Gärtner kommt vorbei, und ich hätte sie gerne eingepflanzt. Bei der Sorte bin ich nicht wählerisch – einfach irgendeine, die gerade blüht. Rot, wenn möglich.«

Rot, ja, dachte Gertie. Rot für Wut. Rot für Gefahr. Rot für das Blut, das Gertie gerne vergießen würde.

Sie schüttelte den Kopf und verbannte ihre negativen Gedanken.

»Natürlich«, erwiderte sie. »Ich werde Ihnen etwas vorbeibringen, sobald ich kann.«

Sie zitterte, als sie auflegte, und blieb einen Moment lang in der kühlen, dunklen Eingangshalle stehen, bis ihr Herzschlag wieder weitestgehend im normalen Bereich war.

»Okay«, sagte sie sich, »du schaffst das. Samantha Stanton ist nur eine Kundin, die ein paar Rosen will. Du wirst sie aussuchen und sie ausliefern, und das war's.« Doch als sie sich auf den Weg in den Garten machte, konnte sie nicht anders, als sich zu wünschen, dass diese Aufgabe nicht ihr zugefallen wäre.

Gertie wählte fünf prächtige rote Hamilton-Rosen namens *Constable* aus – eine Pflanze, die nach dem berühmten Künstler benannt worden war, der im ganzen Stour Valley gemalt hatte. *Constable* war eine große, robuste Rose mit den üppigen Blüten der Bourbonsorten, die im neunzehnten Jahrhundert so populär gewesen waren. Außerdem hatte sie einen perfekten Alte-Rosen-Duft und war wegen ihrer langen, geraden Stängel bei Floristen beliebt. Tatsächlich standen zu besonderen Anlässen ganze Vasen voll mit ihnen im Herrenhaus.

Gertie verfluchte die Abwesenheit ihrer Schwestern ausgerechnet jetzt, als sie sie am meisten brauchte, belud den Transporter mit den fünf Containerrosen, fuhr die kurze Strecke ins Dorf zum Haus der Stantons und parkte in der makellos geteerten Einfahrt. Sie blieb im Wagen sitzen, während sie ihre Gedanken ordnete.

Ob James wohl von dieser Bestellung wusste?, fragte sie sich. Wahrscheinlich nicht. Andernfalls hätte er angeboten, sie selbst abzuholen, und ein Treffen mit ihr auf dem Anwesen bewerkstelligt. Oder?

Nachdem sie die liebevolle Szene zwischen ihm und seiner Frau beobachtet hatte, wusste Gertie nicht mehr, was sie von ihm erwarten sollte. Alles, was sie wusste, war, dass sie mit ihm sprechen wollte, er aber ihre SMS nicht beantwortete, was sie dazu brachte, zum ersten Mal an ihrer Beziehung zu zweifeln.

Was war los? Sie musste ihn unbedingt sehen, um es herauszufinden. Die Befürchtung, dass er sie vielleicht die ganze Zeit über nur benutzt hatte, ohne auch nur einen Gedanken an eine gemeinsame Zukunft zu verschwenden, nagte stärker an ihr, als sie zugeben wollte. Sie wollte es sich keineswegs eingestehen. Noch nicht. Nicht, solange es noch Hoffnung gab, dass sie vielleicht etwas von ihm hörte.

Sie atmete tief durch und versuchte, die Wut zu ersticken, die in ihr brodelte. Sie musste an die anstehende Aufgabe denken und das Ganze so schnell wie möglich hinter sich bringen.

Der umgebaute Stall wirkte mit seinen riesigen Fenstern und den eleganten schwarzen Balken ziemlich beeindruckend. Es war nicht die Art von Gebäude, die Gertie gefiel, aber dennoch erkannte sie seinen Reiz. James hatte ihr erzählt, dass das Haus nur aus weitläufigen und zugigen Räumen bestand und dass er sich darauf freute, eines Tages mit ihr ein klitzekleines, winziges Häuschen zu kaufen. Eines, wo sie sich aneinanderkuscheln und sich gegenseitig wärmen und es sich gemütlich machen konnten – und mit diesem Bild im Sinn klopfte Gertie an die Vordertür und wartete.

Samantha brauchte eine Weile, um zur Vordertür zu gelangen, und sie öffnete sie vom Rollstuhl aus.

»Ah, Gertrude, nicht wahr?«, sagte sie mit klarer, akzentuierter Stimme und schaute mit ihren leuchtend grünen Augen zu ihr auf.

»Ja«, erwiderte Gertie und blickte auf die Gestalt im Rollstuhl hinab. Man konnte nicht leugnen, dass sie eine wunderschöne Frau war. Mit einer blonden Mähne, die Gertie – wenig überraschend – an ein Pferd erinnerte. Sie besaß ebenmäßige Gesichtszüge und eine makellose Haut, von der die meisten Frauen nur träumen konnten.

»Stellen Sie die Rosen drüben an die Wand, und kommen Sie herein, während ich Ihnen einen Scheck ausstelle.«

Gertie kehrte zum Wagen zurück, holte die Rosen heraus und ging wieder zum Haus. Der Flur war riesig, und ihre Schritte hallten auf dem gefliesten Boden. Sie entdeckte Samantha im Wohnzimmer, trat ein, und fast sofort erhob sich Clyde, der Windhund, aus seinem Korb und spazierte durchs Zimmer, um sie zu begrüßen.

»Er scheint Sie ja wirklich zu mögen«, bemerkte Samantha mit einem milden Lächeln.

Gertie spürte, dass sie errötete, und hoffte, dass sie sich dadurch nicht verriet. »Wir haben einen Hund auf unserem Anwesen«, erwiderte sie. »Vielleicht kann Clyde ihn riechen.«

Samantha beobachtete, wie Gertie sich im Zimmer umsah und das riesige Foto in Postergröße von ihr entdeckte, auf dem sie auf einem Pferd an einem Strand durchs flache Wasser galoppierte.

»Das ist das Vieh, das mich abgeworfen hat«, bemerkte sie sachlich.

»Oh«, sagte Gertie. »Tut mir leid.«

»Mir auch«, seufzte sie. »Man lernt nie aus, nicht wahr?«

»Ja«, erwiderte Gertie.

»Sind Sie schon einmal geritten?«, wollte Samantha wissen.

»Nein. Noch nie.«

»Gut«, sagte sie. »James konnte damit auch noch nie etwas anfangen.« Sie lachte. »Ich habe es mal mit ihm versucht, aber er hat sich auf dem Pferd nicht wohlgefühlt.« In ihren Augen lag ein sanfter Ausdruck, als sie über James sprach, und Gertie schluckte schwer. »Also, soll ich diesen Scheck für Hamilton Roses ausstellen?«

Gertie nickte und war froh, dass sie wieder übers Geschäftliche redeten. »Vielen Dank.«

Während Samantha schrieb, sah Gertie sich erneut in dem großen Raum um und betrachtete die riesigen Sofas und Teppiche in neutralen Farben. Es war im gleichen Maße hell und modern, wie Little Eleigh Manor finster und altmodisch war. Gertie gefiel es nicht. Dies war kein Raum, in dem sie sich jemals wohlfühlen könnte, dachte sie.

Dann blieb ihr Blick an einem gläsernen Beistelltisch hängen, auf dem etwa ein Dutzend eingerahmter Bilder standen. Von ihrer Position aus konnte sie ein Bild von James und

Samantha erkennen, die die Arme umeinandergeschlungen hatten und irgendwo waren, wo es warm und sonnig war, an einem Ort, von dem Gertie nur träumen konnte. Ein weiteres Foto zeigte sie zusammen auf einem Boot inmitten eines türkisfarbenen Ozeans. Es ließ Gertie darüber nachdenken, wie wenig sie bisher von der Welt gesehen hatte. Sie war kaum einmal außerhalb von Ostengland gewesen, aber wie hätte sie auch auf Reisen gehen sollen, wenn doch ihre Mutter bei allem ihre Hilfe gebraucht hatte?

»Du wirst mich doch nicht verlassen, oder, Gertie?«, hatte Penelope sie so viele Male angefleht, dass Gertie aufgehört hatte, mitzuzählen. »Ich brauche dich hier.«

»Natürlich verlasse ich dich nicht«, hatte Gertie gelobt und dabei die volle Tragweite ihrer Schuld gespürt, weil sie einmal über ihre eigenen Bedürfnisse nachgedacht hatte. Doch sie würde ja nicht für immer in Little Eleigh bleiben, denn sie und James würden nach Frankreich, Italien oder in irgendein anderes atemberaubend schönes Land ziehen, nicht wahr?

Gertie war so anständig, zu erröten, weil sie solche Gedanken über den Mann einer anderen ausgerechnet in deren Haus hegte. Erneut sah sie Samantha an und fragte sich, wie es wohl sein mochte, auf einen Rollstuhl angewiesen zu sein.

Plötzlich verzog Samantha das Gesicht.

»Alles in Ordnung?« Gertie war sofort bei ihr.

»Können Sie mir bitte die Tabletten reichen?« Sie nickte in Richtung eines Couchtischs, und Gertie griff nach einer kleinen Dose und reichte sie ihr.

»Soll ich Ihnen etwas Wasser bringen?«

Samantha nickte. »Bitte.« Mit einer Hand wies sie zur Küche, und Gertie verließ das Zimmer. Wie der Rest des Hauses, den sie gesehen hatte, war auch die Küche hell, modern und mit dem Besten eingerichtet, was man für Geld kaufen konnte. Gertie fand ein Glas, füllte es mit Wasser, kehrte zu

Samantha zurück und beobachtete, wie sie zwei der riesigen Tabletten schluckte.

»Heute Morgen habe ich vergessen, sie zu nehmen«, erzählte sie. »Nun, das stimmt nicht ganz. Ich habe versucht, sie mir abzugewöhnen. Ich hasse es, sie meinem Körper zuzumuten, aber wenn ich sie nicht nehme, habe ich starke Schmerzen.«

»Leiden Sie ständig an Schmerzen?«

Sie nickte. »So gut wie«, sagte sie. »An manchen Tagen ist es besonders schlimm. Das sind die Tage, an denen ich dem armen James die Ohren volljammere.« Sie schloss kurz die Augen und seufzte.

»Kann ich Ihnen noch irgendetwas bringen?«

»Nein danke«, erwiderte sie, und ihre schönen grünen Augen öffneten sich wieder. »Sie sind die mittlere Schwester, nicht wahr?«

»Das stimmt«, antwortete Gertie.

»Ich glaube, dass Sie es waren, von der James neulich gesprochen hat. Er hat erzählt, dass er Sie im Dorf gesehen hat, als er mit Clyde spazieren gegangen ist. Er scheint Sie zweifellos zu kennen.«

Gertie realisierte, dass der Hund sich neben ihren Füßen hingesetzt hatte, und lächelte gequält.

Einen Moment lang sahen sie einander an, und Gertie fragte sich, was Samantha durch den Kopf ging. Sie fühlte sich unter dem Blick aus ihren grünen Augen nackt und verwundbar. Es war, als könnte Samantha ihr direkt in die Seele blicken und all ihre Geheimnisse und Pläne zutage fördern, die sie schmiedete, um mit James zusammen zu sein.

»Gut. Bitte sehr«, sagte Samantha endlich, riss den Scheck aus dem Buch und reichte ihn Gertie. Gertie erblickte den schmalen goldenen Ehering und den Diamant-Solitär, der sie mit seiner selbstgefälligen Schönheit zu verspotten schien, als würde er ihr sagen, dass James ihr nie ein solches Geschenk machen würde.

»Ich hoffe, Sie sind mit den Rosen zufrieden«, sagte Gertie.

»Ich bin mir sicher, dass sie genau richtig sind«, erwiderte Samantha. »Danke, dass Sie so schnell gekommen sind.«

Gertie nickte, und Samantha schenkte ihr ein Lächeln, das warmherzig und ehrlich war und sie sich fragen ließ, ob Samantha tatsächlich ein so schwieriger Mensch war, wie James behauptet hatte.

Gerade wollte sie gehen, als ihr Blick auf Samanthas Hals fiel.

»Alles in Ordnung?«, fragte Samantha. »Sie sind ja ganz blass geworden.«

»Mir geht's g-gut«, erwiderte Gertie und richtete blitzschnell ihren Chiffonschal. »Ich sollte besser gehen. Ich finde selbst nach draußen.«

»Auf Wiedersehen«, sagte Samantha.

Gertie zitterte, als sie die kurze Distanz zum Anwesen zurücklegte, ihre Finger lagen auf dem silbernen Medaillon, das James ihr gekauft hatte.

Es war exakt das gleiche, das Samantha Stanton getragen hatte.

* * *

»Es ist alles verrottet, sehen Sie?«, erklärte Mr Ludkin, während er auf die Balken deutete, die er in einem der Zimmer im Nordflügel zutage gefördert hatte. Auf dem Boden lag bergeweise Putz, und die Luft war von Staub erfüllt.

»Ja, das sehe ich«, erwiderte Celeste und betrachtete das uralte Holz vor ihr.

»Gut, dass wir es jetzt entdeckt haben, sonst wäre womöglich die ganze Wand mitsamt dem Dach darüber eingestürzt.«

»Ich dachte, das Dach wäre schon eingestürzt«, sagte Celeste.

»Nein, nein. Nur die Decke«, erklärte er. »Da haben Sie wenigstens noch Glück gehabt.«

»Glück, ja.«

»Obwohl es die Arbeiten verzögern wird. Muss ’nen Spezialisten dazuholen.«

»Verstehe«, erwiderte Celeste und sah vor ihrem geistigen Auge, wie das Geld aus dem Verkauf des Fantin-Latour wegfloss, noch bevor es überhaupt auf ihrem Bankkonto gelandet war. »Aber können Sie es retten?«

»Alles kann man retten, wenn Sie das nötige Geld aufbringen können«, antwortete Mr Ludkin.

Celeste atmete tief durch. »Ich hatte befürchtet, dass Sie das sagen würden«, seufzte sie.

# 26. Kapitel

Gertie war wütend. Wütend und verwirrt. Seitdem sie bei Samantha aufgebrochen war, hatte sie mehrmals versucht, James anzurufen, und ihm mindestens ein Dutzend SMS geschickt, bevor er sie endlich zurückrief und sie sich darauf einigten, sich am Abend an der Kapelle zu treffen.

Während sie mit Frinton unter dem perfekten Vorwand, mit ihm Gassi zu gehen, die Felder überquerte, fragte sie sich, ob James überhaupt da sein würde, nachdem er sie das letzte Mal hatte sitzen lassen. Ob er wohl versuchte, sie abblitzen zu lassen? Und was würde er wohl über die Halskette zu sagen haben?

Doch ihr Herz wurde weich, als sie ihn in den letzten Sonnenstrahlen lässig an der Mauer der Kapelle lehnen sah. Es war unmöglich, absolut unmöglich, einem Mann, der so gut aussah wie er, böse zu sein, und sie verfluchte ihn dafür.

»Liebes!«, rief er, umfasste ihr Gesicht und küsste sie voll auf den Mund.

»Ich muss mit dir reden«, sagte sie eine Minute später, fest entschlossen, einen klaren Kopf zu bewahren und die Dinge mit ihm zu klären.

»Es gibt nichts, was ich lieber tue, als mit dir zu reden«, erwiderte er. »Nun ja, *eine* Sache gibt es schon, die ich lieber mag.« Er kniff sie leicht in den Po, doch sie schob ihn von sich.

»James!«, rief sie.

»Was?«, gab er zurück. »Was hab ich getan?« Er wirkte verletzt, und sofort hatte sie ein schlechtes Gewissen, doch dann erinnerte sie sich daran, wie schlecht sie sich seinetwegen gefühlt hatte – immer und immer wieder.

»Ich war heute bei Samantha«, sagte sie.

»Was?«, fragte er entsetzt.

»Sie hat ein paar Rosen bestellt«, erklärte sie und erlöste ihn von seiner Qual. »Was denn? Hast du etwa geglaubt, ich wäre zu ihr gegangen und hätte mich als deine Geliebte zu erkennen gegeben, oder was?«

James fuhr sich mit einer Hand durch sein helles Haar. »Also, ich …«

»Das würde ich niemals tun, James. Das weißt du genau.«

Er seufzte erleichtert. »Ich weiß«, sagte er.

»Aber das sollte ich – ich sollte es wirklich.«

Er machte einen Schritt auf sie zu und streichelte ihr die Wange. »Ich werde es ihr selbst sagen. Sobald die Zeit dafür reif ist.«

»Wie lange muss ich mir das schon anhören?«, rief Gertie. »Die Zeit ist niemals reif, oder? Und was ist mit meiner Zeit? *Meine* Zeit ist reif. Jetzt, da Mum nicht mehr lebt, muss ich nicht länger hier auf dem Anwesen bleiben. Ich kann gehen, wann immer ich will. Und ich will es, James. Ich will es wirklich!«

Er versuchte, sie mit einem Kuss zum Schweigen zu bringen, doch sie stieß ihn fort.

»Gertie!«

»Hör mir zu«, befahl sie.

»Das tue ich.«

»Ich habe es gesehen. Ich habe gesehen, was du getan hast«, sagte sie.

»Wovon redest du?«

»Die Halskette«, erwiderte sie. »Das silberne Medaillon.«

Er wirkte verwirrt, doch Gerties Finger zogen ihr eigenes Medaillon unter ihrem Schal hervor. »Ich kann nicht fassen, dass du mir das gleiche Medaillon gekauft hast wie deiner Frau.«

James erblasste ein wenig. »Ich kann es erklären«, sagte er, wie alle Männer, die sich in die Enge getrieben sehen.

»Ach ja?« Gertie wirkte nicht überzeugt.

James nahm einen tiefen Atemzug. »Ich hab das Medaillon für dich gekauft, es aber in meiner Jackentasche gelassen. Samantha hat versucht, das Medikament zu finden, das ich ihr besorgt hatte, und da hat sie das Etui aufgemacht und die Halskette gefunden. Ich musste doch behaupten, dass es für sie ist, oder? Aber ich wollte dir nicht die Überraschung verderben. Ich weiß, wie sehr du dir ein Medaillon gewünscht hast, und wollte nicht, dass Samantha das ruiniert, also bin ich losgegangen und hab noch eins gekauft.«

Gertie runzelte die Stirn. Sagte er die Wahrheit? Schwer zu beurteilen, wenn er sie so anlächelte, und sie wollte ihm unbedingt glauben.

»Du glaubst mir doch, oder?«, fragte er und trat näher. Seine langen Finger nahmen das Medaillon und streichelten sanft ihren Hals.

Gertie starrte ihn an, ihre braunen Augen waren groß und schmerzerfüllt, und sie fragte sich, ob sie den Abend erwähnen sollte, als sie ihn zusammen mit Samantha gesehen hatte, und ob er auch dafür eine Erklärung hatte. Wahrscheinlich ja, beschloss sie. Sie hatte die Szene einfach falsch verstanden, würde er behaupten. Mehr nicht. Also erwähnte sie es jetzt nicht. »Du machst mich manchmal so wütend«, sagte sie stattdessen.

»Das ist nicht meine Absicht«, erwiderte er. »Ich will dich glücklich machen.«

»Ich will auch, dass du mich glücklich machst«, antwortete sie. »Ich will, dass wir zusammen sind.«

Er nickte und beugte sich vor, um ihre Stirn zu küssen. »Du bist so warm«, flüsterte er, und sie spürte, wie sein Atem zärtlich über ihre Haut strich. Sie war so in dem Moment versunken und stellte nicht infrage, dass er versuchte, das Thema zu wechseln oder ihm ganz auszuweichen. Stattdessen ließ sie sich küssen, und als sein Handy einen Augenblick später piepte und er ihr sagte, dass er wieder nach Hause musste, ließ sie ihn ohne ein weiteres Wort gehen.

* * *

Celeste lief gut zehn Minuten im Studierzimmer auf und ab, bevor sie Julian anrief.

»Wie weit sind wir mit der Auktion?«, fragte sie ohne Umschweife.

»Hallo, Celeste! Geht es Ihnen gut?«, wollte er wissen.

»Ja«, erwiderte sie, »aber ich muss wissen, was mit dem Rest der Gemälde geschieht.«

»Also, die Kataloge sind jetzt aus der Druckerei eingetroffen und werden heute verschickt, und ich muss sagen, dass die Gemälde großartig aussehen. Die Fotos sind fantastisch – sie werden den Gemälden wirklich gerecht. Ich bringe Ihnen einen vorbei, wenn ich dieses Wochenende hochfahre, okay?«

»Die Auktion ist also in zwei Wochen?«, fragte Celeste.

»Richtig«, sagte er. »Kommen Sie dann nach London?«

Celeste wickelte eine Locke ihres dunklen Haars um ihren Zeigefinger. »Ich bin mir noch nicht sicher«, gestand sie.

»Ich weiß, dass Sie London nicht mögen«, sagte er, »aber es kann schön sein. Ich könnte Sie hinterher zur Feier des Tages zum Essen ausführen.«

»Falls wir die Gemälde verkaufen«, erwiderte sie pragmatisch.

»Die Gemälde werden sich verkaufen«, versicherte Julian. »Was das angeht, müssen Sie sich keine Sorgen machen.«

Doch als Celeste auflegte, musste sie vor sich zugeben, dass sie besorgt war – nicht nur wegen der Gemälde, sondern auch wegen allem anderen.

* * *

Es war mitten in der Nacht, als Celeste aufwachte. Sie war nicht sicher, was sie dieses Mal geweckt hatte, doch in letzter Zeit geschah es häufig, und sie hatte gelernt, sich einfach damit abzufinden.

Sie knipste ihre Nachttischlampe an und weckte damit Frinton am Fußende des Bettes. Sie blickte durchs Zimmer, entdeckte ihre alte Ausgabe von Dodie Smiths »Mein Sommerschloss« und stieß ein ironisches Lachen aus. Cassandra Mortmain war eine ihrer Lieblingsheldinnen und hatte zweifellos gewusst, dass das Leben in einem alten Gebäude mitten in Suffolk alles andere als romantisch war. Als sie das Buch zum ersten Mal gelesen hatte, hatte sie sofort eine Verbundenheit mit der unverwüstlichen Heldin verspürt, obwohl sie ihre Fähigkeit, sich so schnell zu verlieben, kritisch sah und beim Gedanken daran, im Schlossgraben zu schwimmen, erschauderte. Sie und ihre Schwestern hatten niemals etwas so Törichtes getan.

»Nur du hast das, nicht wahr?«, sagte sie zu Frinton. Eins seiner Ohren stellte sich beim Klang ihrer Stimme auf, doch nachdem er ein Seufzen ausgestoßen hatte, schlief er wieder ein.

Sie stand auf, schlüpfte in ihre Hausschuhe und griff nach einem Baumwollpulli. Heute Nacht war ihr nicht nach Lesen zumute, gleichgültig, wie beruhigend es wäre, ihre eigenen Sorgen gegen die von Cassandra Mortmain einzutauschen. Stattdessen machte sie sich auf den Weg nach unten und wurde überraschenderweise von Frinton begleitet. Offenbar war der zu der Ansicht gekommen, dass es eine gute Idee wäre, Schlaf gegen die Chance auf ein Leckerli einzutauschen.

Sie ließ die Ruhe ihres Schlafzimmers hinter sich und lief den Korridor entlang, der alle Zimmer miteinander verband. Stets blieb eine kleine Lampe an, um den dunklen Gang zu erleuchten, falls jemand nachts herumlief, doch die Holzvertäfelung bewirkte, dass es trotzdem unheimlich finster war.

Sie kamen gerade an Penelopes Zimmer vorbei, als Celeste bemerkte, dass die Tür einen Spalt weit offen stand. Da er ein Terrier war, fiel es auch Frinton auf.

»Nein!«, rief Celeste, als der kleine Hund in die Dunkelheit stürmte. Sie stöhnte. Seit der Nacht, in der sie Evie dort drinnen entdeckt hatte, hatte sie sich nicht mehr in dieses Zimmer gewagt, und es reizte sie keineswegs, wieder hineinzugehen. »Frinton!«, rief sie leise. »Komm *raus* da.« Doch der kleine Hund reagierte nicht, so, wie sie es bereits befürchtet hatte. Sie schüttelte den Kopf und verfluchte innerlich den Tag, an dem dieses weiche, ungehorsame Bündel in ihr Leben getreten war, knipste das Deckenlicht an und betrat das Zimmer. Frinton saß neben dem Bett und knabberte an etwas, das große Ähnlichkeit mit einem Keks besaß, und wahrscheinlich hatte er ihn irgendwann selbst hier versteckt.

Sie schluckte schwer und nahm sich einen Moment Zeit, um sich im Zimmer umzusehen. Das breite Schlittenbett aus Mahagoni war noch immer mit der rosa-weißen Toile-de-Jouy-Bettwäsche bezogen, und dort, auf dem Nachttisch, stand das große silbern umrahmte Foto, das sie entdeckt hatte, als sie mit

Evie hier gewesen war. Das Foto von Penelope. Der Raum war voll mit Fotos von ihr, und ihr schönes Gesicht starrte Celeste aus jedem einzelnen heraus an. Sie spürte, wie ihr die Tränen kamen.

Niemand würde jemals verstehen, dass eine so wunderschöne Frau so grausam hatte sein können. Doch die großen braunen Augen und die sinnlichen Lippen verbargen so viel Gemeinheit, und die bösen Blicke, die sie einem zuwerfen konnte, und die Dinge, die zu sagen sie fähig gewesen war, ließen Celeste noch heute vor Furcht erzittern und vertrieben sie nun aus dem Zimmer.

»*Frinton!*«, rief sie mit energischer Stimme. »Komm schon.« Der kleine Hund sah vom Teppich auf, leckte die übrig gebliebenen Krümel des Kekses auf und folgte ihr aus dem Zimmer, denn er wusste, dass er sein Glück lieber nicht überstrapazieren sollte, wenn sein Frauchen auf diese Art seinen Namen rief.

Als sie die Treppe hinunterlief, hörte sie die Stimmen, sobald sie den Korridor zur Küche betrat.

»Was macht ihr beiden hier?«, fragte sie, als sie in die Küche kam und Gertie und Evie dort vorfand.

»Dasselbe wie du, schätze ich – wir konnten nicht schlafen«, antwortete Evie von der Bank aus, die so lang war wie der alte Tisch. Gertie rührte in einer großen silbernen Schüssel etwas Zitronengelbes an. »Sie backt einen Kuchen, und ich darf alle Löffel und Schüsseln sauber lecken, nicht wahr? Also denk gar nicht erst daran, dich vorzudrängeln, ich war nämlich zuerst hier.«

Celeste nahm Evie gegenüber Platz.

»Du siehst furchtbar aus, Celly«, stellte Gertie fest, als sie sich vom AGA-Herd abwandte.

»Na, vielen Dank auch«, erwiderte Celeste. »Es ist mitten in der Nacht. Ich glaube nicht, dass ich da wie ein Supermodel aussehen sollte.«

Gertie schüttelte den Kopf. »Es ist mehr als das. Stimmt irgendwas nicht?«

Sie seufzte. »Hast du heute mal einen Blick in den Nordflügel geworfen?«

»Den versuche ich zu meiden«, antwortete Gertie. »Warum? Ist es so schlimm?«

»Das kann man wohl so sagen.«

»Aber das haben wir doch schon gewusst, oder?«, fragte Gertie, als sie die klebrige Teigmischung aus der Schüssel in eine Kastenform kippte. »Wir wissen seit Jahren, dass es da drinnen ziemlich schlimm aussieht.«

»Ja, schon, aber das alles so roh und entblößt zu sehen hat mich etwas schockiert, und ich mache mir wirklich Sorgen, was sonst noch alles im Haus zum Vorschein kommt – und ob wir das nötige Budget dafür aufbringen können.«

»Wir müssen einfach tun, was wir können«, meinte Gertie. »Niemand erwartet von dir, dass du alles auf einmal stemmst. Du musst einfach eine Sache nach der anderen in Angriff nehmen.«

Celeste stützte den Kopf in die Hände, schloss die Augen und lauschte Gerties Bewegungen, während sie mit den Backutensilien hantierte.

»Wo hast du das gestohlene Gemälde hingeräumt, Celly?«, fragte Evie nach einer Weile.

Celeste öffnete wieder die Augen und sah ihre Schwester über den Tisch hinweg an. »Es ist vorübergehend im Studierzimmer.«

»Du wirst es doch wohl nicht verkaufen, oder?« Evies Augen waren verengt und vorwurfsvoll.

»Ich bin mir nicht sicher, was ich tun soll«, gestand Celeste. »Ich finde, wir sollten gar nichts damit machen, bevor sich die Dinge nicht beruhigt haben.«

»Welche Dinge? Dad oder Simone haben nicht angerufen, oder?«

»Nein«, erwiderte Celeste.

»Na also. Ich finde, wir sollten es im Salon aufhängen. In der Lücke, die der Fantin-Latour hinterlassen hat. Ich hasse diese Lücke. Ihretwegen fühle ich mich innerlich ganz leer.«

Celeste wusste genau, was Evie meinte. Jedes Mal, wenn sie das Zimmer betrat, schien die leere Stelle an der Wand sie anzustarren, und sie fragte sich, ob sie die richtige Entscheidung damit getroffen hatte, das Gemälde wegzugeben.

*Aber du hast es nicht einfach weggegeben*, flüsterte eine Stimme in ihr. *Du wirst damit fast eine halbe Million Pfund verdienen.*

»Vielleicht sollten wir es wirklich dort aufhängen«, sagte sie schließlich.

»Es wird gut aussehen«, versicherte Evie. »Wir sollten feiern, dass es wieder zu Hause ist.«

Celeste beobachtete Evie, als ihr Gesichtsausdruck sich langsam in etwas verwandelte, das Melancholie ähnelte, und ihre schönen Augen nach unten blickten.

»Evie?«, fragte Celeste, erinnerte sich an ihre vereitelte Unterhaltung in der Eingangshalle und daran, dass sie seitdem keine Chance mehr gehabt hatte, mit ihrer Schwester zu reden. »Geht es dir gut?«

Evie seufzte, sah jedoch nicht auf. »Warum fragt mich das ständig jeder?«

»Vielleicht, weil wir wissen, dass irgendwas nicht stimmt«, antwortete Celeste.

»Und woher willst du das wissen?«, erkundigte sie sich trotzig.

Celeste hob die Hände. »Wegen deiner Kommentare, die du in genau diesem Tonfall abgibst«, erwiderte sie.

Evie stöhnte.

»Und weil du stöhnst«, fuhr Celeste fort, »und im Haus Trübsal bläst und dabei ganz blass aussiehst.«

»Ich bin nicht blass und blase nirgendwo Trübsal.«

»Und dich heimlich mit Esther unterhältst«, ergänzte Celeste.

»Ah!«, rief Evie. »Jetzt kommen wir der Sache näher. Du denkst, dass mit mir etwas nicht stimmt, weil ich mich lieber ganz normal mit Esther unterhalte, anstatt mit dir zu reden. Ist es das?«

»Nein, das ist es keineswegs.«

»Nicht? Aber anscheinend bist du deshalb immer noch sauer«, sagte Evie unverblümt.

»Ich bin nicht sauer. Ich will einfach nur helfen.«

»Es gibt nichts, wobei du helfen musst«, beharrte Evie.

»Worüber hast du dann mit Esther geredet?«

»Spielt das denn eine Rolle?«

»Für mich schon«, sagte Celeste. »Ich bin deine große Schwester.«

»Genau«, erwiderte Evie.

»Was soll das heißen?«

»Es heißt, dass du meine Schwester bist. Und nicht meine Mutter.«

»Ich versuche gar nicht, deine Mutter zu sein«, entgegnete Celeste. »Hast du dich deshalb an Esther gewendet? Wie an eine Ersatzmutter?«

Evies Augen weiteten sich und wirkten plötzlich angsterfüllt. »Wie kannst du so etwas sagen?«

»Ist es wahr?«

»Ich brauche keine Ersatzmutter. Ich bin einundzwanzig«, erklärte Evie. »Wie auch immer, niemand könnte Mum ersetzen.«

»Okay, okay«, erwiderte Celeste. »Ich versuche bloß, zu verstehen, was los ist.«

»Warum? Es hat dich doch früher nie interessiert.«

»Evie!«, rief Gertie und wandte sich vom Waschbecken ab.

»Was?«, fauchte Evie. »Du hast doch das Gleiche gesagt.«

Celestes Mund klappte auf. »Was hast du über mich gesagt?«

»Nichts«, antwortete Gertie. »Ich hab nichts gesagt.«

»Wirklich?«, fragte Celeste und klang nicht überzeugt. »Es hört sich aber nicht nach nichts an. Worüber habt ihr zwei geredet?«

»Lass es einfach, Celly«, meinte Evie. »Geh einfach zurück in dein Studierzimmer.«

Die Küche war von einem furchtbaren Schweigen erfüllt.

»Das ist es also?«, fragte Celeste einen Augenblick später. »Ihr denkt also, dass ich mich zum *Spaß* darin einsperre? Ihr glaubt, dass ich euch beide ausschließe, nicht wahr?«

»Na ja, tust du das denn nicht?«, fragte Evie.

»Wenn ich es tue, dann nicht mit Absicht«, erwiderte Celeste ganz leise. »Aber ihr beiden wart es, die mich gebeten haben, zurückzukommen – ihr habt mich geradezu *angefleht.*«

»Wir wollten unsere Schwester zurück«, sagte Evie.

»Und das bin ich, aber du hast doch den Zustand des Studierzimmers gesehen. Was soll ich denn tun?«

»Mit uns *reden*?«

»Das versuche ich doch *jetzt* gerade!«, rief Celeste verzweifelt.

»Du verstehst es einfach nicht, oder?«

»Was denn? Verrate mir, was ich nicht verstehe, weil ich es wirklich wissen will.«

»Du kannst nicht nach drei Jahren hereinmarschiert kommen und von uns erwarten, dass wir uns dir gegenüber ganz plötzlich öffnen. So funktionieren Beziehungen nicht, Celeste«, antwortete Evie. »Es ist dir gelungen, zu entkommen – du warst zum Schluss nicht hier, und du hast keine Ahnung, wie es war. Du bist mit deinem Liebhaber in dein neues Zuhause abgehauen, nicht wahr?«

»Du glaubst also, dass meine Ehe eine einfache Lösung war?«, erwiderte Celeste atemlos. »Nun, das war sie nicht. Sie war der größte Fehler meines Lebens, und ich habe ihn nur begangen, um dem hier zu entfliehen. Damals habe ich geglaubt, es wäre die richtige Entscheidung. Ich war verzweifelt und wusste, dass ich nicht länger hier leben konnte.«

»Das wissen wir«, versicherte Gertie und versuchte, die Wogen zwischen Celeste und Evie zu glätten. »Wir werfen dir nicht vor, dass du gegangen bist.«

»Nicht?«, fragte Evie. »Sprich nicht für mich, weil *ich* es Celeste nämlich vorwerfe.«

Celeste schüttelte den Kopf. »Sag das nicht, Evie. Du machst mir keinen Vorwurf – nicht wirklich.«

»Warum sagst du das? Warum schreibt ihr mir immer Gedanken zu oder legt mir Worte in den Mund? Ihr *wisst* doch gar nicht, was ich denke oder fühle.« Evies Gesicht hatte innerhalb von Sekunden die Farbe gewechselt, vom Weiß einer *Boule de Neige*-Rose zum Rot der *Munstead Wood*.

»Ich versuche nur, herauszufinden, was hier los ist«, antwortete Celeste. »Mit euch beiden. Keine von euch spricht mit mir über die Dinge, die wirklich wichtig sind. Ich weiß, dass dir irgendetwas auf dem Herzen liegt, Evie, aber du gibst mir einfach keine Chance, und auch Gertie verheimlicht etwas.«

»Was meinst du?«, fragte Gertie.

»Du hast in letzter Zeit ziemlich häufig nachts gebacken, und das tust du nur dann, wenn du dich über irgendetwas ärgerst. Ich wünschte, du würdest mir sagen, was es ist.«

Gertie wurde sehr still und weigerte sich, mit ihrer Schwester Blickkontakt zu halten.

»Ich *weiß* ja, dass ich nicht genug Zeit mit euch verbringe«, gestand Celeste, »und es tut mir aufrichtig leid, dass ich euch verletzt habe, aber ich *bitte* euch, sprecht mit mir darüber. Ich brauche euch beide wirklich.«

»Nein, tust du nicht«, widersprach Evie. »Du hast nie irgendjemanden gebraucht. Du verschließt dich einfach gegenüber jedem, nicht wahr? Du bist so kaltherzig, Celeste. Ich habe noch nie jemanden gekannt, der so kaltherzig ist wie du.«

»Hör *auf*, Evie!«, rief Gertie. »Du treibst es immer zu weit.«

In diesem Moment trat Esther ein. »Was fällt euch eigentlich ein, hier mitten in der Nacht herumzuschreien?«

»Halten Sie sich raus, Esther«, sagte Celeste.

»Wag es *ja* nicht, so mit ihr zu sprechen«, entgegnete Evie.

»Das hat nichts mit ihr zu tun, Evie«, erwiderte Celeste mit einem warnenden Unterton. »Das ist eine Sache zwischen dir und mir.«

»Du glaubst wohl, dass du das entscheiden kannst, oder?«, gab Evie zurück. »Also, ich habe es satt, dass du glaubst, du könntest mir ständig sagen, was ich tun soll. Das kannst du nicht mehr mit mir machen.«

Esther hörte, was die beiden sich gegenseitig an den Kopf warfen, und hob schließlich eine ihrer kleinen, knochigen Hände. »Mädchen«, sagte sie. Ihre ruhige Stimme tat ihre Wirkung, denn für einen Augenblick hörten sie auf zu streiten und wandten sich ihr zu. »Nun«, begann sie schließlich, »ich bin mir nicht sicher, was diese kleine Szene heute Nacht verursacht hat, aber ich glaube, ich habe eine Ahnung, was dahinterstecken könnte.«

»Na, da bin ich ja froh, dass es jemand weiß«, sagte Celeste sarkastisch.

Esther warf Celeste einen scharfen Blick zu und richtete ihre Aufmerksamkeit dann wieder auf Evie. »Ich glaube, du solltest es ihnen verraten, Evie«, meinte sie, »findest du nicht?«

# 27. Kapitel

»Uns was verraten?«, fragte Celeste. »Wenn es irgendetwas zu sagen gibt, dann denke ich, dass du es jetzt hinter dich bringen solltest.«

»Ja, was ist los?«, fragte Gertie. Sie hatte sich zu ihnen an den Tisch gesetzt, beobachtete, wie Esther neben Evie Platz nahm und die beiden einander für einen langen, stillen Moment ansahen.

»Na los, mein Mädchen«, sagte Esther und tätschelte Evie sanft die Hand.

Celeste blickte von Esthers in Evies Gesicht und beneidete sie um ihre offensichtliche Nähe. Wann war das alles geschehen?, fragte sie sich. Und wie hatte sie die wachsende Freundschaft der beiden nicht bemerken können?

Evie nahm ein paar langsame Atemzüge. »Ich bin schwanger«, gestand sie schließlich und zuckte leicht die Achseln, als hätte sie gerade bloß zugegeben, dass sie vergessen hatte, den Müll hinauszubringen.

»Schwanger?«, fragte Gertie. »Bist du sicher?«

»Natürlich bin ich sicher«, erwiderte Evie. »Ich bin mir jetzt schon seit einer ganzen Weile sicher. Es soll an Weihnachten kommen.«

»Ein Weihnachtsbaby?«, sagte Gertie, und Evie nickte.

»Meine Güte!«, rief Gertie, und ein kleines Lächeln erhellte ihre Züge, doch Evie lächelte nicht, weil Celestes Reaktion noch ausstand.

»Celeste?« Es war Esther, die sprach.

Celeste biss sich auf die Zunge, um sich vom Schreien abzuhalten. Sie würde nicht schreien. Das würde Penelope zu sehr ähneln, und sie würde niemals sein wie sie, oder?

»Wirst du es bekommen?«, fragte Celeste schließlich.

Evies Mund klappte auf, und in ihrem Blick lag Unglauben. »*Natürlich* werde ich es bekommen. Warum denn nicht?«

»Es ist nur …« Celeste verstummte. Was war es, das sie eigentlich ausdrücken wollte? »Ich finde es schwer, zu glauben, dass du ein Baby in diese gestörte Familie bringen willst.«

Sobald die Worte draußen waren, begriff Celeste, dass sie sie nicht hätte aussprechen dürfen. Drei Augenpaare starrten sie ringsum an, und niemand wagte es, ein Wort zu sagen.

»Ich kann nicht glauben, dass du das gerade gesagt hast«, meinte Evie einen Moment später, und ihre Stimme war ein schreckliches Flüstern.

»Ich habe es nicht so gemeint«, erwiderte Celeste und schüttelte den Kopf. Sie wandte sich an Gertie, als erwarte sie ein paar unterstützende Worte von ihr, doch der verletzte Ausdruck in ihrem Blick sagte ihr, dass sie von ihr keinerlei Beistand erhalten würde.

»Und was *hast* du gemeint?«, fragte Gertie.

»Ich habe gemeint … ich habe gemeint … bist du dir sicher, dass es das Beste für dich ist – für die Familie?«

»Für *dich*, meinst du doch? Du sorgst dich überhaupt nicht um mich, oder?«, fragte Evie. »Du machst dir nur Sorgen, weil *dir* womöglich noch mehr Verantwortung zufällt.«

»Das hab ich nicht gesagt«, widersprach Celeste.

»Das war auch nicht nötig«, sagte Evie. »Es steht dir förmlich ins Gesicht geschrieben.«

»Evie«, mahnte Esther, ihre Stimme blieb ruhig, und ihre Hand ruhte noch immer auf der von Evie. »Hör Celeste an.«

Evie sah Esther mit einem Ausdruck an, als fühle sie sich verraten.

»Es ist nur – also – ich kann mir vermutlich nicht vorstellen, dass irgendjemand ein Kind in dieses Haus bringen will. Nicht nach allem, was wir mit Mum durchgemacht haben«, erklärte Celeste. Und da war es. Endlich war es raus. Die Schwestern hatten noch nie zuvor miteinander darüber geredet. Es hatte einfach zwischen ihnen gestanden, und jede von ihnen hatte Gedanken und Gefühle gehegt, die nie richtig in Worte gefasst worden waren.

»Warum sollte das für mich einen Unterschied machen?«, fragte Evie.

Celeste betrachtete das junge Gesicht ihrer Schwester und wunderte sich über ihre Unschuld. »Hast du denn keine Angst?«, wollte sie wissen.

»Wovor? Vor der Geburt?«

»Nein«, antwortete Celeste. »Davor, dich in Mum zu verwandeln.«

Evie runzelte die Stirn. »Ich habe Mum geliebt«, erwiderte sie. »Ich weiß, dass sie ihre Macken hatte. Jeder weiß das. Und ich weiß, dass du Probleme mit ihr gehabt hast, aber warum sollte das jetzt mich betreffen? Wie auch immer, wenn irgendjemand sich je in Mum verwandeln sollte, dann wirst du es sein, nicht ich.«

»Sag das nicht«, flüsterte Celeste.

»Aber du bist genau wie sie – du verbringst Stunden in diesem Studierzimmer und weißt nie wirklich, was mit uns los ist.«

»Evie!«, rief Gertie warnend, doch ihre Schwester war nun nicht mehr zu bremsen.

»Was?«

»Ich bin *nicht* wie Mum«, beharrte Celeste, ihre dunklen Augen füllten sich plötzlich mit Tränen, und ihre Stimme zitterte, als in ihr etwas zerbrach. »Sag das nie wieder zu mir.«

»Aber du hast gesagt …«

»Du hast *keine* Ahnung, was ich mit ihr durchgemacht habe!«, rief Celeste. »Was ich *immer noch* durchmache. Überhaupt keine Ahnung. Sie hat mir das Gefühl gegeben, ich wäre … so …«

»Was?«, fragte Evie, und ihre Stimme war noch immer von Zorn erfüllt.

»Nutzlos«, antwortete Celeste, und Tränen strömten über ihre Wangen. »Ich konnte nie etwas richtig machen. Ich war immer, *immer* im Unrecht, und es tut so weh, auch von dir zu hören, dass ich nicht gut genug bin.«

»Aber das hab ich doch gar nicht behauptet«, erwiderte Evie.

»Du bist mir gegenüber so kritisch, Evie.«

»Celly, das bin ich nicht. Ich finde einfach – ich mag es nicht, dass du uns ausschließt. Du hast das schon immer getan, und ich hasse es.«

»Weil Mum das mit mir gemacht hat«, fuhr Celeste fort und trocknete sich die Tränen mit einem Taschentuch, das Gertie ihr gereicht hatte. »Sie hat mich nie an sich herankommen lassen. Sie wollte mich nie kennenlernen.«

Für einen Moment herrschte Stille im Zimmer. Evie war die Erste, die sprach.

»Mich wollte sie auch nie kennenlernen«, gab sie zu.

Celeste runzelte die Stirn. »Aber ihr beiden habt einander so nahegestanden«, wandte sie ein.

Evie zuckte die Achseln. »Nein«, sagte sie. »Eigentlich nicht. Ich dachte, es wäre so, aber im Grunde war es keine Nähe. Es war etwas anderes.«

»Was?«, wollte Gertie wissen.

»Ihre Eitelkeit, glaube ich«, erwiderte Evie. »Sie hat es geliebt, mich herauszuputzen und überall vorzuzeigen. Ich war wie eine Puppe für sie. Ein hübsches kleines Mädchen, das man verwöhnen konnte. Aber es war nie Liebe. Ich fange jetzt an, es zu begreifen.« Sie wandte sich kurz Esther zu, die ihr ein mildes Lächeln schenkte und ihr die Hand tätschelte.

Celeste sah zu Evie, die beiden Schwestern blickten einander an, und ein neues Verständnis keimte nun zwischen ihnen auf.

»Sie hat uns allen das Leben ziemlich schwer gemacht«, erklärte Gertie.

Esther, die die Szene beobachtet hatte, räusperte sich, drückte Evies Hand und sprach.

»Eure Mutter war ein sehr schwieriger Mensch«, sagte sie. »Sie war ehrgeizig und stur, und ja, sie konnte grausam sein. Bei mehr als einer Gelegenheit war ich Opfer ihrer grausamen Zunge, und ich kann mir lebhaft vorstellen, was Celeste und ihr beiden durchgemacht habt, aber ich glaube trotzdem, dass sie euch geliebt hat. Auf ihre eigene Art.«

»Wirklich?«, fragte Celeste, und ihre Augen glänzten noch immer vor Tränen.

Esther nickte. »Ich bin überzeugt.«

»Ich nicht«, gestand Celeste, und ihre Stimme klang hoffnungslos. »Ich habe es nie gespürt.«

Gertie griff über den Tisch und nahm Celestes Hände in ihre.

»Tut mir leid«, sagte Evie. »Ich wollte dich nicht zum Weinen bringen.« Nun standen auch in Evies Augen Tränen.

»Ist schon gut«, antwortete Celeste.

»Ich schätze, dass wir nie wirklich wissen werden, was wir alle mit Mum durchgemacht haben.«

»Wir werden es erfahren, wenn wir öfter darüber reden«, erwiderte Celeste.

Evie schenkte ihr ein kleines Lächeln. »Das würde mir gefallen.«

Celeste nahm einen tiefen Atemzug. »Ich wollte mich nicht so missbilligend über deine Pläne mit dem Baby äußern. Ich freue mich wahnsinnig für dich. Ehrlich. Es ist nur …«

»Was?«, fragte Evie, und ihre Stimme klang nun sanft.

»Ich kann mir einfach nicht vorstellen, deinen Optimismus zu besitzen«, erklärte Celeste. »Nicht nach allem, was wir als Familie durchgemacht haben.«

»Nun, vielleicht wird durch das Baby alles besser«, sagte Evie einfach. »Vielleicht wird es Zeit, die Dinge richtigzustellen.«

Sie sahen sich an, dieses Mal freundlicher. Die Streitlust schien ihnen abhandengekommen zu sein.

»Du meinst, wir sollen die glückliche Familie spielen?«, sagte Celeste.

»Warum nicht? Das wäre doch mal eine schöne Abwechslung, oder?«, meinte Evie.

Dem konnte Celeste nicht widersprechen, doch das Ausmaß der Situation war noch immer nicht richtig angekommen. Ein *Baby*. War Little Eleigh Manor bereit für ein Baby? Ein kleines Kind, das durch die vernachlässigten Räume tapste und in den Wassergraben fallen konnte? Und Babys waren doch kostspielig, oder? Unter den gegebenen Umständen hatten die drei Schwestern gerade genug Geld, um selbst über die Runden zu kommen. Doch Celeste war vernünftig genug, diese Bedenken nicht laut auszusprechen.

»Weißt du, wer der Vater ist?«, fragte Gertie.

»*Natürlich* weiß ich das«, erwiderte Evie und sah ihre Schwester stirnrunzelnd an.

»Es ist Lukas, oder?«, wollte Gertie wissen. »Ich hab bemerkt, wie er dich ansieht.«

»Sogar *mir* ist aufgefallen, wie er dich ansieht«, warf Esther ein, und alle lachten, wodurch sich die Stimmung sofort lockerte.

»Weiß er es?«, wollte Celeste wissen.

»Nein«, gab Evie zu, blickte auf den Küchentisch und beschrieb mit der Fingerspitze einen kleinen Kreis um ein raues Astloch.

»Du hast es also nur Esther gesagt?«, fragte Celeste.

»Fang nicht wieder damit an«, sagte Evie.

»Ich hab gar nicht angefangen«, entgegnete Celeste. »Ich versuche nur, die Dinge klarzustellen, das ist alles.«

»Ich finde, sie sollte es ihm sagen«, meinte Esther, und alle sahen sie an. »Ich weiß, dass ich nicht zur Familie gehöre …«

»Für *mich* schon«, betonte Evie, und erneut sahen die beiden Frauen einander auf eine Weise an, die Celeste das Gefühl gab, eine Außenseiterin zu sein.

»Aber du solltest es ihm sagen«, schloss Esther.

Die vier Frauen am Tisch blickten einander an.

Gertie nickte. »Er ist ein liebenswerter Mann«, sagte sie. »Er sollte es wissen.« Dann schaute sie zu Celeste, und Evie und Esther taten es ihr gleich.

Celeste räusperte sich. »Ich stimme zu«, erwiderte sie. »Er sollte es definitiv wissen.«

Evie seufzte. »Das ist nicht das, was ich wollte«, entgegnete sie.

»Was wolltest du denn?«, wollte Gertie wissen und beugte sich etwas vor, als versuchte sie, so der Wahrheit näher zu kommen.

»Ich wollte etwas Eigenes. Etwas, das mir niemand wegnehmen kann.«

»Glaubst du denn, dass er versuchen wird, dir das Baby wegzunehmen?«, fragte Gertie.

Evie zuckte die Achseln.

»Du denkst an Betty, oder?«, sagte Celeste.

»Wer ist Betty?«, wollte Esther wissen, und Celeste stellte selbstzufrieden fest, dass sie zur Abwechslung einmal etwas über ihre Schwester wusste und Esther nicht.

»Betty war Evies Kätzchen. Sie war ein süßes kleines Ding. Vollkommen weiß, aber über ihrem linken Auge war ein winziger schwarzer Fleck«, erklärte Celeste. »Ich glaube, Evie hat sie von einem unserer Gärtner geschenkt bekommen. Seine Katze hatte einen Wurf, und er hat verzweifelt nach einem Zuhause für die Jungen gesucht. Na ja, Mum hat Katzen immer gehasst, also haben wir beschlossen, ihr nichts davon zu sagen, und haben Betty im Nordflügel versteckt.«

»Das haben wir auch wirklich gut gemacht«, meldete sich Gertie zu Wort. »Wir haben sie gefüttert und dort in den Garten gelassen, wo wir wussten, dass sie nicht gesehen wird.«

»Aber dann bin ich eines Tages aus der Schule gekommen, und das Kätzchen war weg. Wir haben überall nach ihm gesucht, und schließlich mussten wir Mum fragen«, erzählte Evie. »Ich werde nie ihren triumphierenden Gesichtsausdruck vergessen, als sie gesagt hat, dass sie unser kleines Geheimnis entdeckt und uns dafür bestraft hat, dass wir es ihr nicht verraten haben. Ich konnte es einfach nicht verstehen.«

»Aber das ist verrückt«, fand Gertie. »Du kannst einem Vater nicht verschweigen, dass er ein Kind hat, nur weil Mum vor Jahren dein Kätzchen weggegeben hat. Zum einen ist Lukas nicht Mum.«

»Aber wie kann ich sicher sein, dass er nicht versuchen wird, sie mir wegzunehmen?«

»Es ist eine Sie?«, fragte Celeste.

Evie nickte. »Ich denke schon«, erwiderte sie. »Ich weiß es nicht mit Sicherheit, aber mein Gefühl sagt mir, dass es ein Mädchen ist«, meinte sie und legte eine Hand auf ihren Bauch. »Jedenfalls ist es nicht nur wegen des Kätzchens. Mum ist ständig in mein Zimmer gekommen. Manchmal hat sie auch Sachen mitgenommen.«

Esther runzelte die Stirn. »Was zum Beispiel?«

»Zum Beispiel eine kleine Glasvase, die ich mir mal auf dem Kirchenfest von meinem Taschengeld gekauft hatte. Sie war beileibe nichts Besonderes, aber sie hatte eine tolle grüne Farbe – beinah leuchtend. Ich habe sie so geliebt. Nun, Mum offenbar auch, weil ich die Vase eines Tages auf dem Tisch in der Eingangshalle entdeckt habe, mit einer Handvoll Rosen darin. ›Es ist egoistisch von dir, sie nicht zu teilen‹, hat sie zu mir gesagt. ›Jetzt haben alle etwas davon.‹ Ich habe sie nie zurückbekommen«, erzählte Evie. »Wenn Mum in der Nähe war, hatte ich nie wirklich das Gefühl, als ob mir irgendetwas gehört. Immer, wenn ich aus der Schule gekommen bin, habe ich mich gefragt, was jetzt wieder fehlen würde oder worin sie wohl herumgeschnüffelt haben mochte.«

Beide Schwestern wandten sich an Celeste. »Hat sie dir jemals irgendetwas weggenommen?«, fragte Evie.

Celeste nahm einen tiefen Atemzug. »Meine geistige Gesundheit? Meinen Lebenswillen?«, antwortete sie, und alle lächelten einander traurig zu.

Gertie drückte ihre Hand.

»Wisst ihr, dass sie eine Krankheit hatte? Eine Persönlichkeitsstörung«, sagte Celeste.

Gertie wirkte nachdenklich. »So etwas hatte ich vermutet.«

»Julian hat mir davon erzählt, und ich habe im Internet darüber nachgelesen. Sein Bruder hat die gleiche Krankheit«, erzählte sie ihren Schwestern.

»Bist du dir sicher, dass sie nicht einfach nur komisch war?«, fragte Gertie.

»Gewisse komische Charakterzüge können diagnostiziert werden. Je mehr ich darüber lese, desto mehr begreife ich, dass es so viele Menschen da draußen gibt, mit denen wir vielleicht nie zurechtkommen werden. Wir können aber zumindest im Ansatz lernen, sie zu verstehen«, erklärte Celeste. »Ich glaube, das ist wichtig – zu realisieren, dass der Fehler nicht bei uns liegt und es nur sehr wenig gab, was wir hätten tun können, um sie zu ändern.«

Evies Augen waren voller Tränen. »Tut mir leid, was ich über dich gesagt hab, Celly.«

Celeste nickte. »Ist schon gut«, erwiderte sie und erhob sich. »Hört mal, es ist spät. Wir sollten im Bett sein – ganz besonders du, Evie. Du schläfst jetzt für zwei.«

Evie lächelte schwach.

»Gute Nacht. Tut mir leid, dass wir Sie gestört haben, Esther.«

»Keine Sorge«, meinte Esther. »Ich hätte das um nichts in der Welt verpassen wollen.« Und dann schenkte sie Celeste das erste Lächeln, das sie je von ihr bekommen hatte. Celeste blinzelte überrascht. Es war definitiv Zeit, ins Bett zu gehen.

»Celly«, sagte Gertie einen Augenblick später, als sie ihrer Schwester und Frinton in den Flur folgte.

»Ja?« Celeste wandte sich zu ihr um.

»Was du da drin gesagt hast – darüber, dass wir uns in Mum verwandeln. Das macht dir ernsthaft Sorgen, oder?«

»Mehr als irgendetwas anderes«, gab sie zu.

»Mir auch«, erwiderte Gertie.

»Wirklich?«

»Natürlich«, meinte sie. »Welche Tochter fürchtet sich denn nicht davor, sich in ihre Mutter zu verwandeln? Mir fällt keine ein.«

Celeste lächelte. »Wann hast du es gewusst?«

»Was? Dass mit Mum etwas nicht stimmt?«, wollte Gertie wissen. »Ich bin mir nicht sicher. Irgendwann hat mich so ein Gefühl beschlichen. Ich meine, es ist schwer, solche Dinge richtig einzuschätzen, oder? Denn wenn man aufwächst, erscheint einem alles in der Familie normal. Aber ich nehme an, es war, als ich Bücher gelesen habe – Bücher über glückliche Familien. Da habe ich mich gefragt, ob unsere Situation überhaupt normal war. Dann ist Dad gegangen. Zu der Zeit dachte ich, es wäre seine Schuld, aber langsam ist mir klar geworden, dass er einfach nicht mehr mit Mum zurechtgekommen ist. Der Himmel allein weiß, was er mit ihr durchgemacht hat, und ich weiß, dass ich nicht die Hauptleidtragende war, so wie du. Aber es gab eine Sache, einen Vorfall, der mir gezeigt hat, dass mit ihr etwas nicht stimmt.«

»Was war das?«

»Es war an dem Tag, an dem du verschwunden bist«, sagte Gertie.

»Du erinnerst dich daran?«

»Natürlich«, erwiderte sie. »Wo bist du hingegangen?«

»In den Wald«, antwortete Celeste. »Ich wollte die ganze Nacht lang da bleiben, aber es war ziemlich kalt und ungemütlich.«

Gertie schüttelte den Kopf. »Ich wünschte, ich hätte es gewusst. Ich wäre gekommen und hätte nach dir gesucht.«

»Ich wollte wirklich nicht gefunden werden«, versicherte sie.

»Ich weiß noch, was Mum damals gesagt hat«, fuhr Gertie einen Moment später fort.

»Was denn?«

»Dass es unmöglich wäre, mit dir zurechtzukommen«, erzählte Gertie, »und dass du gehässig und egoistisch wärst.«

Celeste schluckte schwer. Sie hatte diese Worte mehr als hundertmal aus dem Mund ihrer Mutter gehört, doch zu wissen, dass sie vor ihren Schwestern gegen sie verwendet worden waren, ließ sie plötzlich frösteln.

»Da wusste ich, dass mit Mum etwas nicht stimmte. Mum so lügen zu hören war, wie von einem LKW überfahren zu werden. Ich konnte es nicht glauben, aber der Beweis war vor meinen Augen. Meine Mum hat mir diesen riesigen Berg an Lügen aufgetischt und auch noch von mir erwartet, dabei mitzumachen.« Gertie stieß ein freudloses Lachen aus. »Sie hat wirklich geglaubt, dass ich mich gegen dich und auf ihre Seite stellen würde.«

»Ich bin sehr froh, dass du es nicht getan hast«, sagte Celeste.

»Ich weiß, dass du diejenige warst, die das Schlimmste von Mums Krankheit abbekommen hat«, fuhr Gertie fort. »Evie weiß es auch, aber manchmal vergisst sie es. Ich glaube, sie ist sich noch immer nicht sicher, was sie von Mum halten soll. Da sind so viele gemischte Gefühle, aber in einem bin ich mir sicher – sie hat die Dinge, die sie heute Nacht gesagt hat, ganz sicher nicht so gemeint.«

»Hat sie nicht?«

»Nein, *natürlich* nicht.«

»Aber was, wenn sie recht hat? Ich kenne meine Macken, Gertie. Ich weiß, dass ich weder offen noch warmherzig bin und …«

»Hör auf«, widersprach Gertie und streckte die Arme aus, um sie zu umarmen. »Du bist der warmherzigste Mensch, den ich kenne. Wer sonst wäre nach Hause gerannt gekommen, um uns aus der Patsche zu helfen?«

Sie umarmten einander in der stillen, finsteren Eingangshalle, während im Hintergrund das Ticken der Uhr erklang, die die nächtlichen Minuten zählte.

»Warum haben wir alle uns nicht schon vor Jahren so unterhalten?«, fragte Gertie schließlich.

»Ich weiß es nicht«, gab Celeste zu. »Vielleicht hätte es uns geholfen, besser mit dem klarzukommen, was wir alle mit Mum durchgemacht haben.«

Gertie nickte. »Ich habe immer geglaubt, ihr Verhalten wäre meine Schuld«, erzählte sie. »Es war schwer, das nicht zu denken, wenn sie mich angeschrien hat.«

»Ich auch«, sagte Celeste.

Sie sahen einander lange an.

»Hast du sie geliebt?«, wollte Gertie schließlich wissen, und Celeste spürte, dass ihr Tränen in den Augen brannten.

»Sie hat es einem sehr schwer gemacht, sie zu lieben«, antwortete sie, und Gertie nickte.

»Ich weiß.«

»Ich glaube nicht, dass ich jemals wirklich gewusst habe, was ich für sie empfinde«, fuhr Celeste fort.

»Glaubst du, dass sie uns jemals geliebt hat?«, fragte Gertie, und ihr Gesicht war wieder das eines Kindes, weich und verletzlich. »Ich meine, so *richtig*?«

Celeste seufzte. »Ich weiß es nicht. Ich bin mir nicht sicher, ob sie überhaupt dazu fähig war. Manchmal blitzte ihr Stolz auf – wenn wir Dinge vollbracht haben, die ein gutes Licht auf sie geworfen haben –, aber das ist nicht dasselbe wie Liebe, oder? Und sie wusste ganz sicher nichts von bedingungsloser Liebe. Das ist doch die wahre Liebe eines Elternteils, oder? Seine Kinder zu lieben, gleichgültig, was sie tun, sagen oder leisten?«

Gertie nickte. »Oder was sie anziehen?«

Celeste stöhnte. »Genau. Lass uns zu Bett gehen«, schlug sie vor. »Ich bin erschöpft.«

»Ja, familiäre Enthüllungen wie die Schwangerschaft einer Schwester machen mich auch immer müde«, witzelte Gertie, und beide lachten.

»Ich kann nicht fassen, dass Evie Mutter wird«, sagte Celeste, als sie gemeinsam die Stufen hinaufgingen und Frinton voranlief.

»Ich werde Tante!«, rief Gertie.

Sie liefen den Korridor entlang und kamen am Schlafzimmer ihrer Mutter vorbei.

»Was glaubst du, was Mum gesagt hätte?«, fragte Gertie.

Celeste atmete tief durch. »Ich glaube, sie hätte etwas Verletzendes und Verstörendes gesagt und Evie die Tür gezeigt.«

Gertie nickte. »Ich glaube, du hast recht.«

# 28. Kapitel

Es war früh am nächsten Morgen, als das Telefon klingelte. Viel zu früh für drei Schwestern, die die halbe Nacht über wach gewesen waren, sich gestritten und wieder versöhnt hatten. Gertie ging als Erste ans Telefon und bereute sofort ihre Schnelligkeit, sobald ihr klar wurde, dass es Simone war, die Frau ihres Vaters, die zudem eine schreckliche Laune hatte.

»Glaubt bloß nicht, ich wüsste nicht, dass ihr es wart!«, schrie sie der armen Gertie ins linke Ohr.

»Ich habe keine Ahnung, wovon du redest, Simone«, sagte Gertie unschuldsvoll.

»Von wegen! Ich weiß nicht, welche von euch es war. Wahrscheinlich wart ihr es alle drei. Ihr haltet doch wie Pech und Schwefel zusammen, und Diebe seid ihr obendrein. Damit kommt ihr jedenfalls nicht durch …«

Gertie hielt Celeste den Hörer hin.

»Ich will ihn nicht«, wehrte Celeste ab, doch Gertie warf ihn ihr trotzdem zu.

»Ich habe noch nie so hinterhältige, gehässige Mädchen gekannt!«, schimpfte Simone gerade. »Euer Vater ahnt nicht mal die Hälfte davon. Und das nach allem, was ich für euch getan habe!«

Celeste lachte schallend und brachte Frinton dazu, laut zu bellen.

»Wer ist es?«, fragte Evie, die gerade in die Eingangshalle kam.

»Für dich«, sagte Celeste und reichte ihr den Hörer.

Evie nahm ihn von ihrer Schwester entgegen und erbleichte, sobald sie die zornige Stimme am anderen Ende der Leitung hörte.

»Entschuldige bitte?«, fragte sie. »*Wie* hast du mich gerade genannt?«

Celeste und Gertie warfen einander verwirrte Blicke zu.

»*Du* willst die Polizei rufen?«, fuhr Evie fort. »Wenn, dann rufen *wir* die Polizei und sagen ihnen, dass du das Gemälde aus Little Eleigh Manor gestohlen hast, zusammen mit jeder Menge anderer Sachen, die überall in deinem Haus verteilt sind.«

»Welche anderen Sachen?«, fragte Gertie, und Simone stellte offenbar dieselbe Frage, denn Evie redete weiter.

»Wie zum Beispiel die Kerzenständer im Esszimmer«, erwiderte Evie, »und die kleine Glasschale, die in der Eingangshalle gestanden hat. Hast du wirklich geglaubt, wir würden das nicht merken, du dämliche alte Schachtel? Also, ruf hier nicht noch mal an, okay?« Und mit diesen Worten legte Evie unter dem Applaus ihrer Schwestern auf, während Frinton freudig bellte.

»Alles in Ordnung?«, fragte Gertie, als sich alles ein wenig beruhigt hatte. »Ich glaube, du solltest dich besser nicht so aufregen, wenn du schwanger bist.«

»O Gott, ja«, stimmte Celeste zu. »Und wenn ich erst daran denke, was hätte passieren können, wenn du von dieser Leiter gefallen wärst.«

»Ich musste es tun«, erwiderte Evie.

»Das weiß ich«, antwortete Celeste, »aber mach so etwas nie wieder, okay? Zumindest nicht, wenn du ein Baby erwartest.«

»Fangt bloß nicht an, mich wie eine Invalidin zu behandeln, denn das bin ich nicht«, entgegnete Evie, wischte sich die blonden Strähnen aus dem Gesicht und warf ihnen einen bösen Blick zu. »Es geht mir gut, und ich bestehe absolut darauf, dass ich während der Schwangerschaft *ich selbst* bleibe.«

Celeste warf ihr einen resignierten Blick zu und wusste, dass keine Macht der Welt Evie dazu bringen würde, die Dinge ruhig angehen zu lassen, wenn sie nicht selbst dazu bereit war. Und das würde wohl in nächster Zeit nicht geschehen.

Gerade dachte sie daran, wie wunderbar glücklich sie an diesem Morgen war und dass zwischen ihnen dreien nun eine entspannte Atmosphäre herrschte, als das Telefon wieder klingelte.

»Geht nicht ran!«, rief Celeste. »Bestimmt ist sie das wieder.«

»Dann werde ich ihr wieder eins reinwürgen«, entgegnete Evie und nahm den Hörer ab. »Hallo?«, sagte sie abrupt. »Oh, Julian! Entschuldigung. Ich dachte, Sie wären jemand anders.« Sie lachte. »Nein, es geht allen gut. Ja, wir sind zu Hause. Kommen Sie vorbei.«

Zwanzig Minuten später traf Julian ein. Evie kam, um ihn zu begrüßen, und rief durchs ganze Haus nach Celeste, weil sie wieder im Studierzimmer verschwunden war.

»Hallo, Celeste«, begrüßte er sie und lächelte warmherzig, als sie in die Eingangshalle kam. »Ich habe Ihnen den Katalog mitgebracht.«

»Oh, wunderbar«, erwiderte Celeste und war froh, Julian wiederzusehen. Sie führte ihn in den Salon. »Tee?«

»Ich mach das schon«, meinte Evie.

»Danke«, sagte er, während er sich zu Celeste auf eines der alten Sofas neben dem Kamin setzte. Er legte seine elegante Aktentasche auf den Couchtisch, öffnete sie und holte den glänzenden Faraday's-Katalog heraus. »Bitte sehr«, meinte er und reichte ihn Celeste. »Ihre sind auf Seite vier und auch auf der Titelseite.«

»Wie schön«, erwiderte sie und schnappte vor Freude nach Luft, als sie das auf dem Titel abgebildete Gemälde erblickte. Es war der Ferdinand Georg Waldmüller mit der umgekippten Silbervase voller pinkfarbener Rosen, die vor dem dunklen Hintergrund förmlich zu leuchten schienen. Es strahlte und war so schön, dass Celeste beim Gedanken daran, das Gemälde nie wieder zu sehen, einen Kloß im Hals verspürte. Zumindest nicht in Little Eleigh Manor.

»Wir haben zu diesem schon viele Interessenbekundungen erhalten«, erzählte Julian. »Das Gemälde, das wir für die Titelseite auswählen, erhält immer sehr viel Aufmerksamkeit.«

»Danke, dass Sie eines von unseren genommen haben«, sagte Celeste, und er lächelte ihr zu und nickte.

»Ich hätte kein anderes ausgesucht«, erwiderte er.

Ihre Finger zitterten, als sie den Katalog aufschlug. Auf Seite eins war ein Vorwort unter einem Foto von Julian. Er sah darauf unglaublich gut aus, und Celeste musste beinah zweimal hinsehen. War er wirklich so attraktiv? Sie wandte sich ihm zu, um ihn zu betrachten.

»Ach, dieses Foto«, meinte er. »Ich sehe wie ein Schuljunge aus.«

»Nein, ganz und gar nicht«, widersprach Celeste, ohne nachzudenken. »Also na ja, vielleicht ist diese gestreifte Krawatte etwas schuljungenhaft.«

»Ich sollte ein neues Foto machen lassen, aber ich hasse dieses ganze Theater«, sagte er und machte eine wegwerfende Geste, wie um jegliche Aufmerksamkeit von sich zu weisen.

»Es ist hübsch. Sie sollten es so lassen.«

Er wirkte über das Kompliment überrascht, und Celeste spürte, wie ihr das Gesicht heiß wurde. Sie richtete ihre Aufmerksamkeit wieder auf den Katalog. Auf Seite zwei und drei waren finstere, trostlose Landschaftsgemälde des neunzehnten Jahrhunderts abgebildet, sodass sich die folgenden Rosengemälde besonders vorteilhaft abhoben, wie sie fand. Sie las die Beschreibungen und sah die geschätzten Preise, und das Herz wurde ihr so schwer, dass sie glaubte, wieder in Tränen ausbrechen zu müssen.

»Es muss etwas seltsam sein, die Gemälde so zu sehen«, fuhr Julian fort, nachdem sie eine Zeit lang geschwiegen hatte.

»Ich komme mir vor, als würde mir der Geist von Grandpa Arthur über die Schulter schauen«, erwiderte sie.

»Ich bin mir sicher, er würde Ihnen sagen, dass Sie das Richtige tun«, sagte Julian.

»Wirklich?«

»Er würde es verstehen.«

»Bitte schön«, flötete Evie, die mit drei Teetassen auf einem Tablett eintrat, das sie auf den Couchtisch stellte. Sie setzte sich neben Celeste aufs Sofa und zwang sie, so dicht an Julian zu rücken, dass ihre Beine aneinanderstießen. »Himmel! Sind das unsere Gemälde?«

Celeste nickte, als Evie ihr den Katalog aus der Hand nahm. »Ich fürchte ja.«

Evie ließ sich Zeit, um sie zu betrachten, und schniefte dann leise. »Ich wünschte, wir könnten sie behalten«, murmelte sie.

»Ich auch«, erwiderte Celeste. »Aber wir mussten uns zwischen ihnen und dem Nordflügel entscheiden. Das weißt du, oder?«

»Ja«, antwortete Evie, »aber es tut trotzdem weh.«

»Ich kann Ihnen Kopien der Fotos zukommen lassen, die wir von den Gemälden gemacht haben«, schlug Julian vor. »Sie sind sehr gut.«

»Es wäre aber nicht dasselbe, oder?«, fragte Evie.

»Natürlich nicht«, räumte Julian ein.

Sie tranken den Tee in freundlichem Schweigen, und dann erhob sich Celeste.

»Danke, dass Sie den Katalog vorbeigebracht haben«, sagte sie. »Ich begleite Sie nach draußen. Frinton braucht Auslauf.«

Frinton, der auf einem Teppich neben dem Kamin gesessen hatte, sprang auf, wedelte mit dem kurzen Schwanz, und zu dritt verließen sie das Haus und liefen über den frisch gemähten Rasen, der zum Fluss hin abfiel. Frinton rannte voraus, begierig darauf, etwas zu finden, woran er schnüffeln oder worin er sich wälzen konnte.

»Dies ist ein ganz besonderer Ort«, stellte Julian fest.

»Wir lieben ihn«, erwiderte Celeste, »und deshalb müssen wir Opfer bringen, um alles zu erhalten. Wie zum Beispiel durch den Verkauf der Gemälde.«

»Ich wünschte, es gäbe etwas, das ich tun könnte, um zu helfen«, sagte er.

»Aber das tun Sie doch schon«, versicherte Celeste. »Ich kann Ihnen nicht genug dafür danken, dass Sie eines unserer Gemälde auf der Titelseite platziert und mit Kammie Kontakt aufgenommen haben.«

Er lächelte. »Ich fühle mich, als wäre dieser Ort jetzt zu einem Teil von mir geworden. Klingt das sehr anmaßend?«

Celeste schüttelte den Kopf. »Dieser Ort hat die Angewohnheit, Menschen in seinen Bann zu ziehen.«

»Ich kann gut verstehen, warum«, sagte er. »Ich glaube, wenn ich hier leben würde, dann würde ich niemals wieder weggehen wollen.«

»Na ja, das ist leicht gesagt«, antwortete Celeste.

»Verstehe«, erwiderte er. »Entschuldigen Sie, das war unsensibel von mir.«

»Schon gut«, sagte sie. »Es hat mich damals höllisch geschmerzt, Little Eleigh Manor zu verlassen, aber es hätte sogar noch mehr wehgetan, wenn ich geblieben wäre.«

»Sind Sie froh, dass Sie wieder hier sind?«

Celeste blickte zu den Feldern jenseits des Flusses, und ihr dunkles Haar wehte in einer leichten Brise. »Ich liebe diesen Ort, aber mit ihm sind so viele seltsame Gefühle verbunden, dass ich ihn manchmal auch hasse. Ergibt das einen Sinn?«

Julian nickte. »Ja«, sagte er, »durchaus. Aber mit der Zeit wird sich das ändern, oder? Wenn es mehr zu Ihrem Zuhause wird – wenn Sie dem Haus Ihren Stempel aufgedrückt haben.«

»Ah, Zeit«, meinte Celeste und lachte leise. »Ich bin mir nicht sicher, ob es genug Zeit auf der Welt gibt, um meine Vergangenheit auszulöschen, und ich weiß wirklich nicht, ob ich hier bleiben kann, obwohl …« Sie verstummte. »Langsam fühle ich mich hier etwas heimischer, was ich früher nie für möglich gehalten hätte. Gertie und Evie wollen, dass ich bleibe. Das weiß ich inzwischen. Aber ich bin mir nicht sicher, was ich tun soll.«

Julian warf ihr einen Blick zu, in dem so viel Zärtlichkeit lag, dass Celeste sich abwenden musste.

»Sie müssen die Vergangenheit loslassen, Celeste, und anfangen, sich eine Zukunft aufzubauen, ob nun hier oder anderswo.«

»Ich weiß«, erwiderte sie. »Das ist einer der Gründe, weshalb ich glaube, dass es vielleicht eine gute Idee wäre, das Anwesen zu verkaufen.«

»Sind Sie sicher, dass das die einzige Möglichkeit ist?«, fragte er. »Sie erscheint mir sehr endgültig.«

»Ich weiß«, gestand sie, »aber wir brauchen viel mehr Geld, als wir momentan verdienen. Der Erlös von den Gemälden wird natürlich großartig sein, aber das alles wird von den längst überfälligen Reparaturen verschlungen werden. Evie ist eine tolle Geschäftsfrau. Sie hat sogar davon gesprochen, hier Hochzeiten auszurichten, was funktionieren könnte, wenn wir alle am selben Strang ziehen würden. Aber was wir wirklich brauchen, ist ein regelmäßiges Einkommen aus einer zusätzlichen Quelle neben dem Rosengeschäft.«

»So etwas wie Mieteinnahmen, zum Beispiel?«

Celeste nickte. »Evie würde wahrscheinlich nie wieder mit mir reden, wenn wir verkaufen würden, aber ich glaube, Gertie wäre mit dieser Entscheidung einverstanden. Sie redet ohnehin ständig davon, ins Ausland zu gehen. Ich glaube, der Verkauf des Anwesens könnte für sie der nötige Anstoß sein, um es dann auch zu tun.«

»Aber was ist mit Ihnen? Wohin werden Sie gehen?«

Sie zuckte die Achseln. »Ich werde schon zurechtkommen«, meinte sie. »Das tue ich immer.«

Julian schien sie sehr eindringlich zu betrachten. »Sie wissen, dass Sie mit mir über alles reden können«, sagte er, »und ich finde, dass Sie über diese Dinge sprechen sollten. Mit mir wäre es vielleicht wirklich einfacher als mit Ihren Schwestern.«

»Warum glauben Sie das?«, wollte sie wissen.

»Weil es aufgrund all der Gefühle, die im Spiel sind, häufig schwieriger ist, mit der eigenen Familie zu reden«, erklärte er.

»Wissen Sie, letzte Nacht haben wir über einiges gesprochen«, gab sie zu. »Meine Schwestern und ich.«

»Tatsächlich?«

»Ich weiß nicht, warum wir das nicht schon früher getan haben«, fuhr sie fort. »Wir alle haben diesen großen Schmerz mit uns herumgeschleppt, waren aber unfähig, einander zu erreichen.«

»Sehen Sie?«

»Was?«

»Reden Sie mit *mir*«, wiederholte er.

Sie sahen einander an, doch die Worte wollten einfach nicht heraus, und alles, was Celeste antworten konnte, war: »Ich kann nicht.«

Julian schluckte schwer. »Ich wünschte, Sie würden es tun«, sagte er. »Ich würde Ihnen wirklich liebend gerne helfen.«

»Aber das haben Sie doch schon«, erwiderte sie und war ernsthaft verblüfft.

»Ich will aber noch mehr helfen«, sagte er. »Sie bedeuten mir viel, Celeste. Das müssen Sie inzwischen doch gemerkt haben.«

Sie ging weiter, entfernte sich vom Fluss und näherte sich dem Rosengarten.

»Celeste?«, rief er ihr nach und lief ein paar Schritte, um sie einzuholen.

Sie blieb stehen und drehte sich zu ihm um. »Was ist?«

Er seufzte und fuhr sich mit der Hand durch sein dunkelrotes Haar. »Entschuldigen Sie, wenn ich zu sehr nachhake. Offenbar ist Ihnen das alles unangenehm.«

»Nein. Ich …« Sie verstummte.

»Was? Was ist denn?«

»Ich bin mir nicht sicher, ob ich weiß, *wie* ich darüber reden soll.«

Bei diesem seltsamen Geständnis neigte er den Kopf. »Was meinen Sie?«

Sie blickte zu dem gepflegten Rasen unter ihren unheimlich praktischen Schnürschuhen hinab und schüttelte den Kopf. »Ich bin mir nicht sicher«, antwortete sie. »Vielleicht bin ich noch nicht bereit, zu reden.«

»Okay«, sagte er. »Ich bin hier, wann immer Sie dazu bereit sind. Das wissen Sie doch, oder?«

»Ja«, erwiderte sie, und plötzlich wollte sie die Hand nach ihm ausstrecken und ihn wissen lassen, wie viel er ihr bedeutete. Doch etwas hielt sie zurück, und ihre Hand blieb an ihrer Seite.

Gemeinsam liefen sie weiter und kamen an einen Pfad, der unter mehreren von Rosen überwucherten Bögen hindurchführte.

»Ich hab mir noch einen Laden in Lavenham angeschaut«, erzählte er schließlich und blieb stehen, um an mehreren apricotfarbenen Rosen zu riechen.

»Für Ihr Antiquitätengeschäft?«, fragte Celeste und war froh, dass sie endlich wieder auf ein etwas harmloseres Gesprächsthema kamen.

Er nickte. »Aber ich fürchte, da ist nichts draus geworden.«

»O nein.«

»Doch«, sagte er.

»Und? Was wollen Sie machen?«

»Wieder von vorn anfangen.«

»In Lavenham?«

»Nicht unbedingt«, erwiderte er, und um seine Augen bildeten sich Lachfältchen, als er sie ansah. »Tatsächlich haben Sie mich gerade auf eine ziemlich gute Idee gebracht.«

»Ach?«

»Ja«, antwortete er. Sie blieben stehen. »Celeste, ich wollte Sie in einer Sache nach Ihrer Meinung fragen, aber ich habe es hinausgezögert, weil ich wusste, dass Sie noch immer darüber nachdenken, das Anwesen zu verkaufen.«

»Worum geht es denn?«

»Nun, wenn Sie nicht verkaufen würden, was würden Sie davon halten, hier ein Antiquitätengeschäft zu eröffnen?«

»*Hier?*«

»Warum nicht?«, fragte er. »Das Haus wäre die perfekte Örtlichkeit, finden Sie nicht?«

»Meinen Sie das ernst?«

»Ich meine grundsätzlich immer alles ernst«, erwiderte er mit einem kleinen Lächeln. »Überlegen Sie doch mal. Es könnte so viele Leute anlocken. Es könnte Suffolks neues Ausflugsziel werden: ›Stöbern Sie in ein paar Antiquitäten, und kaufen Sie sich ein paar Rosen!‹«

Er wandte sich um, um über den Wassergraben hinweg die weite Fläche des Herrenhauses zu betrachten. Es war wirklich ein beeindruckendes Szenario – wie in einem Märchenbuch, mit seinem Fachwerkflügel, den Zinnen und den hoch aufragenden Türmen.

»Aber ich erwäge immer noch, das Haus zu verkaufen«, wandte Celeste ein. »Das wissen Sie.«

»Richtig«, erwiderte er, »und ich kann nicht aufhören, darüber nachzudenken.«

»Wirklich?«

Er nickte. »Was haben Sie mit dem Nordflügel vor?«, fragte er. »Nur aus Interesse.«

»Nun, ich … ich habe eigentlich noch nicht darüber nachgedacht«, gab Celeste zu. »Zumindest habe ich nicht weiter gedacht, als dass ich verhindern will, dass er wieder einstürzt.«

»Sie wissen, dass Sie diese Räume nicht leer stehen lassen können. Nicht, nachdem Sie so viel Geld dafür ausgegeben haben.«

»Ich schätze nicht«, sagte sie. »Tatsächlich habe ich mir deswegen auch schon Sorgen gemacht.«

»Also, wenn Sie jemanden hätten, der diese Zimmer mietet – sie heizt und mit Leben füllt –, dann glaube ich, dass sie davon wirklich profitieren würden, finden Sie nicht? Stellen Sie sich doch mal vor, wie es wäre, wenn sie mit wundervollen alten Möbeln gefüllt wären – Dinge, die solche Räume vielleicht einmal geschmückt haben.«

»Sie meinen, Sie würden den *gesamten Flügel* nutzen wollen?«

»Celeste, ich könnte das Wembley-Stadion füllen, wenn man mir so viel Platz geben würde«, sagte er mit einem kleinen Lachen. »Tatsächlich würde es mir eine große Freude machen, ihn gänzlich zu nutzen und mir vorzustellen, wie es aussehen würde.«

»Das versuche ich gerade«, erwiderte sie.

»Und ich könnte Ihnen natürlich eine gute Miete anbieten, und Provision auf die verkauften Stücke.«

»Na ja, ich …« Sie blieb stehen und stieß ein leises Lachen aus. »Es ist Ihnen wirklich ernst damit, oder?«

»Absolut«, bekräftigte er. »Der Nordflügel hat einen separaten Eingang, oder?«

»Ja, am anderen Ende des Hofs gibt es eine Tür.«

»Also würden Sie nicht von meinen Kunden gestört werden«, stellte er fest.

»Aber Sie wären doch in London, oder?«

Er strich sich übers Kinn. »Ich würde liebend gern hier wohnen, aber für den Anfang halte ich es für das Beste, wenn ich jemanden einstelle und zwischen hier und dem Auktionshaus in London pendle, bis sich dort alles eingespielt hat.«

»Okay«, sagte Celeste, freute sich plötzlich über Julians Idee und fragte sich, ob es wirklich funktionieren könnte. Wenn ja, würde das eine völlig neue Zukunft für Little Eleigh Manor bedeuten. Es könnte eine echte Alternative sein, dachte sie, das Anwesen in einen richtigen Betrieb zu verwandeln, während es den Schwestern möglich war, gemeinsam dort zu wohnen.

»Mit Evies Baby«, flüsterte sie.

»Wie bitte?«, fragte Julian.

Sie sah zu ihm auf. »Wollen Sie sich jetzt die Zimmer ansehen?«, erkundigte sie sich.

»Mit dem größten Vergnügen«, erwiderte er.

»Mr Ludkin ist bei der Arbeit, daher ist es ein bisschen laut und staubig«, erklärte sie.

»Es macht mir nichts aus, wenn es ihm nichts ausmacht.«

Sie verließen die duftende Pracht des Rosengartens, liefen durch den Hof und betraten den Nordflügel durch die uralte Holztür.

»Das ist fantastisch«, sagte Julian. »Stellen Sie sich vor, was die Kunden denken würden. Sie würden quasi schon nach dem Geldbeutel greifen.«

Celeste lächelte bei dem Gedanken. »Glauben Sie wirklich?«

»Ich bin überzeugt, sobald die Kunden diesen Ort sehen, werden sie ein kleines Stück davon mitnehmen wollen, und dann werde ich mit den Antiquitäten zur Stelle sein.«

Celeste bewunderte seine Zuversicht und führte ihn den langen, dunklen Korridor entlang, der vom Lärm heftiger Hammerschläge erfüllt war.

»Mr Ludkin?«, rief sie. Sie wandte sich an Julian und erklärte: »Ich finde, es ist am besten, ihn nicht zu überraschen, falls er gerade dabei ist, eine Wand einzureißen.«

»Da ist was dran«, sagte Julian.

»Ist es okay, wenn wir reinkommen?«, fragte Celeste und klopfte an eine der Türen.

»Klar. Nur herein!«, rief Mr Ludkin zurück.

»Das ist Julian Faraday«, sagte sie. »Er ist daran interessiert, diese Räume zu mieten.«

»Wirklich?«, fragte Mr Ludkin, und seine Augen verengten sich. »Aber doch wohl nicht im Moment?«

»Ich glaube, es wäre klug, zu warten, bis Sie mit Ihrer Arbeit hier fertig sind«, erwiderte Julian und streckte die Hand aus, um die staubige von Mr Ludkin zu schütteln.

»Es läuft also gut, ja?«, fragte Celeste.

»Keine Überraschungen heute«, berichtete Mr Ludkin.

»Gut«, antwortete Celeste.

»Aber bei diesen alten Häusern kann man nie wissen«, fuhr Mr Ludkin fort. »Hab das gerade eben erst zu meinem Jungen gesagt, nicht wahr?«

Mr Ludkins Sohn blickte von der Stelle auf, an der er gerade an etwas Putz gekratzt hatte, und nickte.

»Und, was denken Sie?«, fragte Celeste Julian, während sie den Raum in Richtung des prächtigen elisabethanischen Fensters durchquerten, von dem aus man einen schönen Blick auf den Wassergraben hatte.

»Ich finde, es ist unglaublich«, sagte er. »Man könnte alles Mögliche hier unterbringen, und es würde nicht verloren wirken. Wandteppiche, Himmelbetten …«

»Himmelbetten?«

»Stellen Sie sich das einmal vor.«

»Das versuche ich gerade«, erwiderte Celeste.

»Hören Sie«, fuhr Julian fort, »ich habe Sie da mit einer ziemlich großen Sache überfallen, und ich erwarte nicht sofort eine Antwort, aber denken Sie zumindest darüber nach, in Ordnung? Überlegen Sie nur, wie es wäre, diesem Ort eine Chance auf neues Leben zu geben.«

Celeste nickte. »Das werde ich«, versprach sie.

»Und vielleicht könnten wir uns bei einem Abendessen nach der Auktion weiter darüber unterhalten«, schlug er vor.

Celeste wirkte überrascht. »Oh, ich bin mir nicht sicher, ob ich komme«, sagte sie.

»Aber Sie *müssen* kommen«, beharrte er. »Das dürfen Sie nicht verpassen. Kommen Sie nach London, und ich führe Sie hinterher zur Feier des Tages in mein Lieblingsrestaurant aus.«

Celeste nahm einen tiefen Atemzug, was im Nordflügel noch immer nicht empfehlenswert war. »Ich weiß wirklich nicht, ob ich es ertragen könnte, unsere Gemälde unter dem Hammer zu sehen«, gab sie zu, und ihre Augen waren groß vor Hoffnungslosigkeit.

Julian nickte. »Ich verstehe«, erwiderte er, streckte den Arm aus und drückte ihr sanft die Schulter.

In diesem Augenblick stürzte hinter ihnen ein Stück Mauer ein und ließ uralten Staub auf sie herabrieseln.

»Entschuldigung!«, rief Mr Ludkin, und die beiden gingen, bevor noch mehr passieren konnte.

# 29. Kapitel

Evie war im Salon gewesen, als Julian gegangen war, und sie wartete einen Moment, bevor sie das Haus verließ. Im Rosengarten fand sie eine ruhige Ecke. Sie setzte sich auf eine große weiße, kunstvoll verzierte Bank, die unter einer von cremeweißen Rosen überwucherten Laube stand, und holte ihr Handy aus der Tasche.

»Lukas?«, sagte sie einen Augenblick später.

»Evie?«

»Wo bist du?«

»Bei Gloria Templeton.«

»Kannst du vorbeikommen?«, fragte sie.

Er war sofort alarmiert. »Ist alles okay?«

»Ja, mir geht's gut«, erwiderte sie mit einem entnervten Seufzen. Warum fragten sie das alle ständig?

»Du planst doch wohl nicht, irgendwelche Leitern oder so hochzuklettern, oder?«

»Nein, nichts dergleichen.«

»Und du sitzt nicht gerade oben auf einer Leiter fest?«

»Nein!«, rief sie. »Hör mal, wenn du zu beschäftigt bist …«

»Ich bin nicht zu beschäftigt«, unterbrach er sie. »Ich bin gleich da.«

Sie beendete das Gespräch, starrte hinauf in die zarten weißen Blüten über ihrem Kopf und schwelgte in dem Duft, den sie verströmten. Tat sie das Richtige, wenn sie es Lukas sagte? Ihre Schwestern glaubten das anscheinend. Esther ebenfalls.

Sie erinnerte sich an die langen Gespräche, die sie mit Esther in den letzten Wochen geführt hatte, dachte daran zurück, wie ängstlich sie zunächst in ihrer Nähe gewesen war und dass sie Celeste gehasst hatte, weil sie sie zur Putzfrau für die alte Frau ernannt hatte. Doch nach und nach hatten sie begonnen, miteinander zu reden, sich gegenseitig Geschichten aus ihrem Leben zu erzählen und Fragen zu stellen, die vielleicht noch nie zuvor gestellt worden waren. Sie hatten Bücher ausgetauscht, zusammen gelesen und waren in den Gärten spazieren gegangen. Evie hatte Esther sogar ihren geliebten Gartenschuppen gezeigt, und Esther hatte schon bald die Schaufel geschwungen.

Für einen Außenstehenden wäre es einfach, ihre Beziehung zu betrachten und zu sagen, dass Esther die Mutter war, nach der Evie sich immer gesehnt, die sie aber nie wirklich gehabt hatte, doch so war es nicht zwischen ihnen. Sie waren schlicht und ergreifend Freundinnen. Evie brauchte keine Mutter, sie würde bald selbst Mutter werden. Aber Freunde konnte man nie genug haben, oder?

Evie verließ die Laube und schlug etwas Zeit im Schuppen tot, bevor sie den Pfad zur Vorderseite des Herrenhauses entlangging. Sie war nicht überrascht, als sie einen Moment später Lukas' Wagen auf dem Scheitelpunkt des Hügels erblickte. Sie beobachtete, wie er näher kam, und fühlte sich, als ob sich ihr Leben gleich für immer ändern würde, sie es jedoch nicht völlig unter Kontrolle hätte.

»Aber das habe ich doch«, sagte sie sich, »und ich muss es ihm nicht sagen, wenn ich nicht will. Ich werde einfach abwarten, wie ich mich fühle.«

Sie sah zu, wie Lukas den Wassergraben überquerte und den alten Wagen parkte, den er gebraucht gekauft hatte. Es war ein furchtbares Auto mit einer Delle in der hinteren Beifahrertür und rostigen Stellen überall auf der Motorhaube. Doch sowohl der Kilometerstand als auch der Preis waren niedrig gewesen, und Lukas hatte bei seinen Reisen durchs Vereinigte Königreich das Beste daraus gemacht und sogar ein paarmal darin übernachtet, um Geld zu sparen.

»Hey!«, grüßte er sie, als er ausstieg. Er trug eine verblasste, schmutzige Jeans und ein T-Shirt, das am Hals und an den Ärmeln ausgefranst war, aber trotzdem gelang es ihm, unglaublich gut auszusehen.

Evie räusperte sich und versuchte, ihn nicht anzustarren oder sich vorzustellen, wie es wohl wäre, ihn wieder zu küssen. Hier ging es nicht darum, wie gut aussehend oder begehrenswert ihr ehemaliger Liebhaber war, rief sie sich ins Gedächtnis. Sie hatte etwas Wichtiges zu klären und war fest entschlossen, sich nicht ablenken zu lassen.

»Hi«, erwiderte sie.

»Gehen wir rein?«, fragte er und deutete aufs Torhaus.

»Können wir spazieren gehen?«, erkundigte sie sich stattdessen.

»Sicher«, erwiderte er und schloss sich ihr an, als sie zu der mit Rosen überwachsenen Laube zurückkehrte, wo sie sich gemeinsam hinsetzten. »Das ist hübsch«, erklärte er eine Minute später. »Romantisch.« Seine hellen Augen weiteten sich, und er schenkte ihr ein kleines Lächeln, das sie an den Tag erinnerte, an dem sie wahrscheinlich das Baby empfangen hatte, das sie nun unter dem Herzen trug.

»Lukas«, begann sie und gab sich alle Mühe, diesen Tag nun zu verdrängen.

»Ja?«

»Ich habe dir etwas Wichtiges mitzuteilen.«

»Okay«, erwiderte er.

Doch sie konnte nicht. Sie konnte es einfach nicht. Also sagte sie ihm stattdessen etwas anderes.

»Gertie und ich haben uns unterhalten, und wir glauben, dass wir dich öfter im Garten brauchen könnten.«

Er wirkte überrascht. »Du bietest mir einen Job an?«

»Ja«, antwortete sie.

»Teilzeit?«

Sie nickte. »Wir werden sehen, wie es läuft. Das heißt, falls du in Suffolk bleiben willst.«

»Das weißt du doch«, erwiderte er und lächelte leicht.

Sie nickte. »Genau.«

»Genau«, wiederholte er.

»Bist du nicht froh?«, fragte sie. »Ich dachte, du wärst froh.«

»Das bin ich«, beteuerte er. »Es ist nur … Hast du mich *deshalb* angerufen? Sitzen wir deshalb hier, umgeben von Rosen?«

»Ich sitze gerne hier«, erwiderte sie. »Es hilft mir dabei, mich zu entspannen.«

»Und du musst entspannt sein, damit du mir einen Teilzeitjob anbieten kannst?«

Evie nickte, doch Lukas wirkte nicht überzeugt.

»Es geht also nicht um uns?«, fragte er und blinzelte im Sonnenlicht.

Evie atmete tief durch. »Nein. Also, doch. Gewissermaßen.«

Er lachte. »Was in aller Welt versuchst du mir gerade zu sagen?«

Ihre Stirn legte sich in Falten, und sie sah aus, als ob sie gleich weinen würde. »Ich habe dir noch etwas anderes mitzuteilen, aber du machst es mir nicht gerade leicht.«

Er wirkte geknickt. »Entschuldige, Evie. Mach weiter. Versuch es jetzt. Ich höre zu.«

Sie wirkte nervös und stand auf. »Ach, es ist hoffnungslos! Ich wusste es! Es war nicht meine Idee.« Sie lief los, stürmte den Pfad entlang, bevor sie über die Wiese in Richtung Fluss rannte.

»Was war nicht deine Idee?«, rief Lukas ihr hinterher.

»Es dir zu sagen«, rief sie zurück.

»Mir was zu sagen?« Er holte sie ein und umfasste ihre Hand mit seiner. »Evie! Was ist los? Hat diese Wie-auch-immer-sie-heißt herausgefunden, dass du das Gemälde gestohlen hast? Wirst du festgenommen oder so? Soll ich für dich aussagen?« Es sollte ein Witz sein, doch Evie fand es offenbar nicht komisch.

»Das hat nichts mit diesem Gemälde zu tun. Wie auch immer, ich habe es nicht gestohlen. Es hat sowieso uns gehört. Simone hat es *uns* geklaut!«

»Okay, okay. Was ist es dann?«

Evie warf den Kopf zurück, starrte hinauf in den großen blauen Himmel und wünschte, sie wäre ein kleiner Vogel, damit sie abheben und weit, weit weg fliegen könnte. Doch sie war an die Erde gebunden und musste bleiben und sich der Realität stellen. Also sah sie Lukas an, der vor ihr stand, betrachtete sein blondes Haar und seine hellen Augen, die voller Sorge waren, und sie wusste, dass die Zeit gekommen war.

»Ich bin … ich bin …«

»Was?«

»Schwanger.«

Irgendwo hinter ihnen stieß eine aufgeschreckte Amsel einen Warnschrei aus und flog über die Wiese. Evie hoffte, dass dies kein böses Omen war, aber sie würde es Lukas nicht übel nehmen, wenn auch er abhauen würde. Doch das tat er nicht.

Unheimlich langsam kam er näher und schluckte schwer. »Es ist von mir, oder?«

»Ja«, sagte Evie.

»Seit wann weißt du es schon?«

»Seit einer Weile«, antwortete sie.

»Warum hast du es mir nicht erzählt?«

»Weil ich nicht wollte, dass du in die Sache verwickelt wirst.«

»Aber ich *bin* darin verwickelt«, sagte er einfach.

»Ja, aber nur biologisch.«

»Was zum Teufel heißt das?«

»Lukas, du bist nicht nach England gekommen, um Vater zu werden«, erklärte sie, »und ich erwarte überhaupt nichts von dir.«

»Okay«, antwortete er, »aber was, wenn ich Vater sein *will* – ein anständiger Vater?«

»Aber ich wollte nie, dass es ernst wird. Du und ich – *wir* –, das ist alles passiert, ohne dass wir viele Gedanken an die Zukunft verschwendet hätten. Du weißt, dass meine Mum im Sterben lag, und du warst wie eine wundervolle Realitätsflucht. Aber ich habe nie darüber hinausgedacht. Dann, als ich es herausgefunden habe, konnte ich nur noch an dieses neue Leben denken, das in mir heranwächst, und es erschien mir einfach richtig, obwohl es unerwartet kam.«

Er sah sie liebevoll an. »Es kommt allerdings reichlich unerwartet«, stellte er fest.

»Ich weiß, und darum hatte ich Angst davor, es dir zu sagen. Verstehst du, es ist *meine* Entscheidung. Du musst dir über nichts Gedanken machen. Ich werde mich um unsere Tochter kümmern.«

»Eine Tochter?«

Evie nickte. »Ich bin mir sicher, dass es ein Mädchen ist. Ich habe es einfach im Gefühl.«

Lukas nahm einen tiefen Atemzug und stieß die Luft mit einem Seufzen aus. »Wow«, sagte er.

»Bitte mach dir keine Sorgen«, erwiderte sie.

»Evie. Ich bin nicht besorgt«, versicherte er. »Ich bin … ich bin … wirklich glücklich!«

»Ehrlich?«

Er kam einen Schritt auf sie zu, und bevor sie registrieren konnte, was geschah, presste er seine Lippen hart auf ihre. Sie hatte vergessen, wie es war, von ihm geküsst zu werden, doch dieser eine Augenblick im Garten brachte die Erinnerung zurück, und ihr wurde klar, wie töricht sie gewesen war, zu glauben, dass sie ohne ihn leben konnte. Sie hatte so sehr versucht, ihn wegzustoßen und Barrieren zwischen ihm und ihrem Herzen zu errichten, doch es nützte nichts. Sie liebte und sie brauchte ihn.

Ihr Atem ging schwer und schnell, und ihr war, als ob sie gleich in Ohnmacht fallen würde, als er sie schließlich losließ.

»Bitte sag jetzt nicht, dass du nicht wolltest, dass ich das tue«, flüsterte er.

Sie schüttelte den Kopf. »Keine Sorge«, erwiderte sie, »denn ich wollte *wirklich*, dass du das tust.«

»Mein Gott, Evie!«, rief er und seufzte verzweifelt. »Warum hast du mir das alles nicht schon früher gesagt?«

Sie seufzte. »Ich weiß nicht«, gab sie zu. »Ich schätze, ich will einfach immer versuchen, alles alleine zu machen.«

»Aber das musst du nicht. Warum solltest du das überhaupt wollen?« Lukas streckte die Hand aus und streichelte ihr die Wange. »Ich bin für dich da. Schon immer, seit damals, als ich den Wassergraben überquert und dich inmitten dieses riesigen Haufens Pferdemist entdeckt habe.«

Sie lachte. »Was für einen Zeitpunkt du dir ausgesucht hast, um Hallo zu sagen.«

Er lächelte und umfasste ihr Gesicht. »Ich bin immer für dich da gewesen, aber du hast mich immer weggestoßen.«

»Ich weiß«, gestand sie. »Es tut mir wirklich leid. Ich wollte …« Sie verstummte.

»Was auch immer du tust, sag jetzt bloß nicht ›unabhängig sein‹«, seufzte er.

»Warum nicht? Was ist so falsch daran?«

»Zunächst einmal ist es verdammt einsam.«

Sie lächelte leicht. »Vermutlich.«

»Ich finde nicht, dass die Menschen dazu bestimmt sind, allein zu sein. Du etwa?«

»Aber ich bin *nicht* allein.«

»Nun, das weiß ich – zumindest *jetzt* nicht. Du hast deine Schwestern und dieses Haus und diese komische alte Frau.«

»*Esther!*«

»Ja, Esther«, sagte er. »Aber was wäre, wenn sie wegziehen würden?«

Sie betrachtete ihn mit zusammengekniffenen Augen. »Sie gehen nirgendwohin.«

»Kannst du dir da sicher sein?«

»Wir können uns wohl keiner Sache völlig sicher sein, vermute ich«, antwortete sie. »Ich bin mir nicht einmal sicher, ob wir hier alle noch viel länger wohnen werden, falls Celeste ihren Willen durchsetzt. Aber ich werde dieses Baby bekommen, ganz egal, was auch geschieht. Jedenfalls bist du der Richtige, so zu reden – du hast dein Zuhause und deine Familie zurückgelassen und bist allein durchs ganze Land gereist.«

Er lachte. »Stimmt wohl«, räumte er ein, »aber das ist eine einsame Art, zu leben, und du weißt, dass ich hier nicht mehr wegwollte, nachdem ich dich kennengelernt hatte.«

»Ja«, erwiderte sie.

»Ich habe jeden Tag an dich gedacht. Jede Minute.«

Sie warf ihm einen vernichtenden Blick zu. »Na klar.«

»Doch! Du hast meine SMS bekommen, oder?«

»Du hast meinen ganzen Handyspeicher verbraucht.«

»Ich hab dich wirklich vermisst.«

Ihr Ausdruck wurde sanfter. »Ich dich auch.«

Er streichelte ihr weiches blondes Haar. »Also, dieser Teilzeitjob, den du mir anbietest … Ist das, weil du mich tatsächlich hierhaben willst, oder bloß, weil du eine Zeit lang arbeitsunfähig sein wirst?«

»Ich werde ganz sicher *nicht* arbeitsunfähig sein«, widersprach Evie. »Gertie und ich glauben einfach, dass es eine gute Idee wäre, ein zusätzliches Paar Hände hierzuhaben, solange ich mit dem Baby beschäftigt bin.«

Er lächelte. »Ich verstehe.«

»Und? Wirst du den Job annehmen, oder wirst du nur den ganzen Tag hier rumstehen und mir auf die Nerven gehen?«

Er lachte. »Ich werde den Job annehmen, Dummerchen«, antwortete er.

»Nenn mich nicht Dummerchen«, erwiderte sie. »Ich meine es ernst.«

»Das weiß ich doch«, sagte er, »und ich meine es auch todernst – mit dir. Ich will für immer mit dir zusammen sein.«

»Aber was ist mit deinem Studium? Und deiner Kunst? Du kannst das doch nicht einfach aufgeben«, entgegnete sie.

»Ich kann trotzdem noch studieren«, erklärte er, »nur dass ich dich und das Kleine an meiner Seite haben werde.«

»Ich will nicht, dass du irgendetwas bereust«, wandte sie ein.

»Das werde ich nicht.«

»Das sagst du jetzt, aber du könntest deine Meinung bald ändern, und du sollst wissen, dass ich es dir nicht übel nehmen werde. Du kannst gehen.«

»Evie. Ich werde nicht gehen.«

»Aber ich sage doch nur, dass du es *kannst*. Wenn du es wirklich willst.«

»Ich will nicht.«

Evie atmete tief durch.

»Du glaubst mir nicht, oder?«, fragte er.

»Ich weiß nicht, was ich glauben soll«, gab sie zu. »Ich glaube, dass ich dich liebe, und das habe ich noch nie zuvor zu irgendjemandem gesagt.«

»Und du denkst ernsthaft, dass ich davor weglaufen würde?« Er kam noch etwas näher, und sie spürte die Wärme seines Körpers. »Davor?« Er legte seine große Hand auf ihren Bauch, und sie schnappte nach Luft und bedeckte seine Finger mit ihren.

»Ich glaube dir«, sagte sie und lehnte ihren Kopf an seine Schulter. »Ich glaube dir wirklich.«

# 30. Kapitel

Der Tag der Auktion kam für Celestes Geschmack viel zu schnell. Es erschien ihr seltsam, dies zuzugeben, denn sie hatte wirklich geglaubt, dass sie den schwierigen Teil bereits hinter sich hatte, nachdem sie zugestimmt hatte, die Gemälde zu verkaufen. Doch als sie in den Zug nach London stieg, konnte sie nicht die Nervosität unterdrücken, die beim Gedanken daran, den Verkauf ihrer geliebten Bilder mit ansehen zu müssen, in ihr aufstieg. Wie sie reagieren würde, war ihr ein Rätsel, doch sie hoffte ehrlich darauf, dass sie weder selbst auf die Gemälde bieten noch dem Höchstbietenden einen wütenden Faustschlag verpassen würde.

An der Liverpool Street Station nahm sie die U-Bahn zu der Haltestelle, die dem Auktionshaus Faraday's am nächsten gelegen war. Als sie aus dem Aufgang kam, blinzelte sie im grellen Sonnenlicht der Stadt und ging in die Richtung, von der sie hoffte, dass es die richtige war. Sie kam an einigen eleganten Boutiquen und Floristen vorbei, die die Art von Rosen verkauften, an denen sie und ihre Schwestern verzweifelten: grauenhaft grellbunte Teehybriden ohne jeglichen Duft. Sie schüttelte missbilligend den Kopf, lief an einer Reihe von eleganten Stadtvillen aus rotem Backstein entlang und blieb dann stehen.

Sie kramte nach der Taschenbuchausgabe von »A to Z«, dem Stadtplan von London, und musste zugeben, dass sie sich hoffnungslos verirrt hatte. Wie viele Straßen gab es denn hier? Wie konnte das nur so unglaublich kompliziert sein? Was in aller Welt hatte sie sich dabei gedacht, herzukommen? Sie hätte zu Hause in Suffolk bleiben sollen, wo sie sich auskannte. Sie dachte an die drei Landstraßen, die Little Eleigh aufzuweisen hatte, und daran, dass sie sich auf den unzähligen Pfaden und Feldern, die das Herrenhaus umgaben, stets problemlos zurechtfand.

Als sie endlich die richtige Seite entdeckte, studierte sie die winzige Karte, überquerte die Straße, nahm die erste rechts und war überaus erleichtert, vor sich Faraday's zu sehen. Es war ein großes weißes georgianisches Gebäude, das beeindruckende vier Stockwerke hoch aufragte, mit zwei riesigen Bogenfenstern im Erdgeschoss, in denen das heutige Ereignis beworben wurde. Alles wirkte äußerst imposant und ließ es unglaubwürdig erscheinen, dass Julian tatsächlich seine Position hier aufgeben und einen Antiquitätenladen im Suffolker Nirgendwo eröffnen wollte. Doch sie hatte die Leidenschaft in seinen Augen gesehen, als er von seinen Zukunftsplänen berichtet hatte, und sie hegte keinerlei Zweifel, dass er seinem Herzen folgen würde, selbst wenn das hieße, London hinter sich zu lassen.

Was sie auf den Nordflügel brachte. Sie hatte die Idee, dass Julian ein Antiquitätengeschäft im Herrenhaus eröffnete, mit Gertie und Evie besprochen, und sie waren auf jeden Fall dafür gewesen.

»Heißt das, dass wir das Haus nicht verkaufen müssen?«, hatte Evie gefragt.

»Also, lasst uns nicht voreilig sein«, hatte Celeste geantwortet, »aber es ist eine Alternative, die es definitiv wert ist, in Betracht gezogen zu werden.«

»Ich halte das für eine großartige Idee«, hatte Gertie gesagt. »Es wäre eine gute Einkommensquelle, würde mehr Leute anlocken und dazu beitragen, Hamilton Roses bekannter zu machen.«

»Und vergiss nicht die Mieteinnahmen vom Gästehaus«, hatte Evie ergänzt. »Wir werden haufenweise Geld machen!«

Dem konnte Celeste nicht widersprechen, doch sie hatte durchaus ihre Vorbehalte. Wenn Julian im Herrenhaus arbeitete, wäre das eine seltsame Erfahrung, und sie war sich noch nicht sicher, was sie davon halten sollte.

Julian Faraday in Little Eleigh Manor.

Es gäbe vor ihm kein Entkommen mehr, auch nicht vor der Tatsache, dass sie anfing, Gefühle für ihn zu entwickeln. Gefühle, bei denen sie sich keineswegs sicher war, ob sie schon dafür bereit war. Momentan war es leicht, ihm aus dem Weg zu gehen, wenn sie es brauchte. Sie sah ihn, wenn es ihr passte, konnte seine Anrufe auf die Mailbox laufen lassen und seine E-Mails ignorieren, wenn sie wollte. Das würde sie nicht mehr so einfach tun können, wenn er bei ihr zu Hause war, oder? Sie konnte sich nicht vor dem Wissen verstecken, dass sie ihn mochte und dass auch seine Gefühle für sie stärker wurden.

Als sie Faraday's betrat, sah sie sich im Foyer um und betrachtete die Menschenmenge, bevor sie in den Verkaufsraum ging, wo sie sofort Julian entdeckte. Er trug einen eleganten marineblauen Anzug, der sein dunkelrotes Haar betonte, und Celeste hatte ihn noch nie zuvor so geschäftsmäßig erlebt. Er plauderte mit einer älteren Dame, die eine Kette aus großen Perlen um den Hals und an den Fingern große edelsteinbesetzte Ringe trug. Ob sie wohl wegen der Hamilton-Gemälde hier war?, fragte sich Celeste.

Sobald die Dame ging, wurde Julian von einem Herrn vereinnahmt, und dann blieb ein Paar mittleren Alters stehen, um sich mit ihm zu unterhalten. Celeste beobachtete amüsiert, wie er seine Kunden hofierte, doch dann sah er sie.

»Celeste!«, rief er quer durch den Raum, was mehrere Leute dazu brachte, sich umzudrehen. Celeste errötete, als er sich ihr näherte und sie auf beide Wangen küsste, was sie unvorbereitet traf. Das hatte er noch nie zuvor getan, aber vielleicht war es besser, wenn sie nicht zu viel hineininterpretierte. Dies war Julian Faraday in London, schlussfolgerte sie. Auf diese Art begrüßte er die Leute.

»Hallo«, sagte sie. »Hier ist ganz schön was los.«

Er nickte. »Es sind ziemlich viele Leute. Das ist toll. Wo sitzen Sie? Kommen Sie mit.«

Er führte sie durch den Gang zwischen den ordentlich aufgereihten Stühlen, und seine Hand lag auf ihrem Rücken.

»Oh, nicht nach vorne«, widersprach Celeste. »Das könnte ich nicht ertragen.« Sie machte ein paar Schritte zurück und wählte einen Gangplatz in der Mitte des Raumes.

»Sind Sie sicher, dass Sie hier gut sitzen?«, wollte er wissen.

»Ja, keine Sorge«, erwiderte sie mit einem angespannten Lächeln. Ihre Nervosität gewann nun definitiv die Oberhand. »Na los, Herr Auktionator … Verkaufen Sie die Gemälde.«

Er lächelte ihr zu und salutierte kurz zum Spaß, bevor er sich auf den Weg zum Podium an der Vorderseite des Raumes machte. Ein erwartungsvolles Schweigen folgte, und dann begann der Wahnsinn.

Die ersten paar Stücke waren eher langweilige Landschaftsgemälde in Öl, die sich für gigantische Summen verkauften. Celeste sah sich ehrfürchtig im Raum um. Wer waren diese Menschen, und wie um alles in der Welt verdienten sie so viel Geld? Sie bemerkte seitlich eine Reihe von Tischen, an denen Mitarbeiter mit Telefonen am Ohr vor Computerbildschirmen saßen. Anscheinend war die Auktion nicht nur auf diesen kleinen Raum mitten in London beschränkt, sondern schloss die ganze Welt mit ein.

Zehntausende Pfund wechselten in atemberaubendem Tempo den Besitzer, und die Beträge wurden in allen wichtigen Währungen auf einem großen Bildschirm hinter Julian angezeigt. Celeste sah verwundert zu, ihre Augen waren groß, und ihr Herz raste wild, als sich der Zeitpunkt näherte, zu dem die Rosengemälde gezeigt wurden.

Celestes Mund war ganz trocken, als das erste ihrer Gemälde in den Raum gebracht wurde. Julians Blick fand ihren in der Menge, und dann begann die Folter.

Als Erstes war der Frans Mortelmans an der Reihe, das Gemälde mit den pinkfarbenen und blutroten Rosen im Korb.

»Grandmas Liebling«, flüsterte Celeste bei sich, und ein paar Schrecksekunden später standen ihr Tränen in den Augen, als sich das Gemälde verkaufte. Obwohl es fünfundvierzigtausend Pfund einbrachte, schmerzte es sie ungemein, dass sie es nie wieder sehen würde. Sie wusste, dass Gertie und Evie die Auktion zu Hause im Internet verfolgen würden, und fragte sich, ob sie wohl jubelten oder weinten.

Auf den Frans Mortelmans folgte der Ferdinand Georg Waldmüller und anschließend das Gemälde von Jean-Louis Cassell mit den weißen Rosen, das Celeste so sehr liebte. Jedes einzelne erzielte einen Preis von über dreißigtausend Pfund, doch jedes Mal, wenn der Hammer fiel, glich der Schlag einer Kugel, die mitten in Celestes Herz gefeuert wurde.

Der Verkauf der Rosengemälde endete mit dem zarten Pierre-Joseph Redouté. »Der Raffael der Blumen«, sagte sich Celeste und erinnerte sich an das, was Julian ihr über den Maler erzählt hatte. Das Bild ging für einen Rekordpreis – fünfundsechzigtausend Pfund – weg, und es erhielt an diesem Tag im Verkaufsraum den ersten Applaus.

Sämtliche Gemälde hatten ihren Mindestpreis nicht nur erreicht, sondern weit übertroffen, was in gewisser Weise eine wunderbare Sache war, doch es bedeutete zugleich, dass keines von ihnen wieder mit ihr nach Hause kam. Nun wurde ihr klar, dass sie sich insgeheim gewünscht hatte, dass zumindest eines übrig bleiben würde. Aber immerhin hatten sie noch das Gemälde, das Evie aus Simones Fängen gerettet hatte, dachte Celeste. Das war ein kleiner Trost.

Sie blieb nicht während der restlichen Auktion, sondern verließ still den Raum und spürte beim Hinausgehen Julians Blick auf sich. Sie ertrug es nicht, ihn anzusehen. Sie musste allein sein, daher verließ sie Faraday's und lief durch die Straßen, bis sie einen kleinen Park entdeckte. Im Londoner Sonnenschein ließ sie sich auf einer Bank nieder und atmete tief durch, um sich zu beruhigen.

Sie waren fort. Erst der Fantin-Latour, und nun die anderen kleineren Gemälde, die für so viele Jahre die Wände von Little Eleigh Manor geschmückt hatten. Celeste schloss die Augen und wurde sich der vollen Last ihrer Schuld bewusst. Sie ahnte, dass die meisten Leute sie wahrscheinlich für ein verwöhntes Mädchen halten würden, das in einem mittelalterlichen Wasserschloss voller Antiquitäten lebte und keinerlei Grund hatte, sich zu beschweren. Doch nichtsdestoweniger musste sie den Verlust von etwas so Schönem betrauern, etwas, das ihren Großeltern so kostbar gewesen war.

Als ihr Handy piepte, sah sie aufs Display und erwartete fast, dass die Nachricht von Julian stammte, der wissen wollte, wohin sie gegangen war, doch sie war von Gertie.

*Du hast das Richtige getan. x*

Sie blinzelte die Tränen fort und fand Trost in der Tatsache, dass ihre Schwester genau wusste, wie sie sich gerade fühlte.

Sosehr sie London auch verlassen und sich in ihre ruhige Ecke in Ostengland fortstehlen wollte, wusste sie doch, wie unhöflich das wäre, nachdem Julian so hart gearbeitet hatte. Daher kehrte sie nach einigen weiteren Momenten der relativen Einsamkeit ins Auktionshaus zurück. Die Versteigerung war vorbei und das Foyer voll mit Leuten, die anstanden, um ihre Käufe zu bezahlen. Zuerst konnte sie Julian nicht sehen, doch dann fand sie ihn in einer Ecke des Raumes. Er lachte und strahlte, wie nur er es konnte. Noch nie zuvor hatte sie einen so warmherzigen und unnachgiebig fröhlichen Menschen getroffen, und sie spürte, wie sich ihre düstere Stimmung ein wenig aufhellte, während sie ihn bei einer Unterhaltung mit einem Kunden beobachtete. Dann entdeckte er sie, entschuldigte sich und durchquerte das Foyer in ihre Richtung.

»Celeste! Geht es Ihnen gut?«, fragte er und legte ihr eine Hand auf die Schulter.

»Ich glaube schon.«

»Sie zittern«, bemerkte er. »Kommen Sie mit.«

»Müssen Sie denn nicht hierbleiben?«

»Nein, nein«, sagte er leichthin und führte sie aus dem Raum, wobei wie zuvor seine Hand auf ihrem Rücken ruhte. Sie durchquerten einen mit Teppichen ausgelegten Korridor und kamen in ein vornehmes, weitläufiges Büro, das einen Ausblick in einen Innenhof bot.

»Ist das Ihres?«, fragte Celeste.

»Ja«, antwortete er. »Nicht gerade schlecht, was?«

»Es ist wunderschön.«

»Und voll ausgestattet mit einem Barschrank«, sagte er. »Kann ich Ihnen etwas anbieten?«

»Nein danke.«

»Sind Sie sicher?«, wollte er wissen. »Sie sehen aus, als könnten Sie etwas vertragen.«

»Eine Tasse Tee vielleicht?«

»Natürlich«, erwiderte er und griff nach dem Telefon auf seinem Schreibtisch. »Liza? Zwei Tassen Tee bitte.«

»Sind Sie sicher, dass das nicht zu viele Umstände macht?«

»Celeste … Sie waren heute eine unserer größten Klientinnen. Ich finde, wir können Ihnen ruhig eine Tasse Tee ausgeben.«

Sie lächelte leicht.

»Ich war besorgt, als ich gesehen habe, dass Sie gegangen sind«, fuhr er fort. »Die ganze Sache hat Sie hoffentlich nicht zu sehr mitgenommen. Ich glaube, wir haben für Sie die bestmöglichen Preise erzielt.«

»Ja«, erwiderte sie. »Das weiß ich, und ich kann Ihnen nicht genug für all das danken, was Sie für uns getan haben.«

»Wissen Sie, dass eines der Gemälde nach Brasilien geht?«, fragte er.

»Wirklich?«

Er nickte. »Der Jean-Louis Cassell. Ein Geschäftsmann, der ganz verrückt nach Rosen ist, hat ihn gekauft«, erzählte er. »Die anderen bleiben in England.«

Sie lächelte und fand den Gedanken seltsamerweise tröstlich, dass die restlichen Gemälde nicht allzu weit weg sein würden.

»Also«, begann er, »Sie bleiben doch zum Abendessen, hoffe ich?« In seinen Augen lag ein nervöser Ausdruck, als glaubte er, Celeste wäre kurz davor, aufzuspringen und wegzulaufen. So gerne sie es auch getan hätte, das konnte sie ihm nicht antun.

»Natürlich«, antwortete sie.

»Gut!«, rief er und klatschte genau in dem Moment in die Hände, in dem Liza mit dem Teeservice eintrat.

* * *

Daheim in Little Eleigh Manor saßen Gertie, Evie und Esther in der Küche und tranken gerade selbst Tee.

»Hat sie schon auf deine SMS geantwortet?«, fragte Evie Gertie.

Gertie sah auf ihr Handy. »Sie hat nur ein paar Küsse gesendet.«

Evie blickte grimmig drein. »Wahrscheinlich ist ihr ziemlich elend zumute, oder?«

»Vermutlich«, meinte Gertie. »Ich wünschte, sie würde direkt nach Hause kommen.«

»Ich nicht«, entgegnete Evie. »Julian wird sie aufmuntern.«

»Vielleicht«, sagte Gertie. »Ich hoffe nur, dass er sie nicht zu sehr bedrängt. Ich glaube nämlich, dass er sich gerade wirklich in sie verliebt.«

»Nun, ich glaube, dass Celly einen anständigen Schubs braucht, und Julian erscheint mir auch als genau die richtige Art von Mann, um sie zu schubsen.«

»Sei nicht so gefühllos.«

»Bin ich gar nicht«, widersprach Evie, »aber sie braucht jemanden, der sie aus dieser ewigen düsteren Stimmung herausreißt.«

»Sie hatte einfach viel zu verkraften.«

»Wir *alle* hatten viel zu verkraften«, gab Evie zurück.

Gertie warf Evie den vorwurfsvollen Blick zu, der sie stets auf die Palme brachte.

»*Was?*«, fragte Evie. »Findest du etwa nicht, dass eine Schwangerschaft, während man zugleich die Arbeit von drei Leuten machen muss, stressig genug ist?«

»Ich dachte, du hättest gesagt, dass Lukas den Job angenommen hat?«

»Das hat er«, antwortete Evie.

»Und? Wann fängt er an?«

»Nächste Woche.«

»Dann hör auf zu meckern!«

Evie schüttelte den Kopf und schaute Esther an. »Ehrlich, ich kriege hier null Mitleid.«

Esther lachte leise über das Geplänkel der Schwestern.

»Na schön«, sagte Gertie. »Ich bin dann mal draußen und mache mich an die Arbeit.«

Evie nickte. »Ich komme auch gleich«, erwiderte sie.

»Und?«, fragte Esther, sobald Gertie gegangen war, und beugte sich zu ihrer jungen Freundin.

Evie lächelte und wusste genau, was Esther hören wollte.

»Ich hab ihm gesagt, dass ich schwanger bin«, antwortete sie nach einer ausgedehnten Pause. »Mit seinem Baby.«

Esthers Augen strahlten erfreut auf. »Wirklich?«

»Ja. Und ich hab ihm noch etwas gesagt.«

»Was denn?«

»Dass ich ihn liebe.«

Esther nickte, wirkte zu Evies Verwunderung jedoch nicht überrascht. »Das habe ich mir schon gedacht«, sagte sie.

»Wie konntest du das wissen, wenn ich es noch nicht mal gewusst habe?«, fragte Evie.

»Weil ich die Anzeichen kenne«, erwiderte Esther.

»Ach, wirklich?«

»Wirklich«, beharrte sie. »Komm mit. Ich will dir etwas zeigen.«

Evie folgte Esther aus der Küche und in ihr Zimmer, wo sie zu einer kleinen Kommode ging, die oberste Schublade öffnete und nach einem Fotoalbum griff.

»Das ist das letzte Foto, das je von Sally gemacht worden ist«, erzählte Esther, als sie das Album aufschlug. Evie kam näher und betrachtete das Bild der Frau, von der sie so viel gehört hatte. »Das war, kurz bevor sie krank geworden ist.«

Evie betrachtete das lange glatte Haar und das lächelnde Gesicht.

»Wer hat das Foto gemacht?«

»Ein Mann namens Paolo, den sie kennengelernt hatte. Er kam aus Italien. Er hat eine Ausbildung als Arzt gemacht, und sie war wahnsinnig verliebt in ihn. Sie hat es mir natürlich nie erzählt, aber ich wusste es. Schau dir nur ihr Lächeln und ihre Augen an. Du kannst es überall erkennen.«

Evie studierte das Foto und nickte. »Aber ich bin nicht mit so einem Lächeln rumgelaufen«, entgegnete sie.

»Vielleicht nicht, aber ich habe es trotzdem bemerkt. Du hattest eine gewisse Aura.«

Evie lachte. »Ich glaube nicht an Auren.«

»Es spielt keine Rolle, ob du daran glaubst oder nicht. Ich habe es trotzdem gesehen.«

»Ich finde, du hast ziemlich viel Fantasie, Esther«, meinte Evie mit einem ironischen Lächeln.

»Aber ich hab doch recht, oder? Du warst die ganze Zeit über in ihn verliebt.«

Evie starrte aus dem Fenster und beobachtete die Schwalben, die am Himmel über dem Rosengarten tanzten. »Ja«, sagte sie schließlich, »ich glaube schon.«

* * *

Als die Mahlzeit beendet war und der Kaffee serviert wurde, wagte Julian es, die Frage zu stellen, von der Celeste vermutet hatte, dass sie ihn am meisten beschäftigte, die er sich jedoch noch nicht getraut hatte, anzusprechen.

»Sind Sie dazu gekommen, über mein Angebot nachzudenken?«, fragte er.

»Wegen des Antiquitätengeschäfts?«, wollte sie wissen, als ob er je irgendein anderes Angebot gemacht hätte.

Er nickte. »Ja.«

»Gertie und Evie sind auf jeden Fall dafür. Selbst Esther war ganz aus dem Häuschen, als ich ihr davon erzählt habe.«

»Aber was ist mit Ihnen, Celeste? Wie denken *Sie* darüber?«

Sie fuhr mit dem Zeigefinger am Rand ihrer Kaffeetasse entlang. »Was ich darüber denke? Ich glaube, es wäre ein sehr interessantes Geschäft für das Anwesen. Es könnte eine echte Alternative für die Zukunft des Hauses sein.«

»Dann sind Sie dafür?«

»Ja«, sagte sie.

»Aber Sie klingen zögerlich«, stellte er fest und sah sie eindringlich an.

Sie erwiderte seinen Blick und sah in die freundlichen Augen, an die sie sich im Laufe der letzten Wochen so sehr gewöhnt hatte. Es erschien ihr eigenartig, dass es in ihrem Leben eine Zeit gegeben hatte, in der sie ihn und seine sanftmütige Gegenwart nicht gekannt hatte, und sie wusste das zu schätzen – ehrlich. Nur dass es sie verunsicherte, auch im Hinblick auf die Zukunft, weil sie nicht glaubte, dass sie ihm irgendetwas zu bieten hatte.

»Celeste?«, fragte er, als sie ihm nicht antwortete. »Was ist denn?«

»Julian … Ich …« Sie verstummte.

»Sagen Sie es mir. Wenn Sie irgendetwas bedrückt, will ich es wissen.«

Sie nickte. »Ja«, antwortete sie. »Ich … Es ist nur, dass ich das Gefühl habe, dass alles so schnell geht und ich einfach noch nicht bereit dafür bin.«

»Okay«, erwiderte er. »Das kann ich verstehen.«

»Wirklich?«

Er nickte. »Natürlich«, sagte er. »Sie meinen insbesondere mich, nicht wahr?«

Sie sahen einander an. »Ja«, erwiderte sie. »Ich glaube schon.«

Er schluckte schwer und nahm ihre Hand. »Du weißt, was ich für dich empfinde, oder? Ich wäre ziemlich überrascht, wenn du mittlerweile noch nicht darauf gekommen wärst.«

»Ich weiß«, antwortete sie leise.

Er nickte. »Und ich weiß, dass du dir wegen alldem noch nicht ganz sicher bist.«

Sie biss sich auf die Unterlippe. »Julian«, begann sie, »in meinem Kopf herrscht Chaos. Ich habe das Gefühl, dass ich das alles gerade erst begreife, verstehst du?«

»Ja.«

Sie atmete tief durch. »Du warst so freundlich zu mir. Und geduldig«, fuhr sie fort, »und du sollst wissen, wie viel mir das bedeutet.«

Er nickte leicht, lächelte und räusperte sich. »Ich bin so glücklich, seit ich dir begegnet bin«, gestand er, »und ich weiß, dass du viel um die Ohren hast.« Er schluckte, und der Blick aus seinen hellen Augen war eindringlich und gefühlvoll. »Aber ich kann nicht ewig warten, Celeste«, ergänzte er.

»Ich weiß«, erwiderte sie. »Ich weiß.«

Als sie das Restaurant verließen, rief Julian ein Taxi und begleitete sie zur Liverpool Street Station.

»Ich wünschte, ich könnte sofort mit dir nach Suffolk kommen, aber am Wochenende werde ich da sein«, sagte er, als das Taxi an der Bordsteinkante hielt. »Vielleicht können wir gemeinsam zu Mittag essen?«

Celeste hatte ihre Finger geknetet, seit sie das Restaurant verlassen hatten, und seit Julians Geständnis mit sich gehadert.

*Ich kann nicht ewig warten.*

Das wusste sie. Es war absolut vernünftig von ihm gewesen, das zu sagen, und doch lasteten die Schuldgefühle, die es in ihr hervorrief, schwer auf ihr. Sie wandte sich ihm zu.

»Julian«, begann sie. »Ich will nicht, dass du irgendwas von mir erwartest, weil ich dir nämlich nichts versprechen kann.«

»Das weiß ich«, erwiderte er, »und ich verlange auch nichts von dir.«

»Doch, das tust du«, beharrte sie, und ihre Stimme bebte leicht. »Du wartest, und das ist ein großer Druck. Ich kann diese Verantwortung nicht übernehmen – nicht jetzt und vielleicht sogar niemals.« Sie sah ihn über die kurze Entfernung zwischen ihnen im Taxi hinweg an und wollte plötzlich überall sein, nur nicht hier.

»Okay«, antwortete er schließlich. »Ich verstehe.« Seine Stimme hatte sich verändert. Sie war kühler und kontrollierter geworden, und sein Blick hatte etwas von seiner Wärme verloren. Plötzlich hatte Celeste die schlimme Vorahnung, dass sie sein lächelndes, freundliches Gesicht nie wieder sehen würde.

»Leb wohl, Celeste«, sagte er, löste seinen Gurt und beugte sich über den Sitz, um ihr die Tür zu öffnen.

»Julian …«

»Leb wohl.«

# 31. Kapitel

Es war eine seltsame und einsame Welt ohne Julians SMS und Anrufe, doch Celeste konnte wohl kaum erwarten, nun welche zu erhalten, oder? Sie schloss die Augen, als sie sich an seinen Gesichtsausdruck im Taxi erinnerte. Die freundlichen blauen Augen waren innerhalb von Sekunden gefroren und hatten ihr seine Wärme geraubt. Warum hatte sie das getan? Was hatte sie sich nur dabei gedacht?

*Sie selbst.* Sie hatte nur an sich gedacht und daran, wie sie die Dinge empfand. Nicht ein Mal hatte sie sich gefragt, was Julian vielleicht dachte und fühlte. Sie hatte ihn nie gefragt. Er war ihr gegenüber so aufmerksam gewesen, so fürsorglich, und hatte sich alle Mühe gegeben, zu verstehen, was sie durchmachte, doch sie hatte seine Freundlichkeit nicht erwidert. Stattdessen hatte sie ihn von sich gestoßen, immer und immer wieder.

Während sie am alten Schreibtisch im Studierzimmer saß, dachte sie daran, ihn anzurufen, doch was sollte sie sagen? Sie spürte, wie ihr die Tränen kamen, blinzelte sie jedoch rasch fort, als sie an der Tür ein leises Klopfen hörte.

»Celly?«, rief Gerties Stimme.

»Komm rein.«

Gertie trat ein. »Hier drin ist es ein bisschen dunkel, oder?«, fragte sie, trat an die Fenster und zog die Vorhänge zurück. Celeste erinnerte sich an das, was Julian über das Zimmer gesagt hatte, dass er glaubte, dass sie es verändern, es freundlicher und heller gestalten sollte.

»Wolltest du etwas von mir?«, hakte sie nach.

»Ah, ja. Ich hatte gerade einen Anruf von Tom Parker. Er will wissen, ob wir an der Ausstellung im September teilnehmen. Er hat von dir noch nicht das Formular zurückerhalten und muss unseren Platz reservieren, wenn wir mitmachen wollen.«

»Ja – sag ihm Ja«, erwiderte Celeste und dachte an das örtliche Volksfest an der Kirche, an dem Hamilton Roses jedes Jahr teilnahm, um Spenden zu sammeln. Es war ein schönes Ereignis, bei dem die Handwerker des Ortes ihre Waren ausstellten und die Kirche mit einzigartigen Stücken und Erzeugnissen füllten.

»Ich muss das Formular verlegt haben«, sagte Celeste. »Gerade, als ich dachte, dass ich die Dinge endlich in den Griff bekommen hätte.«

»Das hast du doch«, widersprach Gertie. »Du machst das alles großartig.«

»Tue ich das?«

»Ja«, bekräftigte Gertie und betrachtete Celeste genau. »Ist alles in Ordnung?«

»Mir geht's gut.«

»Wirklich?«, fragte Gertie. »Das glaub ich dir nicht.«

Celeste sah ihre Schwester an und überlegte, sich irgendeine Lüge auszudenken, dass sie wahrscheinlich nur müde wäre. Damit könnte sie durchkommen, doch sie wusste, dass es falsch wäre, und ein Teil von ihr war ohnehin begierig darauf, sich jemandem anzuvertrauen.

»Ich glaube, ich hab Mist gebaut«, gab sie schließlich zu.

»Was meinst du?«, wollte Gertie wissen. »Den Papierkram?«

»Nein, nicht den Papierkram.« Sie nahm einen tiefen Atemzug. »Julian.« Allein schon seinen Namen auszusprechen brachte eine Flut von Gefühlen an die Oberfläche.

»Warum?«, fragte Gertie und lehnte sich neben ihrer Schwester an den Schreibtisch.

»Ich hab ihm gesagt, dass wir eine Pause machen sollten«, gestand sie Gertie.

»Eine Pause? Aber ich dachte, du wärst nicht wirklich mit ihm zusammen gewesen«, sagte Gertie.

»Ich weiß«, erwiderte Celeste. »Ich hab's dir doch gesagt – ich hab Mist gebaut.«

»Was genau hast du denn gesagt?«

Celeste schloss die Augen und versuchte, sich an ihre Worte zu erinnern. »Ich hab ihm gesagt, dass ich mich von ihm unter Druck gesetzt fühle und nicht will, dass er irgendwas von mir erwartet.«

»Oh, Celly! Wann ist das gewesen?«

»Nach der Auktion.«

»Aber ich dachte, ihr hättet gemeinsam zu Abend gegessen?«, fragte Gertie.

»Haben wir auch. Und dann hat er mich zum Bahnhof begleitet, und ich hab es zu ihm gesagt.«

»Warum hast du mir nicht erzählt, was passiert ist?«

»Ich war …«

»Sag bloß nicht, dass du zu beschäftigt warst«, fiel Gertie ihr ins Wort, »denn das sagst du immer.«

»Aber es ist wahr.«

Gertie schüttelte den Kopf. »Du hast versucht, es zu verdrängen, oder? Du hast gehofft, dass du es verstecken und vergessen könntest.« Sie beugte sich näher zu Celeste und sah, wie ihre Schwester langsam nickte.

»Ich versuche verzweifelt, nichts zu empfinden, aber ich kann nicht damit aufhören«, sagte Celeste, und ihre dunklen Augen wirkten groß und verstört.

»Und das solltest du auch nicht! Es ist nicht normal, dass du versuchst, deine Gefühle auszuschalten«, meinte Gertie. »Hast du seitdem noch mal mit ihm gesprochen?«

»Nein«, erwiderte sie, das eine Wort, das mehr mit Kummer erfüllt war, als es irgendeinem Wort gestattet sein sollte.

»Celly, er *vergöttert* dich! Du musst nur das Telefon zur Hand nehmen, damit er zu dir zurückkommt.«

Celeste schüttelte den Kopf. »Du hast nicht gesehen, wie er mich angeschaut hat. Es war furchtbar, Gertie, und das hab ich allein mir selbst zuzuschreiben. *Ich* hab ihn dazu gebracht, mich so anzusehen.«

Gertie erhob sich und umarmte ihre Schwester. »Du magst ihn wirklich, oder?«

»Ich wusste nicht, wie sehr, bis ich diese Dummheiten von mir gegeben hab.«

»Na, dann sag es ihm. Sag ihm, was für eine alberne Idiotin du warst. Er wird es verstehen.«

Celeste stieß eine seltsame Mischung aus Lachen und Weinen aus, während Gertie sie in den Armen hielt.

»Ich fürchte mich zu sehr davor, ihn anzurufen. Ich hab's vermasselt. Er war so geduldig mit mir, aber ich bin einfach zu weit gegangen. Ich kann jetzt nichts mehr von ihm verlangen.«

»Ich glaube, du hast unrecht«, widersprach Gertie. »Ich denke, wenn er wüsste, wie du empfindest, wäre er in einer Minute bei dir.«

Celeste schüttelte den Kopf. »Das kann ich ihm nicht antun. Wahrscheinlich hasst er mich jetzt.«

»Das wird er niemals tun.«

»Wahrscheinlich hat er eine Voodoo-Puppe von mir gebastelt und sie mit Nadeln gespickt, was sicher der Grund dafür ist, dass ich so großen Schmerz empfinde.«

Gertie drückte ihr die Schulter. »Du bist verliebt, und das kann der schlimmste Schmerz auf der Welt sein, wenn es nicht gut läuft.«

Celeste blickte auf. »Du hast das so gesagt, als ob du wüsstest, was es bedeutet.«

»Wirklich?«, fragte Gertie.

Nun war Celeste an der Reihe, ihre Schwester genauer zu betrachten. »Gibt es irgendwas, das du mir sagen willst?«

Gertie lächelte. »Nein«, erwiderte sie. »Das Einzige, was ich dir sagen will, ist, dass du unrecht hast – absolut unrecht –, wenn du glaubst, dass Julian nichts mehr von dir hören will. Ich finde, du solltest ihn anrufen. Rede einfach mit ihm.«

Celeste schüttelte wieder den Kopf. »Ich kann nicht«, sagte sie.

Gertie hüpfte vom Schreibtisch herunter. »Okay.«

»Und dass du bloß nicht auf die Idee kommst, ihn selbst anzurufen, Gertie.«

Gertie blieb an der Tür stehen. »Bestimmt nicht«, erwiderte sie.

»Versprochen?«

»Versprochen«, antwortete Gertie.

Doch dieses Versprechen war dazu bestimmt, gebrochen zu werden.

* * *

Celeste war nicht die Einzige, die damit zu kämpfen hatte, dass sie von einem Mann nichts hörte. Gertie hatte mehr Zeit damit verbracht, auf ihr Handy zu starren, als damit, Rosen zu betrachten, was – zumindest für einen Rosenzüchter im Sommer – geradezu unverantwortlich war.

Sie hatte aufgehört, zu zählen, wie oft sie sich schon in den Schlaf geweint hatte. Es fiel ihr so schwer, die Hoffnung zu bewahren, wo sie doch nichts Greifbares hatte, woran sie sich festhalten konnte. Außerdem hatte sie noch niemandem davon erzählt, obwohl Celeste ihr ein paarmal schon fast auf die Schliche gekommen wäre und zumindest ahnte, dass etwas nicht stimmte.

*Arme Celeste*, dachte sie. Wie auch Evie vergötterte Gertie Julian und wusste, dass er und Celeste ein wirklich großartiges Paar abgeben würden, doch Gertie befürchtete, dass es nun nicht mehr dazu kommen würde. Zumindest Evie hatte Glück beim männlichen Geschlecht, überlegte sie, während sie das Herrenhaus betrat, das ihr vergleichsweise dunkel erschien, nachdem sie den ganzen Tag im Garten verbracht hatte. Sie trug einen kleinen Korb voll mit frischen Eiern von ihren Hühnern. Ihre bloßen Arme und Beine waren tiefbraun, und sie verspürte die wunderbare Müdigkeit eines hart arbeitenden Gärtners.

Die alte Standuhr schlug gerade sieben, als sie die Eingangshalle durchquerte und Celeste sah.

»Ich wollte Tee holen«, sagte Gertie.

»Ich auch«, erwiderte Celeste. »Mir war nicht klar, wie spät es ist.«

»Du solltest ab und an wirklich mal dieses Studierzimmer verlassen und rausgehen. Es war ein schöner Tag.«

Celeste rieb sich die Augen. »Vielleicht hast du recht«, sagte sie.

»Das weißt du genau«, erwiderte Gertie. »Der Sommer dauert schließlich nicht ewig.«

Gelächter drang aus der Küche, und Gertie und Celeste sahen bald, dass Evie und Esther etwas auf dem Herd kochten.

»Da seid ihr beiden ja!«, rief Evie. »Wir wollten schon einen Suchtrupp losschicken.«

»Was kocht ihr denn?«, fragte Gertie und sorgte sich um den Zustand ihres geliebten AGA-Herds.

»Was ist das noch mal, Esther?«, fragte Evie.

»Halber-Garten-Suppe«, antwortete Esther. »Im Grunde kommt alles rein, was gerade Saison hat.«

»Klingt bedenklich«, fand Celeste.

»Na ja, falls es nicht schmeckt, sind hier jede Menge Eier«, sagte Gertie und stellte ihren Korb auf den Tisch.

»Es wird schmecken«, beharrte Evie. »Esther ist eine großartige Köchin.«

»Ach?«, fragte Gertie und hatte das Gefühl, dass ihre Position in der Küche gerade usurpiert wurde.

»Hey! Habt ihr schon das Neueste gehört?«, fragte Evie.

»Nein, was denn?«, wollte Celeste wissen.

»James und Samantha haben ihr Haus verkauft«, verkündete Evie fröhlich.

»Wirklich?«, fragte Celeste. »Ich habe gar nicht gewusst, dass es zum Verkauf stand.«

Evie nickte. »Sie verlassen Little Eleigh.«

Die Farbe wich aus Gerties Gesicht. »Nein, das hast du falsch verstanden«, widersprach sie. »Du verstehst immer alles falsch, Evie.«

»Ich hab es nicht falsch verstanden. Nicht dieses Mal. Ich hab James im Postamt getroffen. Er hat es mir erzählt.«

»Du hast mit James gesprochen?«

»Ja«, sagte Evie. »Er hat mir aufgetragen, es euch beiden zu erzählen. Er versucht, es alle wissen zu lassen, bevor er nächste Woche fliegt.«

»Wohin?«, fragte Gertie.

»Nach Frankreich«, antwortete Evie. »Sie geben ihr Haus hier auf und kaufen dort irgendein heruntergekommenes

Ferienhaus. Es klingt fantastisch. Genau wie die Häuser, von denen du immer redest, mit Fensterläden und einem Blick auf die Hügel. Hey! Vielleicht lädt er uns mal zu sich ein. Was glaubst du?«

Celeste hatte während des Wortwechsels Gerties Gesicht beobachtet und bemerkte die Blässe und den bestürzten Ausdruck darin.

»Ich finde, wir sollten uns nicht selbst einladen, Evie«, mahnte sie. »Hast du Samantha nicht letzte Woche ein paar Containerrosen verkauft?«

Gertie nickte.

»Bestimmt, um den Garten für die Käufer besser aussehen zu lassen«, vermutete Evie.

Gertie, die sich gerade erst hingesetzt hatte, erhob sich.

»Wo gehst du hin?«, fragte Evie.

»Ich bin nicht hungrig«, erwiderte sie.

»Aber wir haben literweise Suppe!«, rief Evie, doch ihre Schwester hatte den Raum bereits verlassen. »Was hat sie denn?«

Celeste seufzte. »Ich bin mir nicht sicher, aber ich sollte wohl besser versuchen, es herauszufinden.«

Sie gab sich alle Mühe, Gertie aufzuspüren, doch offenbar hatte sie das Grundstück verlassen. Celeste kam erst später am Abend dazu, mit ihr zu sprechen, als sie, sobald alle sicher aus dem Weg waren, eine Reihe lauter, wütender Schläge aus der Küche hörte.

Sie atmete tief durch, wusste nicht genau, was sie erwarten würde, und betrat die Küche.

»Hey«, sagte sie leise.

»Hey«, antwortete Gertie, ohne aufzusehen.

»Was machst du da?«, fragte Celeste.

»Ich backe Brot«, erwiderte Gertie. »Wonach sieht es denn aus?«

Celeste zuckte beim Klang ihrer Stimme zusammen. Brot. Das war wohl das Worst-Case-Szenario. Zumindest war es sehr viel schlimmer als Scones oder Zitronenkuchen, so viel war sicher. Gertie hatte offensichtlich große Wut im Bauch, wenn sie sich gezwungen fühlte, vor dem Zubettgehen Teig zu kneten.

»Ich hab versucht, dich zu finden«, sagte sie.

»Ja? Nun, ich hab versucht, nicht gefunden zu werden.«

»Hab ich mir gedacht«, erwiderte Celeste, ließ sich auf der Bank auf der anderen Seite des Tischs nieder und spürte, wie die Tischplatte unter Gerties energischer Behandlung vibrierte. Sie beobachtete, wie ihre Schwester den Brotteig gewaltsam warf und knetete, während ihr Gesicht vor lauter Anstrengung knallrot war.

»Willst du mit mir reden?«, fragte sie nach einer Weile.

»Worüber würdest du denn gerne sprechen?«, erwiderte Gertie, und ihr Tonfall war kalt und verschlossen.

»Wie wäre es mit James Stanton?«

Gertie unterbrach ihre Arbeit und wischte sich mit einem mit Mehl beschmierten Handgelenk über die Stirn. »Warum willst du denn über ihn reden?«

»Du weißt, warum.«

Die Schwestern starrten einander lange an, bevor Gertie die Tränen in die Augen stiegen.

»Ach, Süße.« Celeste war sofort auf den Beinen, umrundete den Tisch, um ihre Schwester in die Arme zu nehmen, und hielt sie tröstend, als heftiges Schluchzen ihren Körper erzittern ließ.

»Er hat gesagt, dass er mich liebt!«, weinte Gertie. »Er hat gesagt, dass wir zusammen sein würden, und ich hab ihm geglaubt.«

Sie weinte noch mehr, und Celeste hielt sie fest und wartete, bis sie bereit war, weiterzusprechen.

»Ich wünschte, du hättest es mir erzählt«, sagte Celeste schließlich.

Gertie schniefte laut, bevor sie sich mit einem Taschentuch, das sie aus ihrer Schürze holte, über die Augen wischte und ihre Schwester ansah. »Du hast mir auch nicht erzählt, was mit Julian passiert ist«, entgegnete sie.

Celeste nickte. »Ah, ja«, sagte sie, »und Evie hat uns nichts von dem Baby erzählt.«

Sie sahen einander mit traurigen Augen an, doch ein kleines Lächeln umspielte ihre Lippen.

»Anscheinend sind wir recht gut darin, Geheimnisse voreinander zu haben«, stellte Gertie fest und schnäuzte sich kräftig in ihr Taschentuch.

»Ich frage mich, wieso«, erwiderte Celeste mit einer Spur Ironie in der Stimme.

»Weil Mum uns nie über unsere Gefühle hat reden lassen?«, vermutete Gertie.

Celeste nickte. »Wann immer ich versucht habe, ihr irgendetwas Wichtiges zu sagen, hat sie mir die kalte Schulter gezeigt. Es war unmöglich, ihr nahezukommen und sich ihr gegenüber zu öffnen.«

»Aber so dürfen wir nicht werden«, sagte Gertie. »Niemals.«

»Ich weiß«, erwiderte Celeste. »Also, willst du mir verraten, was mit James war?«

Gertie atmete tief durch, die beiden setzten sich an den Küchentisch, und Celeste lauschte den Offenbarungen ihrer Schwester über den Mann, in den sie sich verliebt hatte.

»Heute Nachmittag hab ich es endlich geschafft, mit ihm zu reden«, erzählte sie und brachte die Geschichte auf den neuesten Stand. »Ihm ist eine Stelle in Frankreich angeboten worden. Ich hab gesagt, dass ich mit ihm gehen würde. Kannst du das glauben? Ich wollte all das hier aufgeben, nur um mit ihm zusammen sein zu können, aber er hat behauptet, dass er es Samantha schuldig ist, der Beziehung eine zweite Chance zu geben. Er meinte, das Klima würde ihr äußerst gut tun und sie wollten noch einmal von vorne anfangen.«

»Oh, Gertie. Es tut mir so leid.« Celeste griff über den Tisch, um die Hand ihrer Schwester zu nehmen.

»Er hat gesagt, er wäre unglücklich. Er hat behauptet, dass er ohne mich nicht leben könnte und dass Samantha ihm das Leben zur Hölle macht. Hat er die ganze Zeit über gelogen? Hat er mich nur benutzt?«

Celeste biss sich auf die Unterlippe. »Ich glaube, dass er womöglich die Wahrheit übertrieben hat«, antwortete sie.

»Ich dachte, er liebt mich, Celly. Ich dachte, wir hätten eine gemeinsame Zukunft.« Erneut stiegen ihr Tränen in die dunklen Augen, doch dieses Mal gelang es ihr, sie zurückzuhalten. »Ich war so dumm! Ich hätte mich niemals mit jemandem einlassen sollen, der verheiratet ist. Warum hab ich mir das angetan? *Warum?*«

»Weil du eine Romantikerin bist«, erwiderte Celeste. »Du lässt dich eher von deinem Herzen leiten als von deinem Verstand. Das war schon immer so.«

»Nun, er hat mir das Herz gebrochen, also werde ich diesen Fehler wohl nicht wieder machen.«

Celeste beobachtete, wie sie aufstand und anfing, den gesamten Teig von der Tischplatte zu kratzen und ihn zu einem unförmigen Klumpen aufzutürmen.

»Was tust du?«, fragte sie.

»Ich schmeiße ihn weg«, antwortete Gertie. »Es wäre sowieso nicht besonders gut geworden. Ich hab die Hefe vergessen.«

# 32. Kapitel

Am nächsten Morgen kam Evie ins Studierzimmer gestürmt, ohne auch nur an die Tür zu klopfen.

»Warum schwimmen Tennysons ›Liebesgedichte‹ im Wassergraben?«, fragte sie.

Celeste blickte von einer Rechnung auf, die sie gerade zu entziffern versuchte. »Sie gehören sicher Gertie. Hast du sie gerettet?«

»Nein. Sie sind aber halb an einem Seerosenblatt hängen geblieben, falls sie versuchen will, sie herauszufischen.«

»Ich bin mir nicht sicher, ob sie das will. Der Graben ist vielleicht der beste Ort dafür.«

»Hast du herausgefunden, welche Laus ihr über die Leber gelaufen ist?«, wollte Evie wissen.

»Es ist eher ein Mann als eine Laus, und sein Name ist James Stanton«, antwortete Celeste.

»Du meinst …«

»Genau«, erwiderte Celeste.

»Dann hatte er die ganze Zeit über also *wirklich* eine Affäre!«, rief Evie, und ihre Augen leuchteten vor Aufregung. »Meine Güte! Ich hätte nie gedacht, dass es unsere Gertie ist.«

Celeste schüttelte den Kopf. »Hör mal. Mach kein großes Theater deswegen, okay? Sie hatte echte Gefühle für ihn.«

»Na ja, er ist ein gut aussehender Mann«, meinte Evie und ließ sich in den Sessel ihrer Mutter plumpsen. »Ein totaler Mistkerl offensichtlich, aber ziemlich attraktiv. Arme Gertie! Gut, dass er schon abgereist ist, sonst würde ich ihm eins auf die Nase geben.«

Celeste seufzte. »Das würde nichts bringen.«

»Vielleicht nicht, aber es wäre das Richtige«, entgegnete Evie.

»Evelyn, du musst wirklich mit diesem ganzen ›Das Richtige tun‹-Quatsch aufhören. Es bringt dir immer bloß Ärger ein.«

Evie seufzte, und ihre Hand ruhte auf ihrem Bauch.

»Alles in Ordnung?«, fragte Celeste.

»Ja, Tante Celly, es geht mir gut«, sagte Evie und entlockte Celeste ein Lächeln. »Also, heute Morgen war mir ein bisschen schlecht, aber jetzt geht es.«

»Kannst du schon etwas spüren?«

»Nur eine Magenverstimmung«, antwortete Evie. »Gertie wird mir ein großes Fass Pfefferminztee machen und von mir erwarten, dass ich es austrinke. Ekelhaft.«

Celeste lächelte. »Mir hat sie strengstens Zitronenmelisse und Kamille gegen Stress verschrieben.«

»Heiliger Kräutergarten!«, rief Evie.

»Aber hör mal«, sagte Celeste, »du darfst niemandem von Gertie und James erzählen, okay?«

»Sag jetzt bloß nicht, dass es Schande über die Familie gebracht hätte«, erwiderte Evie plötzlich ernst.

Celeste wirkte schockiert, als sie sich an den regelmäßigen Tadel ihrer Mutter erinnerte. »Das würde ich niemals sagen«, entgegnete sie. »*Niemals!*«

»Gut«, meinte Evie, beruhigt vom absolut entsetzten Gesichtsausdruck ihrer Schwester.

»Aber wir wohnen in einem kleinen Dorf, und du weißt, wie das sein kann, oder? Gertie ist so zurückhaltend, und es wäre furchtbar, wenn sie das Opfer von bösartigem Klatsch würde. Ich glaube, es würde sie zerstören.«

Evie war vernünftig genug zu nicken. »Arme Gertie«, sagte sie wieder. »Soll ich zu ihr gehen und mit ihr reden?«

»Wenn du sie finden kannst«, antwortete Celeste.

* * *

Es war spät am Nachmittag, als die drei Schwestern sich allesamt im Salon wiedertrafen. Zuvor hatte Evie Gertie in einer Ecke des ummauerten Gartens gefunden, wo sie eine ihrer Hennen im Arm gehalten und in ihr Gefieder geweint hatte. Die Schwestern schütteten einander das Herz aus, bevor sie einträchtig zusammenarbeiteten und sich dann auf den Weg zurück ins Haus machten.

»Es ist zu heiß«, beschwerte sich Evie, ließ sich aufs Sofa fallen, ihr blondes Haar ganz zerdrückt, weil sie einen Sonnenhut getragen hatte. »Wenigstens habe ich die Bestellung von Mrs Peters erledigt. Ihr Mann kommt morgen alles abholen.«

»Und ich habe das Blattlausproblem in Angriff genommen. Die arme *Madame Pierre Oger* war voll von ihnen«, erzählte Gertie.

»Und ich hab noch mehr Papierkram erledigt«, berichtete Celeste. »Endlich kann ich etwas vom Schreibtisch sehen.«

Ihre Schwestern lächelten.

»Gut, und sobald du fertig bist, kannst du uns draußen im Garten helfen«, schlug Gertie vor.

»Ja, da ist dieses nervige Beet mit der Ackerwinde, bei dem du uns zur Hand gehen kannst«, ergänzte Evie.

»Na vielen Dank auch«, sagte Celeste, und alle drei lachten.

Celestes Blick schweifte durch den Raum und blieb an dem Auktionskatalog hängen, den Julian vorbeigebracht hatte. Sie beugte sich vor, griff nach ihm und war sich der Tatsache bewusst, dass Julian ihn ebenfalls vor nicht allzu langer Zeit in den Händen gehalten hatte. Ihre Gedanken kreisten um die Zeit, die sie miteinander verbracht hatten – kurze Zeitschnipsel, die hektischen Terminplänen entrissen worden waren. Wäre es besser zwischen ihnen gelaufen, wenn sie mehr Zeit miteinander gehabt hätten?, fragte sie sich. Doch sie war so überzeugt gewesen, dass sie das nicht wollte. Warum, o warum nur war sie so töricht gewesen? Warum hatte sie nicht erkannt, welch ein besonderer Mann er war? Und warum hatte sie einfach nicht begriffen, wie tief ihre Gefühle für ihn waren, bevor es zu spät war?

»Du solltest ihn wirklich anrufen«, meinte Gertie.

Celeste legte den Katalog hin. »Nein«, erwiderte sie.

»Ich vermisse ihn«, sagte Evie. »Ich hätte ihn gerne zum Schwager gehabt.«

»Evie!«, rief Celeste und verdrehte entnervt die Augen.

»Was?«, fragte Evie. »Ich dachte, du hättest gesagt, du wünschst dir, dass wir alle offener und ehrlicher miteinander sind?«

»Ja, aber nicht so.«

Evie runzelte die Stirn und nestelte an ihrem Ohrring. »O nein!«, rief sie einen Augenblick später und ging auf alle viere. »Ich hab den Verschluss verloren.« Sie suchte den Teppich ab, bis sie die kleine goldene Klemme fand, und in diesem Moment fiel ihr Blick auf etwas unter dem Sofa. Es war ein Buch, und sie zog es hervor. »Ist das deins, Gertie?«, fragte sie.

Gertie nahm es entgegen, einen modernen Roman, und betrachtete es. »Nein«, sagte sie. »Ich glaube, es hat Mum gehört.« Sie durchblätterte die Seiten. »Hey! Seht euch das an.«

Evie beugte sich auf dem Sofa vor, während Gertie etwas zwischen den Seiten herauszog.

»Das ist Mum«, stellte Evie fest und betrachtete das alte Foto. »Wann ist das gemacht worden? Ich kenne das gar nicht.«

Celeste setzte sich zu ihren Schwestern aufs Sofa. Sie reichten ihr das Foto, und sie blickte in das lächelnde Gesicht ihrer Mutter. Sie trug ein hübsches, gelbes Kleid, und ihr langes dunkles Haar war offen und glänzte. Das Foto war vor mehr als fünfzehn Jahren gemacht worden, und Celeste erkannte es sofort wieder.

»Mum sieht hübsch aus«, bemerkte Evie.

»Wie immer«, erwiderte Celeste. »Das war etwas, das sie nie falsch gemacht hat, oder? Und es war ihr auch das Wichtigste.«

»Ich frage mich, wo es aufgenommen worden ist«, sagte Gertie.

»Erinnert ihr euch denn nicht?«, fragte Celeste.

Evie und Gertie wirkten ratlos.

»Verrat es uns«, forderte Gertie sie auf.

»Das war auf Tante Ledas Party in dem Sommer, als wir nach Oxfordshire gefahren sind. Sie hatte ein kleines Festzelt im Garten aufgebaut, und diese komische kleine Band hat Jazz gespielt. Mum hat die ganze Zeit gesagt, wie furchtbar alles ist und dass sie das alles anständig organisiert hätte, dass aber Leda immer ihren Willen durchsetzen müsste – was wirklich nur fair war, schließlich war es doch *ihr* Geburtstag. Aber ihr wisst ja, wie Mum war: Wenn sie an irgendetwas nicht beteiligt oder nicht einmal gefragt worden war, dann war es in ihren Augen immer eine völlige Katastrophe.«

»Aber anscheinend hat sie sich amüsiert«, stellte Evie fest.

»O ja«, antwortete Celeste. »Sie hat dort einen Mann kennengelernt. Er hat ihr ununterbrochen Drinks gebracht, und sie haben wie verrückt miteinander geflirtet. Er war es, der das Foto gemacht hat. Darum lächelt sie: Sie flirtet gerade.«

Die Schwestern betrachteten das Bild erneut.

»Erinnert ihr euch wirklich nicht?«, fragte Celeste.

»Nein«, sagte Gertie.

»Nö«, erwiderte Evie.

»Nun, das solltet ihr aber, denn wir haben alle direkt neben ihr gestanden.«

»Nein, haben wir nicht«, widersprach Evie.

»Nun, wir tun es jetzt nicht mehr, weil sie uns alle herausgeschnitten hat.« Ein seltsamer Ausdruck lag nun in Celestes Augen, und sie erhob sich mit dem Foto in der Hand und verließ den Raum.

»Celly?«, rief Gertie ihr nach, doch sie antwortete nicht.

* * *

Zwei Stunden später fing Gertie an, sich Sorgen zu machen.

»Celly?«, rief sie und klopfte an die Tür des Studierzimmers. »Bitte komm raus, und sprich mit uns.«

Evie tauchte im Korridor auf. »Ist sie noch immer da drin?«, flüsterte sie.

Gertie nickte und klopfte erneut. »Rede doch mit uns! Wir machen uns wirklich Sorgen um dich.«

Evie trat vor. »Lass es mich mal versuchen«, sagte sie zu Gertie, bevor sie wie ein zorniger Specht an die Tür hämmerte.

»Evie!«, zischte Gertie.

»Celly?«, rief Evie. »Bist du da drin?« Sie probierte die Klinke, doch die Tür war natürlich verschlossen. »Du musst mit uns reden. Du hast uns dazu gebracht, all unsere Geheimnisse preiszugeben. Jetzt wollen wir dir zuhören.«

»Das ist gut«, sagte Gertie und nickte zustimmend.

»Ja, aber sie antwortet immer noch nicht. Du glaubst doch nicht, dass sie etwas Dummes angestellt hat, oder?«

»Was zum Beispiel? Was könnte sie sich im Studierzimmer schon antun?«, fragte Gertie.

»Sich mit einer unbezahlten Rechnung die Pulsadern aufschneiden?«

»Das ist nicht komisch, Evie. Was sollen wir bloß machen?«

»Ich glaube, wir sollten Julian anrufen«, schlug Evie vor. »Ich glaube, Celly hat angefangen, sich ihm gegenüber wegen der ganzen Geschichten mit Mum wirklich zu öffnen. Vielleicht kann er ihr jetzt helfen.«

Gertie nickte. »Gute Idee.«

Sie liefen in die Eingangshalle.

»Mach du es«, sagte Evie.

Gertie nahm den Hörer. »Verdammt! Wie ist seine Nummer?«

»Ich hab sie«, antwortete Evie und holte ihr Handy hervor. »Ich hab sie mir extra von ihm geben lassen, weil ich wusste, dass ich sie von Celly nicht kriegen würde.«

Gertie wählte die Nummer und wartete.

»Julian? Sie sind in Suffolk? Oh, gut! Ich mache mir Sorgen wegen Celeste. Sie hat sich im Studierzimmer eingeschlossen und will nicht mit uns reden«, berichtete Gertie. »Ich bin mir nicht ganz sicher, was passiert ist. Sie ist schon seit Stunden da drin.« Es gab eine Pause. »Okay. Tschüss.« Sie legte auf. »Er kommt sofort vorbei.«

# 33. Kapitel

Julian war blass und wortkarg, als er beim Herrenhaus eintraf. »Ist sie noch immer da drin?«

»Ja«, antwortete Gertie. »So etwas hat sie noch nie gemacht. Ich bin mir nicht ganz sicher, was passiert ist. Wir haben dieses alte Foto von Mum gefunden, und da ist Celeste ganz komisch geworden und schließlich weggerannt.«

»Ich gehe und rede mit ihr«, sagte Julian, ließ Gertie und Evie in der Eingangshalle stehen und lief hastig den Korridor entlang.

* * *

»Celeste?« Julians Stimme erklang durch die geschlossene Tür und riss sie aus ihren Gedanken. »Ich bin es, Julian.«

Sie hatte am Fenster gestanden und in den Garten hinausgeblickt, doch nun drehte sie sich um und verfluchte ihre Schwestern, die ihn angerufen haben mussten.

»Bist du da drin?«, rief Julian. »Kannst du mir die Tür aufmachen? Ich will mit dir reden.«

»Geh weg, bitte«, sagte sie mit heiserer Stimme.

»Ich gehe nirgendwohin«, erwiderte er. »Ich bleibe hier stehen, bis du diese Tür öffnest.«

Sie rührte sich nicht.

»Celeste?«, rief Julian erneut. »Es gibt Menschen auf dieser Seite der Tür, denen du etwas bedeutest.« Es entstand eine Pause – eine lange Pause –, und Celeste fragte sich, ob er aufgeben oder versuchen würde, die Tür aufzubrechen, doch er tat nichts dergleichen. Stattdessen hörte sie, wie er sich räusperte. »Und es gibt einen, der vielleicht sogar ein wenig in dich verliebt ist.«

Celeste blinzelte mehrmals. Hatte sie ihn richtig verstanden? Hatte er gerade gesagt, dass er in sie verliebt war? Sie starrte das massive Holz an, das zwischen ihnen stand.

»Und? Lässt du mich rein, oder werde ich mich den ganzen Abend lang mit dieser Tür unterhalten?«, fragte Julians Stimme.

Celeste schluckte schwer und war sich ziemlich sicher, dass Julian bereit und fähig war, genau das zu tun, also durchquerte sie langsam den Raum und schloss auf.

»Hey«, sagte er, als er sie sah.

»Hallo«, erwiderte sie. »Gertie hat dich angerufen, oder?«

»Ja«, gab er zu. »Sie macht sich wirklich Sorgen um dich.« Celeste trat beiseite, und Julian kam herein. »Möchtest du mir erklären, was das alles soll?«, fragte er und zog hinter sich die Tür zu, schloss jedoch nicht ab. »Celeste?«

Sie atmete tief durch. »Ich hab ein Foto gefunden«, sagte sie.

»Gertie hat es erwähnt. Willst du es mir zeigen?«

Sie ging zum Schreibtisch, nahm das Bild und reichte es ihm.

»Ist das deine Mutter?«, fragte er, und Celeste nickte.

»Na los, sag's schon«, meinte sie. »Jeder sagt es.«

»Was denn?«, wollte Julian wissen.

»Dass sie hübsch ist.«

Julians Augen weiteten sich. »Nun, das ist sie wohl, nehme ich an«, erwiderte er und betrachtete das Bild mit zusammengekniffenen Augen. »Es ist aber nicht das erste Wort, das mir in den Sinn gekommen wäre, um sie zu beschreiben.«

»Nein? Welches Wort würdest du wählen?«, fragte Celeste.

»Stolz«, antwortete Julian. »Stolz und eitel. Sieh nur die Art, wie sie den Kopf reckt.«

»Sie versucht, größer zu wirken, als sie ist«, erklärte Celeste. »Das hat sie häufig auf Fotos gemacht. Gertie und ich waren größer als sie, musst du wissen. Wir sind nach Dad gekommen, und das hat Mum gehasst. Sie hat sich immer darüber beschwert, dass wir größer waren als sie.«

Julian lächelte schief. »Wie eigenartig, sich wegen so etwas Sorgen zu machen.«

Celeste nickte zustimmend. »Es ging immer um Äußerlichkeiten. Sie hat ewig an ihrem Haar herumgefummelt, sich die Kleider zurechtgezupft oder sich in reflektierenden Oberflächen betrachtet. Sie konnte nie wirklich im Moment leben, weil sie sich immer gesorgt hat, wie andere Leute sie wahrnehmen.«

»Und warum hat dich dieses Foto dazu gebracht, dich hier einzuschließen?«

Celeste wusste nicht, was sie sagen sollte. Wie konnte sie bloß erklären, welche Gefühle dieses Foto in ihr geweckt hatte?

»Es ist nur das halbe Foto«, antwortete sie schließlich und beschloss, von vorn anzufangen. »Siehst du die Stelle, wo sie es abgeschnitten hat?«

Julian betrachtete es erneut. »Ah, ja«, erwiderte er.

»Gertie, Evie und ich haben neben ihr gestanden.«

Julian blickte auf und sah Celeste an. »Sie hat euch alle herausgeschnitten?«

Celeste nickte.

»Warum hat sie das getan?«

Sie zuckte die Achseln. »Ich kann nur versuchen, es zu verstehen«, antwortete sie, »aber ich erinnere mich an diesen

Tag. Gertie und Evie nicht, und das ist vielleicht auch besser so. Mum hat viel Champagner getrunken und mit diesem Mann geflirtet. Er ist derjenige, der das Foto gemacht hat.«

»War euer Dad nicht dabei?«

»O doch, aber er war … Ich bin mir nicht mal sicher, wo er war. Hat vermutlich versucht, eine ruhige Ecke im Garten weit weg von Mum zu finden. Wie auch immer, dieser Typ hat Mum ständig gesagt, wie schön sie sei und dass es unmöglich wäre, dass sie drei Kinder hätte. Mum hing förmlich an seinen Lippen, hat behauptet, dass sie unseretwegen so viel aufgeben musste und dass sie sich manchmal fragte, ob es das wert sei.«

»Oh, Celeste«, sagte Julian. »Das ist furchtbar.«

Sie nickte. »Aber weißt du, was mich am meisten beschäftigt? Was hat sie wohl mit uns gemacht, nachdem sie uns aus dem Foto herausgeschnitten hat? Hat sie uns in lauter kleine Schnipsel zerschnitten oder uns verbrannt? Vielleicht hat sie uns geschreddert!«

»Celeste …« Julian streckte die Arme aus und umfasste ihre Schultern.

»Wir haben ihr nicht wirklich etwas bedeutet, oder?«, schluchzte sie. »Warum konnte sie uns nicht lieben? *Warum?*«

»Weil es ihr nicht möglich war«, erwiderte Julian. »Das weißt du, oder? Verstehst du es jetzt? Es war nicht eure Schuld. Es war nichts, was du, Gertie oder Evie gesagt oder getan habt. Ihr hättet sie nicht ändern können.«

»Ich weiß«, flüsterte Celeste. »Ich weiß diese Dinge jetzt, aber der Schmerz wird dadurch nicht weniger.«

Julian schüttelte den Kopf. »Das wird Zeit brauchen, und es wird Tage wie diesen geben, wenn dich alles wieder einholt – gerade, wenn du glaubst, dass du es überwunden hättest. Aber ich weiß, dass du das durchstehen kannst, und ich will dir helfen. Ich will, dass du weißt, dass ich für dich da bin.«

Sie sah zu ihm auf. »Obwohl ich dich weggestoßen habe?«

»Celeste. Du könntest mich in den Wassergraben stoßen, und ich würde trotzdem zu dir zurückkehren.«

Sie lachte leise und schniefte ein wenig. »Es tut mir so leid, Julian.«

»Ist schon gut. Versprich mir aber, dass du nächstes Mal mit mir sprichst. Ich will wissen, was hier drinnen los ist«, sagte er und tippte ihr sanft gegen die Stirn. »Du musst dich in diesen Dingen öffnen. Du musst sie rauslassen.«

Plötzlich war ein seltsames Leuchten in seinen Augen, und er wandte sich um und betrachtete den Schreibtisch mitsamt dem Sessel auf der anderen Seite.

»Was willst du ihr mitteilen?«, fragte er.

Celeste runzelte die Stirn. »Was meinst du?«

»Wenn sie noch immer hier wäre … Was würdest du zu ihr sagen?«

»Gar nichts«, erwiderte Celeste und wirkte verwirrt.

Julian ging auf die andere Seite des großen viktorianischen Schreibtischs und zog Penelopes Sessel dahinter hervor.

»Was machst du da?«, fragte Celeste und war sofort auf der Hut.

»Sprich mit ihr«, schlug er vor. »Sie sitzt hier, *jetzt gerade*, und ist bereit, dir zuzuhören.«

»Nein, Julian, nicht«, flehte Celeste. »Ich kann nicht.«

»Doch, du kannst. *Sprich* mit ihr. Sag ihr, wie du dich fühlst.«

Celestes Herz raste, als sie in Julians Gesicht blickte. Er meinte es vollkommen ernst.

»Na *los*, Celly! Sag ihr, was du fühlst.«

Celestes Atem ging wild und rau, und ihr Mund war ganz trocken geworden, doch tief in ihr rührte sich etwas.

»Ich will wissen«, begann sie langsam, »ich will *wirklich* wissen, warum du uns bekommen hast, obwohl du uns nicht kennenlernen wolltest – obwohl du uns nicht *geliebt* hast.

Warum, Mum? *Warum?* Und wie konntest du all diese Dinge zu uns sagen? Hast du denn nicht den Schaden gesehen, den du damit angerichtet hast? Hast du nicht den Schmerz gesehen, den du verursacht hast? Oder war dir das egal? Hat dir denn niemand außer dir selbst etwas bedeutet? War es das?«, rief sie. »Mein Gott! Ich wünschte, ich könnte es verstehen, und ich versuche es – ich versuche es *wirklich* –, aber ich fühle mich einfach so hilflos. Wütend bin ich auch. Ich bin so wütend auf dich, weil du in mir noch immer diese Gefühle weckst, obwohl du tot bist!«

Plötzlich ebbte die Energie ab, die sie angetrieben hatte, und sie brach zusammen, während ihr unkontrolliert Tränen über die Wangen strömten.

»Ist schon gut«, flüsterte Julian und kam zu ihr, damit er sie im Arm halten und ihr dunkles Haar streicheln konnte. »Ist schon gut. Du hast diesen ganzen Schmerz so viele Jahre lang weggesperrt.«

»Tut mir leid«, schluchzte sie. »Ich wollte nicht …«

»Was wolltest du nicht?«, fragte er. »Entschuldige dich um Himmels willen nicht. Du musstest das alles rauslassen, und ich weiß, wie schrecklich du dich im Moment fühlen musst, aber es wird dir guttun. Da bin ich mir sicher.«

»Ich hätte aber in der Lage sein sollen, mit alldem besser umzugehen«, sagte sie und trocknete sich mit dem Ärmel ihrer Bluse die Tränen.

»Aber das hast du doch die ganze Zeit getan. Siehst du das nicht? Du hast so lange versucht, mit allem allein zurechtzukommen, und das tut niemandem gut. Du musst das alles rauslassen, sonst verlierst du den Verstand.«

»Ich weiß«, erwiderte sie, und ihr Kopf ruhte an seiner Schulter, »und das werde ich. Versprochen.«

»Gut«, meinte er, und seine Berührung war bestimmt, aber sanft, während er fortfuhr, ihr das Haar zu streicheln.

So blieben sie eine Weile mitten im Studierzimmer stehen, bevor Celeste wieder sprach.

»Alles ändert sich so schnell«, sagte sie. »Weißt du schon, dass Evie ein Baby erwartet?«

»Wirklich?«

»Und Lukas – das ist der Vater – zieht hier ein, um bei ihr zu sein. Wir haben nun Esther, die bei uns wohnt, und bald wird es hier auch dein Antiquitätengeschäft geben.«

»Du meinst also, dass du dazu noch immer bereit bist?«, fragte Julian und lehnte sich zurück, damit er ihr ins Gesicht sehen konnte.

Sie nickte. »Natürlich«, erwiderte sie, und Julian lächelte. »Aber hier wird es Chaos geben mit all den Leuten, die kommen und gehen, und dann auch noch ein Baby, und …«

»Aber das ist doch gut, oder?«, fiel Julian ihr ins Wort. »Das ist genau, was dieses alte Haus bracht: ein wenig Chaos und Lärm. Das ist das *Leben*!«

»Es macht mir Angst«, gestand Celeste.

»Aber das sollte es nicht«, erwiderte Julian. »Es bedeutet nur, dass mehr Leute da sind, die dir bei allem helfen werden.« Er lächelte. »Ich bin so froh, dass du das Anwesen nicht verkaufen willst. Ich weiß, dass du mit ihm viele schlimme Erinnerungen verbindest, aber ebenso viele gute. Ich habe deinen Gesichtsausdruck gesehen, wenn du dich an sie erinnerst. Du liebst dieses Haus.«

»Ich weiß«, sagte sie. »Du hast mir geholfen, das zu erkennen.«

»Und du kannst es schaffen, dass alles funktioniert. Da bin ich mir sicher.«

Celeste lächelte schief. »Warum kann ich die Dinge nicht so wahrnehmen wie du? Du siehst stets das Positive, und ich konzentriere mich immer auf die Probleme.«

»Ich bringe es dir bei«, erwiderte er, »und ich glaube, wir sollten bei diesem Zimmer anfangen.«

»Was meinst du damit?«

»Na, sieh es dir doch mal an! Es ist so dunkel und trist hier drinnen«, stellte er fest und wich von ihrer Seite, um im Studierzimmer umherzugehen. »Findest du nicht auch?«

»Ich … äh …«

»Es hat ein paar Veränderungen nötig«, verkündete er und fuhr mit den Fingerspitzen an den staubigen alten Buchregalen entlang. »Ein paar drastische Veränderungen. Angefangen bei diesen Vorhängen, stimmt's?«

»Also, ich …«

Bevor sie den Satz anständig zu Ende bringen konnte, hatte Julian die uralten Vorhänge heruntergerissen, indem er an dem schweren Stoff zog, bis er in einem staubigen Haufen auf dem Boden des Studierzimmers landete. Dabei fiel polternd die Gardinenstange mitsamt ein paar Brocken Putz herunter.

Celeste sah ihn fassungslos und überrascht an.

»Ups«, sagte er, und ein kleines Lächeln erhellte sein Gesicht.

»*Julian!*«, rief Celeste und schlug sich die Hände vor den Mund.

Er durchquerte den Raum und kam zu ihr. »Hör mal«, begann er plötzlich ernst. »Du tust dir keinen Gefallen damit, dass du dich in diesem Zimmer einsperrst. Es erdrückt dich. Du gestattest dir hier drin nicht, du selbst zu sein. In diesem Zimmer wirst du immer nur die Tochter sein, und das ist nicht gut genug. Du musst deinen eigenen Weg gehen, Celeste. Du bist es wert. Du musst dir erlauben zu *leben.*«

Sie stand da und starrte ihn an, ihre Augen waren groß und furchtsam. »Aber ich …«

»Schaff die Vorhänge weg. Und auch diese ganzen alten, staubigen Bücher …«

»Aber die Bücher sind wichtig fürs Geschäft.«

»Aber du brauchst sie doch nicht hier drinnen, oder?«, fragte Julian. »Ich sage gar nicht, dass du sie wegwerfen sollst – räum sie einfach woandershin, wo sie dich nicht ständig an die Vergangenheit erinnern. Würdest du das nicht gerne tun? Willst du dieses Zimmer nicht zu deinem eigenen machen?«

Sie starrte ihn eine gefühlte Ewigkeit lang an, und dann nickte sie, während überwältigende Vorfreude in ihr aufstieg.

»Hör mal«, sagte er, »ich hab dir eine Kleinigkeit mitgebracht. Warte genau hier.« Er verließ das Zimmer, und sie hörte, wie er durch den Korridor zur Haustür rannte. »Ja«, erklang draußen seine Stimme. »Es geht ihr gut. Nein, noch nicht. Geben Sie mir einen Moment mit ihr, okay?« Sie stellte sich vor, wie Gertie und Evie in der Eingangshalle standen und darauf bedacht waren, dass es ihr gut ging. Sosehr sie sie auch sehen und sich bei ihnen entschuldigen wollte, sosehr sie sich auch wünschte, sie zu umarmen und ihnen zu sagen, dass sie sie liebte und alles gut werden würde, weil sie das Anwesen nicht verkaufen würden, blieb sie doch wie angewurzelt stehen, weil Julian ihr aufgetragen hatte, dass sie bleiben sollte, wo sie war.

Als er zurückkehrte, hatte er etwas Großes dabei, das in braunes Papier eingewickelt war.

»Das wollte ich dir schenken«, sagte er. »Na ja, erwarte nicht zu viel, weil es nämlich nicht das Original ist – so gerne ich es auch für dich gekauft hätte. Aber ich finde, es ist eine ziemlich gute Kopie«, erklärte er, als er es ihr überreichte.

Celeste entfernte das braune Papier, das mit einer riesigen Schleife in der Farbe des Sommerhimmels umwickelt war.

»Julian!«, rief sie einen Augenblick später, als sie das Gemälde betrachtete. »Der Fantin-Latour.«

»Es ist nur eine Reproduktion«, räumte er ein, »aber sie stammt von einem großartigen Künstler, mit dem ich befreundet bin, und …«

»Es ist wundervoll!«, sagte Celeste. »Ich liebe es.«

»Wirklich?«

»Was für ein schönes Geschenk«, bemerkte sie, und Freudentränen glänzten in ihren Augen. Sie sahen einander an, und Celeste hätte schwören können, dass sie auch in Julians Augen Tränen erblickte, die sie sogar noch heller als üblich wirken ließen, und sie konnte nicht länger warten.

Es war schwer, zu sagen, wer von dem Kuss mehr überrascht war – Celeste, weil sie ihn küsste, oder Julian, weil er den Kuss empfing –, doch es war ein Augenblick, der alles veränderte, alles besiegelte, alles perfekt machte, und Celeste war noch nie zuvor in ihrem Leben glücklicher gewesen.

Als sie voneinander abließen, das Bild noch immer zwischen sich, lachten sie.

»Damit hab ich wirklich nicht gerechnet«, gestand Julian.

»Das hättest du aber sollen«, erwiderte Celeste, »und ich hätte es schon längst tun sollen.«

Das Lächeln in seinem Gesicht – das, von dem sie geglaubt hatte, dass sie es nie wieder sehen würde – ließ ihr das Herz vor Glück und Liebe ganz leicht werden.

»Komm schon«, forderte Julian sie auf. »Lass uns das alles deinen Schwestern erzählen.«

Hand in Hand verließen sie das Studierzimmer und traten in die Eingangshalle, wo Celestes Blick auf das Barometer fiel. Wie immer zeigte es auf »Wetterwechsel«, und sie musste lächeln, denn ausnahmsweise stimmte es.

# Ein Jahr später

Celeste öffnete ein Fenster im Studierzimmer. Der Raum war von seiner alten Einrichtung befreit worden und war nun ein heller und schöner Arbeitsplatz. Der viktorianische Partnerschreibtisch war in einen anderen Raum gebracht worden, da Celeste sich nicht von ihm trennen konnte, gleichgültig, welche Gefühle er in ihr weckte. An seiner Stelle stand ein einfacher Tisch, den Celeste sich zu eigen gemacht hatte, indem sie darauf Fotos und Blumenvasen platziert hatte.

Julian hatte recht gehabt, als er sie dazu gedrängt hatte, das Zimmer zu verändern. Es war ein schmerzlicher, aber auch notwendiger Prozess gewesen.

In Little Eleigh Manor hatte sich so vieles geändert, dachte Celeste. Lukas war eingezogen, und er und Evie waren nun offiziell verlobt.

»Ich habe es nicht nötig, zu heiraten«, protestierte Evie ständig.

»Das wissen wir«, versicherten ihre Schwestern immer wieder.

»Aber ich glaube, es wäre schön für Alba, findet ihr nicht?«, fragte Evie.

Celeste lächelte nun, als sie an ihre wunderschöne Nichte Alba Rose dachte. Lukas war während der gesamten neun Stunden der Geburt bei Evie gewesen, und Celeste hatte das Gefühl, dass er nun voll und ganz Teil der Familie war.

Es war wundervoll, ein Baby im Haus zu haben. Celeste hatte beim Gedanken an die Schwangerschaft ihrer Schwester schreckliche Angst verspürt, doch Evie, die nun ein Rotschopf war, war eine großartige Mutter.

Auch mit Gertie ging es anscheinend voran. Nachdem James und seine Frau in Richtung Frankreich aufgebrochen waren, hatte Gertie all ihre Gedichtbände in einen Secondhand-Laden gebracht und stattdessen mit Kickboxen angefangen. Sie hatte sich für einen Abendkurs angemeldet, wo sie einen Mann namens Aled kennengelernt hatte, der äußerst süß war und, was das Entscheidende war, ledig. Seitdem waren die beiden nach Italien, in die Schweiz und nach Spanien gereist, allerdings nicht nach Frankreich, das sie mieden, da es auf Gertie nicht länger reizvoll wirkte.

Inzwischen hatte Mr Ludkin seine Arbeit im Nordflügel beendet, und Julian verwandelte ihn in sein Antiquitätengeschäft, was Esther Martin äußerst faszinierend fand, sodass sie tatsächlich angeboten hatte, darin auszuhelfen, sobald es eröffnet war.

»Wisst ihr, wie viele Jahre ich damit verschwendet habe, alleine in einem Sessel zu sitzen? Lasst mich um Himmels willen nützlich sein«, versicherte sie Julian und Celeste, als sie fragten, ob es ihr nicht zu viel sein würde.

Die Reproduktion des Fantin-Latour – oder *Phantom-*Latour, wie er liebevoll genannt wurde, denn er war kaum mehr als ein Geist des Originals – hing stolz in Celestes Studierzimmer. Und nun war es tatsächlich *ihr* Studierzimmer, mit seinen frisch gestrichenen Wänden in der Farbe einer *New Dawn*-Rose, seinen leichten, hellen Möbeln und den wunderschön zarten Vorhängen, die in der sanftesten Brise wehten und das Zimmer in einen himmlischen Ort verwandelten, um darin zu arbeiten.

Celeste lächelte. Und was war mit ihr?, dachte sie. Nun, sie hatte mehr Zeit mit Julian verbracht – *viel* mehr Zeit. Sie waren spazieren gegangen, hatten geredet und sich geküsst, und sie war glücklicher als je zuvor in ihrem Leben.

Als sie sich nun aus dem Fenster lehnte und ihre nackten Arme auf die von der Sonne gewärmte steinerne Fensterbank stützte, blickte sie über den Wassergraben in den Garten und seufzte in tiefer Zufriedenheit, als der Rosenduft zu ihr wehte. Julian war draußen und ging mit Frinton am Fluss spazieren, und Gertie, Esther, Evie und Lukas hielten sich mit der kleinen Alba im ummauerten Garten auf. Celeste hatte versprochen, sich ihnen anzuschließen, sobald ihr Schreibtisch leer war.

»Und das ist er«, sagte sie halblaut zu sich, als sie sich wieder dem Zimmer zuwandte. Es hatte eine Zeit gegeben, in der sie eine zusätzliche Stunde im Studierzimmer verbracht hätte, um aufzuräumen, zu planen und zu organisieren, doch jetzt nicht mehr: Endlich lernte sie, loszulassen, zu genießen und sich zu entspannen, und dafür gab es keinen besseren Weg, als sich ihren Schwestern und dem Rest der Familie im Rosengarten anzuschließen.

# Danksagung

Für Emilie, Sophie und Jennifer bei Amazon Publishing, dafür, dass sie an diese Geschichte geglaubt und mir geholfen haben, sie zur bestmöglichen zu machen. Für meine Mitrosenliebhaber Richards Stubbs, Jo Skehan und Nattaporn Vichitrananda. Für Adele Geras und ihren wunderschönen Roman »Watching the Roses«. Für Alison und ihre Geschichte »Teddy Bananas«, die mich zu der Szene mit der heruntergekommenen Decke inspiriert hat. Für Judy, dafür, dass sie mir in den vergangenen beiden Jahren zugehört hat, wenn ich ihr von meinen Ideen für dieses Buch erzählt habe. Und für Roy, der mich zu jeder Menge Rosengärten kutschiert und unzählige Löcher in unserem Garten ausgehoben hat, in die ich meine eigene unablässig wachsende Rosensammlung pflanzen konnte.

Druck:
CPI Druckdienstleistungen GmbH
im Auftrag der
Zeitfracht GmbH
Ein Unternehmen der Zeitfracht - Gruppe
Ferdinand-Jühlke-Str. 7
99095 Erfurt